雪域高原的第二次隆起

——西藏脱贫攻坚纪实

西藏自治区文联 编

西藏人民出版社

图书在版编目(CIP)数据

雪域高原的第二次隆起：西藏脱贫攻坚纪实 / 西藏自治区文联编. -- 拉萨：西藏人民出版社, 2021.8

ISBN 978-7-223-06930-4

Ⅰ. ①雪… Ⅱ. ①西… Ⅲ. ①纪实文学 - 中国 - 当代 Ⅳ. ①I25

中国版本图书馆CIP数据核字(2021)第155777号

雪域高原的第二次隆起——西藏脱贫攻坚纪实

西藏自治区文联 **编**

责任编辑 计美旺扎
封面设计 罗桑扎西 格次
出版发行 西藏人民出版社(拉萨市林廓北路20号)
印　　刷 西藏山水印务技术有限公司
开　　本 635×965 1/16
印　　张 23.75
字　　数 278千
版　　次 2021年11月第1版
印　　次 2021年11月第1次印刷
印　　数 01-3,000
书　　号 ISBN 978-7-223-06930-4
定　　价 72.00元

序言

2019年12月26日，中央电视台报道，西藏自治区脱贫攻坚指挥部已于12月23日发出公告，宣布西藏最后19个县（区）达到摘帽标准。

这是一个值得纪念的日子，至此，西藏62.8万贫困人口全部脱贫，74个贫困县（区）全部摘帽，综合贫困发生率由25.4%下降到零，西藏，真正彻底告别了绝对贫困，成为全国脱贫攻坚走在前列的地区。

西藏地广人稀，自然条件艰苦，国境线长，社会生产发展滞后，如何按照总书记要求的那样，做好"神圣国土守护者，幸福家园建设者"，西藏各级党组织和各族人民，发挥了极大的创造性，这几年来，根据不同的自然禀赋和客观条件，创建了丰富多彩的合作组织。从羌塘草原到藏南谷地，从藏东峡谷到阿里高原，在基层组织和党员干部的带动下，合作生产遍地开花，呈现出了强大的生命力。

党的十九大明确把精准脱贫作为决胜全面建成小康社会必须打赢的三大攻坚战之一，作出了新的部署。西藏是全国14个集中连片贫困地区中贫困程度深、贫困发生率高、脱贫任务重的地区之一，打赢脱贫攻坚战任务十分繁重。

2020年，来自区内外的几位作家，到拉萨、日喀则、山南、林芝、昌都、那曲、阿里等地进行了比较深入的采访，耳濡目染，无不是西藏短短几十年跨越上千年的生动实践，这绝不是一句美丽的口号，只有深入西藏基层，了解西藏历史的人，才会对这句话有切实的理解。

西藏，一直以来都是人们津津乐道的话题，有炫耀自己入藏历险的，有抖落在西藏各种奇遇的，更有甚者，编造一些荒唐的故事和离奇的身世，以博取眼球，殊不知，在西藏脱贫攻坚一线奋斗着的西藏各族干部群众，他们生与斯长与斯，面对沧海桑田的时代巨变和“一日长于百年”不是魔幻胜似魔幻的生活日常，他们没有大惊小怪，没有招摇过市，而是兢兢业业，以“不破楼兰终不还”的精神坚持在脱贫攻坚一线，他们的经历和人生，何止雄奇，何止伟大。

这本书从西藏不同地区的不同故事，反映了西藏脱贫攻坚中的点点滴滴，有各级党委的顶层设计，有扶贫干部的辛勤付出，有驻村队员的加倍努力，更多的，是广大农牧民群众内生的动力和奋斗，虽然脱贫目前只是实现“两不愁三保障”，但由此而带来的观念转变，经济生活发展铺设下的大格局，都预示着西藏农村下一步的光明前景。

习近平总书记在2020年12月14日致人类减贫经验国际论坛的贺信中指出：“消除贫困是人类共同理想。中国共产党和中国政府始终把让人民过上好日子作为奋斗目标，为此进行了长期艰苦卓绝的努力。2012年以来，中国在之前扶贫攻坚的基础上，全面打响脱贫攻坚战。经过8年持续努力，今年中国现行标准下农村贫困人口已经全部脱贫，贫困县已经全部摘帽，近1亿农村贫困人口实现脱贫，为全球减贫事业作出重大贡献。中国将继续巩固和拓展脱贫攻坚成果，扎实推进共同富裕，不断提升民生福祉水平。”在2021年春节前夕在贵州考察时习近平总书记说：“中华民族是个大家庭，五十六个民族五十六朵花。全面建成小康社会，一个民族不能落下；全面建设社会主义现代化，一个民族也不能落下。”

脱贫攻坚战打响以来，西藏坚持把脱贫攻坚作为头等大事和第一民生工程，扛牢脱贫攻坚政治责任。在全国开创性地设立了脱贫攻坚指挥部，地县乡逐级成立脱贫攻坚指挥部，统筹推进脱贫攻坚工作，真正做到责任到人、任务上肩，形成了上下贯通、横向到边、纵向到底的责任体系。坚持“五级书记”抓扶贫和党政“一把手”脱贫责任制，坚持党政主体和部门主责相结合，将规划项目资金安排、人员调派与自治区年度脱贫计划同拍合奏、同频共振，切实把脱贫攻坚与行业工作同谋划、共安排、齐推进。

西藏紧紧围绕“两不愁三保障”基本要求和核心指标，坚守底线标准，对标对表党中央方针政策，既不脱离实际、拔高标准、吊高胃口，也不虚假脱贫、降低标准、影响成色，避免陷入“福利陷阱”，出现“悬崖效应”。严把“入口关”和“出口关”，通过建立村（居）实时监测发现机制、乡镇实地审核上报机制、县区预警帮扶机制，确保返贫、致贫人口“零”记录。

西藏围绕解决好“扶持谁、谁来扶、怎么扶、如何退”等重大问题，强化四梁八柱顶层设计。坚持制度先行，规划引领，差异化扶持，梯次摘帽，有力有序推进脱贫攻坚计划实施。按照“盘活存量、用好增量，突出重点、雪中送炭”的原则，建立与脱贫攻坚任务相适应的资金保障体系。实行了“多个渠道引水、一个龙头放水”的资金统筹整合使用格局，确保资金向贫困地区聚集。深入贯彻落实“四个切实”“五个一批”“六个精准”要求和措施，科学分析、深挖穷根，落细各项脱贫攻坚举措。尊重群众意愿、因贫因人施策，实行到人到户、靶向治疗、精准帮扶。

在120多万平方公里的土地上,西藏着力加强基层党组织和党员队伍建设,充分发挥党的政治优势、组织优势和群众工作优势,以党建引领促进脱贫攻坚,着力提升基层党组织学习能力、服务能力、创新能力、引领能力、战斗能力,在脱贫攻坚的实战中造就了一支听党话、跟党走,善团结、会发展,能致富、保稳定,遇事不糊涂、关键时刻起作用的坚强队伍,推动脱贫攻坚各项任务落地生根、开花结果、取得实效。

习近平总书记指出:"打赢脱贫攻坚战,中华民族千百年来存在的绝对贫困问题,将在我们这一代人的手里历史性地得到解决。这是我们人生之大幸。让我们共同努力,一起来完成这项对中华民族、对整个人类都具有重大意义的伟业。只要全党全国各族人民齐心协力、顽强奋斗,脱贫攻坚战一定能够打好打赢。"

党和国家特殊关怀,全国人民无私支援,西藏脱贫攻坚取得的成就,凝聚着党中央、全国各族人民对西藏人民的特殊关心关怀和深情厚谊,体现了习近平总书记"治边稳藏"重要论述在西藏的成功实践。

正如全国人民所看到的那样:西藏脱贫攻坚取得了决定性进展;西藏历史性消除了长期困扰西藏各族人民的绝对贫困问题;西藏的脱贫攻坚,与西藏和平解放一样,是西藏当代史上具有里程碑意义的大事件。

根据实际,西藏制定了贫困再发生的发现机制、核实机制、帮扶启动机制,确保第一时间将可能返贫的人员及时帮扶到位,在"四个不摘"的基础上,长期保持贫困人口零增长,长期保持贫困人口群体收入高于全区平均水平,切实巩固脱贫攻坚成果。

西藏在脱贫攻坚上取得前所未有的成就,铭刻着全区各族人民团结拼搏、艰苦奋斗的前进足迹,书写着全区各族人民与时俱进、锐意进取的雄心壮志,包含着全区各族人民不甘落后、奋勇争先的澎湃豪情，这是党的脱贫攻坚政策在西藏的具体体现，是党的大政方针和战略部署在西藏的生动实践。

“摘帽”不是终点，而是新生活新奋斗的起点。站在全面建成小康社会，迈向建设中国特色社会主义现代化强国的新的历史起点上，做好巩固脱贫攻坚成果与乡村振兴的有效衔接，需要继续凝聚力量，坚定百倍的信心，打起百倍的精神，撸起袖子加油干，频道不换，靶心不散，才能迎来新的历史性跨越。面对未来，必须勇往直前，不骄傲，不急躁，保持初心，砥砺前行。奋斗的人生一定在路上，只有以此作为新生活、新奋斗的起点，才能够不负时代、不负韶华。

“装点此关山，今朝更好看”，如今的西藏，处处焕发新的生机，风景别样，气象万千。伟大的时代不乏感人的故事，勤劳的人民不乏伟大的壮举，古老高原正与中华大地一同奏响新时代的华美乐章，高原儿女也必将和全国各族人民一道，迎来全面实现第二个百年奋斗目标的明天！

目 录

盛开的雪莲

陈 新

引言——藏地华章

这是国家的号令！

到2020年全面建成小康社会。

这也是实现中华民族伟大复兴的务实选择。

“山陵既固，中夏小康。”

小康美好，实现很难。要实现小康，必须消除贫困。

贫困是人类幸福最大的敌人。

在中华民族发展的历史进程之中，贫困一直是影响时代繁盛的社会阻障，也是影响民生国计和谐的根本原因。

而西藏的脱贫攻坚，难度更甚许多。

西藏，地球海拔最高的地方，离天最近的地方。这片云上的世界，挺立着世界第一高峰，怀抱着全球最大的高原湖群。

西藏，有无比洁净的天空，有离人最近的白云，有直射心灵的阳光，有梵音缭绕的文化。

这里是佛教信仰的圣地，是嘹亮藏歌的故乡，是文人墨客的灵感，是旅者心念的梦想。

这片独一无二的土地，却也布满了寒难。

千百年来，勤劳勇敢的西藏人民被贫困所伤害的血与泪，如雅鲁藏布滔滔江水般流淌。

贫穷，也令这片清寒高拔的土地，堆积了藏族同胞喊天不应如珠穆朗玛峰般高的创伤。

西藏的贫困特点归纳起来，可用“广”“大”“高”“深”四个字概括。即贫困人群所居地域广阔、贫困人口基数大、贫困人群所处环境海拔高、整体处于深度贫困状态。

这片神奇而又圣洁的土地，怎能被小康抛弃？

海拔高，扶贫的干部群众精神斗志更高。

氧气少，脱贫攻坚的办法和经验却不少。

自然条件差，脱贫攻坚的成绩一点不差。

西藏自治区的扶贫成果，得到了国务院扶贫办的充分肯定，连续四年在省级党委政府扶贫开发成效考核中，被中央确定为“综合评价好”的省市之一。

高原很高，再高也高不过人。

贫困很难，再难也难不倒志。

正是每一家贫困户消除贫困的点滴改变，才写就我国精准扶贫的有力篇章，西藏自治区脱贫攻坚取得的伟大成就，也是每一位扶贫干部恪尽职守的付出叠加起来的。

这是最美丽的藏地胜景，这是最动听的和美华章。

这一片曾经艰苦的云上土地，正焕发出绚丽光辉。

千年不变的贫困阴霾，正在被奉献及智慧驱散。

一、千古憾事

自己的车被拦，她突然紧张起来！

这些藏族同胞要干啥？

是不慎冒犯，他们来给自己找麻烦的？

还是他们有什么困难，需要帮忙？

或者他们受了委屈，要告状？

1.他们要干啥

青色的天，自上而下清朗。

水墨的山，由远而近明晰。

苍穹之下，抹在覆盖万年雪山之巅的，是如金阳光。

云绕霓披，没有尘埃雾霾遮挡，置身处，宛若蓬莱。

渐渐涌现的脱俗的景致，令人情不自禁地惊叹。坐在正行进于天路之上的车里的彭蕾，之前从来没有见过这么美好的天与地。虽然她不是第一次来到这片神奇的土地，但之前却无暇也无心细细品味风景。

北京的天空，上海的天空，或者成都的天空，偶尔也青，也蓝，也有白云飘游，但天地间从来没有这样亲近，这样透彻，这样美丽，这样迷人。

这是高原卓尔不群的风景。

这陌生而神奇的高原美景，令她高处不胜寒的心怦怦狂跳。

这颗心如此激动，有惊喜绮丽风光的感叹，也有高原缺氧的刺激。

“前面山路好像有人！”

一团洁白的云浮在前方的半山间，如团如簇，丝丝缕缕间，有人影绰绰。像神仙在云间妙曼，却又恍然间有着些许真实。

司机的话打断了彭蕾环顾车窗外的世界的陶醉。

“真的有人吗？我怎么没看见？”

在蓬莱幻境般的环境中只顾感叹与遐想的彭蕾，并没有像司机那样专注地盯着前方的道路。

但确实有人，越来越清晰，几十个藏族同胞，绵延地站在山路的两边，有的人甚至站在山路的中间。

这不是赶集，也不是转山，因为他们没有走动。因为这些藏族同胞看到他们的车出现之后，还朝着他们指指点点。

这么多人聚焦在一起，见其阵仗是要拦车的意思？彭蕾心里不由“格噔”了一下。

他们要干啥？

是自己什么地方没做好，冒犯了他们，他们来给自己找麻烦的？

还是他们有什么困难，需要自己帮忙？

那么，汽车是继续前进呢？还是停下来，或者倒回去？

“怎么办？彭老师？”

这时司机放慢了车速，问彭蕾。

是的，怎么办？彭蕾心里也有些犯怵。这对之前的她来说，是没有经验的。

不过，她又想，如果自己什么事没有做好，冒犯了藏族同胞的话，那能躲得了吗？

这些藏族同胞有什么事需要自己帮助的话，如果自己躲开，又怎么可以这样做？

又或者，这些藏族同胞是要拦车告状吗？

想了想，或者容不得细想，之后，她对司机说：“继续前进吧，一会看具体情况再说。开慢点，注意安全。”

说完这话，她感觉到了清冷的天气中的自己身上有了些许毛毛汗，同时，先前欣赏美景的心情也霎时全无。

是的，风景在情景面前，永远只是背景，只是配角。

越来越近了，人群更清晰了。

彭蕾注意到，这些藏族同胞中年龄大者已是满头银丝，而年龄小者，看上去才仅只几岁。

他们的车被拦了下来。

该发生与不该发生的事都即将发生。想出现或不想出现的事，也都可能出现。

只见人群中一位藏族阿妈，朝他们走了过来。

彭蕾的心跳得更凶了……

这是2018年7月12日，在西藏自治区山南市错那县境内发生的一幕。

彭蕾是国务院扶贫办对西藏自治区2018年贫困县退出情况第三方评估抽查组的调查员。

此次进藏，她代表国务院扶贫办，来检查西藏自治区脱贫攻坚工作的实施及完成效果……

2.尧舜犹病

纵贯历史，一直如魔头独孤求败。

横亘时空，始终似伤口折磨不愈。

这说的是什么？

是贫穷！是伴生人类进程的贫穷！

脱贫攻坚是当下整个中国正在进行着的伟大而又轰轰烈烈的社会实践，也是中国建立平等幸福的命运共同体的基本要求。

全民小康是一个世界性的问题，也是一件伴随人类社会发展进程的，最想做到而又最不容易做到、异常艰难之事。

中国地域广大，人口众多，再加上自然资源、风俗习惯、文化层次的差异，导致了发展不平衡问题，这个问题是时间与历史结出的苦果，也是空间与距离产生的级差。

在中华民族发展的历史进程之中，贫困一直是影响时代繁盛的社会阻障，也是影响民生和谐的根本原因。

贫困问题对为政者来说看似一个边缘化的问题，但是从来没有、也不可能洒脱地做到被边缘化。它是多少个朝代是非成败臧否的标志，又是多少个芳华盛世秋月春风的句点。

在中国历史上，有多少人进行过天下大同的尝试，寄寓过厚望，也留下了美谈。

《礼记·礼运篇·大同章》曰："大道之行也天下为公，选贤与能，讲信修睦。故人不独亲其亲，不独子其子。使老有所终，壮有所用，幼有所长，鳏寡孤独废疾者，皆有所养。男有分，女有归，货恶其弃于地也，不必藏于己；力恶其不出于身也，不必为己。是故谋闭而不兴，盗窃乱贼而不作。故外户而不闭，是谓大同。"

先秦诸子对之提出了相应的观点。

《论语·雍也》有这样一段文字：

子贡曰:"如有博施于民而能济众，何如？可谓仁乎？"

子曰:"何事于仁，必也圣乎！尧舜其犹病诸！夫仁者，己欲立而立人，己欲达而达人。能近取譬，可谓仁之方也已。"

孔子认为博施于民而能济众，是圣人的事情，因为即使尧舜也不一定能做到。一个仁者，只要能够做到推己及人，设身处地地为他人着想就够了。

同时，孔子又在《论语·季氏篇》中强调，"丘也闻有国有家者，不患寡而患不均，不患贫而患不安。"

《荀子·王制》主张"选贤良，兴孝悌，收孤寡，补贫穷，如是，则庶人安政"。

《墨子·32章非乐(上)》载："民有三患，饥者不得食，寒者不得衣，劳者不得息。"

《庄子·天下》也主张"以事为常，以衣食为主，蕃息畜藏，老弱孤寡为意，皆有以养"。

《道德经》提出"天之道，损有余而补不足。人之道，则不然，损不足以奉。孰能有余以奉天下？唯有道者。"

老子认为自然的法则，是损减有余来补充不足。人类社会世俗的作法却不然，是损减贫穷不足来供奉富贵有余。谁能让有余来供奉天下呢？只有有道之人。

而汉代哲学家董仲舒则《春秋繁露》强调："大富则骄，大贫则忧……使富者足以示贵而不至于骄，贫者足以养生而不至于忧，以此为度而调均之，是以财不匮而上下相安，故易治也。"

古人不仅有扶贫的理论基础，而且也有进行扶贫实践的大量例子。

据《唐大诏令集》卷116载，"自汉魏以来，水灾之处，必遣人巡问以安集之，国朝因其制焉，亦命近臣抚恤。"贞观八年正月（634年），太宗遣使，"分行四方，延问疾苦。"

汉代各级政府与扶贫相关的财政事权就包括了收养孤儿、赈恤鳏寡、尊老养老、救疾医病、放赈救灾、丧葬抚恤、助贷贫民、协助生产等十多项。

魏晋南北朝时期，战争频繁，扶贫成了各政权的重要职责，出现了独孤园等恤养老幼贫疾的常设机构。

北朝在以"三长制"重建乡里机构时，特别强调三长有照顾乡里贫弱的责任。

北魏孝文帝拓跋宏算是脱贫攻坚干部中的一个典型。公元473年，他即位后，便进行了一场脱贫攻坚的尝试。

对此，《资治通鉴》里有所记载："癸丑（公元473年），魏诏守令劝课农事，同部之内，贫富相通，家有兼牛，通借无者；若不从诏，一门终身不仕。"

自唐朝始，政府机关便常设立专门救助贫弱人群的机构，类似机构一直沿袭至今。

由此可见，在人类发展的历史进程中，一个国家、一个民族、一个社会、一种文化要发展，要革新，要面对现代性的挑战，克服自身的局限，追求强盛，不同地区的共同进步，全体人民的共同富裕就成了必由之路。

要想脱贫，必须攻坚。

相比，西藏的脱贫攻坚，难度更甚。

被喻为“世界第三极”的西藏，是一片神奇的土地，这里有着无数的自然奇观，也演绎了精彩的历史传奇，流传着动人的神话传说。

在这片神奇的土地上，勤劳勇敢的人民被贫困所伤害的血与泪，如雅鲁藏布江般流淌；

贫穷，也在这片清寒的土地上，堆积了藏族同胞喊天不应，如珠穆朗玛峰般高的创伤。

岁月推移，四季轮转，当时日行进到今天，可有谁在乎这蓝天下的疼痛？

二、蓝天下的疼痛

高原的天空是蓝色的，美丽的蓝色。

这样的景致，充满幻想和童话色彩。

然而在浩瀚而美丽的天空之下，在辽阔而空旷的群山之间，贫困的人们的世界里却没有这样的美丽，他们的世界充满孤独、寂寞和惊心动魄。

1.高压锅血泪

“那个时候真是太穷了！”

次仁曲珍对我说这话时，看得出来，往事正在她的脑海中潮涌回放。

虽然她的脸上依然带着笑容，但她的眼角，却有越积越饱满的泪花，在高原夏天澄明且炽烈的骄阳下，闪着水晶般寒彻伤感的光。

那是一段泡在泪水里的日子，时间过去了这么久，那曾经的日日月月却怎么也抹不掉，相似的场景在不经意间勾起回忆之时，她深深的心里，依然会顿生阵阵痛楚。

生于1980年的次仁曲珍，是西藏自治区拉萨市达孜县（如今已更名为达孜区）唐嘎乡穷达村人。

达孜县平均海拔4110米，悠久的拉萨河水从海拔的高度而来，穿境而过之时，浩浩汤汤地浇灌着拉萨的历史和文化、西藏的历史和文化，却没有浇灌出这片经年累月冲积出的土地的丰饶。

次仁曲珍有九个兄弟姐妹，她是家中老五。

小的时候，次仁曲珍家里非常穷。她家的穷也跟穷达村的大多数村民一样，并无特别。

次仁曲珍的父母都是农民，虽然家里有十四亩地，但是由于土质贫瘠，再加上气候恶劣，又是原始耕植，基本靠天吃饭，因而家里入不敷出饥寒相伴。

那时，一大家子一年四季差不多都吃的是土豆萝卜白菜，或些许糌粑。最美味的不过是在土豆烤熟之后或煮萝卜之时，抹上一点，或者锅里放上一点儿猪油、牛油。

可是一年方能杀一头猪，又有多少猪油可用呢？而牛油全靠买。饭都吃不起，有粮去卖成钱，再去买牛油吗？

顿顿吃饭，虽然煮了一大锅，但是开饭之时，也通常一人一碗，之后，锅里就被舀空了。

是呀！11个人，11碗饭呀！

就算增大锅的容量，可是拿什么来煮呢？关键是没有东西可煮呀！

在穷达村，当然也存在贫富差距。日子好过一点的，家里可能猪油、牛油能够保证，或者大多数时间能够保证。而所谓富有的家庭，则多了一辆自行车，或一口高压锅。

西藏海拔高，气压低，所煮食品往往半生不熟。煮的萝卜没熟没关系，因为萝卜生一点不影响食用，而小麦、青稞之类，就只能通过炒熟，再磨成面吃。

高压锅，省柴省时，能够最大程度地保持食物的原味鲜香，将蛋白质转换成身体和味蕾都极喜欢的氨基酸，因而现在几乎是家庭必备，尤其是在西藏。

但对次仁曲珍兄妹来说，关于高压锅的记忆，却是用生死炼狱般的经历写下的。

那时，穷达村33户人家中，只有两家人有高压锅，次仁曲珍家属于另31户人家之一。

因为穷而买不起高压锅，每每经过有高压锅的人家，闻到用高压锅煮熟的萝卜、土豆飘出的香味，或者牛肉、羊肉、猪肉的香味，次仁曲珍都忍不住流口水。家里穷，没肉煮，但她也有一个切合实际的理想：希望什么时候能够吃一顿用高压锅煮的白萝卜。

对，要是能吃顿萝卜馅的包子，就更美好了！

用高压锅煮熟的白萝卜，拌上一些盐、猪油和辣椒酱、葱末、蒜末，这就是最好最香的包子馅了，用这个做包子，没有比这更好吃的了。

这是次仁曲珍童年的梦，也是次仁曲珍兄弟姊妹们童年的梦。

这个梦，甜美了他们多少个夜晚与白天，多少个日日月月。

这个机会，在次仁曲珍才刚满9岁的那年夏天，终于来了。

来得激动，来得神圣，来得欢声笑语，也来得曲折跌宕。

那天，次仁曲珍的父亲牵着牛耕地去了，母亲背上只有两个多月的最小的妹妹，到乡里开会去了。次仁曲珍的四姐得知村里有高压锅的两家人中，有一家人没有用高压锅，便跟弟妹们商量：

父母养育我们太辛苦了，今天我们给他们献一点孝心，做一顿萝卜馅包子如何？

这太好了，大家连忙催四姐快去借高压锅。

于是四姐便去那户暂时没用高压锅的人家，把高压锅借了来。继而姐弟妹们便纷纷行动起来，有的洗萝卜，有的切萝卜，有的捡柴烧锅。

为了能够多吃一些美味的萝卜馅包子，他们在高压锅里放满了萝卜，放得几乎不能盖好锅盖。当然最终还是盖好了锅盖。

开煮，在柴火的热烈拥抱之下，高压锅渐渐发出了由弱到强“嗞嗞”声，这是喜悦的笑声。这种笑好比在冬季的寒天里穿云裂石的开心，既发生于高压锅里，也发生于姐弟妹们的内心。还有一阵一阵的白色之雾，随着笑声而出，并带来了萝卜由生到熟的怡人的香气。

太神奇了！这一块桶状的被柴火熏黑了的铁，它能用自己火热的怀抱魔术般地改变清凉寡淡的白萝卜的味道，并令整个屋子都充满了垂涎的渴望。

“四姐，这么香的萝卜，拌上猪油、辣酱、蒜泥、盐和葱花之后，一定会更香。”次仁曲珍激动地对四姐说：“用它做的馅一定好吃得很，爸爸妈妈回来一定会夸我们的。”

“这是肯定的！”四姐跟次仁曲珍一样，脸上的高原红更红了：“五妹，还是我有主意吧？你看现在大家多高兴。”

“四姐最能干！”

“四姐最孝顺！”

弟妹们纷纷夸赞四姐。

正在大家开心不已的时候，高压锅的主人来了，说她家来了客人，要用高压锅炖牛肉，让他们快点把高压锅还给她。

“好嘞，那我们马上将高压锅腾出来还给你。”脸上挂着喜悦的四姐说完，又问高压锅的主人："阿姨，不知道锅里的萝卜煮熟了没有？"

"煮熟了，高压锅煮萝卜，容易熟的。闻这味道，应该早就熟了。"

"那我们不煮了，等高压锅稍微冷一点儿，我们就将萝卜腾出来。"

"好吧，一会你们把高压锅里的萝卜腾出来后，就给我送过来，我先回去了。"高压锅的主人说："只要能赶上我们中午用它来炖牛肉就可以。但你们要等锅放完气后再打开，不然打不开的。"

说完，便匆匆地走了。

停火之后，为了尽快将高压锅里的萝卜舀出来，好将之还给主人，取下锅盖上的高压阀之后，四姐见没有冒气了，便用一条帕子隔着热开锅盖。

可奇怪的是，锅盖明明没有冒气了，怎么打不开呢？

虽然四姐已经有12岁了，有了一些力气。

"四姐，我来帮你，咱们俩一起用力，就能打开了。"

次仁曲珍说着，便走了过来，握着高压锅盖上的把手，四姐使劲握着高压锅上的把手，姐妹俩都用穿着鞋的脚对蹬着高压锅体，然后用手朝相反的方向使劲。其他弟弟妹妹则站在高压锅的周围瞪着好奇的眼睛一边看，一边叫加油，给她们俩鼓气。

"我喊'一二三'，喊到'三'的时候，我们一起用力！"

"好的，五妹！"

"一，二，三！"

"一，二，三！"

"一，二，三！"

姐妹俩使劲开锅盖，劲大得让她们面红耳赤，浑身冒汗。

几个"一，二，三！"之后，锅盖终于在他们的盼望中打开了。

然而,这锅盖打开的一瞬间,却发出了“呯”的一声巨响。

伴随着锅盖打开之时的响声的,是四溢的萝卜汤和烫人的白雾。

原来,由于高压锅里的萝卜装得太多,萝卜煮得太烂,将高压锅的排气孔给堵住了。

高压锅爆炸了!

不是爆炸了,是锅盖打开那一刻如同爆炸一般!

四姐被烫得惨叫,她的裤子瞬间被从打开的高压锅中迸射而来的滚烫的萝卜汤打湿,犹如烧红的烙铁烙着她稚嫩的双腿。被烫得生痛的她条件反射地用双手去抓裤子,想将裤子撕破,但没用。

她双腿被萝卜汤烫起了大血泡。

次仁曲珍也惨叫了,高压锅发出巨响的那一瞬间,她感到自己的肚子如同被火燎般痛,自己肚子也被从打开的高压锅中迸射而来的滚烫的萝卜汤烫伤了。

5岁多的六妹也发出了惨叫,她的颈子上套着从打开的高压锅锅盖中迸射而来的滚烫的橡胶密封锅圈,痛得打转。她用手去扯这个高压锅锅圈,却怎么也扯不下来。

这时,哭得最厉害的是他们的小弟弟,这个不足2岁的小孩双手捂着脸在高声地惨哭,惊天动地般。

他的脸也被从打开的高压锅中迸射而来滚烫的萝卜汤烫伤了。

最可怕的是,当他将手从脸上拿下来的时候,他的脸皮也跟着拿下来了,就像今天的女子从脸上拿下一张面膜一样。

在姐弟几个人中,小弟弟被烫得最严重。

得知这一事故发生之后,次仁曲珍的父亲马上赶回了家,看到孩子们被烫伤的惨状,顿时大哭起来。

“可怜最是牵衣女，哭说邻家午饭香。”这是何等的摧折肺腑啊！

之前，次仁曲珍从来没有见过自己父亲哭过，更没有见过父亲大哭过。看到父亲哭得那么伤心，他们姐弟几个也都大哭起来。一家子都在大哭，其情其景甚为悲惨。

次仁曲珍的父亲把高压锅的主人也骂了，问她为什么要将自己的高压锅借给几个不懂事的孩子使用？

借就借了，又为什么要这么着急地要把煮有萝卜的高压锅要回去？弄得孩子们被烫得这么严重。

但是大哭、大骂又有什么用呢？

“快送孩子们上医院吧，还哭什么呢？骂什么呢？”

村里的老人提醒次仁曲珍的父亲说。

这时，次仁曲珍的父亲才冷静了下来。他马上去村里，向有自行车的那户人家借自行车，然后赶忙背着次仁曲珍的小弟弟往达孜县医院赶。

经过三个小时的拼命骑车，赶到达孜县医院的时候，他全身上下不仅没有一点干的，而且头发和衣服几乎都在滴水了。

而次仁曲珍四姐的脚，以及次仁曲珍的肚子都被萝卜汤烫伤了，但却没人管，也管不过来。父亲只能救被烫伤得最严重的最小的弟弟。

因为当时达孜县的医疗条件很差，交通也不方便。

痛得没办法的次仁曲珍只好跑出家门去，抱起一块鹅卵石贴在自己被烧伤的肚子上，使其不至于那么火辣辣的痛。因为鹅卵石是凉的。

疼痛稍微缓解一些之后，她便跑回家躺一会，躺在床上痛得嗷嗷叫，痛得泪长流。

当重新痛得受不了了之时，她又跑出家门去，又找一个自己抱得动的圆形鹅卵石贴在肚子上止痛。

就这样来来回回多少趟，每一趟都既留下了一路的煮熟的萝卜的芳香，也留下了一路凄哭且无助的泪水。

第二天，次仁曲珍的父亲背着她的小弟弟回来了，她看到弟弟的头部包得像白色粽子一般，脸肿得几乎连眼睛都看不到了。

父亲告诉她，幸运的是，弟弟的眼睛没有被烫伤，不然弟弟就会因此失明了。

虽然弟弟的面皮都被撕下来了，但好在抢治得及时，也恢复得可以，没有感染。再因弟弟当时年龄非常小也没有留下明显的伤疤。

但是次仁曲珍当时只有5岁多，脖子上套着锅圈的六妹，却留下了明显的疤痕。因为滚烫的锅圈戴在她的脖子上的时间要久一些，所以对皮肤伤害得最深。

被烫得痛极的次仁曲珍，将鹅卵石贴着被萝卜汤烫伤的肚子，自己给自己乱治病的方法，竟然没惹来麻烦，日后只留下了被烫伤的淡淡的白色花纹。

而次仁曲珍的四姐却没有这么幸运，四姐被萝卜汤烫伤的腿后来还感染了，化了脓，过了很久才好，并留下了难看的皮肤创伤。

回首往事，次仁曲珍觉得自己真是太可怜了。

残酷无情势利可恶的贫穷，不仅让她的身体受伤，在肚子上留下了斑痕，而且还在心灵上刻下了永难忘怀的印记。

2.拦在春天之外

“幸福的家庭都是相似的；不幸的家庭各有各的不幸。”

俄罗斯著名作家列夫·托尔斯泰的话，确实有道理。

富有家庭的幸福都是相同的，而贫穷家庭的不幸，则各有各的不同。

不同于拉萨市达孜区唐嘎乡穷达村的次仁曲珍,支张央宗的家庭贫困,是另一种原因所导致。

支张央宗1970年出生在西藏自治区山南市琼结县下水乡措杰村支那组一个藏族农民家庭,她家有兄弟姐妹6个,她是家中老三,家境非常一般。

1991年秋,经人介绍,她结识了山南市琼结县下水乡的藏族青年农民索郎欧珠,索郎欧珠有兄妹7个,也排行老三,家境也不是很好。

支张央宗与索郎欧珠相识相悦,有了感情,并很快结为了夫妻。

婚后,由夫家和娘家一方出了几千块钱,两人修了一个小房子栖身。

琼结县下水乡地势较平坦,泥质却干燥贫瘠,人均土地面积也少,夫妻俩整天勤耙苦做,日子也过得并不轻松。好在索郎欧珠是石匠,可以利用农闲时间去一些建筑工地做些临零工,赚取一些零钱聊补家用。

虽然生活过得紧紧巴巴,但是夫妻俩很恩爱。有爱的生活是甜蜜的,也是幸福的,他们先后生养了四个小孩。

谁知一道霹雳突然出现,打垮了他们的家。

2008年冬的一天,支张央宗去外面地里干活回来,刚到家门口,就见留在家里收拾粮仓的丈夫倒在了一楼的地上。

这让她既又好气又好笑,却又感觉心神颇不宁静。

此时已经是下午2点过了,早过了吃午饭的时候,她为了将地里的活儿干完,便没有及时回家做饭,丈夫也是因为忙而没有及时吃饭饿着了?

“你怎么了?饿得不行了吗?你为什么一定要等着我一起回

来吃饭呢?”她连忙放下锄头,去搀扶丈夫。

然而,当她的手触碰到丈夫的身体的时候,却感觉到丈夫的情况很严重,因为丈夫浑身发冷、很沉重,根本扶不起来,而且脸色越来越差。

她突然慌了。

“老公,老公,你怎么了?”她着急地呼叫,但是索郎欧珠没有回答她。

“老公,你不要吓我,老公!”

她惊慌得快哭出来了。

必须立即送医院!

她连忙去叫邻居前来帮忙,邻居大哥跟着她一路快跑赶过来后,伸出手指放在索郎欧珠的鼻子下面试了试,却发现索郎欧珠已经没有了呼吸。再一摸索郎欧珠的脸和脖子,已经没多少体温了。

“唉,索郎欧珠可能已经不在了……”

邻居大哥摇了摇头。

邻居大哥的话,让支张央宗惊慌不已:“不可能,他早上还好好的。”

说着,她也伸出手去探老公的鼻息,又伸手去摸老公的胸膛。

是的,索郎欧珠身上已是冰凉。这个早上还跟自己一起吃饭、说话、憧憬未来的相亲相爱的人,已经去了天堂。

支张央宗被吓到了,她万万没想到恩爱的家庭就这样没了,她万万没想到生与死之间的距离这么近。

她傻了,张着的嘴巴一时忘了闭合。

继而,她突然哭起来,声音很大,很悲绝,很揪心。

她抱着索郎欧珠的遗体不停地摇晃,不停地亲,不停地呼唤,涕泗如山洪暴发般,滚滚而下,落在索郎欧珠的身上,脸上……

但是,爱她的索郎欧珠再也没有回答她了。身体强壮的石匠索郎欧珠,再也没有力量站起来了。为了撑起这个穷困的家,他的最后一丝力气也耗尽了。

"支张央宗,别哭了,人都去了,哭也没用呀!"

"央宗,想想后事咋办吧,这才是最重要的呀!"

对呀,老公去世了,老公的后事咋办呀?

哭了20多分钟的支张央宗渐渐冷静了下来。

人已经去了,可是四个孩子们还小,自己还得坚强地生活呀！还得接过老公肩上的担子,支撑起这个家呀!

人没了,必须处理后事。而要处理后事,就是要请喇嘛来念经超度,并择吉日将其送到天葬台。

然而请喇嘛来念经超度,得花钱;天葬台离家还有100多里地,必须要请人抬,用拖拉机拉……而这些,也需要钱。但是自己家里却没有钱,怎么办?

邻居帮她合计了一下,这大概需要1000元钱。

"大哥,我们家没钱,但是要送我老公到天葬台需要钱,我想向您借点钱可以吗?"她仰起泪眼婆娑的脸问邻居大哥。

"妹子,我们家也没钱呀,要有钱不用你向我开口,我肯定借给你了。"邻居大哥无奈地说:"你知道的,我刚嫁女儿,花销不少,将家底用完了。快别哭了,去别人家看看吧,我也有事,要马上下地去了。"

邻居大哥家确实刚刚嫁了女儿,家境也确实不好,想必也确实没钱。但是邻居大哥是好心的人,不然不会在她求助后第一时间便跟着她跑来抢救索郎欧珠,也不会在索郎欧珠去世后提醒自己赶紧去借钱给老公操办后事。

"那你能帮我雇一辆拖拉机或者汽车,把我老公拉到天葬台去吗?"

“这个我也帮不到你呀，你知道的，要雇拖拉机或汽车，就得花钱，可是我没钱啊。”

虽然听上去挺令人失望的，但邻居大哥说得有道理。

唉，金钱不是万能的，但没有钱，真的有诸多不能。

“好吧，我出去借借。”

现实是残酷的，令人心碎，令人六神无主，手足无措；现实也是急迫的，不能拖不能等，不容许继续悲伤。以前凡事有老公或撑着，或打前战，现在老公不在了，天塌下来也只有自己撑着了，再也靠不着谁了。

支张央宗擦干眼泪，与邻居大哥合力，将索郎欧珠还没有彻底变硬的遗体抬起，放在屋内的一角，用白布围上，并用土坯做垫，使之就像平日打瞌睡的样子，以免动物伤害索郎欧珠的遗体。

然后，她抱着索郎欧珠的脑袋，在索郎欧珠的脸上亲了又亲，亲了又亲，舍不得离开。

但是，她不得不离开，同时也怕自己的眼泪掉在老公的脸上。

这是有讲究的，如果自己的眼泪落在了老公的脸上，老公就会走得不安心，就会在黄泉路上徘徊，就会不愿前往天堂，从而影响投生。

因而，她狠了狠心，离开了索郎欧珠，并“嚎”地一声再次哭了起来，眼泪鼻涕也再次如山洪暴发。

哭声悲恸，令人肝肠寸断。

她视线模糊，前路迷茫。

她一边擦眼泪，一边关上门，开始去村里借钱。

3.高原的夜

这世界别的事或许都不会太难，但是借钱可能是比较难的事。

尤其是穷人借钱。

这是用一触即破的自尊的伤口,去磕碰和摩擦坚硬锋利冷漠的人情。

从村头到村尾,支张央宗一家又一家地走,去了好几家,求人借钱给她,或请求帮忙雇一辆车,但人家都以没钱的理由打发了她。

支张央宗感到非常尴尬,也非常难受。

支张央宗是一个自尊心很强的女人,之前再穷,她与老公索郎欧珠都没向人借过钱。但是现在老公死在家里,要送到天葬台,不借钱怎么行?

令她倍感尴尬和难受的,并非是自己去借钱和求人雇车这件事,而是大家住在同一个村子,谁家有钱谁家没钱,她心里非常清楚。

没钱没车的人家她去借不到租不到很正常,但有钱的人家却不借给她钱,有拖拉机的人家也不愿意将之借给她用,给她的感觉便非常不好。

自己与没钱的人和有钱的人,平时关系都处得不错,为什么他们不借钱给自己度过这个难关呢?是因为自己家里死了人晦气吗?

支张央宗先想不明白,但很快便想明白了:自己老公死了,家里能挣钱的人没了,自己拖着四个未成年的孩子,要生活都困难,如果借钱给她,她什么时候能还上?她拿什么东西来还?这借出去的钱不是打水漂了吗?

而有拖拉机或汽车的人也不愿意帮她的原因是,这事按市场行为收钱的话,没钱支付的她只能赊账;如果用了车不收钱的话,自己既晦气还耽误拖拉机或者汽车在其他方面正常挣钱,这不是挺吃亏吗?

是的，这也不仅仅是她想明白的，而是她听见了村民们的嘀咕之声。她向村里一家有钱的大哥借钱时，那位大哥告诉她说他没钱，而她怏怏地离开之时，那位大哥却向邻居说："借给她钱，就跟将钱扔进水里有什么区别？她老公没死还能挣钱，现在她老公死了，她家谁能挣钱？反正都会得罪她，与其借钱后向她要钱时得罪她，不如现在就不借。"

支张央宗也想过向自己的娘家兄妹们，以及向老公家的兄妹们借钱，可是娘家兄妹们以及老公家的兄妹们的日子都过得拮据，自顾不暇，哪有钱借给她呢？

钱是要借的，再难也要借！

车也是要租的，再难也要租！

颜面扫地被人用脚踩也要借钱，也要租车！

不然老公的遗体难道一直放在家里吗？

在村里一路抹泪一路走，一路想着借钱的办法。

凛冽的寒风吹在落泪的脸上，如刀割般地痛。支张央宗觉得人情比这风刀霜剑的寒风还要锋利冷漠。

要知道，乐于助人的她老公索郎欧珠生前可帮过这些人家忙的。老公是石匠，而藏式民居的外墙无不是用石头垒砌的，所以新房修建、旧屋修补，少不得石匠。

当然她也知道，人，是不应该记住自己什么时候帮助过谁这类事的，而应该努力记住什么时候人家帮助过自己。

人家不肯借钱给我，不愿租车给我，是担心我没能力还上所借的钱，是怕我给不起租车的钱，想来这也是一件情有可原的事。人家有钱、有车，有权力把钱借给我，把车租给我，也有权力不借钱给我，不租车给我，这很正常，自己不该怪人家有钱不借有车不租。这不过是人情而已。人情哪能等价交换？

忽然，她想到了，老公去世之前去过一些建筑工地搞基建，但那几个月的工资却还没有结算，说要等到年底再结算，那么自己借钱、租车的时候将这一情况说出来，人家会不会借钱、租车给自己呢？

接下来借钱和租车之时，她便将这个情况作了说明，并承诺还期最迟年底。

人家还是不愿意借钱给支张央宗，不愿意租车给她。

支张央宗能够想到，尽管她讲明了偿还这笔钱的能力及来源，承诺了还钱的期限，人家不借钱不租车给她的原因，其实是口说无凭。

这不是不相信讲诚信的她口说无凭，而是谁能保证建筑公司到年底一定会将她老公的工钱结算给她呢？要知道建筑公司的工程款通常都是三角债。

没有办法，支张央宗便去找生产组长，向组长哭诉自己的艰难处境。

这确实是个很值得同情，也很具体的事情。生产组长马上组织相关人员开了会，之后安排人员、安排车辆，以送她老公到天葬台。

其实在支张央宗借钱借车的过程中，也并非没一户人家愿意帮助她：有的人家也很穷，却愿意借钱给她。这样的人家平时跟支张央宗家走得其实不近，虽然人家拿不出多少钱来，但这份心却令支张央宗意外，也因此特别感动。

有组长的安排后，邻居又帮忙请来了喇嘛，在支张央宗家里开始为索郎欧珠念经超度。

斯人突去，在喇嘛们虔诚专注的诵经声中，在悲伤婉转撕心裂肺的哀乐里，支张央宗再一次泪如雨下。

她悲很爱自己的老公撂下她和这个家就这样轻松地去了，自己的情感从此有多么孤单！

她伤从此没有了勤劳的老公挣钱，自己与四个年龄尚小的孩子接下来的日子该如何过？

她哭孩子们晚上放学回家得知父亲去世后，该如何接受这个残忍却又无法回避的事实？

她泣自己命不好，早年丧父中年丧夫，一直勤劳却始终被冷漠无情的贫穷生活所挟裹……

其实，支张央宗所磨砺的人生苦寒，并不是老公去世借钱时的窘迫尴尬和刻骨铭心。或者说，这仅仅只是一个开始而已。而接下来她与孩子们相依为命的日子，才是最艰难的。

支张央宗的四个孩子都未成年，大女儿德吉白玛15岁，在下水乡完全小学住校读书；二儿子白玛朗杰11岁、三女儿曲珍9岁在措杰村村小读书；6岁的小女儿次仁央宗，则在措杰村村幼儿园读书。

孩子们回家得知父亲突然去世的噩耗以后，也是哭得天昏地暗，令人肝肠寸断。

索郎欧珠去世了，家庭的天空坍塌了。

从此，她家便只有她一个劳力了，全家五口人只能靠她一个人来养家。土地不多，孩子又小，她除了干农活外，没有别的技能，又不能外出务工，艰难可想而知。

但是泰山压顶也要撑着，老公有高血压，生前曾经跟她开玩笑说，如果哪一天他不在了，一定要把孩子们养大。她忘不了老公对她说的这句话，她没想到这句话一语成谶。

德吉白玛读中学，在住校，半个月才回一次家。由于家里条件差，每次去学校看德吉白玛，她都无比心酸，无比难受，觉得同样是母亲，她却不能让女儿生活得扬眉吐气，因而觉得很对不住女儿。

因为别的小孩穿得好，除了政府的生活补贴外，在小卖店里想买啥就买啥。但是自己的女儿却啥也买不起，想喝瓶饮料也没钱。因为太穷，她去看女儿，给女儿带的零食，只能是几个自己做的面饼子，或者煮几个土豆。

德吉白玛吃住国家全部包干还好，其他三个小孩因为在村里上学，每天还得给他们准备饭食，以带到学校去吃。因为村里的小学和幼儿园是早上去上学，晚上才回家，中午则在学校吃从自家带的饭。

跟别人家的孩子所带的饭比，自己家的孩子吃的东西要不是麦面做的饼子，要不就是几个土豆，根本没有下饭菜，看上去十分寒酸。学校里的同学不仅嘲笑她的孩子吃得太差，还嘲笑他们是没有父亲的孩子。

回家以后，邻居家的孩子也不跟她的孩子玩，因而她的三个孩子只能自己玩。原因是他们家吃得差，穿得差，很穷，没父亲，还欠外债，晦气！

自己一定要努力挣钱，以尽快还掉所借的钱，同时也让孩子们过得好一点儿。

可是怎么多挣钱呢？

家里家外，啥事都得自己一个人做。这种体力上的苦是老公在世前的双倍、多倍。跟体力上的苦相比，心灵上的苦更严重：孤单、无依无靠。尽管很努力，像牛一样劳动，这样也挣不了钱，在家里劳动怎么挣钱呢？在有限的土地里劳作怎么挣钱呢？

随着时间的推移，支张央宗家里的境况越来越差了，甚至到了吃了上顿没下顿的程度。

老公不在了，支张央宗告诫自己必须得改变自己，要让自己变得像男人一样坚强、肯干、耐劳、有体力。

那之后，哪里有活儿，只要能挣钱的、自己能干得下来的，无论再苦再累，支张央宗都努力去争取。

甚至有的看似轻松的活儿，村里的男人都不愿意干，但她却要接下来。

这当然是充满危险的活儿。

春耕到来后，为了防止水被邻村偷，得要人夜里去守水渠，守一晚上能挣10元钱。

守水渠的地方离村子有四五里远，周围没有人家，有的只是连绵荒凉的山，以及料峭春夜里同样彻骨的寒。

高原的天空是蓝色的，深深的美丽的蓝色。夜晚中的高原的天空，也是如此。

而在蓝色的天幕上，是无数颗明亮且闪烁的星星。更遥远的星空，是沙粒般铺设的星系。这样的风景其实是美的，充满幻想和童话色彩的。

然而在浩渺而美丽的星空之下，在辽阔而空旷的田野里，一个人孤独地存在，内心却是寂寞的。又尤其是一个女人孤独地存在，那种寂寞更是惊心动魄。

是的，惊心动魄，这是一种恐惧。在这样的环境之中，她担心别的村有人来偷水，她单薄的身体无法保护好自己村里的水；她担心有喝醉酒的男人来骚扰她，在这前不挨村后不着店的田野里，她将喊天天不应，叫地地不灵。

青藏高原是大山的故乡，夜幕下的下水乡田野被黛岑的高山包围，有被幽闭的感觉。而山上，却时不时地传来血淋淋的狼嗥。狼是什么东西，就连孩子也从童话书中知道，狼是凶残的，是要吃人的。

山上有更多的狗吠。这些狗不是村民们养的家狗，而是野狗，成群的野狗。

在西藏，野狗也是要吃人的。

野狗比野狼还要凶狠。

因为野狗是人类养过的家狗被弃养后形成的群体，或者是家狗与野狼繁殖后形成的群体，它们对人类的习性和弱点比野狼对人类的了解要更深刻，更具体。而且野狗曾经受过文明的熏陶，比野狼要聪明得多。

再有，野狼的眼睛在夜晚是绿色的，如果野狼在夜色里想偷袭人，它在接近人之时，其绿色的眼睛会暴露行踪。但是野狗的眼睛在夜色里却不带颜色，如果野狗想要吃人，它接近人身时，人也未必会发现。

因而在这样的夜色里，她不敢睡觉。当然也没有地方睡觉，一整夜，她都几乎站着，或者在水渠边走来走去。

站累了或者走累了，在实在不能坚持之时，她才将自己从家里带来的一块塑料布铺在地埂上坐一坐。但坐的过程中，她丝毫不敢大意，得不时用电筒照向身体的四周，以观察是否有野生动物偷袭自己。

而且，手里还得一直拿着一把铁撬，身上还揣着几块坚硬的石头，以便在危险的时候用于保护自己。

也许你会说，支张央宗可以在地边上点燃一个火堆给自己壮胆，起码可以驱赶小范围的夜的黑暗，也可以威胁偷袭她的野狼。

但是火堆对野狗群体毫无威慑作用，野狗从人类刀耕火种时代就与人类相伴，早就了解了火的秘密。

再说，支张央宗所守的水渠是长长的，而火堆是固定的，为防别人偷水，她不能固定地守在一个点上，而必须巡逻。要巡逻，那点燃一个火堆也便毫无用处了。

夜晚空旷的田野里，以及田野附近的山上，还有各种令人毛骨悚然的声音，这是不知名的动物的叫声，是风吹山石发出的声音，是不知名的虫的叫声，还是其他没有见识过也猜度不出的声音……不得而知。在夜晚无人迹的寂静环境里，听到这些声音，总会令人将之与传说联想在一起,有时候不害怕也害怕。

或者传说的鬼哭狼嚎,雾惨云昏,说的就是如此吧。

或许就因为这样的一些原因,虽然守水的活儿并不重,但却即便村里的男人也不愿意干。

当然,报酬太少,守一夜只有10元钱,也可能是没人愿意干的原因之一。

然而,为了孩子们有饭吃,支张央宗不得不挣这个钱。

10元钱,对他们一家五口来说,不算少了,吃差一点,起码一家子一天的饭有了。

甚至,两天的饭也有了。

这样的守水的夜晚,只有支张央宗自己才知道是怎么过来的,一整个夜晚,她都是颤抖的,因为寒冷,她颤抖;因为害怕,她颤抖;也因为一阵一阵地伤心地哭,她颤抖……

天亮了,自己没有被野狗吃,没有被野狼吃,没有冻死,没有吓死,没有被偷水的人打伤,没有被喝醉酒的男人性侵……拖着疲惫的身躯朝村里走,朝家走的时候,她却非常开心,她开心儿女们这一天,或者两天的饭,终于又有了。她开心自己彻夜不眠心惊肉跳地熬过来的又一个挣扎。

三、挣扎

凄凉的哭声,在夜风里飘荡,飘荡,

如冰冷的风,寒彻山野……

岁月一轮一轮地老去,却老不去留在脑海中竹节般的记忆。

每个人的生命都会跋涉千山万水,刻在年轮里的阴郁、痛苦,却始终无法跋涉。

1.夜风中的凄哭

适当贫穷的生活,或许能够锤炼意志,培养吃苦耐劳的品质。

极端的贫穷则是灾难。

支张央宗深刻地感受到了这一点。

虽然贫,虽然穷,虽然被贫穷折磨得痛苦不堪,憔悴不已,但她整日劳碌奔波,从来没有停止过与贫穷抗争。

为了挣10元钱的守水费,又有一天,也是黑咕隆咚的守水的夜晚,当她正在胆战心惊地巡逻的时候,却突然听到远方有一个声音正向她靠近。

她紧张了,警惕了,害怕了,身体更加颤抖了。

这是幻觉?还是真实?

是风吹泥土的声音,还是真有什么动物向自己走来?

是狼,还是野狗?是偷水的人还是想侵犯自己的人?

她想看清楚,可是漆黑的夜晚除了黑,还是黑,怎么也看不清楚。

最倒霉的是,这个夜晚她没有带手电筒。

她半蹲了下去,做出了攻击的准备。但是内心却吓得快哭了。

不能哭!生死之间不能懦弱,只能战斗!

是的,为了孩子们能有饭吃,只能战斗!勇敢地战斗!

她在内心给自己如此壮胆。

但她还是吓得全身出汗,腿脚无力。

声音越来越近,她也越来越害怕。

这个时候,她甚至想的不是攻击,而是祈祷了。

祈祷菩萨保佑自己,祈祷已去天堂的老公保佑自己。

这是慌乱,更是绝望。

这样半蹲着不行!

如果来犯者是狼,是野狗,半蹲着还行。如果是人呢?

不会是狼,因为狼在漆黑的夜晚眼睛是绿色的。

那是野狗,还是人?

是野狗就不会只有一只,野狗跟狼一样,是成群活动,成群出击的。野狗群或者狼群扑来的时候,自己会腹背受敌。

是人呢?偷水的人,或者喝醉酒想侵犯自己的人一定是大男人,大男人就一定比自己高大、壮硕,自己哪是对手?

没有电筒,她想起了身上带的打火机。

掏出来,按下打火键,一边打火一边问:"谁?是人还是鬼?"

颤抖的手终于打燃了打火机,目光所及,空无一物。

确实是风吹的声音,也可能是幻觉。

不过,只要没有吃人的动物,无人攻击自己,即便是幻觉也好,起码幻觉不会对自己造成人身伤害。

然而,不知过了多久,这个声音又响了起来。同样的极度恐惧又一次重演。

她又一次按打火机的打火键,"啪!啪!啪!"不知是紧张还是什么原因,打火机只见火星,却始终打不着。

是风太大了?还是打火机没气了?

真是人忙马不快,需要什么就缺什么。

绝望了!彻底绝望!

听天由命吧,只有这样了。

"妈妈……"

这时,一个稚嫩的声音从远方的夜色里传来。

是白玛朗杰!是儿子白玛朗杰的声音。

声音不大,而且飘荡。

是真的吗?还是自己耳朵听错了?

是的，这个时候，她多么希望有力量对自己支持。

老公死了，靠不住了，祈祷他保佑，他也未必保佑得了。

其他亲人呢？

女儿德吉白玛在读住校，儿子白玛朗杰才12岁。

老公去世一年多了，这个12岁的小男子汉越来越懂事，这也让苦累的她倍感欣慰。

是的，有12岁的儿子增援自己也好啊！如果他在自己身边，自己肯定没这么寂寞，更不会这么害怕。

然而，这么小的孩子怎么可能走四五里漆黑的路来到这里呢？是的，一定是幻觉！

想到儿女们，本来已经绝望了的她又坚强了起来。

人在孤独无助时，最希望得到的便是力量。自己想到了儿子，这很正常，说明老公去世后，儿子已经成了自己的精神力量。

对一个母亲来说，这其实也是一件很幸福的事情。

这世间哪个母亲不是在为儿女奋斗呢？

无论再苦再累。

“妈妈，是你吗？”

声音更近了一些，依然稚嫩。

是的，是白玛朗杰的声音，可能不是幻觉。

“白玛朗杰？是你？”

“是我，妈妈。”

不是幻觉！不是幻觉！

她朝着那个声音摸索着快步走去。

对方也摸索着朝她快步走来。

近了，确实是白玛朗杰。

母子相见，本来应该令她感动的，但是她却发怒了：

“白玛朗杰，你怎么来了呢？你怎么不在家里好好睡觉呢？”

“妈妈，我发现你没带电筒，怕你害怕就来了。但出门才发现电筒没电。”

是的，因为买不起电池，所以电筒没电，这也是自己没带电筒的原因。

“快回去，这里又冷又危险，你来干什么！”

“妈妈，我不回去，我要陪着你守夜。”

“叫你回去就回去，你在啰嗦些什么？你明天不是还要读书吗？你在这里呆一夜怎么行？明天怎么读书？”

“妈妈，我不读书了，我要陪着你，跟你一起干农活，养姐姐、妹妹。”

“你说什么？”

支张央宗生气了，她扬起手给了白玛朗杰一耳光。

“我再苦再累都不怕，目的就是为了让你们几个孩子能够读书，你现在却说不读书了，你说你让我多寒心！你给我快滚回去！”

“妈妈，我就是不回去。妈妈，我知道你守夜有多危险，我怕你出事，怕野狼和野狗叼了你，我担心你，我回去也睡不着。”

为了保护妈妈，摸黑走了四五里地，摔了不知多少跤，终于见到暗夜里的妈妈了，却被妈妈又骂又打，心情复杂的白玛朗杰哭了。

“妈妈，你想想，要是你也与爸爸一样不在了，我们姐弟几个怎么活呀？”

白玛朗杰说着，扑进了支张央宗的怀抱，抱着她哭得更伤心了：“妈妈，我长大了，我要保护你！我是男子汉，我要与你一起养家！让姐姐和妹妹顺利读书，今后考上大学。”

自己怎么就突然打了儿子一巴掌呢？自己不是希望有一个亲人在这个可怕的黑夜里与自己做伴吗？

打过白玛朗杰之后的支张央宗心里既自责也难受,有点不知所措。

儿子长这么大,她还从未打过儿子。

她怎么舍得打呢? 这是个懂事的孩子啊!

再说了,自己老公去世以后,吃不饱穿不暖缺少欢乐的儿女们本来就很可怜了,怎么可能还狠得下心打他们呢?

听见儿子哭了 ,支张央宗也一下子哭了! 呜呜地哭!

多懂事的孩子啊!

支张央宗觉得自己受苦受累、担惊受怕都是那么值得!

哭过一阵之后,她的语气也软了下来,摩挲着白玛朗杰的头发说:“儿子,妈妈知道你懂事,可是你这样会耽误明天上学的。”

白玛朗杰仰着头对她说:“妈妈,我真不想读书了,我要跟你一起做农活,一起挣钱养姐姐和妹妹。”

支张央宗感动且怜爱的泪一滴滴滴落在白玛朗杰的脸上,先还带着母亲身体的余温,但很快便在高原夜晚的寒风中变得冰凉。

“你这孩子,给你说了,你一定要读书,你怎么不听话呢? 快回去!”

白玛朗杰的话让支张央宗又生气了,她一把将儿子从怀里推出去。

“妈妈,反正你怎么生气,我今天也不回去了。你知道的,我一个人来这里就不容易了,这山上有狼,有野狗,你就不担心我回去的时候发生危险吗?”

确实,让12岁的儿子一个人回去,真的挺危险的。

“那你答应妈妈,今后你再不能这样半夜三更来这野外找我陪我了,你也保证要继续上学读书。”

但是白玛朗杰却依然说自己不想读书了,想跟妈妈一起劳动,保护妈妈,更替妈妈分担。

白玛朗杰是一个热爱学习的孩子,学什么都很快,在学校的成绩也很好,因为懂事也受老师的喜欢。自从索郎欧珠去世后,他不仅成了自己的精神力量,更是自己的希望。

“你真是个不懂事的孩子!你要真不读书的话,那妈妈就不要你们了,妈妈就去远方嫁人了。你们没有了妈妈,看你们怎么活!”

怎么让儿子打消退学的想法呢?支张央宗突然有了一个办法。

“妈妈说到做到!你知道的,在西藏,不是没有野孩子的!”

支张央宗的这句话,果然吓住了白玛朗杰,吓得他又哭了。

哭很伤心,哭得很无助。

“妈妈,我听你的,我听你的,你不要抛弃我们。”

伸手不见五指的黑夜里,母子俩又抱在了一起,又哭在了一起。

凄凉的哭声,在夜风里飘荡,飘荡。

如冰冷的风,寒彻山野……

2.贫穷结的果

缺吃少穿的日子是非常难过的。

被舛折的命运扔进光明褶皱里的人,无论生活的正面还是背面,都是阴影。

暑假到了,孩子们在家玩,大孩子带小孩子。

而支张央宗去田野里干活了,到了中午的时候,她那不满7岁的最小的孩子次仁央宗饿得不行,大女儿德吉白玛连忙翻箱倒柜到处为妹妹找吃的。

可是一穷二白的家里哪有可吃的东西啊?

后来，德吉白玛在一个小口袋里发现了一点灰黄色的粉末，看到小妹次仁央宗饿得直哭，她便将这一小点灰黄色的粉末和着开水给次仁央宗吃了。

谁知道这灰黄色的粉末是生面粉，而且是已经有些霉变的生面粉。支张央宗原本想什么时候将之炒一下再吃，可是由于没时间一直没有炒，没想到现在小女儿却把它吃了。

结果，在预料之中，次仁央宗肚子拉得非常厉害，从当天下午一直拉到第二天傍晚，人也变得无精打采，奄奄一息。

次仁央宗凶猛的腹泄，把一家人吓坏了。

德吉白玛哭着求支张央宗："妈妈，我错了！快把妹妹送医院吧，再不送医院，我怕妹妹生命出问题。"

"德吉白玛，你没有错，这都是命啊！是妈妈太没本事了！不能让儿女们有饱饭吃，让儿女们受了这么多苦。"支张央宗说："妈妈也正想把次仁央宗往医院送。"

所幸送医院的时间还算及时，不然次仁央宗就会腹泄得虚脱了。

因为贫困，没有吃的，为了果腹，无意间给次仁央宗吃霉变的生面粉这件事，既让德吉白玛后悔不已，更让支张央宗掉了不知多少次泪。

"妈妈，我想吃肉……"

有一天，闻着邻居家飘过来的浓烈的熟肉的香气，不满7岁的次仁央宗可怜巴巴地对支张央宗说。

一尘不染的眼睛里充满了期盼和渴望。

其实，每当村民们吃肉的时候，这样的话，孩子们不只一次对支张央宗说过。

以前，自尊心很强、尴尬得不知道如何回答孩子们的她，会因此而板着脸教训孩子们，教训得孩子们眼里满是泪水。

看到孩子们眼中的泪水，虽然支张央宗外表看上去是那么凛然，但其实她内心也是泪如雨下的。因而后来，当孩子们又向她表达想吃肉时，她便会这样安慰孩子们："妈妈没本事，挣不到钱给你们买肉，你们快快长大吧，长大后就能自己挣钱了，就会有肉吃了。"

这样的回答开始时还有点效果，可每遇孩子们表现出如此强烈的渴望之时，总是这样回答的话，孩子们终究明白这是她的搪塞和敷衍，因而眼神便会变成愤怒、失望和无奈……

愤怒也好，失望也好，无奈也好，无论什么样的眼神，支张央宗都得接受。

否则她能怎样？

难道自己依然如昨地对孩子们一顿凶，就能让自己变得更有尊严，让孩子们有了吃上肉食的感受？

这就是贫穷结出的果子，有多苦，也不得不咽下。

她在琢磨这次该如何宽慰孩子们。

"我们饭都吃不饱，你还想吃肉？这么好吃，该挨打！"

这时，德吉白玛却在训斥妹妹了。

"妈妈，我就是想吃肉嘛！我就是想吃肉嘛！窗上不是挂着有肉吗？"

次仁央宗被大姐骂哭了，但她依然坚持自己内心的渴望，向支张央宗哭着说。

德吉白玛继续训斥次仁央宗："那两块肉是留到藏历年才能吃的！藏历年要用它敬菩萨，你吃了拿什么来敬菩萨？"

"好，次仁央宗不哭了，大姐说得对，我们等到藏历年就可以吃肉了。"

是的，窗上是有两块干肉，那是村里好心人看到支张央宗家里太穷，在宰羊的时候送给她家的。

那个年代大家的日子都不好过，因而所送的肉并不多，一块也就一斤多吧。虽然有肉了，但这哪能吃呢？吃了过藏历年的时候就什么肉也没有了。

藏历年可是非常讲究吉祥的，如果过年餐桌上也没有肉，那来年不是就更没有肉了？

于是她的孩子们，便又盼星星盼月亮地盼望着藏历年快些到来。

藏历年终于盼来了，人家都很隆重地庆祝，但是支张央宗家里却冷冷清清，不仅没啥吃的，而且孩子们也都穿着陈年的、因为身体长高而不合身的旧衣服。

支张央宗深为自己身为孩子们的母亲的无能，而感觉非常没面子，内心里也非常痛苦，非常愧疚。

《诗经》云："七月流火，九月授衣。"然而该制冬衣的时候，却"全家都在秋风里，九月衣裳未剪裁。""寒衣处处催刀尺"，家无长物徒四壁。

贫穷，让人无法躲避生活中的风刀霜剑。

但是孩子们很懂事，在藏历年即将到来之前，德吉白玛便对她说："妈妈，你别难过，我们不要新衣服，我们穿新衣服旧衣服一样快乐。我们先将天葬爸爸时借的债还了再说吧，我们长大后，也能挣钱的。等我们挣了钱，想穿什么样的衣服都可以买！"

德吉白玛的话音刚落，白玛朗杰、曲珍等几个孩子也都纷纷表示了相同的观点。

因为相比于穿，孩子们更渴望能够吃肉。

两块已经在日月里变得异味很大的肉被煮熟了。

是的，这是有些腐臭，又有些哈喇味的肉的味道，经过者有人会因此捂鼻，但孩子们却吃得很香，吃得满脸笑容。

不过，因为肉太少，孩子们也只能算是吃到肉了，要想尽兴却是不可能的。

“妈妈,你也吃吧。”

“妈妈不吃,妈妈平时帮人家干活,不时会吃到肉的。”

支张央宗不是不想吃,而是想到自己如果也跟孩子们一起吃这点可怜的肉的话,那么孩子们所能吃到的数量就更少,所以她得忍着将口水往肚里咽而不吃,只吃点油炸面食,或者糌粑坨坨,或者煮肉时放在锅里一同煮的白萝卜,或者借故忙而到灶间做事。

看到孩子们开心的样子,支张央宗心里除了开心以外,更多的是心酸。

孩子们的欢乐是盼了多少个日子才盼来的啊!

为了过好这个藏历年,除了将邻居平时送的一些干肉之类食物留着,以便能使自己家这个节日的餐桌,看上去与邻居家的餐桌上的丰盛不要差得太多。但尽管这样,他们家的藏历年,还是过得十分寒酸。

藏历年是一个特别隆重的节日,按藏族的风俗,家里条件好的,吃的穿的,给菩萨供的东西都会准备得特别多。

唉,什么时候才有一个富贵而又年丰的藏历年啊?

生活的风霜笼罩一年又一年,难道自己和孩子们只能坐望温饱梦?

四、坐望温饱梦

石头砌的房子有两面墙出现了局部垮塌,破败得像弃宅一样。

而房子的肮脏情况,更是不堪入目:房前院坝里到处都是牛粪,踩烂了或者没有踩烂的,新鲜的或者不新鲜的,逆着春光的美好而呈现……

1.雕塑

地球海拔最高的地方,离天最近的地方。

这片云上的世界,挺立着世界第一高峰,怀抱着全球最大的高原湖群。

西藏,有无比洁净的天空,有无比亲近的白云,有直射心灵的阳光,有梵音缭绕的文化。

这里是佛教信仰的圣地,是嘹亮藏歌的故乡,是文人墨客的灵感,是旅者心念的梦想。

这片独一无二的土地,千百年来,却也布满了苦寒、残酷与无情。

在和平解放前,斯土斯民,人均寿命只有36岁。

为什么如此?不仅因为这里一些地方自然条件极端,普遍贫困,而且旧西藏的社会制度不尊重人性,不关心民生。

西藏和平解放后,其社会形态从奴隶社会直接跨入社会主义社会,一步越千年。

虽然西藏人民的生存状态和生活质量由此大有改变,但和全国其他地方的人民相比,仍然有着很大的距离:这里生存环境恶劣、基础设施薄弱、文明程度较低、经济发展滞后,是全国唯一省级集中连片深度贫困地区。

西藏的贫困特点归纳起来,可用四个字概括,即:“广”“大”“高”“深”。

“广”,即贫困人群所居地域广阔;“大”,贫困人口基数大;“高”,是指贫困人群所处环境海拔很高;“深”,是整体处于深度贫困状态。

到2020年全面建成小康社会,是实现中华民族伟大复兴的务实选择，是逐渐实现中国梦的现实基础。

这片神奇而又圣洁的土地，怎能让它被贫穷摧折，怎能让它被小康抛弃?

高原蓝天下的疼痛，坐望温饱梦的挣扎，牵挂着高层的心。

西藏精准扶贫，全面小康，一个都不能少！

自“十二五”以来，西藏自治区的扶贫工作取得了“一个明显提高，两个明显下降，三个明显改善，四个有所突破”的显著成效。

明显提高是指农牧民收入明显提高。2014年底贫困群众收入增长幅度高于全区平均水平3个百分点。

明显下降是指贫困人口和贫困发生率明显下降，到2014年底，贫困发生率由49.62%下降到32.95%。

明显改善是指农牧区基础设施条件、基本公共服务、环境保护明显改善，完成溜索改造84座，10多万贫困群众住上了安全适用的住房，乡镇和建制村公路通达率分别达到99.7%、98.28%，基本解决了60多万农牧民安全饮水问题；全区小学入学率达到99.59%，初中毛入学率达到98.75%；全面建立和完善草原生态保护奖励机制……

有所突破是指共投入国家专项扶贫资金74.22亿元，完成“十二五”规划投资的172.6%；建立了人有名、户有卡、村有册、乡有簿、县有电子档案、地(市)有平台、自治区有数据库的贫困人口动态管理系统；因户因地制宜，实施了整村推进、产业到户、结对帮扶等措施；建立了“区负总责、地市直管、县抓落实、乡镇专干”的管理体制，创新了“任务到地、资金到地、权力到地、责任到地”和“工作到村、扶贫到户”的工作机制。

得益于精准扶贫工作机制，西藏贫困人口逐年减少，经新一轮建档立卡认定，到2015年底前，全区贫困人口已由2013年底的80万人减少到2014年底的69万人。

通过艰辛的努力，西藏自治区虽然已经交出了令人瞩目的反贫困“成绩单”。

但是这依然远远不够。

2016年，西藏自治区力求做到精准识别贫困人口，先后组织5万多名干部走村入户，在“一看房，二看粮，三看有没有读书郎”的基础上，通过“几看几比”“十一步识别法”等精准识别方法，深入开展贫困建档立卡“回头看”“数据清洗”等多轮摸底排查，全区共识别录入扶贫开发建档立卡信息系统贫困人口148695户588711人。

“你终于起床了，我们已经等你好久了！”

2017年2月27日，星期一。

周伟刚起床，开门准备打水洗脸，便被一位藏族大爷和一位藏族大妈一左一右地抱住了手臂。

“大爷，大妈，这是怎么啦？”

睡眼惺忪的周伟丈二的金刚摸不着头脑……

这两位老人，男的名叫洛松益西，女的名叫朗嘎，是一对患难夫妻。

他们为什么要一左一右地抱住周伟的手臂呢？

请允许我从头说起吧。

周伟是西藏自治区拉萨市达孜区民政局的一名普通职工，也是一名结对子的扶贫干部。

周伟1989年出生于四川省泸州市叙永县摩尼镇。2007年冬，从小便有军人梦、18岁的他报名参军，来到西藏自治区，成了驻防拉萨某部的一名军人。

军营的生活五彩缤纷，让人成长很快，部队生活磨练了周伟的意志和品格。2012年，当了五年兵，行将从部队转业的他，因为喜欢西藏的山山水水，他放弃了回四川工作的打算，而努力报考公务员，最终成了拉萨市达孜县德庆镇人民政府的一名干部，负责办公室文件的收发整理，及一些办公室日常工作。

虽然拉萨在不少人眼中干燥、缺氧，植被稀少，但周伟却热爱这方土地。它的天空永远是那么蓝，阳光永远是那么透彻，山川永远是那么明晰，空气永远是那么洁净，人际关系永远是那么单纯……

在周伟的眼中，拉萨已经成了自己的第二故乡，他能够在退伍之后继续留在拉萨工作，觉得非常幸运。

周伟在拉萨没有亲戚，他在拉萨却有亲人：战友就是他的亲人，同事就是他的亲人，热情的藏族同胞也是他的亲人。

最令他幸福的是，在2014年春天的一次老乡聚会上，他认识了美丽的小燕（化名）。小燕也是四川人，热情大方，快人快语，很令他心动。

看得出来，小燕也对周伟很有好感。

见他们有些来电的样子，朋友们中便有人起哄，有人调侃，有人撮合……弄得他们之间的友情迅速异于别人。

那之后，随着交往的深入，两人恋爱了，而且越爱越深。

2015年1月，周伟从德庆镇调到达孜县民政局，接触精准扶贫攻坚工作。令他幸福的还不仅仅是这个令人羡慕的工作调动，还有2015年5月，他与小燕携手走进了婚姻殿堂。

拉萨的夜晚是清寒的，夏天也是。自从有了小燕后，周伟晚上的日子再没有感觉孤寒过。虽然小燕没有工作，没有收入，但是他觉得夫妻恩爱就是一切。没有爱，即便生活在宫殿里，也未必快乐。因而他温暖的心里，觉得未来的日子愈发美好起来。

2016年3月，达孜县精准扶贫工作紧锣密鼓地开展起来，并严格推行“321”的政策，即每一名县级领导干部至少包扶3户贫困户脱贫，每一名科级干部至少包扶2户贫困户脱贫，一名普通干部至少包扶1户贫困户脱贫。

“321”脱贫计划宣布后，一部分干部职工存在畏难情绪。认为自己又没三头六臂，本来工资就不高，照顾自己家庭的压力都很大，能有什么办法帮助贫困户脱贫呢?

周伟的观点却不一样。他认为帮助贫困群众脱贫，肯定不是一件容易的事，肯定会遇到很多困难，不然国家怎么可能这么重视扶贫工作？而且还叫“扶贫攻坚战”？他觉得办法总比困难多，只要肯动脑经，扎实苦干，就一定能够帮助贫困群众脱贫。

在“321”脱贫计划实施的过程中，他向单位领导主动要求，将达孜县最困难的贫困户分给自己。单位领导对他的举动深为感动，因而分配他与章多乡拉木村的低保户朗嘎一家结成帮扶对子。

帮扶目标明确之后，周伟便要去了解即将结对者的家庭情况。2016年4月4日，他在章多乡干部卓玛等人的带领之下，来到了朗嘎家。

朗嘎家的房子触目惊心，石头砌的四面墙中有两面墙出现了局部垮塌，破败得像内地被废弃了的老宅一样。而屋里的肮脏情况，更是不堪入目：房前院坝里到处都是牛粪，踩烂了或者没有踩烂的，新鲜的或者不新鲜的，逆着春光的美好而呈现。

而在这院坝靠近房屋的地方，却有一个穿着颈口油腻得看不出颜色的藏袍，头发长长、油腻打结，脸上脏脏、貌如戈壁，且看不出年龄的瘦高个儿男人眯缝着眼睛，仰躺在一把椅子上，在晒着太阳。如果不是他偶尔动一下，会令人误以为这是一尊雕塑。

2.酥油茶

西藏早春的阳光，是明艳洒脱，煦暖而怡人的。它也许还如同一杯美酒，能让人沉醉于其中，或微醺安逸，陶然舒心。

见周伟一行人到来,“雕塑”睁开眼睛,略微点了点头,便又继续晒自己的太阳,全然不在乎春天的阳光中,是否有礼节。

“大爷,我们是来帮助你脱贫的。”

乡干部卓玛与之打招呼。

这原来是一位大爷。

“嗯,好。”

老人笑了笑,然后继续晒太阳。

不冷漠,也不热情。

“大爷,我是达孜县民政局的干部周伟,组织安排我与您家结对子,希望自今天开始,我能够帮您家做些什么。”

“哦,好。”

老人依然动都懒得动一下。

周伟注意到了这个细节,但他不在乎。

他理解人与人的交道,第一次总不会那么热情,毕竟彼此陌生。

“对了,我给您带了点小礼品,我去给您拿来。”

他说完后,折转身从车上拿下一桶食用油,一袋大米,送给这位老人。

老人这才站起身来,接过大米和油,说谢谢。然后朝屋里喊:“朗嘎! 朗嘎!”

喊声落处,屋内走出一个一瘸一拐的藏族大妈来,她身材粗壮,宽阔的脸白净而安详,也穿着藏袍,藏袍的袖口、颈口、胸口等处,也都十分油腻。

藏族大妈接过大米和油,对周伟说了几句藏语。随后,卓玛翻译说,这位大妈就是朗嘎,就是周伟与之结对子的贫困户。

卓玛说,朗嘎感谢政府送给她大米和食用油,她请大家去她屋里坐坐,她马上给大家打酥油茶。

朗嘎的话，让周伟心里有了丝丝感动。

酥油茶是中国西藏的特色饮料，它的赫赫声名不仅像雅鲁藏布江一样不停地流淌，而且对于藏地人家来说，它还像空气一样不可或缺，并维系着血脉的传承。

酥油茶由酥油和浓茶加工而成，它虽然是液体饮料，但地位却非常崇高，多作为主食与糌粑一起食用。

酥油茶既可治高原反应，又可预防因天气干燥而造成的嘴唇爆裂，使高原简朴粗犷的生活充满细腻和温馨：寒冷的时候可以驱寒，吃肉的时候可以去腻，饥饿的时候可以充饥，困乏的时候可以解乏。茶叶中含有维生素，酥油茶还可以减轻高原缺少蔬菜带来的损害。

周伟还记得自己第一次喝酥油茶的经历。

那是他进藏当兵的时候，老兵们说，喝酥油茶能抗高原反应，但他闻到那个气味，却感觉很膻腥。

“喝吧！喝酥油茶的感觉是这样的：第一口异味难耐，第二口淳香流芳，第三口永世不忘。试过了你就会相信我说的。”

老兵的话极具诱惑力，自己既然投笔从戎，连生死都不怕，何惧一杯酥油茶的膻腥？周伟动心了。

事实上，这世间再好的东西，初次接触时，不都会有潜意识的设防与抵触吗？第一个吃螃蟹者就是最好的例子。

当真正喝上一小口酥油茶时，才发现酥油茶哪有想象中的那般腥臊呢？充盈于满腔的，是一种奶与茶携手释放的馥郁的、特别的香气。

于是他三下五除二，便将满满的一杯酥油茶咕噜咕噜地喝下了肚。

成了青藏高原一分子之后，周伟渐渐明白，高原人民真的是离不开酥油茶的。

一千多年前，藏医学家宇妥·云丹贡布在其所著《四部医典》中，论述了酥油对人身体的营养及功能："新鲜酥油凉而能强筋，能生泽力又除赤巴热"。

这个意思是说，新鲜酥油润泽气血，能使人精力充沛，使皮肤不粗裂，还能生泽止渴，滋润肠胃，和脾温中，润泽气色，并治疗口舌生疮及赤热性疾病。

经现代科学研究发现，生活在青藏高原的人们之所以离不开酥油茶，原因是高原缺蔬菜、水果，从而缺维生素。同时，牛羊肉属于酸性食物，经人体消化后会产生一定量的氢离子，并因之出现胃酸过多、便秘、疲劳等症状，让人体的血液也呈偏酸性。

由于健康的身体需要保持酸碱平衡，于是酥油茶出场了。

饮用酥油茶，会使人体产生一定量的氢氧根离子，这些氢氧根离子能够中和掉人体内的部分酸性。

千百年来，在与严酷且不容更改的自然条件作斗争时，顽强不屈的藏族人民智慧地创造了酥油茶，也创造了酥油茶文化，因之而有茶会，茶舞，茶礼仪，并如润滑剂般贯穿于交友、节庆、离别、爱情等聚会之中，滋养着美好的生活，并一代一代地明媚至今。

带着丝丝感动，跟着笑容满面的朗嘎走进她低矮的家以后，周伟视线所触，却感觉自己瞬间头皮有些发麻。

朗嘎的家里，摆放着一张吃饭所用、积满岁月乌黑尘垢、边缘有些腐朽的茶几一样的藏式桌子，桌上放着一些似乎从来就没有洗过的碗，以及一个同样有些朽烂、同样被陈年岁月赋予苍老颜色的藏式柜子。

在屋的另一侧，是一张藏式床，床上的被子也是油腻腻的，有的地方乌黑得看不清被子面料本来的颜色……

阳光从破裂的墙缝射进屋，显得这个家更加破败。

朗嘎家有两亩多地，有7头牦牛，按理说，家境不该如此贫寒。

然而，这两亩多地，以及7头牦牛并不只是养活两个人，而是养活5口人。

卓玛对周伟介绍说，屋外晒太阳的老人名叫洛松益西，是朗嘎的老伴。

洛松益西是昌都人，年轻时四处行走做生意，后来遇到了同样单身的朗嘎，情投意合的他们便走到了一起。但分土地时，由于他还没有在这个村子里落户，因而便没有土地。

朗嘎有一个妹妹，名叫贡桑旺姆，命运也不好。

年轻时，贡桑旺姆的老公去世，2013年，贡桑旺姆又因病去世，留下三个女孩成了孤儿，看着他们可怜，没儿没女的朗嘎便收养了她们。

这三个孩子老大洛桑19岁，老二德吉曲宗才14岁，老三拉姆德吉只有9岁。

就这样，两亩多土地要养活大人小孩共5口人，不困难都没人信。

而且，朗嘎还是残疾人，不能干重体力活，困难程度就更甚一成。

好在当地政府将之纳入了低保名单，每个月有一些补贴，他们家的生活才不至于断炊。

不过，低保费用也不多，根本缓解不了她家的贫困状态。

“坐吧，坐吧。”

一瘸一拐的朗嘎指着屋里的两张辨不清颜色的凳子，热情地招呼卓玛和周伟坐。然后，她便走向灶间，拿起酥油桶，开始为他们打起酥油来。

这凳子很脏啊！油腻腻的怎么坐呢？

周伟很为难。不坐，又不太领情；坐，那裤子一定会糊上一层黑油。

正在他犹豫该如何是好的时候，卓玛一屁股坐了下去，于是他也只好一屁股坐了下去。

然后，他请卓玛翻译，向洛松益西询问起他们一家的相关情况，并在笔记本上记下来。

在这个过程中，他忽然想上卫生间了，便问洛松益西卫生间在哪儿。

洛松益西指了指屋后说："后面就是。"

周伟去到屋后，才看到了所谓的卫生间，就是一个没有遮拦的旱厕，两块中间留有空隙的石板搭在旱厕之上，用以蹲便。但是这两块石板却非常脏，完全没办法蹲下身去。他本想忍着，重新回到屋里，但是童年的影像一下子浮想在了他的脑海里，令他感慨不已：在20多年前的童年时代，自己家乡的一些厕所也是如此的——在几十年前的四川农村，这种厕所叫茅厕。

一个成年人，光天化日之下，怎么好光着屁股出恭呢？

然而，这就是朗嘎家的实情啊！

这个厕所确实很脏，但他不能嫌弃，因为这在某种程度上来说，就是贫困的表现，自己是来扶贫的，只有深切地感受贫困的滋味，才能更好地帮助朗嘎一家尽快地脱贫。

所幸这是高原的四月，还没有苍蝇，否则的话，他全身将会成为轰炸机般的苍蝇们的"停机场"。

真是贫穷啊！这已经是2016年了啊！怎么这种状况还跟自己小时候农村的状况一模一样呢？这跟我们农村比要落后几十年啊！

上完厕所回到室内，周伟感到自己身上也有一股浓重的屎臭。

不过没关系，这跟朗嘎家里，以及他们院坝里阳光下的牛粪的味道也差不多，交相辉映，彼此交融。

这，就是贫穷的味道！

他结对子要改变的，也就是这种味道！

不一会，朗嘎烧好的酥油茶端上来了，给周伟和卓玛一人倒了一碗。

虽然盛酥油茶的碗挺脏的，但碗中之物却奶香四溢，雾气升腾。

喝吗？这盛酥油茶的碗这么脏？

这怎能不喝？大妈专门给自己打的，如果不喝，这不是瞧不起人吗？

轻啜一口，茶味绵柔，奶香扑鼻；吞咽之后唇齿留香，温润怡然。

虽然酥油茶碗是黑乎乎的，看上去真的不太干净，而且成长于内地的他并不喜欢喝酥油茶，但他还是双手端起酥油茶碗来，感激地喝了一口。

喝过之后，他的视线突然模糊起来。

这是情感波动的结果，也是热气蒸腾的结果。

此时，他深深地觉得，这哪仅仅是一杯酥油茶啊？这是浓浓的感情！

在西藏生活了好些年的周伟明白，酥油茶不仅是青藏高原的一道特色饮品，还是汉藏友谊的结晶，汉藏文化交融的结晶。

青藏高原谓之“地球第三极”，高寒的高原气候，严酷的生存环境，造就了藏族勇敢刚毅的个性，也形成了藏族独具高原特色的饮食文化。酥油茶便是其中精华。

酥油茶，顾名思义，由酥油和茶组成。

酥油是藏族人民用手工工艺从牛羊奶中提炼出的奶油。

生长粗犷与伟岸的藏区，绝少生产苦涩绵柔的茶，制作酥油茶的茶叶,最初来自物华天宝的汉地中原地区。

据史书记载,早在公元4、5世纪之时,吐蕃(西藏旧称)就出现了茶叶,但当时的吐蕃社会还没有形成饮茶的习俗,茶叶也只是作为一种珍贵的保健品而只为社会上层珍藏和偶尔饮用。

茶,就如生活一样,假如未经沏泡,它不过是一片干树叶而已,索然单薄。虽然茶叶的前世,是碧绿如画的美景。

茶叶,沉静而内敛,只有倾注如沸水般滚烫的热情,才能让其变得大气完整、饱满丰盈,而且清香四溢。

唐开元以后,随着唐朝与吐蕃之间交往的增多,饮茶习俗渐渐传入吐蕃,酥油与茶叶也开始了亲密接触,并缔造出留传后世的佳话。

到了晚唐时期,唐朝与吐蕃甚至开始在河西和青海日月山一带进行茶马互市。茶叶的神奇之旅,由此始兴。

酥油茶的制作方法是藏族牧民们的智慧创造。

酥油是藏家产品,而茶叶是汉家产品。酥油有酥油的文化,茶叶有茶叶的文化,酥油茶有酥油茶的文化。

酥油茶这种美好的饮料是由酥油与茶密不可分地融为一体而形成的,这难道不是汉藏文化的最佳结晶和难得情谊吗?

美味牵动着周伟的情感,既复杂,又投入。

朗嘎家的贫困情况深深地触动了他的心。虽然自己也是从农村出来的,但是自己家相比于朗嘎家,却无异于一个在天上,一个在地下。

要知道,这杯酥油茶虽然是朗嘎招待他们的一种礼仪,但其实,这也是他与洛松益西维持生命的食粮啊!他们家这么穷,却还这么热情,这么好客,他能不感动吗?

这一口酥油茶,从嘴里向胃里流淌,一路的热辣辣,让周伟的心里顿时也变得热乎乎的。因而他在心里对自己说,自己一定要竭尽全力帮助这一家人。

半个多小时后，喝过酥油茶的一行人离开了朗嘎家。

汽车在蜿蜒的道路上行进，车上的人说说笑笑，但是周伟的心情却弯弯曲曲异常沉重。

前方的路障碍重重，他一眼望不见未来。

3.距离

心与心之间的距离，可以很远，也可以很近。

而远与近的关键，在于情感的深浅。

周伟觉得，对于自己这样参与脱贫攻坚的人群来说，没有情感的真正转变，就无从走进困难群众的心里，无从有效地实施脱贫攻坚战略。

而这个转变，要从尊重对当地的历史文化及风俗习惯开始，要从走进贫困人口的内心世界开始。

2016年5月，周伟第二次去朗嘎家，这一次，他既是希望与洛松益西朗嘎夫妻加深友情，更主要还是去给他们送米，送油的。

因为第一次去朗嘎家了解到她家的贫困状况以外，还得知，虽然朗嘎不会说汉语，但是洛松益西能够说汉语，所以这一次来，他便没带“翻译”。

五月的高原，万木复苏，昆虫也复苏。

朗嘎家的院坝里，牛粪依旧，新鲜的不新鲜的，被踩烂了的没被踩烂的，一堆堆一滩滩，让人不忍目视；阳光依然直射，秽物清晰明亮。不仅如此，还多了一群群如轰炸机般的苍蝇在轰鸣地起起落落，臭哄哄的空气在强烈的阳光下升腾。

院坝靠近屋墙处，洛松益西怡然悠然，在阳光下打盹，连苍蝇在他的脸上爬来爬去，他也懒得用手去驱赶一下。

“大爷，大爷……”

周伟朝洛松益西喊。

喊声过后，洛松益西睁开惺忪的眼睛，瞄了他一眼，又瞄了他一眼，忽然便坐了起来，继而又站了起来。

“领导，你来了？”

“大爷，我不是领导，我是周伟。”

这次，洛松益西很热情。

听见洛松益西与人打招呼，朗嘎也如前一次一样，一瘸一拐地从屋里走了出来，满面笑容叽哩咕噜地跟周伟打招呼。

“朗嘎在叫你呢，她叫你快进屋里坐。”

见状，洛松益西连忙翻译。

“谢谢！谢谢！”

“今天你怎么一个人来呢？他们呢？”

“你是我结对子必须要完成脱贫攻坚的建档立卡户，所以今后都是我一个人来了。”

“你来就来嘛，怎么又拿来米和油？上次你给我们家的米和油，还没吃完呢。”

“是的，今天我们刚发了工资，所以，我担心上次送给你们的米和油吃完了，所以便买了一袋米一桶油来。”

“哎呀，你用自己的工资给我们买东西，这怎么好啊？”

“这有什么，我们既然已经结了对子，那我们就是亲戚，就是一家了。”

“看你这么年轻，一定刚参加工作不久，工资一定不会太高，你这样破费我心里不安啊！”

“没事没事，我工资虽然不高，终归有工资，节约着过，还是行的。”

确实，周伟的工资不高，可是这个结对子帮扶的对象，是工作任务，上面规定必须要完成帮扶，且要令其脱贫，具体怎么做，没有明确规定,只有一个词,叫“走访慰问”。

这个词肯定有通过走访慰问以让贫困户转变观念的意思,但要让贫困户转变观念得有个过程,而最急迫的是要解决眼前的贫困状况。由于没有可借鉴的现成办法,所以只有自己想办法了。

那么怎么想办法呢?先用自己工资买些东西送给他们,暂时缓解一下他们家的贫困现状,再慢慢想其他办法吧。

在朗嘎给自己打酥油茶的时候,周伟观察了她家厨房的情况,发现她家厨房里几乎什么也没有,没有蔬菜,没有水果,更没有葱姜蒜这些调味品。

在一个木盒子里,装着糌粑,一个碗里有半碗酥油。锅碗瓢盆那些都是黑黢黢的,乱七八糟地堆在那儿。

这次,他与洛松益西聊了很多,也解到了洛松益西的一些过往的人生经历。

通过这次聊天,他也才知道,洛松益西并不是懒人,他之所以看上去很懒,其实是累。因为朗嘎是残疾人,肢体残疾,不能干重活,只能做简单的家务,因而耕田种地以及放牧等体力活,只能靠洛松益西一个人做,所以他比一般人要累得多。

面对家里的贫困面貌,洛松益西很想利用农闲出外去做生意或打工的,但是由于朗嘎身体不好,肢体残疾,行动不便,要照顾她的他却不敢远离。

而且,朗嘎不能做重活,他还得照顾土地,照顾庄稼,以及照看牦牛,根本没办法去离家太远的地方谋生。

“这确实是问题,可是你家这个贫困状况如何改变呢?”

“我也在经常琢磨这个问题。比如我要出外做生意或打工的话,我就只有带着朗嘎才行,否则我不放心。而如果我带着朗嘎的话,那家里的土地怎么办?那7头牦牛怎么办?我们不能把土地荒芜,把牦牛卖掉呀!”

周伟明白了,朗嘎院坝里的那些牛粪,其实不是因为朗嘎以及洛松益西懒而没有收拾,而是等太阳将之晒干之后用来做燃料的。

烧干牛粪这是藏族同胞的传统。周伟其实知道这一点。不同的是,牧区的藏族同胞是将牛粪一团一团地搭在墙上,令其风干以做燃料月,而半农半牧区的不少农民却像晾晒粮食一样在院坝里晾晒牛粪,然后待牛粪干了之后再收归在一间类似于内地柴房那样的小屋时,随时需要随时取。

当然,生活的磨砺,也让朗嘎与洛松益西心里有了"等靠要"的思想。他们脱贫致富的想法较少、路子不多,因而一直无法摘掉贫困的帽子。

这一次从朗嘎家回来后,周伟的心情比第一次去朗嘎家回来时还沉重。

是的,授人鱼,不如授人渔。用自己工资给他们买东西这个办法不错,但自己也有一家人,这样的扶贫办法不会是政府希望的扶贫办法,也不是长远之计。要令帮扶对象脱贫,最好的办法是令其自身有造血功能。

那么,如何让朗嘎这个贫困的家庭实现自身"造血"呢?

周伟在冥思苦想方法的同时,也依然没忘每月发了工资之后都买上米、油、面、砖茶及水果去看朗嘎一家,同时还给他们现金。

2016年,周伟的工资拿到手后只有5000多元,这个收入在西藏并不算高,所以每个月要拿出多少钱来帮扶朗嘎一家,确实不易。但竭尽所能地帮扶朗嘎,也影响了自己的小家庭,他与小燕因此时常吵架。

因为小燕当时没工作,两个人都靠周伟的工资生活,确实也挺困难。

自己的薪水既要照顾家庭,又要照顾朗嘎一家,这让周伟非常痛苦。而且靠每月送一点东西，根本解决不了问题。

那段时间他几乎日夜都在思索着、寻找着帮扶朗嘎一家的最好的方法。

苦寒的生活之路是逼仄的，陡峭的。但关爱之路是宽广的、敞亮的、备至的。

事无巨细，润物无声。

五、虔心

这片神奇而又圣洁的土地，大自然慷慨地赋予其瑰丽的风光。

但是生活在这里的人们是艰苦的，工作在这里的人们也是艰苦的。

1.萧寒

人说山西好风光
地肥水美五谷香
左手一指太行山
右手一指是吕梁

这首由乔羽作词，张棣昌作曲的《人说山西好风光》的著名歌曲，歌唱的是白伟伟的故乡山西的风土人情。

周伟是从内地到西藏当兵，退伍后通过考试到地方行政机关工作的。跟周伟一样，白伟伟也是如此。

白伟伟1985年9月出生于山西省吕梁市，2004年12月，19岁的他参军入伍，2007年退伍之后通过考试进入西藏自治区山南市乃东县（后来改成乃东区）财政局工作，到地方工作的时间比周伟略早。

吕梁是革命老区，革命战争时期是红军东征主战场、晋绥边区首府和中央后方工作委员会机关所在地。一部《吕梁英雄传》，是战争年代吕梁人民不畏牺牲、前赴后继的真实写照。

耳濡目染，白伟伟身上也有着这样一种英雄气节。

西藏自治区精准扶贫工作开展起来之后，2015年11月，他主动请缨，申请到乃东县结巴乡格桑村出任第一书记。

格桑村232户854人，建档立卡贫困户22户72人。

“帮扶工作怎么帮？怎么扶？”

“怎么调动贫困群众的脱贫积极性？”

“怎么样发展村集体经济、带富群众？”

……

驻村的第一天，白伟伟目睹了格桑村的现状，心情沉重得彻夜未眠，他一直思考着这些问题。

从第二天开始，他走村入户，了解村情民意，把脉致贫原因，核实贫困信息。

在调研的过程中，为了做到心中有数，他每到一户，都会拿出本子，随问随记，很认真。

“我现在是格桑村的第一书记，也是格桑村的村民了。我要发自内心地把格桑村当成自己的家，把格桑村的村民当成自己的亲人。”

在第一天调研结束之后的晚上，白伟伟在自己的调研本子的首页，写下了上面这句话。

洛桑卓玛是格桑村的贫困户，她家的贫困是因为缺少劳动力而致。

洛桑卓玛家有三口人。洛桑卓玛自己身体不好，大女儿达珍在家务农，小女儿益西卓嘎考上江西工业职业技术学院。家里挣钱的人少,需要花钱的地方很多,所以入不敷出,生活过得甚为艰难。

十一月的山南乃东县,已是萧萧寒冬,但洛桑卓玛一家却穿得破旧单薄,难御瑟瑟寒风。她们所谓的家,四壁透风,陋室空空。

看到母女仨自卑,羞涩而又无助的眼神,白伟伟的心里莫名地难受。

通过调研了解到洛桑卓玛家的具体困难的那个晚上,他又失眠了,一整夜都在寻思着如何帮助洛桑卓玛母女仨。

为了使洛桑卓玛家尽早脱贫,白伟伟觉得洛桑卓玛的大女儿达珍如果利用农闲去城里打工,也许能够挣一份钱。

因为虽然洛桑卓玛身体不太好,但是农闲时节还是可以照看庄稼的。

可是达珍能打什么工呢?达珍没文化,要是好找工作的话,也许早就去城里务工了。

不过,洛桑卓玛家令白伟伟恻隐的同时,也让他发现了一个亮点。那就是洛桑卓玛家徒四壁,却打扫得很干净,这在当地村民中很难得。

那达珍愿意去作保洁吗?

也许作保洁的工作要好找一些,也不需要什么文化。

当然,这事还得跟洛桑卓玛母女商量才行。

当白伟伟将这个想法告诉给洛桑卓玛和达珍后,母女俩当即表示太好了。

之后,他便利用周末四处求人,最后在山南市职业学校为达珍找了份保洁的工作。

帮了达珍,还要帮益西卓嘎。

想到益西卓嘎上学没机票钱,白伟伟又为她忙前忙后,不仅自掏腰包为其购买机票,还开车将其送到拉萨机场。

2.心

在苦难中度日,希望和美好要不愈来愈强烈,要不愈来愈消磨。

极端的贫穷,沉重的生活重担,努力却又无果的抗争,最容易让人看不到生活的希望。

富裕自有生财之道,贫穷亦有致贫原因。

因病致贫、因残致贫、因学致贫、因灾致贫、因缺耕地致贫、因缺水致贫、因缺技术致贫、因缺劳力致贫、因缺资金致贫、因交通不便致贫、因自身发展能力不足致贫、因婚致贫,因没自信致贫、因懒惰致贫……

只有精准识别致贫原因,并因人因户、因地制宜提出脱贫措施,找到应对方法,做到对症下药、有的放矢,才能使贫困群众脱离贫困。

洛松益西与朗嘎为什么贫困?不仅仅因为朗嘎身体有残疾,也因为他们的脱贫意识比较麻木,同时对脱贫致富也没信心。

周伟知道,装睡的人是怎么也叫不醒的。因而解决朗嘎与洛松益西的"等靠要"思想,树立自力更生的思想意识很重要,这是提升"造血"能力,是否实现最终脱贫的关键性问题。

闲时,周伟经常买上礼品去朗嘎家看望他们,与朗嘎及洛松益西谈心,引导他们消除"等靠要"的落后思想,用勤劳的双手摘掉贫困的帽子,创造幸福的生活。

所幸,周伟一腔真情的努力引导,渐渐起了作用,朗嘎与洛松益西的颓废思想开始改变,并如春天到来的高原一样,变得振作清新起来,生机勃勃地树立起了脱贫致富的信心,主动与他交流思想和看法,探讨一些脱贫致富的方法,希望能够在他的帮助和自身的勤奋努力下实现脱贫，改变家庭现状，让孩子能够读完大学，找到好工作，过上好日子。

有一次，周伟去朗嘎家送钱送粮的时候，洛松益西在感激他的帮扶的同时，对周伟说，要是他能帮忙在城里找一个临时工之类的做做就好了，家里的经济一定会有所改观的。

那之后，周伟便利用中午和周末休息时间，特地去一些单位、企业打听是否有临时工这样的职位。但是用人单位一听到洛松益西的年龄、工作经验和文化水平之后，便婉言谢绝了。

虽然处处碰壁，但是周伟没有停止过寻找。因为这个“寻找”是他结对子帮扶朗嘎一家的重要内容。

2016年之前，达孜县民政局在达孜县政府办公楼底楼办公，由于工作需要和业务拓展，2016年4月从政府办公大楼搬了出来，搬到了镇江路10号所在地办公。

到了新的地点办公，办公环境好了许多，但是却没有门卫。有一天，一个神经不太正常的人闯进民政局大院胡言乱语，这让周伟突然意识到，这对洛松益西来说，民政局门卫或许是一个挺不错的工作。

他想，如果洛松益西来这里上班的话，每月便有收入了，这里离章多乡拉木村也不过40多里地，要回家也方便。还有，他如果在这里当保安的话，还可以将朗嘎接过来一起住，洛松益西在做好保安工作的同时，还可以照顾朗嘎……真是一举多得的事。

因而，他连忙向局长袁智勇汇报了自己的想法，并希望得到袁智勇的支持。

袁智勇觉得周伟这个想法不错，但他也同时犯了难，向周伟问了与洛松益西相关的一连串问题：

他是否藏汉两种语言都运用自如？

保安这个活儿虽然不累，但是要求有很强的责任心，他可否有这样的责任心?

农牧民一般是天黑就睡,天亮后想什么时候起床才起床,自由散漫惯了,而保安工作差不多是24小时值班,他能习惯吗?

做保安后农忙季节可以回家种自己的庄稼,平时朗嘎跟着他一起到城里来生活,他们家的7头牦牛该咋办……

周伟觉得袁智勇考虑得确实很周全,如果洛松益西来了不服从管理怎么办?天天喝酒怎么办?组织性纪律性差怎么办?他心里有些忐忑起来,但他还是没有放弃:

"袁局长,洛松益西能够将藏汉双语运用自如,语言没有问题的。"

"那我担心的其他问题呢?"

其他问题确实不清楚,可这事不试试咋知道呢?

"局长,要不我们让他来试一下,如何可以,就让他干,如果不行,就另外找人。"

"你可以先去问问,讲明白权利与义务。可以试用一下,如果合格,我们就将这个工作给他。"

"那好的,我去问问洛松益西,了解一下相关情况再说吧。"

没想到,当周伟将这个工作机会告诉给洛松益西之后,洛松益西非常高兴,当即表示自己愿意试用一个月,且这个月不要工资,以证明给大家看,自己能够胜任这份工作。

洛松益西果然是一个追求美好生活的人。当周伟将他带到民政局后,他马上去理发店将自己那长长的头发剪成了短发。又在周伟的家里痛痛快快地洗了一个澡,并穿上民政局提供给他的门卫制服。

经过这一打理,周伟眼中洛松益西简直完全变了一个人,不仅不再显得衰老,仿佛年轻了20岁,而且十分阳光,精干,积极。

当然,形象改变并不意味着就他能胜任门卫这个工作,周伟心里其实还是替洛松益西捏着一把汗。

不过，在试用的这一个月里，周伟原本悬着的心却越来越平静了：睡在值班室里的洛松益西每天早早地就起床了，然后洗脸刷牙打扫卫生，并把开水烧好。白天的执勤也是认认真真，尽心尽责。

转眼一个月过去了，不光周伟放心了，而且达孜县民政局的干部职工，都认为洛松益西的工作干得不错。

洛松益西也很高兴，虽然他之前说过试用这一个月他不要工资，但民政局给他开了3000元钱的工资。

包吃包住之外，还能拿3000元工资，这简直太幸福了：如果每个月都能拿这么多工资，那自己一家就告别贫困了。

试用期满后，洛松益西又有了惊喜：他拿的工资却不是3000元，而是3300元！

自己不仅从一个穷困潦倒的农村人，一下子变成了城里人，还能月月拿这么薪水，这真是之前做梦也想不到的事啊！

拿到工资那一刻，洛松益西激动地紧握着周伟的手，什么话也说不出。但他眼里，却早已是纵横老泪。

在偏僻的拉木村，洛松益西与朗嘎，像两颗渺小的野草，日复一日淡看季节的风云，生活过得既平淡也苟且。

他们的表情沉寂，貌似颓废萎靡，可有谁看出他们心中的脆弱，和眼里对春天的渴望？

身处贫困，向往美好，谁不期盼煦暖的阳光照耀自己？可是又有谁会在匆匆奔忙中，对自己尽心呵护，让自己也能开花，并与时代的节奏同步？

不甘于贫穷所带来的人间太多的坎坷与辛苦，为了心中的美丽，他们尝试过，努力过，挣扎过，奋斗过，为之留下多少痛，流过多少泪……他们始终与命运抗争，只为要苍天知道，自己并不认输！

然而世界之大，天地虽宽，要摆脱贫困，这条路却崎岖难行。

某一天，周伟来了，并且视他们为亲人，为家人，痛其所痛，爱其所爱，忧其所忧。爱，如缕缕春风，吹进了他们寒彻冰冻的心里，给了他们力量与勇气，让他们正视自己，并再次振作了起来。

感恩的心，感谢命运。

感恩的心，感谢有你。

自此，周伟成了洛松益西及朗嘎夫妻心中的大恩人。

无所谓恩人不恩人，周伟感动的同时，其实心里很冷静。既然已经"一对一"了，那么一切苦与累，爱与痛，都是应当的。

这绽放在朗嘎与洛松益西心中的感激，不过是他们生活质量上升的一个逗点而已。尽管自己也不是太阳，不是救世主，但他会一如既往坚定带着他们，向生活的高处一级一级地攀登，哪怕有多么艰难。

3.家人

予人玫瑰，手有余香。

拿到工资之后，知恩图报的洛松益西当即买了一瓶酒和一兜子水果送给周伟以示感激。但周伟很感动的同时，他怎么能要呢？

"大叔，您这是把我当外人了啊！我与您家既然叫结对子，那意思就是我们是一家。既然是一家人，您哪用买东西感谢我呢？"

这话很真诚，洛松益西不知该说什么才好。

正式被聘用以后，洛松益西想到大侄女洛桑已经22岁了，开始到处打工，二侄女德吉曲宗在湖南长沙民政职业技术学院读大学；三侄女拉姆德吉也在城里中学读书，家里只有朗嘎一个人，没人照顾不行，因而他便把妻子朗嘎也接到了城里，与他一起住在达孜民政局的门卫值班室里。

当洛松益西与朗嘎的生活稳定了之后，有一天洛松益西又找到周伟说，洛桑从西藏日喀则地区职业技术学校毕业以后，到处找工作，也换了不少工作，却始终不如意，问周伟有没有办法也帮洛桑找一个比较好的工作。

虽然给洛松益西解决了工作，也让他们一家脱了贫，按理说，自己帮扶的任务就算完成了，但是当洛松益西对周伟提及这件事后，他依然极为上心地帮忙为洛桑找工作。

那一阵子，只要是周末或假期，周伟都会带着洛桑去一些单位求职。

不仅去达孜区，也去堆龙德庆区，更去拉萨城里……

机灵勤快的洛桑容貌端正，阳光热情，按理说比较好找工作。然而真正找起工作来才发现，这并非是一件容易的事，存在着高不成低不就。

面对打击，或者冷遇，周伟没有因此而放弃。他相信要不了多久，自己一定能够为洛桑找到一份比较满意的工作的。

这世间的事就怕认真，就怕坚持。经过周伟的不懈努力，他终于为洛桑在拉萨市阳光泌尿医院找到一份护理工作，每月收入有3000余元。

虽然这个收入对于一个刚出校门的孩子来说，已经很不错了，但是在周伟心中，扶贫工作一直在路上——他的奋斗目标不仅要让朗嘎一家走出贫困，还要他们的生活好上加好。

后来的一天，周伟得知达孜县敬老院需要护理人员，工作虽然繁重，但工资比拉萨市阳光泌尿医院还要高些，便问洛桑是否愿意去上班。

洛桑一听，满心欢喜。因为敬老院也属于民政局下属单位，这不就跟姨父洛松益西同一个单位了吗？多好啊！

“那我去给领导请示一下，看领导的意见如何再说。”

“好的，希望能够成为敬老院的一名职工，我会好好工作，不辜负您的关怀的。”

然而，当周伟将这一情况向袁智勇局长汇报之后，袁智勇却没有一口答应下来，原因是他担心洛桑太年轻，刚刚从学校毕业，没有相应的护理经验，不知道能否胜任这个工作。

“在敬老院当护理人员，是照顾老年人，甚至还有生活完全不能自理的老年人，相比拉萨市阳光泌尿医院的护理人员来说，对耐心的要求要更高得多，这个工作又脏又累，可以说很多人根本吃不了这个苦，她这么年轻，能吃得了这个苦吗？有这个耐性吗？”

当周伟将袁智勇局长的担忧转告给洛桑以后，洛桑肯定地说，自己能够胜任这个工作，也可以像当初民政局考察姨父洛松益西那样，也让她试用一月，以观察她是否有这个能力。

袁智勇同意了：“那好吧，反正在外面聘请护工也是聘请，试用一下，能行就最好。”

于是，洛桑在师傅的帮带下，开始了实习。

虽然洛桑很年轻，也漂亮，看上去不太像是会照顾老年人的人，但是由于她的父母去世得早，这也是她心中永远的疼痛及遗憾。正因为心里有这样一份疼痛与遗憾，她对老年人便有一种天然的尊敬和耐心，护理老人的时候，也特别认真细致，并任劳任怨。因而试用的结果，表明了她能够胜任这个工作，她便成了达孜敬老院的正式护工。

周伟连着帮了朗嘎一家两个大忙，朗嘎一家更感激他了，有时候做了好吃的，还特地要请他去品尝。

那之后，看到朗嘎的精神状态越来越好，腿部的肢残状态也得到了好转，为了进一步改善他们一家的生活状态，周伟又有了主意:达孜民政局办公楼下有一间门面房一直没有租出去,要是将之免费租给朗嘎使用,开一家茶餐厅多好!

因为朗嘎的藏面和甜茶做得很好。

当他把这个想法告诉朗嘎后,朗嘎心中蛰伏的美好被激活了,也表现出强烈的创业意愿,希望通过自己勤劳的双手增收致富。

这太好了!周伟见状很开心。

可是,犹如高原夏天的天气,说变就变。随之,周伟看到朗嘎先前还开心的脸上又出现了愁容,并对洛松益西叽叽咕咕地说了一阵话。

这是什么意思?是嫌累,不想开这样一家茶餐厅吗?

正在周伟这样猜度的时候,洛松益西对周伟说,朗嘎的意思是,这件事肯定是好事!但是就算有了门面,他们也没有开茶餐厅的启动资金,何况门面租金那么贵,民政局怎么可能免费租给他们呢?

"她说她很感激你处处为我们家着想,但也许这件事不会有什么结果。"

洛松益西转述了朗嘎的意思之后,又补充说道:"我也是这么认为的。"

原来是这样啊!周伟安慰洛松益西和朗嘎说:"没事的,不要灰心!不努力一把怎么知道这事能不能成呢?我去帮你们问问。"

这件事果然不是那么容易。

周伟将这个建议向局领导提出来后,局领导也十分支持他的想法,说为了进一步改变朗嘎一家的生活状态,不仅可以免费将这闲置的门面房租给他们开茶餐厅,还可以免收他们经营时的水电费。

但局领导也有顾虑:朗嘎的身体能否正常经营得了这家茶餐厅?这间门面房用来开茶餐厅能否盈利?达孜县的贫困家庭不只朗嘎一家,如果将这间门面免费租给朗嘎,其他的困难群众会不会有意见?

听了领导的分析后,周伟也有些迷茫了:"唉,还是领导考虑得周全,细细一想,确实有存在这些问题的可能性。"

没想到这时局领导说:"没关系,我们请示一下主管领导吧。"

于是,民政局将此事向达孜县分管扶贫工作的边次副县长进行了汇报。

令人欣喜的是,边次对达孜县民政局全力支持困难群众创业的事给予了支持。

之后,周伟便马上帮朗嘎张罗起茶餐厅开业的事来,不仅买碗买筷买茶壶茶杯,自掏腰包帮助朗嘎定制了店标牌,自费印制宣传单,在全县积极宣传,以吸引更多的顾客。而且还花钱请来水电工,帮朗嘎的茶餐厅安装水电。

2017年1月,朗嘎的"精准扶贫幸福茶馆"开业了,这是达孜县首家精准扶贫示范个体工商户。

这家茶馆紧挨着门卫值班室,茶馆里既卖甜茶,又卖藏面,还卖瓜子饮料。

朗嘎是一个善良的人,做生意讲求诚实经营。这表现在她的茶餐厅所卖藏面不仅份量很足,所用牦牛肉也是市场上最好的牦牛肉。

人们说,信誉是最好的口碑。朗嘎的"精准扶贫幸福茶馆"也是这样,开张后不久,声名便传播开来,生意还算不错,每天都有近300元的毛收入。

"精准扶贫幸福茶馆"虽然是专为朗嘎而开的,经营收入也专属朗嘎一家。但周伟却将之当成自己家开的一样,尽心尽力地帮忙拉客,宣传。

为了使茶馆里的经营项目更多一些,周伟又自己掏钱为朗嘎买了一台炸土豆条的机器,因为炸土豆条是西藏人民喜欢吃的食品。

刚开始时,“精准扶贫幸福茶馆”只有甜茶和藏面,后来朗嘎又慢慢琢磨出了酸辣粉、面条等菜品,进一步地提升了茶馆消费人群的数量。

考虑到“精准扶贫幸福茶馆”在达孜县民政局门口,前来办理结婚等事宜的群众较多,周伟又给朗嘎出谋划策,鼓动她添置了一台复印机,以给群众提供证件复印服务,这也在一定程度上拓展了茶馆的营收业务。

颦呻挂念,喜悦欢颜。自从成为达孜区民政局的门卫以后,朗嘎、洛松益西夫妻与周伟就经常在一起吃饭,经常在一起聊天,彼此之间有什么事,也都毫不见外地相互帮助。

他们之间亲密无间的关系,很令达孜区民政局的干部群众羡慕。

以前,洛松益西比较爱喝酒,但是后来发现他身体不太好,有高血压等病后,医生便建议他不要喝酒。这个陈年旧习要改掉其实很难,医生说过好多次,都不太管用。后来,周伟认真地对他强调了一定不能再喝酒的必要性之后,洛松益西却一下子就戒掉了这个习惯。

医生得知这个情况之后,笑着问洛松益西:“我对你强调过多次叫你戒酒你都不听,周伟只给你强调一次你就听了,你为什么这么听周伟的话?”

洛松益西的回答铿锵有力:“周伟是我的恩人,我要不听他的话,这不是挺对不起他的?那我在大家眼中成什么人了?”

六、润物无声

再恶劣的环境，也不能阻挠西藏人民对美好生活的向往；
再艰苦的条件，也阻挡不了春天的阳光到来的坚定步伐。

1.心灵的火焰

望闻问切，方能找准病根，并对症下药。

通过逐户走访调查，白伟伟深刻认识到，要拔掉“穷根”，最重要的就是发展让村民长期受益的村集体经济，实现从“输血”变“造血”。

然而摆在白伟伟面前的困难，比他想象的要多得多，也更为艰难。

白伟伟遇到的第一个问题，就是与村民之间沟通的问题。如果不能很好地与村民沟通，自己怎么帮助他们？

这个沟通的问题，还不仅仅是情感交流，智识普及，而是普通的交流都不行。因为彼此语言不通，必须有翻译才行。

不要说完全不懂藏语的自己与村民之间的交流了，就是平时和村“两委”成员开会，他也只能对“两委”们非常不标准的普通话进行半听半猜才能勉强会意。

我的天！如果语言都不通，我何以能够融入他们？感受他们的疾苦？走进他们的心里？

白伟伟很着急。

脱贫攻坚真不是一件容易的事，真是一块硬骨头。又尤其是西藏自治区的脱贫攻坚，更是一块很硬很硬的骨头。

“原来以为很艰难，我是一个不畏困难，迎着困难上的人，所以主动申请到格桑村驻村。但现在看来比之前想象的要更难，要让格桑村的百姓实现脱贫致富,非脱一层皮不可!”

白伟伟在自己的日本记上写下了这样一句话。

“我是军人,死都不怕,脱层皮算什么?”

在遇到困难,一筹莫展的时候,白伟伟经常这样安慰自己,鼓励自己。

自己听不懂藏话,那么百姓也未必能够听得懂普通话,白伟伟决定首先从改变自己开始。

他不仅要改掉自己普通话中所带的山西口音、吕梁口音,使之更标准,还要求自己必须学藏语。

藏语难学,但是自己天天置身藏语的环境之中,一天学几个,又有何难呢?

于是他积极主动向乡亲们学习藏语,而且给自己规定了任务,每天要学多少藏语。

为了提高自己的藏语水平,白伟伟在格桑村工作的日夜里,深入群众、走村入户,和群众同吃、同住、同劳动,完全把自己融入到乡亲们的生活之中。

经过一段时间的努力学习之后,他不仅学会了“贡康桑”(你好)、扎西得勒(吉祥如意)、突及其(谢谢)、卡里沛(再见)、如索得波饮拜(你好吗)等日常用语,还差不多能够与乡亲们通过藏语交流了。

除此之外,他还能叫出村里每一个人的藏族名字,并与之像朋友一样聊天,了解他们的想法,聆听他们的心声。

爱,是感情的基础,是心灵的焰火,是距离的天敌。

白伟伟的努力既获得了乡亲们的认同,也让乡亲们很感动,更照亮了梦的天空。

他的心血如同一个个免疫细胞,正在努力地奔向格桑村被苦寒利刃千年戳下的累累创伤。

2.甘霖润泽

百姓的疾苦,就是政府的疾苦。

对山南市琼结县下水乡措杰村支那组支张央宗家的贫困,政府不会视而不见。

支张央宗家的情况,被支那组组长反馈了上去,引起了措杰村“两委”的高度重视。

措杰村“两委”准备了支张央宗家庭贫困的相关材料,并汇报到乡政府后,乡政府又将他们家的相关材料汇报到琼结县民政局。于是,她家被纳入了农村低保户之列,每年有几百块钱的补贴。2008年,措杰村村民中有50%是吃低保的,由于支张央宗家特别贫困,她家5个人全都吃上了低保。

自从享受政府的低保补贴之后,支张央宗一家子一年能有3500元钱生活补贴,这在很大程度上缓解了她家的贫困状态。

支张央宗非常明白,低保生活补贴仅仅是补贴,要让家里日子过得好一些,最主要的还是自己要更加勤劳,更加多挣钱才行。

为了多挣钱,她什么活都干,村里谁家有活需要劳力,她都去帮忙干活,人家也会给她一些钱,或者一些吃的东西。

她得知乡政府时常停水,要用水就要去很远的地方背水,于是她便背水去乡政府卖。乡政府的干部了解她家的情况,在买她的水的同时,也会给她买一些吃的用的。

支张央宗背水之时如果带着儿女,乡政府的干部们还会留她以及她的儿女吃饭。

人们都说穷人的孩子早当家。其实这句话的背后是因为穷人家的孩子,穷的不仅是衣,是食,也缺爱,因而过早地养成了独立的性格。

穷人家的孩子缺爱,又尤其是既贫穷又是单亲家庭的孩子,更是这样。大人终日劳碌于挣钱、种地或放牧养家，累得精疲力竭，对孩子的爱，便常常只能放在心里。

偶尔跟着母亲去乡政府享受到了慈祥的眼神，温暖的怀抱，以及善良的关怀之后，孩子们便情不自禁地把乡政府当成了自己的另一个家。有时候特别想吃点好东西的时候，就会管不住自己的脚，走到乡政府去。

乡政府的干部职工既同情支张央宗的处境，也同情她的孩子们，只要她的儿女们来到乡政府，干部职工们总会留孩子们在自己家吃饭。这家不留，那家也会留。同时，他们也经常帮孩子们洗头发，扎头发，并找出自己小孩的一些衣服，送给孩子们穿。

那些年，还多亏了支张央宗那经济稍好的哥哥格桑顿珠的接济，否则，没日没夜地干活、工作，拼尽了全力挣钱养孩子，她一个人也养不了4个小孩。

2010年，政府在考察支张央宗家里的实际情况的时候，发现她家不仅非常贫困，而且房屋也很破败，有两面墙还出现了严重的开裂。

藏族传统民居的墙都是因地制宜用石块垒砌而成，这种房屋一般分为上下两层，下层用于堆放杂物或者关牲口，上层则住人。如果墙体出现裂缝的话，那么依靠这种墙支撑的楼极有可能垮塌。因为垒砌墙体的石头都是不规则的石头，而非规整的砖块。

考虑到支张央宗一家所住房屋已属危房，于是政府从村民危房改造求助金中拨出15000元钱，又组织村里的劳动力，为她家在原址重新修建了四间房屋。

15000元钱仅够购买水泥、木料等建筑材料，按理是无法修建四间房屋的，但除了政府帮扶她家以外，村里人也都积极响应号召，前来帮助她家，在为她家建房的过程中不仅不要工钱，还自带干粮。因为糌粑、酥油这些都好带，只需要一点开水就可以冲兑来吃了。

2013年，伴随着精准扶贫、脱贫攻坚的春风，支张央宗家艰难的家况得到进一步改善。

支张央宗虽然只读过小学，文化程度不高，但却很重视培养孩子们老实正直、努力上进、吃苦耐劳的优良品格。

她经常教育孩子们，做人要像她那样不怕苦不怕累，勤勤恳恳。要求在校读书就一定要努力学习，这样的话将来才可能找到一份稳定的工作；在田野里劳动就一定要辛苦耕耘，这样才可能有一份不错的收获。

对于自己家的贫困状况，她也告诉孩子们，人穷不能志短："我们家之所以暂时贫困，那是因为你们还小，家里只有我一个劳动力，一个人要养四个人，当然日子不会好过。但再难的日子都会过去的，等你们慢慢长大之后，只要我们家里每个人都勤劳，那家里的穷困面貌是一定能够得到改变的。"

支张央宗的大女儿德吉白玛高中毕业后，主动放弃了读大学的机会，而改学卫生护理，并通过考试当上了与措杰村相邻的崩嘎村的村医。她之所以如此，就是想自己早点参加工作，和母亲一起养家。参加工作后，她每个月扣除保险等费以外，还能到手2000多元钱。

之后，她又嫁给了邻县一个村医，生活过得美满幸福。

2016年，琼结县响应国家号召，全面打响了脱贫攻坚战，县、乡、村分级成立脱贫攻坚指挥部，全面落实各项脱贫政策，全方位推进扶贫开发战略。

在政府的继续关怀下，支张央宗家经过"一申请、一评议、两公示一公告"的认定程序，被纳入贫困户建档立卡系统，更进一步地提高了低保待遇，对她家落实了生态补偿岗位、教育资助金额等扶贫政策,极大地改善了她家的贫困面貌。

这一年,高中毕业的白玛朗杰参加了政府开办的免费技能培训班,去学了挖掘机驾驶,并取得了驾驶证。继而,又学泥瓦匠手艺,可以砌墙。

之后,勤劳的他便起早贪黑地在一些建筑工地从事挖掘机驾驶工作,每天能挣220元,如果晚上愿意加班的话,每天能挣300元。

考虑到不是时时处处都有工地开工,也不是时时处处的工地开工后都有基建活儿,白玛朗杰又于2017年向银行贷款6万元钱,买了一辆农用车,用于自己没在工地干活之时去拉货挣钱。因而,不是月薪制的他,只要有活就能挣钱,比不少月薪制工人还挣得多。

后来,白玛朗杰又发现农用车所装货物太少,也没办法去远方运送货物,他又交钱去驾校学习大货车驾驶,想考取大货车驾驶执照以后,再买一辆大货车,到时远远近近拉货的活儿都可以接单。

实践证明,社会财富是勤劳的人创造出来的。

勤劳的人总是夙兴夜寐披星戴月。他们的生活节奏比一般人快,休闲娱乐的时间比一般人短。他们惜时如命,并积极进取。

在人生旅途之中,勤劳的人总习惯以追求为乐,总喜欢给自己设定前行的目标,并通过实现一个又一个目标的方式,来标注自己的年轮。因而勤劳的人的人生是忙碌的,勤劳的人的人生也是充实的,勤劳的人的人生更是奋进的。

勤劳的人的勤劳,是其生活的习惯;勤劳的人的勤劳,也是其立身的品格;勤劳的人的勤劳,还是其奋进的态度;勤劳的人的勤劳,更是其成功的保障。

支张央宗、德吉白玛、白玛朗杰就是这样勤劳而奋进的人。

抱怨不能铲平生活之路上未知的坎坷，只有勤劳与奋进才是擦亮人生的绝活。

3.爱情

穷则思变，变则通，通则达。

人没有趋光性，却渴望光明。

当贫穷如暗夜笼罩着生活的时候，人们却无不选择逃离。

次仁曲珍初中毕业以后，想到家里兄弟姐妹太多，大家都窝在家里的话，要吃一顿饱饭都难，听说到外面去打工，不仅能吃得饱饭，还能挣一份不错的工资呢，于是便出外打工了。

从小就在贫穷的苦水中泡大的她是喜欢外面的世界。喜欢的原因是外面的世界令人开眼，外面的世界令人成长，外面的世界也励志，并让她看到了自己的未来，在心中构筑起了自己的未来。

以前，她的奋斗目标只为能够吃上一顿饱饭。而现在到了外面的世界，有了见识之后，她的奋斗目标是要有一个光彩的人生。

她刚出去打工之时，是在拉萨帮人洗碗，累得腰酸背痛，但她开心。她认为凡事只要认认真真做好，就一定能够有所收获。

是的，她的付出，得到了收获——她从洗碗工变成了服务员。

当服务员的她又因热情周到，满脸真诚的笑而打动了多少食客。

2008年的一天，一家医药公司的老板在这里吃饭时，被她的聪明、热情、能说会道，以及真诚感动了，把她挖到了自己的医药公司上班。

于是，她去了那曲。

次仁曲珍没想到，那曲是她的幸运之地、幸福之地。

在那曲，她不仅遭遇了爱情，而且还开启了全新的人生。

爱情是什么?

爱情就是我一直在寻找却一直没有找到的春天。

虽然我在茫茫人海虔诚张望,缘分如微风拂柳,偶尔给我假想的美好,但幻象终究不是现实,我始终忍受着等待的孤独之寒。

直到遇见你……也许真的是你。

在那曲,在那家医药公司上班之后,次仁曲珍每个月都要去一些药店推销药品,业绩好,收益就高,因而她干得用心又卖力,就像曾经在家里种地一样。

种地看似简单,却饱含着一个亘古不变的深深的哲理:只有播种了,才可能有收获。虽然播种了,未必会有收获,但没有播种,却绝对不会有收获。

次仁曲珍知道这个道理。她在医药公司推销药品时既用心又卖力的付出,得到了相应的收获,她的业绩干得很好,收入令人羡慕。

她感谢支持她工作的人,感谢那些药店、那些医药超市买她所推销的药的人。

在她所感谢的人中,有一位个子挺高,戴个眼镜,文质彬彬、皮肤白皙的帅哥,她觉得尤其值得感谢。

这个帅哥是一家医药超市的员工,也是医生,还有点小职权。

她时常见到他,与他谈业务。

但这看似正常的接触,却让她的心里总有一种被鹿撞的感觉。

不,不是被鹿撞,而是被牦牛撞!

但愿我经年累月坎坷的寻找和蹉跎的岁月,都是因为你!

这样的接触,让她少女之心荡漾。

她明白自己这样的感觉是什么意思,因而时间一久之后,竟然在心里这样祈祷起来。

情不自禁，她通过各种努力，悄悄地打听起这个帅哥的情况来。

后来得知，这个帅哥名叫高永乾，汉族，甘肃省天水市人，2006年从兰州大学毕业后来到西藏那曲地区工作。

认真读过你的资料，感觉是那么美好，你呢？

在喧嚣世界里你沉静的心湖是否也为之轻漾？

如有涟漪几许，不妨进一步接触。

是的，高永乾对次仁曲珍也有异样的好感，他也喜欢这个聪明、善良、真诚、热情，而且笑容灿烂、性格豪爽的藏族女孩。

随着接触机会的增多，彼此的感觉也越来越好，于是有一天，次仁曲珍以感激高永乾帮自己多多地完成了任务为由，请高永乾吃饭。

有美女请吃饭，这是多么美好的事啊！高永乾当然求之不得。

带着玫瑰芳香的邀请得到了回应，次仁曲珍也是乐得心花怒放。

如同吃蜜的她在心里对自己说：请相信，这世间大多幸福的终生相守，都是从陌生开始的。我期待情感的累积，从这一天开始。我一定要努力！

是的，他们的爱情，就从这一天开始了。

幸福，让他们渐渐甜蜜地感受到了。

未来的日子里，他们感受得更多的还是时代的温暖和春天的芳香。

七、春天的芳香

携温暖而行，朝向春天的方向，未必是一帆风顺的，或许有料峭来袭。

但热爱的季节，坚定的步伐，真诚的奉献，终会带给我们春天的芬芳。

1.转行

春霖熙熙，天地旷旷。

甜美的爱情，不仅能够浇灌心灵，使幸福之花开得更艳，而且能够相互成就对方。

自与高永乾恋爱之后，次仁曲珍便深刻地感受到了这一点。

2009年5月，高永乾去那曲地区的巴青县办了营业执照，开了一家诊所。深爱高永乾的次仁曲珍也辞去了令人羡慕的工作，追随高永乾去了巴青县。

2009年11月，两人携手走进了婚姻殿堂。由于高永乾医术高明，良缘喜结同心谱，两人赚了不少钱。

婚后的高永乾夫妇，每年都要到次仁曲珍的娘家拉萨市达孜县唐嘎乡穷达村过年。笑语欢歌辞旧，华灯爆竹迎新，喜庆的气氛好不热闹。

自己发家致富了，走过了人生穷苦的寒冬，但次仁曲珍每次回老家时看到依然贫困的家乡父老，心里总不是滋味。

而高永乾却是另一种感受。

次仁曲珍娘家人对高永乾很好，很热情，让他非常感动，春节的气氛也热闹。然而他心中却有遗憾，那就是餐桌上食物丰盛，但几乎全是肉类，而少有蔬菜，能买到的蔬菜大部分是从内地运进来的，价格比较高，他就想，岳父母家要是能像自己家乡那样冬天也能吃上蔬菜多好啊！

同时，高永乾也发现，虽然岳父母家土地不少，但收成却很低，一家几十口人的土地收入，只有区区1万多元。

“老公,你怎么了？身体不舒服吗?”

有一天,吃过饭小两口独处之时,次仁曲珍看到高永乾似有心事的样子,便关心地问他。

“没有,我身体好好的呢。”

“那我看你精神状态不太好呀!”

“唉,看着你们这儿这么多土地产量这么低,而且当地百姓冬天没有蔬菜吃,市场上卖的蔬菜都是从外地运过来的,很贵,我心里有点难受。”

虽然读过大学,且从事医疗职业,但生长于农村的高永乾心里却有着深深的农耕情怀。

“那怎么办?”

“要是本地冬天也能出产蔬菜就好了。”

“哈哈,真要能种出蔬菜,农民还不种吗?”

“我觉得冬天也能种出蔬菜的。”

“天寒地冻的,怎么种?”

“天寒地冻有啥关系？可以搭建蔬菜大棚呀!”

“你的意思你想试试?”

“如果可以,也不妨一试,反正你们家的地不少。这样的话,至少我们明年再在你家过年的时候,就有蔬菜吃了呀!”

高永乾对种植业比较感兴趣,做为妻子,次仁曲珍是知道的。

“你的意思是咱们不开诊所和超市了?”

“我只是这样随便想,当玩笑吧。”

“老公,我觉得你的想法还真行！每到冬天,因为拉萨不产蔬菜,我们便没有蔬菜吃,要买外地蔬菜又这么贵。如果我们能够种出蔬菜来的话,不仅让当地百姓能够吃上蔬菜,而且说不一定还能赚钱呢。”

“你的意思是我们试一下?”

“为什么不可以试一下？如果我们成功了，我们就干这个。如果我们失败了，还可以回过头去继续开诊所，开超市。”

“老婆，你说得有道理！我觉得除了种蔬菜，还可以种粮或种其他经济作物。”

“老公，你要真想改行从事种植业，我支持你！”

“是真的？”

“当然是真的！”

就这样，夫妻俩一商量，决定从城里回到次仁曲珍的家乡种粮种菜。

“如果真要改行，那种植面积仅有你家的土地还不行，还应该扩大。”

“嗯，我们想办法！不是有土地流转的做法吗？我们也可以尝试那样做。”

然而，理想要变为现实哪可能一帆风顺？高永乾与次仁曲珍夫妻俩把自己的决定刚准备付诸实施，便遭遇到了阻力和困难。

“你们在城里混得好好的，事业做得好，又能挣钱，干嘛回农村重新当农民呢？”

两边的亲人朋友都如此感慨，表示特不理解。

“次仁曲珍你怎么能这样？你以前不是农民吗？你以前不是因为种庄稼苦才出去闯荡的吗？今天怎么刚刚吃饱肚子便忘了过去的艰苦？”

次仁曲珍的父母姐弟也坚决反对。

“你们说冬天蔬菜贵，可是你们不是能挣钱吗？又不是没有这买蔬菜的钱，干啥要重新把自己变回农民呢？”

“爸爸，我们决定回来当农民不仅仅是为自己吃蔬菜的问题，我们想为当地人民解决冬天没有蔬菜吃的问题。”

“这么多人，这么多年都没有解决的问题，你们怎么就相信自己能够解决呢?”

“我们想试试。”

“次仁曲珍,你以前是农民,你怎么没有试出来?你在城里工作了这么些年,根本就没有种过庄稼了,相反你还能试出来?”

“我老公喜欢种植业,他比我有经验。”

“他是医生啊!他以前搞过种植吗?他是名牌大学毕业的学生,应该是从小到大都在读书,大学毕业以后到了西藏,也是从事的与种植业无关的医疗职业,他怎么就敢确定自己能够在我们这一片土地上种出冬天的蔬菜来呢?”

“他以前在家乡种过地的,寒暑假的时候。”

“那你们也应该回到他老家甘肃去搞种植业啊!那边气候好,冬天能够种出蔬菜的。”

“我们放弃我们现在的事业,在我们家乡这片土地上搞种植业的目的,就是想在这片土地上种出冬天的蔬菜来,让我们大家都能在冬天吃上本地产的蔬菜。”

……

次仁曲珍夫妻是经过深思熟虑的,因而亲人朋友的反对无效。

事业顺风顺水,却突然间要转行,这在旁人看来,确实有些无法理喻。

而对自己来说,从熟悉的一行转到相对陌生的一行,也的确存在着压力。

2.雪中送炭

把自己融入村民之中,藏语其实也是一道美味,能使人上瘾。

虽然自己跟着村民学习藏语的成绩不错,差不多与村民之间能够用藏语勉强交流了,但是白伟伟心里非常明白,自己到格桑村驻村学习藏语不是目的,要让该村脱贫致富才是目的。

那么如何才能让该村村民脱贫致富呢?

这是他最伤脑筋,也最动脑筋的事。

琢磨来去,他决定把目光放在项目争取上。

因为要想秋天有丰硕收获,你得春天有种子播种才行呀!

即使一本万利,也要有那个“一本”才行呀!

天上掉馅饼的典故虽有,但是天上掉馅饼的奇迹绝对没有!

白伟伟是一个爱学习的人,懂的政策多,工作方法也多,也很有韧劲,有了想法,他不怕实不现。

乃东区财政局局长才仁顿珠对此印象十分深刻。这个有能力的年轻人既让他兴奋,也让他犯难。

有一次为了争取一个项目,白伟伟守着才仁顿珠谈,便让才仁顿珠叫苦不迭又十分感动。

那几天,白伟伟守在才仁顿珠的办公室,才仁顿珠忙,白伟伟不打扰;办公室有人进来找才仁顿珠,白伟伟便端茶倒水,然后出去转一圈。等别人一走,白伟伟又回到才仁顿珠办公室,继续谈自己的项目规划……

反正格桑村这个项目的事情没解决,白伟伟就守在财政局不离开。

就这样,在白伟伟的坚持之下,乃东区财政局为格桑村申请了投资8.58万元的能繁母猪养殖项目,并投资了30万元的高效奶牛养殖项目。

这些项目,成为格桑村集体经济发展破天荒的种子,在原始荒僻的村落里生长,为格桑村集体经济的发展注入了新的动力。

白伟伟带着村民们努力地行进在脱贫攻坚的艰难道路之上,但苍天却不合时宜地不时制造一些麻烦,阻逆脱贫的方向。

2016年7月,一场突降的暴雨引发格桑村二组擦沟段发生洪涝灾害。

白伟伟迅速与村“两委”班子组织干部群众投入到防汛抗洪工作一线，挖填坑洞、搬运沙袋、清除路面淤泥，确保村民生产生活安全。

爱在奔流，灾情在退却，忘我地工作，也让白伟伟付出了代价：他的右脚被石头砸伤，鲜血直流，把他穿的凉鞋都染红了。

“天啦，白书记，你快看你的脚，这是怎么了，出了这么多血？”

村主任索朗达杰突然指着白伟伟的脚惊呼。

白伟伟装作没事：“没关系的，刚才被石头砸了一下。”

“你看血流得好厉害，而且脚也砸青肿了，快到村医务室去治一下。”

“这有啥？”白伟伟笑了笑说：“我曾是军人，军人有条铁律，那就是轻伤不下火线。”

“可是你现在已经不是军人了呀！”

“一日为军人，终生为军人。现在的抗洪抢险就是战斗，我哪能撤退呢？”

白伟伟说着，撕下自己所穿背心的一角，只对伤口进行一番简单包扎，然后便忍着剧烈的疼痛，一瘸一拐地继续投身在防汛抗洪的战斗中。

虽然洪水最终退去了，村民们的损失也降到了最低，但由于白伟伟脚上的伤口当时处理得不好，却感染了，灌了脓，上医院去治了一个多月才好。

2016年8月22日，白伟伟的脚伤终于治好了，但这天当他去医院取下脚上的纱布，给伤口拆线，准备快乐地开始健康人生的时候，却又因一件他突然知晓的事而昏了过去……

“在别人困难的时候能帮就帮一把，锦上添花容易做，难得的是雪中送炭。我要做一个雪中送炭的人！”

白伟伟在日记里这样写,并提醒自己这样做。实际也是这样做的。

看到村民们磨青稞不方便,白伟伟又从自己的工资中拿出1万元建造了水磨坊,自此,全村人都到这里来磨青稞,省时又省力,也在磨青稞的过程中,倍感他的好。

通过调研了解到格桑村幼儿园的孩子中午休息的条件不好之后,他又积极协调有关部门,为村里幼儿园的孩子们争取到了床上用品三件套,以及一辆运输用的电动三轮车。

有一天,白伟伟得知在山南市的堂姐对自己的网吧进行重新装修后,要变卖一批桌子、沙发,连忙前去讨要,并将之拉到格桑村里,送给有需要的人。

白伟伟不仅是一位实施脱贫攻坚的好干部,他还是村民心中的活雷锋,修电脑、修家电、修太阳能电池、修汽车、换灯管……什么活他都干得有模有样。

一个书记,却成了村民的修理工,这令村民感慨不已。

当修理工当然不是白伟伟进行精准扶贫的措施和高明,他的高明在于他能够慧眼识未来。

3.坎坷

创业的困难虽然各有各的不同,但是所有困难对人的折磨都是一样的难受。

次仁曲珍与丈夫高永乾放弃已经经营得风生水起的诊所及医药超市,而从事传统种植业的决定,刚刚过了亲人朋友反对这一关,接下来又遇到了新的难关。

从事规模化的种植业,仅靠次仁曲珍娘家那几十亩土地肯定不行,只有进行土地流转,才能将现代农业的优势发挥出来。这也是他们准备转行之初便考虑到的,却没想到困难有这么大,所面对的问题有这么多。

他们决定先流转1000亩地进行试验。

然而，一家一户的土地，突然之间要令其流转，这却不是一件容易的事。多少农民觉得这是在抢他们的土地。

这个世界上居然有不希望自己生活过得更加美好的人？

次仁曲珍与高永乾真是又好气又好笑。

不过，这事心急肯定是不行的，必须耐心地给他们解释才行。

而且，冷静地想过之后，他们顿然明白：这哪是乡亲们不希望自己的生活过得更加美好？这不是了解，因而害怕。

为了让乡亲们相信自己所言非虚，他们甚至还请乡亲们派出代表，由他们出机票钱前往区外进行土地流转的地方参观。

生活好于从前，事实胜于雄辩，幸福的生活就在眼前，为什么要将之拒之门外呢？

乡亲们终于信了，愿意将自己的土地进行流转了。

当然，你要真不愿意进行土地流转，也没关系啊，一切从自愿出发！

不过，凡事都有头羊效应，村子里最聪明，最有能耐的人都愿意将自己的土地进行流转，我的土地为何不敢流转？

万事开头难，虽然口舌费尽，但最终管用，这让次仁曲珍与高永乾夫妻还是感到欣慰。

2016年7月，他们经过多方筹资的达孜区麦之穗农业种植农民专业合作社终于成立了，合作社有成员15户，其中建档立卡贫困户14户63人。

有土地了，就可以开始种植了，对吗？

哪有这么容易的事！

如同寒冷古老的土地上的两株傲立而又生命盎然的绿色植物，次仁曲珍与高永乾夫妻，给乡亲们带来了全新的景色与希望。

心与心的拥抱，拉近的不仅仅是距离，而是梦与梦的相连。他们不懈的努力，要的不是自己成为风景，而是要让家乡的每家每户都闪耀着欣喜与幸福的光芒。

他们在努力，这样的努力当然是艰难的，是逆着传统与气候而行的。

当乡亲们流转土地的观念开始转变以后，又一个问题出现了，那便是要支付土地流转金、要建蔬菜大棚，这两大问题令他们的资金出现了很大的缺口。

他们把自己多年在那曲地区巴青县开办诊所的积蓄全都用在了合作社的发展上，但还是不够，远远不够！

困难如大山横亘，挡住了前路。

愁眉凝结，忧思覆面。

“卖房！”

看到高永乾焦头烂额的样子，次仁曲珍对丈夫说：“老公，我们将拉萨的房子卖了吧！卖了就有些钱了！”

“老婆，你小时受了那么多苦，这房子可是我买来让你享福的呀！所以，拉萨的房子是我们的根据地！根据地都没了，万一我们的种植业失败了，不是去处都没有了？”

“老公，你不会失败的！我们不会失败的！再说了，拉萨的房子是我们的根据地，这儿是我的娘家，也是我们的根据地呀！我能在这里长大，也能在这里变老！就怕你是否吃得了这个苦呢。”

“我老婆在哪里，我的家就在哪里。”高永乾说：“有老婆在，我就是甜蜜的，所以，怎么可能我吃不了这个苦呢？”

恩爱，是战胜困难的利器，也是深沉夜色中的火炬。

卖掉拉萨房子的事，夫妻俩又达成一致了！

不过，城里曾经的竞争对手，开始看他们的笑话了：这两人不是神经病吗？不是败家子吗？想到千百年都是那样平凡的土地里去刨出金子来，做梦吧？

嘲笑不可怕。理想在彼岸，现实与理想之间何止路途迢迢，更有千难万险。要干成一番事业，就得泅渡过嘲笑的海洋。

可是，卖掉了拉萨的房子，又岂够建造蔬菜大棚的费用？

不过杯水车薪而已！

而且，虽然夫妻俩天天泡在大棚里研究蔬菜，但是他们在前期建成的大棚中，对高永乾从家乡带来的大白菜、大葱、西红柿、茄子、南瓜、黄瓜、辣椒等蔬菜进行试种之时却发现，他们的种植技术并不成熟，所生产出的蔬菜产量不高……

这诸多问题一时间让他们进退唯谷。

真爱，挚情，水土，梦想，如何才能与阳光同行？

八、与阳光同行

虽然每走一步，困难都如影随形，堆砌在道路上的，还有寒冷的叠嶂。

但是阳光一直在天空传递力量，阳光也一直在内心灿烂。

1.取舍

资源是资本，是财富，更是生产力。

为了让山南市乃东区结巴乡格桑村有更多的土地，白伟伟也在殚精竭虑夙兴夜寐地奋斗。

他请相关人才到村里进行测绘，发现村里的戈壁只要平整之后，便能弄出2000多亩可以耕种的土地。这可是好资源啊！

为了使这个规划变成现实，他认认真真地做了可行性报告，之后，发现乃东区财政局院子里有一辆停放未用的装载机，简直心花怒放：有装载机来打理平整戈壁，岂不比靠人工打理平整要事半功倍?

他又开始了游说与奔波,像春风缠绕大地,通过他的努力,最终免费借来了这辆装载机。

村民投劳,有机械化协作,这个项目很快便实施起来。

看到这片即将“开垦”成功的2000多亩土地,村民们垂涎欲滴,这时白伟伟说话了:这片土地每个村民都有份,因为今后靠这片土地赚的钱,归村集体所有,用于改善民生。

村民们干得更起劲了。

荒废了千年万年、被戈壁垄断的土地,在白伟伟的领导之下,在格桑村村民的齐心协力开掘之下,正在焕发出青春的活力。而白伟伟自己春的季节,却在一步步默默地离他而去。

这事,令他的家人非常着急。

家里人一直催白伟伟结婚,并给他在吕梁老家介绍了一个女朋友,但一直忙于格桑村脱贫攻坚工作、忙于戈壁滩变良田工作的他,却一直抽不出时间回老家相亲。

“你都32岁了,还不结婚,连亲都不相,你怎么这么不懂事呀?”

有一天,在老家给白伟伟打电话的父亲冒火了。

“你说说,我们村里跟你同龄的还有谁没结婚呢?只有你一个人了啊!你同学的孩子都好几个了呀!你比他们差吗?你为啥不肯相亲,不肯结婚?你就不怕村里人嘲笑你父母的老脸吗?”

“爸爸,我现在是脱贫攻坚的驻村干部,任务重得很,哪有时间相亲呀?再等等吧!再说,这是啥时代了呀?32岁没结婚的人也不少呢。”

“我不跟你说这么多,你要是还认我这个父亲的话,你今年就必须回来相亲!”着急的父亲下命令了:“就算你等得起,人家姑娘能等得起吗?你这样做,我们如何对人家姑娘,对姑娘的父母交待?”

“好吧！好吧！爸爸，我利用今年年假回山西相亲吧！”

“反正就这么说定了！你不回来，看我怎么收拾你！”

脱贫攻坚的任务很重，父亲的话又不能不听，孝顺的白伟伟只能认真考虑这件事了，他决定利用2017年年底休年假的时间回老家相亲，同时把农村的房子装修装修。

虽然平时很忙，其实好几年没有回过山西老家的白伟伟，何尝不想念父母？不想念家乡？不想念家乡的亲人？不渴望拥有一个温馨的小家？不渴望与爱自己的人夜夜缠绵？不渴望有自己可爱的小宝贝绕膝？

人非草木，孰能无情？

夜深人静，思念家乡，思念亲人的他，脑海中总会潮涌起对故乡的无限牵挂。

甚至，情难自抑之时，会将手机里的家乡歌曲翻出来，放给自己听。

杏花村里开杏花
儿女正当好年华
男儿不怕千般苦
女儿能绣万种花
人有那志气永不老
你看那白发的婆婆
挺起那腰板也像十七八

其中放得最多的就是这首《人说山西好风光》。

不过，再想念、再渴望、再情难自抑，他也都是理智的，有所取舍的：对家乡亲人的思念，细想起来，那只能算是儿女情长，而脱贫攻坚，才是大气大义之事。我是吕梁人，有着光荣的革命传统，

“男儿不怕千般苦，女儿能绣万种花。”自己全身心地投入到脱贫攻坚的事业之中，这也是吕梁精神的传承。

父母催得急，认真想想，这当然也是人生美好的事。

白伟伟感觉自己人生中美好的事，更应包括格桑村这2000多亩从戈壁中开垦出的，就要完工的土地。

2017年年底两桩美事即将顺利呈现，太棒了！

然而，当格桑村2000多亩从戈壁中新开垦的土地刚刚完成之时，决定利用年假动身回山西探亲的白伟伟，却累得病倒了。

2.浇灌

出现问题不可怕，可怕的是没有解决问题的能力。

事业成功者，几乎都执念这种人生哲学，且不辍前行。

正所谓“亦余心之所善兮，虽九死其犹未悔”。

跟白伟伟、周伟等人一样，把困难关在心里，把热情留在脸上。次仁曲珍与高永乾也是实干家，出现问题就解决问题，在自己能力范围之内，绝不让问题堆积。

次仁曲珍与高永乾夫妻的爱情故事与奋斗故事感动了很多人，他们为使故乡的贫困乡亲脱贫的本心，也赢来了喝彩和帮助。

然而好的项目还需春风化雨。

对一片干涸的土地来说，最需要的不是讴歌，而是甘霖，而是雨露。

甘霖，能让贫穷的土地开出富裕的花；雨露，能使富有的土地结下智慧的果。

花朵，须有春天的温暖，果实，需要成长的过程。当次仁曲珍与高永乾遇到困难的时候，达孜县政府出手了。

高原贫瘠土地上种植业的绿洲模式开启之前，这是多情而又至关重要的浇灌。

达孜自然条件恶劣，生态环境脆弱，是闻名全国的深度贫困地区。

之前，唐嘎乡延续传统养殖项目，在发展中摸着石头过河，但寻找投资方、管理人才，以及市场等，都是横亘于眼前的难题。

人生少不了弯路，脱贫亦需导师。让“能人”引路，使自封固步的内心长出飞向夙愿的翅膀，不失为脱贫攻坚的一种很好的扶贫措施。

次仁曲珍与高永乾夫妻就是这样的“能人”。他们弃城市回到山野，回到这片贫瘠的土地，主动投身种植业，带动村民脱贫，这是极好的事，因而应予积极支持：

达孜县政府不仅连片规模流转2200亩土地给达孜区麦之穗农业种植农民专业合作社，以扩大种植。在他们资金出现严重困难之时，又投资560万元扶持他们，帮其建设10座现代化大棚和60栋拱棚。同时，又免费给他们提供20几个品种的良种蔬菜。

有这么宽的土地，如果单纯用人工耕种的话，效率会很低，因而，达孜县政府又通过农机购置补贴政策，为他们配备农用拖拉机两台、一辆净土直销车。同时，拉萨市农牧局也投入59万元，给他们捐助了一台收割机。

大门为次仁曲珍及高永乾而开。但这道大门其实又是一扇窗，窗的后面，是广阔的群众的利益，是当地百姓未来美好的幸福生活。窗后的世界，是能望得见的美好图景，是智慧的人们情感的方向。

为了支持这破旧立新的夫妻俩，中国科学院西藏研究所，以及中国农业科学院西藏研究所，也主动出击，积极帮助他们，派来6名技术员，优化种植技术，并对现有土地的土质进行改良。

土地是生存之本，它最直接地与人类的苦乐相伴。改良土质，就是改变苦乐的比例，改大幸福的指数，改高美好的程度。

就这样，经过反复尝试，一次次发现问题、解决问题，不懈努力，终于让远道而来的蔬菜种子在唐嘎的土地上，在高冷的拉萨河畔，在关怀的海拔高度安了家。

这不是短暂的驿站，而是其生命的彼岸。

如花美眷，冷暖相伴，惺惺相惜，开枝散叶……

心血到处，有了令人惊奇的结晶。

白菜、西芹、西红柿、茄子、南瓜、黄瓜、辣椒……

各种蔬菜在雪原中傲然挺立的大棚里，在政府部门、农业专家、次仁曲珍与高永乾夫妻，以及转换观念的当地群众的精心呵护下，生机盎然地生长着，使这片古老的土地的冬天，焕发出了郁郁葱葱的春天之色。

希望在燃烧，热血在澎湃。

寒冬大棚里蔬菜们的春天，也就是次仁曲珍与高永乾夫妻脸上的春天。

他们的心花开了，芬芳荡漾的，还有绵延的光芒。

随之而来的，就是经过了纠结、焦灼、苦捱、望眼欲穿折磨的，唐嘎乡穷达村乡亲们脸上的春天。

在春色之外的，还有抑止不住的心动和异口同声的艳羡。

耳听为虚，眼见为实，榜样的力量是无穷的。从那以后，越来越多的当地群众主动提出要将自己的土地流转到了达孜区麦之穗农业种植农民专业合作社，彩旗飘飘，江山多娇，达孜区麦之穗农业种植农民专业合作社的发展实现了质的飞跃。

黑暗深处徘徊，终于找到了方向。梦想，有了抽穗拔节的气象。

3.格桑花

土地都是一样的，不同的是气候和种子。

这就跟同一片土地既能出产英雄或伟人，也能出产懦夫与宵小一样。

穷达村古老的土地因次仁曲珍及高永乾夫妻的新垦，而再见了“穷达”，焕发出腾达。穷达村从此骄傲地更名为琼达村。

“琼”，既指美玉，又喻事物的美好，如《楚辞》“华酌既陈,有琼浆些。”

随着市场需求的变化，次仁曲珍夫妻的麦之穗农业种植农民专业合作社对自己的种植门类也不时进行着调整，面对高原长期以来传统种植业单一等问题，他们紧盯绿色蔬菜的需求，按照“无公害种植”的现代化农业发展思路，除了大胆试种内地蔬菜等经济作物，改变蔬菜种植供销渠道不畅的现状外，还开始了饲草饲料的种植，又与茅台集团合作酿造青稞酒。几年奋斗，年创收也从最初的30万元增长到如今的3000万元。

到目前为止，他们先后流转了7800亩土地进行大棚蔬菜、玉米以及饲草的种植，经济收入状况得到了明显改善，创造就业岗位180人次，带动建档立卡贫困人口500余人次。

村民们将自己的土地流转之后，光蔬菜基地，便有26人上班，年收入能够达到37000到38000元左右。因饲草基地，存在季节性种植的问题，50多名临时工的工资平均也能达到15000到16000左右。

除此以外，合作社每年还拿出30万元用来给村民分红，每人分红3000元，即便是残疾人、老年人，也都能够享受合作社的红利。以租赁当地群众和村集体用地的形式，累计带动本地群众和村集体实现增收近1000万元。

也就是说，村民们通过土地流转加入麦之穗农业种植农民专业合作社之后，每年的收入可以拿到三份：土地流转费用、务工工资和年底分红。而在他们未进行土地流转加入麦之穗农业种植农民专业合作社之前种青稞或麦子，一亩地的收入也就五六百块钱，这笔钱还不包括劳力投入，而现在光土地流转费用一亩地就能拿到900元，还能在家门口赚钱。

从一位普通农民，到成功的创业者，再到回家乡种植蔬菜、发展种植产业，次仁曲珍充分感受到了物质上的满足和精神上的快乐，她也有信心在自己创业的道路上走得更宽更远，并用心浇灌勤劳智慧之花，浇灌脱贫致富之花，浇灌民族团结之花，一步一个脚印地带领乡亲们走上了共同致富的道路。

格桑花，既喜爱明朗澄澈的阳光，又凌霜傲雪鲜艳夺目，是高原上生命力最顽强最美丽的花。它既代表着幸福吉祥，更代表着美好情感，超尘拔俗，又食人间烟火，因而广受高原儿女的爱戴。

次仁曲珍何尝不是这样的花？

一花独放不是春，春花齐放春满园。

在唐嘎乡，在距离琼达村不远的罗普村里，有一家名叫泰成乳业有限公司的养殖基地，该公司由达孜区净土产业投资开发有限公司和西藏泰成饭店共同投资成立，主要进行奶牛养殖和牦牛短期育肥，为市场供奶、供肉。

该公司能向拉萨市场提供品牌清真鲜纯牛奶2000吨，品牌系列酸奶1600吨，同时有近万头牦牛不间断地进行短期育肥，年总产值达到1.2亿元。

泰成乳业有限公司不光自己赚钱，自成立始便将罗普村建档立卡的贫困户纳入扶贫任务，提供就业岗位10个，每人每月收入3500到4500元，又按照每人每年3000元的标准，给89户贫困户共348人分红，仅2016年和2017年两年，便共计发放208.8万元的扶贫资金。

如今，琼达村与罗普村之间已经形成了产业链条，彼此间循环互助，互惠双赢。

因为罗普村泰成乳业有限公司的养殖基地要养奶牛、牦牛，就需要饲料饲草，琼达村麦之穗农业种植农民专业合作社生产的饲草正好可以为其提供。而泰成乳业有限公司奶牛与牦牛产生的粪便，通过干湿分离设备处理之后，则是饲草、粮食、瓜果蔬菜最好的肥料。这种彼此拥抱互为取暖的生态循环产业，既绿色环保，又相辅相成。

唐嘎乡目前已有四家企业，以麦之穗农业种植农民专业合作社为试点，通过规划建设，又尝试着在其种植业的基础之上，增加观光休闲功能。

智志双扶是必由之路，只有“要我脱贫”变成了“我要脱贫”，贫困人口方能真正且长久地脱离，走向小康。

从2016年至今，唐嘎乡百姓的收入来源，已从曾经的单一种地，发展成为青稞、饲草、生态旅游等多产业多渠道，因而贫困综合发生率从10.73%降至0.09%，贫困人口人均可支配收入从2855元增长到约13500元，脱贫人口已经实现“两不愁”“三保障”目标。

颓败委顿的面貌渐渐远离，旧日阳光晒不暖的心，在今天时代的丹辉中明媚起来。

九、澄澈的心灵

就算强扭住这段婚姻不放，可短时间之内，自己能够“脱贫”吗？

如果不能，那这样的婚姻不一样是痛苦的，是名存实亡的？

1.澄澈

熬过了寒冬般的贫苦日子，按理说辛苦了十多年应该好好享福了，但支张央宗勤劳惯了，不想闲着，除了干农活以外，她还经常去工地打工，每天能挣120元钱。

对支张央宗来说，这个收入是以前想也不敢想的，但她并不满足。2017年春，她听说下水乡政府办了一个免费焊工培训班，又积极报名去学习焊接，以便能在建筑工地，或者其他需要焊工的地方打工。

培训老师说，从某种程度上来讲，一个技术证就是一个装美食的饭碗，一份如泉水般持续不断的收入。

果然，取得焊接施工证以后，支张央宗去打工的时候，收入相比于之前大大地增加了，每天也能挣200多元钱。

同时，她和白玛朗杰还享受看护森林的扶贫政策关照，每人一年也有3500多元的收益。

看护森林其实很简单，并非一整天都要去守着森林，而是隔一段时间去巡逻一下，保证森林不被人偷伐、树苗不被牛羊啃吃就行了。

到2017年底，支张央宗全家5个人的低保收入有1万1千多元钱；支张央宗和白玛朗杰的生态补偿岗位收入有7000元；考上西藏职业技术学院的曲珍，享受“三免一补”政策，每年能拿到10500元的资助金；正读高中的次仁央宗享受着教育“三包”政策……就这样，支张央宗一家光扶贫政策收入就有27000多元钱。

长大后的白玛朗杰平时帮着母亲分担家庭重担，除了在家和母亲一起耕种7亩田地外，还和母亲就近务工，就这样两人一年也能挣三四万元。

2017年，支张央宗一家人均可支配收入达到16000多元，远远超出2016年度脱贫标准规定的3840元。

于是，2017年底的一天，白玛朗杰微笑着对支张央宗说：“妈妈，国家爱我们，我们也要爱国家才行。”

支张央宗不知道儿子要说什么，因而只能附和着说：“是的，我们要爱国家！这也是我一直以来对你们的教育！”

“我们家以前好穷啊，连饭都吃不饱，但现在的日子好好啊！今昔对比，我觉得现在非常幸福！”

“以前我们家那么穷，多亏了国家帮扶我们！”

“是的，国家帮扶我们，就是国家爱我们。现在我们一家走出了贫困，在国家的关怀之下过上了好日子，我们也应该爱国家，替国家着想。”

“儿子，妈妈明白你要说什么，我也是这么想的。”

“妈妈，你明白什么呢？”

“妈妈听你说出来吧。”

“好吧，妈妈，我觉得我们家现在一年能收入近10万元，日子已经奔小康了，应该不要低保了，应该退出低保了，把低保的待遇让给更需要的人。”

“你舍得呀？这个事我琢磨了一阵子了，就想哪天跟你商量呢。因为算下来，我们家如果退出低保的话，一年会少收入近2万元，我担心你会舍不得，正想着用啥办法说服你呢。”

在2018年，A类低保已涨至一年3000多块，支张央宗家五个人全都享受的A类低保。

“妈妈，我肯定舍得。你想嘛，当初我们家那么穷，如果并不穷的人占着低保的名额，我们家哪能享受得到使我们度过难关的低保呢？”

“那好吧，这事就这样定了！”

“妈妈，要不要与两个妹妹商量商量呢？”

“可以跟她们说说。但是，她们在读书，又没挣钱，她们的花销是我们俩挣的，我们愿意退出低保，是我们愿意多劳累一些，愿意多付出一些，所以这实际上跟她们也没啥关系，我们能保证她们有钱用就行了。”

“那好吧，我们向村里打脱贫申请吧，早点摘掉贫困户帽子，我们全家人脸上也有光呢。”

之后的一天，当儿女们都齐聚之时，支张央宗对儿女们说：“现在政策这么好，我们有手有脚，通过自己勤劳的双手已经脱贫了，我们家应该申请解除低保。这也是我与白玛朗杰商量的结果。”

她的提议得到了曲珍与次仁央宗的同意。

于是，经过支张央宗申请，村民代表大会评议，村“两委”、驻村工作队和乡党委、政府的审核，村、乡、县三级公示，县扶贫开发领导小组审定，支张央宗家最终光荣地退出了低保以及贫困户名册。

他们勤劳脱贫并大公无私执意退出低保的举动，令干部群众十分感动。

迸发自心灵的光芒，照亮了一大片赞许的眼睛。

2.美酒的滋味

这不是单曲循环的小调，而是丰腴圆润的协奏曲。

一串美妙的音符中，还有令人感动的朗嘎，和她的丈夫洛松益西。

2017年2月27日清晨，起床后准备打水洗脸的周伟，刚一开门，便被朗嘎及洛松益西一左一右地抱住了手臂。

“大爷，大妈，这是怎么啦?”

睡眼惺忪的周伟丈二的金刚摸不着头脑。

“今天是藏历年啊!”

周伟这才想起，这天是藏历新年。

“你们这是?”

“对呀，我差点忘了此时我们要做什么了。”藏族大爷说着，忽然想起了什么:“我们要给你献哈达!”

藏族大爷献过哈达之后,藏族大妈马上又将手上端着的酒给周伟献上。

这样的礼节,真是太高了!

惊喜!激动!

“我们现在天天见面,你们怎么这么客气?”

“在藏历年到来时,我们要感恩最尊贵的朋友!要与最尊贵的朋友一起分享幸福与快乐!”

“大爷,大妈,你们太客气了,你们才是我最尊贵的朋友啊!”

“真的,你是我们一家的大恩人!我们永远忘不了你对我们家的这份恩情!”

“大爷,大妈,我不是你们的恩人,你们的恩人是我们的政府,是我们伟大的国家啊!”

“对!对!对!我们家的恩人是我们的政府,是我们伟大的国家,但你也是我们家的大恩人呀!”

“唉呀,你们二老这样做,我真是诚惶诚恐!”

“快别客气了,今天请到我家吃饭吧。”

夫妻俩在献过哈达,在给周伟敬酒之后,又一左一右地拉着周伟的胳膊,请其到他们家里吃饭。

两位老人的家,正是“精准扶贫幸福茶馆”。

来到“精准扶贫幸福茶馆”,周伟再次被震撼了,美酒、美食何其多呀!

只见老人家两张藏式茶几拼成的桌子上,摆满了美食,美酒,美饮:牛肉、风干肉、生牛肉、人参果、水果、饮料,啤酒……仅啤酒的种类就准备了好几种,有拉萨啤酒,百威啤酒,雪花啤酒等。

因为知道周伟不喜欢喝啤酒,喜欢喝白酒,他们特地为周伟准备了包括青稞酒在内的好几种白酒。

除了酒，饮料的种类也有好几种，有橙汁、可乐、雪碧、雪梨汁……

落座以后，两位老人再次给周伟倒上了酒，敬了过来，泪水婆娑地说着感激的话。

酒不醉人，人自醉。

这一刻，周伟也哭了。

他既是感激得哭了！也是感动得哭了！更是感慨得哭了！

这是发生在2017年2月27日动人的一幕，周伟永远都记得。

跟支张央宗一样，有着无私与大爱情怀，在自己家庭的贫困状况得到改善，在感激周伟的同时，2017年8月，朗嘎也在与洛松益西商量之后，主动提出退出低保："我们现在已经脱贫了，已经生活得很幸福了，我们一家每个月的收入都有近万元，完全够吃够花了，把低保让给更需要的群众吧。"

他们的举动，让周伟及达孜县民政局的领导干部很感动，觉得他们的情感真纯朴，心地真善良。

是的，他们跟周伟一样，是善良的人，心地如高原阳光一样透彻。试想，如果不善良，他们就不会收养妹妹的三个女儿了。

3.贫难

大地的冰雪准备消融的时候，春节也就临近了。

高原的春来得缓慢且不明显，高原的冬去得缱绻且藕断丝连，但春节的热烈却不输其他地方。

2018年春节前，周伟又从自己工资中拿出600元钱，打算买一些米、面、油、砖茶送给朗嘎一家。这是帮扶，是习惯，是情谊，是礼节，更是欢乐的祈祷与祝福。

然而由于年终事太多，工作太忙，没有及时购买这些东西，他便在春节这天将之封成了一个红包送给朗嘎和洛松益西。

恩人之恩是一辈子值得铭记的。但是恩人的帮扶哪能永无止境?

这次,朗嘎与洛松益西怎么也不收这个红包了,理由是他们家已经脱贫了。

“你帮我们太多忙了,我们家一直感恩你呢,应该我们给你送红包才对啊!再说了,我们家现在生活已经相当好过了,怎么能再收红包呢?”

“对呀,何况你现在的日子也过得不好,还遇到了那么大的困难……按理说,我们应该帮你才对……”

是的,周伟也遇到了只能流泪却又不便言说的很大的困难……

如今,洛松益西在达孜区民政局当门卫,除了包吃包住以外,每月还有3300元的工资收入,朗嘎的“精准扶贫幸福茶馆”每个月也有净利润2000多元;朗嘎的大侄女洛桑已结婚,与老公阿奴都在达孜区五保集中供养服务中心工作,每个月也有4300元收入;二侄女德吉曲宗则在在湖南长沙民政职业技术学院读书,生活费学杂费政府全包;三侄女拉姆德吉,则在拉萨市柳梧中学就读,读书的学杂费生活费也是政府全包。这一家子从当初的赤贫,一下子进入了小康。

幸福从天而降,热烈拥抱朗嘎一家,这既得益于国家精准扶贫及脱贫攻坚政策,也得益于周伟呕心沥血为他们的付出。

自与朗嘎一家结对子以来的三年多的时间里,周伟在正常的上班之余,也几乎将全部精力用在了对朗嘎一家进行精准扶贫的爱与关心的事业之上。

周伟的扶贫工作成绩有目共睹,也被人夸赞有加。然而却少有人知道,在这几年与朗嘎一家结对子的过程中,他不仅将工资的一部分用在了这项伟大的精准扶贫的事业之中,自己的生活过得捉襟见肘，而且他的家庭也因为他太过投入扶贫事业而解体了。

周伟很爱妻子小燕。在他心中，小燕就是他的家。可是有时候爱也不能仅仅体现在语言之中，否则就显得苍白无力。

富贵，可能滋生出爱情生活的第三者。但贫穷本身，却是爱情生活的第三者。所谓贫贱夫妻百事哀。

由于周伟收入不高，小燕又没有工作，家里经常缺东少西，花钱也得掐指细算，拮据的经济令夫妻之间难免生出口角，致感情出现裂痕。

虽然好夫妻，不是一辈子不吵架，而是吵架了还能一辈子，但无论怎样的夫妻吵架，都对会爱情伤筋动骨。夫妻之间吵架的原因如果能够调和，也许不会产生感情裂痕。如果不能调和，就不仅会产生裂痕，裂痕还可能越来越大。

家里经济状况窘迫，一个人认为简单的生活能过就可以了，而另一个人却过不惯清贫的生活，怎么调和呢？2017年6月，周伟与小燕终于在又一次大吵之后开始了分居。不幸的是，2018年夏，忍无可忍的小燕又向周伟提出了离婚。

“老婆，能不能不离婚呢？如果有哪个地方我没有做好，我可以改的。”

小燕为什么要与自己分居，为什么要与自己离婚，个中原因没必要再探讨。但既绝望又不甘心的人，往往会做出最大的努力。

“你改不了！还有，别叫我老婆，我没有你这样的老公！”

“……我能改的。我也相信今后的日子会越过越好的……”

“你在精准扶贫与朗嘎一家结对子这件事上这么投入，把家里弄得这么穷，你怎么改？你自己还这么穷，却拿自己家里的钱去扶什么贫？你去为别人扶贫，怎么不为我扶一下贫？为这个家扶一下贫？再说了，就算我能容忍，我父母怎么看？我妈不是一直就觉得你穷吗？我妈给我的压力有多大，你知道吗？”

确实，丈母娘不只一次以穷的理由毫不留情地羞辱过周伟，这样的羞辱不仅让周伟焦头烂额，也是周伟与小燕婚姻出现裂缝的最大原因。

小燕的话如一瓢冰水，让周伟清醒了许多：就算自己强扭住这段婚姻不放，可短时间之内，自己能够“脱贫”吗？如果不能，那这样的婚姻不一样是痛苦的，是名存实亡的？

两人就这样办了离婚手续。

拿到离婚证，与小燕分道扬镳，各自背道而行的那一刻，周伟突然非常伤感。

他曾是铁骨铮铮的军人，戍守高原，再苦再累、流血流汗，都从来没有流过泪，但这一刻，他的眼泪却不争气地落了下来，怎么也止不住……

虽然离婚了，但是考虑到自己与小燕在婚姻存续期间跟着自己受了苦，同时她又没有工作，因而周伟又一次性地给小燕补偿了3万元钱。

是的，周伟到处去借了3万块钱来给小燕。

男人嘛，自己苦一些没关系，不要让自己爱过的女人觉得自己伤害了她。

3万元钱，这对家在四川农村，自己又刚刚参加工作才几年，且不时拿自己工资中一部分钱来进行精准扶贫的周伟来说，无异于一笔巨款……

什么时候能还清这笔钱啊？

这就是洛松益西口中所说的周伟所遇到的困难。

困难何所惧？奉献此生无憾。

同样的爱，许以我心，更有高原绝唱。

十、高原绝唱

嶙峋的高原，回荡壮怀之歌。

感动，从灵魂里温暖地逸出。

1.肺水肿

雪山矗立，不堕凌云之志。

艰难如斯，惟其勇毅笃行，方显英雄本色。

在拉萨市达孜区，正是因为有一个又一个周伟这样的扶贫干部在不辍努力，有次仁曲珍高永乾夫妻这样积极参与扶贫的能人，从而使该区的扶贫工作取得了显著的成绩。

可喜的是，2018年10月，经国务院扶贫开发领导小组组织第三方评估机构专项评估检查，并报请国务院扶贫开发领导小组审批之后，达孜区已成功实现脱贫摘帽。

扶贫是一项伟大的事业。但凡伟大的事业，要取得成功，都不容易。

为了扶贫，周伟幸福的家庭解体了，他的奉献令人揪心，令人感动。

不过，相比于周伟来说，还有一些扶贫干部的付出，比他的小家解体，还要严重。

“如果独大个人得失，这样的人生其实是一种空洞的、软弱的、麻木的、无病呻吟，自我沉醉却又索然无趣的人生。”

白伟伟时常这样警醒自己。他在乎的不是自己，而是脱贫攻坚工作，而是山南市乃东区结巴乡格桑村村民们的幸福生活。

2017年12月10日，忙于脱贫攻坚紧张的任务，忙于处理年前脱贫攻坚事务身体不舒服的白伟伟生病了，但他并没有在意，以为只是个小感冒，吃点药，多喝水，养养就会好的。

以前有点小痛小疾，也是这样处理的。因而一向身体很好的他并没有把生病放在心上，仍旧坚持在工作岗位上，一次不挪地开展农牧民党员思想教育活动、参加结巴乡里的年终考核会议等等。

但是由于工作强度太高、劳累过度，没有好好休息，他这次的感冒却越拖越严重，身体还发起烧来。

2017年12月14日下午，感觉到头痛得厉害，意识到自己的病有些严重的白伟伟，请假去了山南市，到诊所看了病。

医生在给他做了体检之后说："你又咳嗽又发烧，感冒有点严重呀，要注意休息。"

"谢谢医生，我会注意休息的！"

但是吃了药之后，心里想着工作的白伟伟并没有住院观察，而是立即返回工作岗位，为报销村里的工作队经费四处奔波。

这次感冒确实有些厉害，医生所开的药物并没有赶走白伟伟的疾病，相反还越烧越厉害。

他觉得可能要输液才行。因为除了发烧以外，身体还乏力，呼吸还困难。

2017年12月16日下午，忙完工作后，白伟伟又拖着不适的身体，到诊所输液。

就这样连续输了两天液。

疾病噬咬着身体，工作又不能停，也不愿意停，这是一场拉锯。身上的高烧仿佛跟白伟伟较上劲一般，始终不退。

可怕的不仅仅是程度越来越深的咳嗽，还有越来越乏力的气喘。2017年12月18日，白伟伟还咳得咯血了。

"咳了这么些天，喉咙咳破了，咳出点血丝很正常。"

他不着急，也不担心什么，因为这种情况以前也有过。

但是这次医生却着急了，呼吸困难，咳嗽咯血，这是感冒吗？

“不能再这样输液了！我们这里医疗条件有限，你的病不能拖，应该去大医院诊治！”

“可是我的工作任务很重呀，村里离不开我呀！”

“离不开也得离开，没有身体怎么工作？”医生近乎跟他吵了：“你如果不去大医院诊治的话，我敢肯定，再过几天，你就会坚持不住了！我请问你，万一是肺水肿怎么办？”

“不会的，我在高原呆的时间又不是一年两年，早就是西藏人，高原人了，怎么会因为一点感冒就成肺水肿呢？”

白伟伟虽然口头上这么说，但是他心里还是有些害怕：呼吸困难、发绀、阵发性咳嗽伴大量白色或粉红色泡沫痰……这确实有肺水肿的特征。

于是在医生不容商量的坚持下，他于当天去往山南市健民医院住院治疗。

不幸言中！

山南市健民医院在对白伟伟进行检查之后发现，他的感冒由于延误治疗，真的引发了高原肺水肿。医生立即对其采取利尿、强心等药物治疗，并给予吸氧、镇静治疗。

然而山南市健民医院住院医疗条件毕竟有限，见白伟伟的病情越来越严重，几个小时后，医生建议他务必转院，并于2017年12月19日凌晨两点，将他转到了西藏自治区军区总医院进行治疗。

得知白伟伟生病住院，且转到了拉萨的医院抢救的消息后，他的一些同事、战友特地赶到医院看他。但戴着吸氧罩的他却若无其事地安慰大家。

“没事的，你们不用担心我，也不要来看我，以免影响工作。我这么年轻，曾经是军人，身体棒得很，住几天院，输几天液就好了。”

真的没事吗？

疾病是个凶残的家伙，它们疯狂扑来的时候，哪管你身体棒不棒，或者曾经有多棒？

感冒发烧的程度愈发严重，肺水肿病情也越来越严重。

不幸的事就这样令人难以置信地发生了。

虽经过两天的努力抢救，白伟伟还是停止了呼吸，生命永远定格在了32岁的年轮上，定格在了他对山南市乃东区结巴乡格桑村脱贫攻坚的事业上。

多么年轻，才32岁啊！

白伟伟的离去是那样仓促、那样突然！

“勤奋、踏实、吃苦耐劳、积极向上、头脑比较灵活、沟通衔接能力强。”

这是白伟伟留给曾跟他共事过的领导、同事的印象。

虽然从城里的区财政局到格桑村驻村只有两年多时间，但是白伟伟脱贫攻坚的成绩却不小，格桑村也因此而发生了很大变化。

在这两年多的时间里，白伟伟为格桑村做的贡献历历在目：申请到10万元经费，改善了村委会的办公条件；村里公务用车有故障，他自掏腰包花费1万多把车修好；争取到2万多元资金为村卫生室装上窗帘，避免药品曝晒……

在他的带领之下，格桑村的集体经济收入由2015年的3.5万元增加到6.5万元。这些钱，全都用到了2016年脱贫攻坚的刀刃上：其中44970元用于为全村提供收割机加油费，剩余60030元则用于为村里的奶牛购买饲料。

2017年，除了购买饲料外，白伟伟又为村里购买了6头母牛、5头短期育肥公牛，进一步促进了村集体经济的发展。

自从白伟伟驻村以后,格桑村村民的人均收入便发生了很大变化,由2015年8792元增加到12973.12元。

他生命中最明亮的时光,刻在了这片他厚爱的土地之上。

2.高血压

“我没事,吃点降压药就好了!”

每当自己高血压发作,平静的大地在他眼前出现旋转,身边的人劝他上医院治疗之时,他总是这样若无其事地说。

说着,便从身上掏出一个小瓶子来,倒出两颗药投进张开的嘴里,咕嘟一声吞下。

有水就喝几口,没水就算了。

说这话的人,名叫赵义康,是西藏昌都市卡若区埃西乡乡长。

赵义康是云南人,1972年4月生于大理市剑川县一个白族家庭。参加工作后,身为农民的儿子,他的情感没有远离农村,远离故土,因而时时处处均以勤俭朴素的本色要求自己。

为了与村民打成一片,真正做到与百姓心连心,自2014年10月担任埃西乡乡长之后,赵义康不仅不间断地深入群众中了解群众需求、困难,收集民意,同时还把群众作为老师,把田间地头当课堂,刻苦自学自己人生的第三种语言——藏语,边学边记,边学边用。

脱贫攻坚战役打响以后,为了取得埃西乡全乡贫困群众的第一手资料,赵义康逐村逐户核实贫困群众,虽然困难重重,碰了不少钉子、吃了不少闭门羹,但在他面前,办法总比困难多。贫困户不在家,他甚至追随到牧场,一边帮忙放牧、一边与其聊天,一边了解情况,以情动人。就这样跋山涉水,经过三个多月的摸底,他终于掌握了全乡250余户贫困群众的具体情况。

掌握贫困群众的数据不是目的,想尽办法帮助贫困群众才是目的。

2015年夏，在下乡到邦迪村调研的过程中，赵义康发现部分群众存在吃水困难，一天中有半天时间都在为水付出，便忧心如焚，开始了四处奔走，寻找水源。

当得知离邦迪村最近的一处水源点分布较为密集，可以作为取水点时，便不顾山高路险，决定第二天前往查看，并提取水样供有关部门化验。

这所谓的最近有多近呢？

不是咫尺！

“赵乡长，那个地方不通公路，步行要走近5个小时，山路很不好走的。”

村民很感动的同时，也善意地提醒赵义康：“要不还是算了，就算那儿的水可以饮用，可是离我们村太远，怎么将那水送进村呢？”

“只要能让大家喝上干净水，哪怕走一天一夜也值得。”赵义康很坚定：“如果确定那儿的水可以饮用，那就再想办法如何将之送到我们邦迪村来。办法总是想出来的嘛！”

回到乡政府后，赵义康一夜辗转反侧，思考的都是这个水源和取水的问题。

水，是生命之源。

没有水，这个世界便没有生命。

没有生命的世界，是寂静的，可怕的。

水，对濒水而居、负阴抱阳、背山面水的人来说，其重要意义感受不深，但对缺水的人来说，却是要命的。

得尽快为邦迪村村民解决饮水问题。

第二天一大早，赵义康不顾连续多日出现的重度高血压症状，带着邦迪村干部，踩着晨曦，翻山越岭地朝水源点出发了。

一路快走，终于在徒步4个多小时后到达了水源地，并取到了水样。

“虽然有点累，但今天真的高兴！”

下山的过程中，他对同行者说。

是的，太高兴了。

大家纷纷附和。

但是大家却不知道赵义康说这句话还有一个没有表达出来的意思：下山之时，他感到头晕得厉害，视线也模糊，脚下的路更在摇荡。

他不敢想这是不是自己的高血压症状加重了，而是觉得是自己兴奋所致。

那一路，他视“水样”为心肝宝贝，多次跌倒，但“水样”始终被他紧紧地抱在怀中，像抱着刚出生的孩子一样。

惊心动魄的事并没有发生在下山途中，而是在快到达主干道时。

刚刚到达主干道，他就突然倒在了地上：他晕倒了！

随行人员连忙将他送往医院。

颇有戏剧性的是，在送往医院的途中，他又醒了。但醒来之后他的第一句话却没有关心自己的身体怎样，而是问：“我们取的水样呢？”

因为他发现自己先前一直拿在手中的水样不见了。

在下山途中，怕所取水样发生差池，掉下山去，他一直不舍得将之给同行人员拿。

“乡长，水样在呢！我们好好保管着的，现在下山了，不用担心它掉下山了，你关心一下自己的身体吧！”

得知“水样”还在，赵义康安心了，但谁也想到，他却提出了一个不合理的要求：“我现在不是醒了吗？我们先把水样送到卫生防疫站检验吧，不要耽误了群众饮水。”

他的要求，令同行者哭笑不得，又感动不已。

“邦迪村村民饮水困难的问题存在的时间已经不是一年两年了，早一天晚一天没关系的，现在救治你的病才是最重要的，刻不容缓的啊！这毕竟是高血压！”

“我的身体自己知道，没啥事。村民的饮水问题才是大问题！我是乡长，听我的！”

无奈，人们只好先将水样送到卫生防疫站检验，然后再将他送到医院救治。

医生在对赵义康的身体进行检查之后告诉他说，虽然这次晕倒没有出现大问题，但是他的高血压已经比较严重了，不能太累，要多休息，不然容易出事。

赵义康却没有听进医生的话。住院期间，他的关注点在另一件事：水样的检验检测。

令他高兴的是，他们所取水样符合饮水标准。

电话中得知这个消息后，他高兴得叫了起来。

“别激动，高血压是不能激动的。何况你现在正在住院治病呢。”

正在给他测血压的医生提醒说。

却没想到他却对医生说：“我要出院！”

“你要出院？你这个情况怎么出院呢？”

“是的，我要出院，我要去争取资金，把这个饮水项目尽快实施。”

就这样，邦迪村村民喝上了干净健康的饮水。

3.他哭着跪下了

爱的播种，是情感的收获。爱的播种，也是美与德的修行。

2015年冬的一天深夜，一阵电话铃声响起，把赵义康从梦中惊醒。

接起电话，那边传来岗村村长急促的声音："赵乡长，向格的4头牦牛一直未归，把他急坏了！"

"我马上来！"

接过电话后，赵义康翻身下床，拿起电筒就要出发。

这时妻子问他："这大半夜的，什么事啊？"

"岗村村民向格的4头牦牛还没回家，我得去帮忙找找。"

"深更半夜的，你去哪儿找呀？牦牛是牲畜，哪儿都可能去，你怎么找？能找到了吗？"

"找不到也要找啊！向格是建档立卡的贫困户，这4头牦牛就是他的全部家当，一家人全指望着这几头牦牛生活呢！没有了这4头牦牛，他们家的日子便没法过了。"

说着，他就开门出去了。

"那你多穿点衣服，山里冷！"

"衣服穿多了，行动不方便，再说这事很急，耽搁不得，万一牦牛在山里出了事，就有大麻烦了，就这样吧。"

说着，他"咣"的一声关上了门。

到了乡政府院子以后，他又叫醒了驾驶员跟自己一起去寻找这4头牦牛。

在从乡政府到岗村的路途中，赵义康多次要求驾驶员在保证安全的前提下加快速度。

到达向格家中时，已近凌晨1点，他一边安慰向格的家人，一边安排寻找方案。

5分钟后，他带队开始进山寻找。

一路上，微弱的电筒光亮既照路，更在满山晃悠，伴随着雪地里嘎吱嘎吱的声响，一步一步地寻找着牦牛的踪迹。

冬夜的山地雪野，银装素裹，险情四伏，稍有不慎就可能踩虚脚坠入山崖。

由于出门时走得急，赵义康所穿衣服不多，现在到了雪地，他被冻得瑟瑟发抖。

“乡长，要不你回去休息吧，你穿这么少，我怕你冻出病来。”

这时跟他一道的向格的老婆卓玛既感动又关心地说。

“我不回去！越是天冷越是要尽快找到牦牛！我是指挥员，我在，大家才有战斗力！”

卓玛听到这句话之后，哭了：“乡长，你对我们家真好！”

“应该的，我是一乡之长，我不对村民好，我对谁好？”

说完这句话后，赵义康又对大伙说：“天寒地冻，是挺冷的，大家克服一下，等找到这4头牦牛后，我到时请大家吃饭。”

“好！”

“好呀！”

“赵乡长，你穿这么少都不怕冷，我们怕什么冷？”

“乡长，你对百姓这么好，几头牦牛走失你都这么上心，我们就是再冷也不怕！”

……

温暖的声音得到了热烈的响应。

“我们分头寻找，向格带一队人，我与向格的爱人卓玛带一队人。”

功夫不负有心人。在经历了将近5个小时的寻找，到天蒙蒙亮时，赵义康终于找到了向格走失的牦牛。

当他与卓玛等人牵着牦牛回到村子之后，才知道向格他们那一队人马因为没有找到牦牛而提前回去了。

见自己都没找到的牦牛失而复得，向格感动得哭了，他竟然一下子给赵义康跪了下去，以行磕头大礼致谢。

一个夜晚似一个四季，让向格感受到了生活的冷暖；一个夜晚亦如一本台历，让他情感的页码如波浪翻卷。

是何样的感动才能令一个大男人下跪致谢？

这哪是4头牦牛的事？这是一家子的生存之事，一家子的生命之事！

对于僻居山野的藏家村民来说，没有比生存与生命更重大的事了！

"兄弟快起来！快起来！"赵义康始料未及，也愈发感受到了贫困群众生存的不易。

"牛回来了，以后还有什么困难尽管给我说。"

他连忙扶起向格。情动于心，他自己的眼里也有了泪花。

胜利完成牦牛寻找任务之后，赵义康心里无比高兴。

然而当他返回乡里后才发现，自己的腿已经被冻伤，且冻得站不起来了。

"赵乡长成了赵蹶子！"

一瘸一拐的他对同事开玩笑说。

看到赵义康冻得青紫的腿，赵义康的爱人心痛极了："昨天叫你多穿点衣服，你不听，现在知道有多痛多难受了吧？"

"没事的，这就是个冻伤，我就不信还好不了？"

就这样经过了大半个月，赵义康的腿伤才逐渐恢复正常。

邦迪村村民的饮水问题，不过是身为埃西乡乡长的赵义康为群众解决饮水问题的个案而已。除了胜利完成邦迪村的饮水工程之外，他还多方奔走筹措资金，并亲力亲为先后为哈拉村建了母亲水窖、为达青村完成了饮水工程、为蒙普村建设了灌溉水渠……

而为群众解决所反映的重点难点热点问题，更何止百件！

十一、雪莲花

如同藏地雪莲，真诚、坚韧、纯洁，给人们带来希望。

他们的奉献与精神，也将生长在雪域高原，在蓝天下传播，在阳光中传承。

1.猝然离去

由于埃西乡自然条件不好，有的村庄“一方水土养不活一方人”，村民如果不换个生存环境，要想脱离贫困基本不太可能。

西藏自治区地域广阔，人口稀少，居住非常分散。有时候从一个行政村到其所在乡镇，距离甚至有上百公里，村与村、户与户之间也常常相距十几公里。面对这样一个居住分散的状况，要为群众配套基础设施和公共服务，不太现实，也不太科学。

比如一个地方只住了两户人家，如果政府为其修一条公路、修一所学校、修一家医院，这样的投入成本真的就太高了。因为有了医院，有了学校，还得有医生，有老师的配套。最关键的是，医院开着得有病人才行，学校开着得有学生才行。

如果这些地区的气候条件还非常恶劣的话，生活在这里的人们不进行易地搬迁，是无法和全国人民一道进入小康社会的。

为了让埃西乡个别不适合人居的地方的贫困群众，能早日享受易地搬迁扶持政策的福泽，让贫困群众实现搬迁得出来、住得下去、生活有依靠，相比于之前的生存状态有获得感、幸福感，赵义康多次组织群众召开村民大会，讲解政策、征求意见、动员搬迁。顶风雪、冒严寒、忍饥饿，反复奔走……这是常态。

而且除了动员拟搬迁群众以外，还要周密考虑安置区的选址，搬迁群众的就业、收入及生活来源，对口产业、行业部门的衔接等诸多问题。

当村民搬迁之后，还得经常实地走访，了解搬迁村民的生活状况。

为建设埃西乡绿色通道，赵义康又积极协调、多方奔走，以经济林木为重点，大力开展绿化埃西行动，扛起铁锹、锄头，与群众一道绿化1999.4亩土地，栽种榆树1500株，各类果树等经济林木5000余株。

自此，埃西乡村民不仅有了自产水果吃，而且一到夏天，绿树成荫的景象令人心旷神怡，也成了附近乡镇热爱旅游的人们的网红打卡之地。

赵义康对埃西乡的村民关怀备至，但对自己的家人却关心不够，家在城里的他，为了脱贫攻坚工作，与家人总是聚少离多，时常几过家门而不入。

在进行脱贫攻坚的过程中，赵义康经常头晕。每当此时，他就知道高血压又在作祟了，因而马上吃一点降压药。由于这个方法屡试不爽，总能起到一些作用，故而他并不重视。

然而，小病不治拖成大病。

2016年4月10日，为加快当地脱贫的步伐，实现生态产业建设，在废寝忘食地处理精准扶贫项目选址建设及新农村易地扶贫搬迁工作时的赵义康，又感到头痛难忍，站立不稳。

他再次从随身所带的药瓶里倒出几颗降压药吞下。

谁知这次降压药却失灵了，他头痛的程度并没有减轻。

“我就不信，你这次还能要了我的命?”

他这样对高血压赌气。

他没有停下工作休息，也没有去医院检查身体，而是坚持要把手上的工作做完。

可是这次高血压却不再让他做完手上的工作了。当天晚上

10点，他头痛得先是手不听使唤，继而一下子倒在了地上。

同样没有休息的同事见状，急忙把他送往医院抢救。

谁知，抢救也没作用了——他已因长期处于高强度的工作状态，而由高血压引发脑血管破裂，并导致颅内大面积出血。

虽经医护人员三天的全力抢救，他仍不幸离开人世，终年44岁。

一代又一代人缺水吃的村庄有水了，一代又一代人的穷困面貌改变了，一代又一代人的幸福指数飙升了……

然而带领他们奔向美好的人却不在了。

赵义康的猝然离去，令埃西乡多少人震惊，惋叹，痛哭……

自发为他送葬的人们排起的长队，有好几百米。

当然最伤感的人是赵义康的爱人，没有人能感受她内心是如何肝肠寸断。

如果不相见，便可不相恋
如果不相知，便可不相思
如果不相伴，便可不相欠
如果不相惜，便可不相忆
……

这是一首桑吉平措作曲并演唱的名叫《相见》的歌曲，歌词是仓央嘉措所写。这首歌是赵义康与她最爱听的，曾经的他们经常相拥而听，恩爱往事流连，百听不厌。

然而，没有了赵义康，之前动听又隽永的歌曲，原来是这么令人心碎。

她不敢听，又忍不住听，可是每次打开来听，都会悲泪成河……

2.酥油灯

好人总令人落泪。

或令你感动得落泪,或令你感怀得落泪。

得知白伟伟去世的消息后,格桑村党支部书记旦增白玛哭了,格桑村村主任索朗达杰也哭了。虽然他们共事的时间并不长,不过两年多,但是他却深深地喜欢上了这个汉族小伙子。

白伟伟的突然离去,让整个格桑村都沉浸在巨大的悲痛中。

蓦然回首,不觉潸然泪。

人们不敢相信,这么年轻,还没结婚的他怎么就这样离他们而去了。

“他办事认真负责,有军人作风,肯下功夫,雷厉风行,值得我们学习。”

斯人已逝,触景生情,白伟伟的离去,不仅让格桑村的百姓倍感哀痛,也令乃东区财政局的同仁落泪惋惜。

白伟伟驻村以后更是如此。只要是村里的事,只要是有利于脱贫的事,只要有好的想法,他便会马上行动,不达目的不罢休。

无论白天还是黑夜,无论室内还是室外,村民们目光所及,处处都是关于白伟伟的忆念:看到平整的2000多亩土地,就仿佛看到了他的身影;每当去水磨坊磨糌粑,水磨吱吱嘎嘎的声音,就像是对他离去的呜咽;太阳能热水器坏了,电视坏了,摩托坏了,便会情不自禁地想到他……

“你怎么舍得离开我们呀! 以前我儿子的电脑坏了,没人会修,你得知后,当天就利用休息时间来我家里,不仅把我儿子的电脑修好了,还教儿子相关的电脑维护知识。可是今天,我儿子的电脑又坏了,我该找谁修呢? 兄弟呀,我真的很悲伤!”

得知白伟伟因脱贫攻坚而牺牲的消息后,村民普布卓嘎不仅放下手上的农活，马上赶到医院看他的最后一眼，还哭得难以自抑。

白伟伟生前在格桑村驻村，但他去世的消息却让桑嘎村一个名叫赤列更才的大男人痛哭流涕，也在第一时间赶到了医院看他最后一眼。

“兄弟啊，听说你得病之后，我心里很着急，就想这两天来医院看望你，没想到你这么快就走了！你曾经救过我的命，我一直想报答你，现在你不在了，你让我该如何报答你呀？”

经过近一个月的治疗，白伟伟的脚伤好了，2016年8月22日，他来到医院给自己的脚上伤口拆线。之后，当他快乐地作别医生，准备踏上归途的时候，得知患有肝病的贫困户赤列更才因手术急需输血，却一时找不到相同血型之时，是O型血的白伟伟二话没说就跑到医院，为赤列更才献上了400毫升鲜血。

在内地献400毫升血也许不算什么，这可是在海拔4000米的高原呀！担心白伟伟献血后身体出问题的医生也反对他献这么多血，但他却说：“我今年才32岁，又曾是军人，身体棒得很，所以没问题。再说了，我如果不献够400毫升血，如何救得了赤列更才大哥？”

白伟伟的执拗，令医护人员动容，更将赤列更才感动得哭了。

然而，献过血之后的白伟伟还没走出医院，脸色苍白的他就晕倒了，之后被众人扶起，又是给掐人中，又是喝葡萄糖，苏醒过来的他在医院的椅子上休息了好一阵，才勉强能行走。

“兄弟呀！我的命都是你给的呀！你对我们这么好，你怎么舍得离开我们呀！我要将你的照片放大，挂在家里，为你上香……”

赤列更才絮絮叨叨的哭声，令在场的每一个人都哽咽了。

“白书记呀！现在日子越来越好了，都还没来得及说声谢谢，你却走了。”洛桑卓玛也哭哭啼啼地赶来医院看白伟伟最后一眼：“你对我们家这么好，我要让我小女儿益西卓嘎将你的故事写成文章，记在心里。”

“不相信，白书记还那么年轻，怎么会这么快就走了。”

“只是感冒了，要是抽空检查下身体，也不至于早早就去了。”

“这么好的人，怎么就没了呢？他还这么年轻，帮助了我们这么多，没想到……”

白伟伟生前更多的同事、朋友，以及村民们，都无法接受他永远离开的现实。

但，这就是事实，悲痛的事实。

能否接受都是如此，他就像一颗引人注目的流星，在曾经接触过他的人们心中，耀眼地闪亮过，留下温暖且透彻的光辉，然后自己却永远地消失在了黑暗之中。

为了纪念白伟伟，2018年的春节、藏历新年，格桑村没有一家人开展任何庆祝活动。

不仅如此，许多村民还在家里为他点燃酥油灯，祈福念经。

长明的酥油灯，连接今生来世，为心中的亲人照亮往生的天堂。

3.雪莲

西藏是一个美丽的地方，也是一个神奇的地方。

大自然在慷慨地馈赠瑰丽风光的同时，也赋予了无尽的残酷、苦寒与艰涩。

生活在这里的人们是艰苦的，工作在这里的人们也是艰苦的。

在西藏自治区，为脱贫攻坚事业牺牲的人还有日喀则市南木林县拉布普乡采琼村党支部书记晋美、萨嘎县驻村工作队队员次旺平措、仁布县帕当乡扶贫干部米玛卓玛、仁布县然巴乡扶贫专干达瓦、江孜县龙马乡宗卓村驻村工作队队长张杰果、那曲市索县赤多乡扶贫专干达瓦卓嘎、林芝市朗县扶贫农发办副主任李云峰、阿里地区扶贫开发领导小组办公室党组书记副主任索南罗布、昌都市贡觉县则巴乡哈池村第一书记达瓦泽仁、山南市扎囊县吉汝乡节念村村主任顿珠、那曲市色尼区尼玛乡热扣村村委会委员塔杰、昌都市丁青县觉恩乡绒通村支部书记昂多、丁青县当堆乡人民政府聘用干部扎西、西藏自治区脱贫攻坚指挥部办公室职员徐璐、昌都市洛隆县孜托镇加日扎村驻村工作队队长卓伦卡……

西藏自治区是从旧西藏走过来的。这个“走”,在可见的时间概念里,是翻天覆地的。

“短短几十载,跨越上千年。”

艰苦虽然天定,但奋斗是艰苦的天敌。

面对艰苦不怕吃苦,身体缺氧不缺精神。

再恶劣的环境,也不能阻挠西藏各族人民对美好生活的向往。

再艰苦的条件,也阻挡不了西藏干群脱贫攻坚工作的坚定步伐。

自脱贫攻坚战打响以来,西藏自治区先后有17万人次的扶贫干部深入一线驻村,他们的身影贴近百姓的心灵,风刀霜剑无情割裂粗糙的容貌里,是高寒缺氧摧毁不垮的铮铮铁骨。他们与百姓同吃同住同生产,同思同想同悲喜,然后扶贫扶心扶志更扶智。

汗水在流淌,心血在浇灌。

蔚蓝的天空下,历史的清寒在改写。

灿烂的阳光中,幸福的花儿在绽放。

就这样,贫困被一步步地移出了西藏。

因为工作忙，任务重，多少扶贫干部从自己的工资中掏出钱来帮扶建档立卡的贫困群众。

多少扶贫干部为了让建档立卡的扶贫干部早日脱贫致富，一个月难回一次家，几过家门而不入。

多少扶贫干部为建档立卡的贫困群众易地搬迁，或产业项目的建设及申报累出了病，却在强大的压力之下不愿意离开工作岗位去治病。

多少扶贫干部急建档立卡的贫困群众之所急，想建档立卡的贫困群众之所想，殚精竭虑，夙兴夜寐……

贫困是一个古老的名词，扶贫是一个古老的话题。

夙，一抹斜阳清风里。这是一项沿着人类历史长河绵延而下渴望蝶变却始终难以遂愿的伟大的事业；

愿，原本有心花难开。这是一项一代又一代古人皓首穷经依然无法撼动旧貌重建新颜的艰巨的事业。

要成就一项伟大而艰巨的事业，又何止流血流汗那么简单？

据不完全统计，在近年来西藏自治区的扶贫事业中，先后有23名参与扶贫攻坚的干部职工献出了自己宝贵的生命。

在这牺牲的扶贫干部中，有的倒在了路上；有的倒在了工地上；有的倒在了办公室……

有的因为肺水肿而牺牲；有的因为脑溢血而牺牲；有的因为坠河而牺牲……

有的自己牺牲时也带走了腹中胎儿的生命；有的顾不上相亲牺牲时还未婚；有的牺牲时年龄才26岁……

人是感情动物，扶贫干部为了自己的脱贫致富而牺牲后，人们不仅悲泣流涕，还自发地为之送葬，自发地在春节及藏族新年不搞任何喜庆活动，自发地点酥油灯，上香诵经……

在西藏自治区从事脱贫攻坚的干部职工，就如同藏地雪莲，真诚、坚韧、纯洁,给人们带来希望。

而他们一腔挚诚奉献的事迹与精神,也将如雪莲一样,顽强地生长在这片雪域高原之上,在蓝天下传播坚强不屈的意志,在阳光中传承坚忍不拔的品格,在时空里书写旷古烁今的藏地胜景。

十二、藏地胜景

整洁的街道,气派的洋房,分给自己的房子不仅客厅里摆放了全新的藏式家具、现代家电,厨房里有崭新的天然气灶,有抽油烟机,还有独立的卫生间……

真是太好了!好得连做梦也想不到!

1.蝶变

苍茫不该是苍凉,

空阔岂容成空洞?

喜马拉雅能阻断印度洋的暖湿空气,却阻不断华夏大地的温煦春风。

在中华民族脱贫攻坚的伟大号角吹响以后,西藏自治区从上到下积极行动了起来,让高原的每一寸土地都洋溢着祖国的爱。

那么,西藏自治区的脱贫攻坚战是如何进行的呢?有什么特点呢?

高原的高,不仅仅指海拔高度。脱贫攻坚战开始之初,西藏自治区便率先设立了高规格的省级脱贫攻坚指挥部,这如同一个省级单位的司令部,上传下达,零距离对接。因为脱贫攻坚指挥部下设办公室、产业组、搬迁组等11个专项组,所有工作组集中办公、专项落实。各市、县、乡镇也成立了相应机构。按照“区负总责、地市直管、县抓落实、乡镇专干”的管理体制和“工作到村、扶贫到户”的工作机制，层层分解目标任务，排出时间表、挂出作战图，构建了责任清晰、各负其责、合力攻坚的责任体系。

顶层设计完善之后，在具体实施精准扶贫脱贫攻坚方略之时，则严格按照因地制宜、因人因户因村施策的工作要求，以发展生产脱贫一批、易地搬迁脱贫一批、生态补偿脱贫一批、发展教育脱贫一批、社会保障兜底一批的“五个一批”为内容，精准施策提高贫困人口的参与度和受益水平，让帮扶措施有效地传导到“最后一公里”。

“绿水青山，就是金山银山。”这十个字既强调了人所赖以生存的自然条件的根本性，也概括了人所追求的物质条件的必要性。只有在保障生存环境的根本性的基础之上，才能实现可持续发展。也就是说，生态保护与建成小康社会是统一的、密不可分的。

对自然环境而言，扶贫从来不是在远行，而是在靠近。人类并非生活在太空，保护环境就是保护自己。西藏自治区是全国唯一省级集中连片贫困地区，也是世界上少有的生态优势地区，有名的生态脆弱地区之一。因而整合各方资金，进行生态保护的扶贫，便成为精准扶贫脱贫攻坚的重要手段。

在“生态补偿脱贫一批”的具体实施方面，立足生态优势，结合现行生态保护政策及重大生态工程，采取政府购买服务等多种方式，面向建档立卡贫困人口中有劳动能力的群体进行扶贫。

事实证明，让贫困群众受益于生态保护的过程，享受到生态保护的成果，并从中脱贫致富是一条行之有效的途径。

在生态脱贫过程中，西藏对护林员、野保员、情报员的生态补偿脱贫岗位实行精准控制，要求岗位要与建档立卡贫困户一一精准对应；生态补偿脱贫岗位实行额度控制，即新增和腾换岗位补助标准为每人每年3000元。通过新增及腾换生态的方式，落实林业生态保护、草原生态保护、野生动物保护等各类专兼职生态补偿岗位50万个，让有劳动能力的建档立卡贫困人口和农村低收入人口，通过参与生态环境保护和建设的形式，就地就业，实现了体面地、有尊严地脱贫，让贫困人口吃上“生态幸福饭”。

对人类来说，有一种情结会一生相随，这种情结便是故土情结。

当然并非每个人都会一生与故土相伴，个中原因是工作需要，爱情使然，或人往高处走。

树挪死，人挪活。背景离乡是为了更好地生活。当故土无法给予自己幸福的时候，为了能更好地生活，就得搬迁。

搬迁，分为相对集中搬迁，也就是本乡内的聚居区，以及异地搬迁区。

西藏自治区在“易地搬迁脱贫一批”的具体实施方面，制定了易地扶贫搬迁安置点选址要靠县城、靠乡镇、靠中心村、靠景区、靠产业园区、靠交通要道的“六靠”原则，方便安置点选点规划、方便基础设施建设、方便公共服务配套、方便群众发展产业、方便交往交流交融的“五方便”原则，以及避让地质灾害隐患、避让地震断裂带的“两避让”原则，并严格开展环境影响评价、地质灾害危险性评估、社会稳定风险评估等工作，以确保扶贫开发区和易地扶贫搬迁点选址的科学性、严肃性、合理性。

易地扶贫搬迁是脱贫攻坚的关键硬仗，整个西藏自治区，需要进行易地扶贫搬迁的贫困人口有20多万。

易地搬迁的主战场在日喀则、昌都、那曲，这三个地区集中了西藏自治区88.9%的贫困人口和88.1%的深度贫困村，是西藏自治区贫困程度最深、扶贫成本最高、脱贫难度最大的区域，搬迁任务也最重。

这是一场脱贫大迁徙，从藏北高原到藏南河谷，从珠穆朗玛到雅鲁藏布江，高海拔、偏远闭塞、生态脆弱、地方病高发地区的农牧民，都在政府的妥善安排和组织下，有序地向生产资料富足、公共服务和基础设施相对完善的地区聚集。

是不是穷山窝里的人都往城市，或者往具备优质土地资源的地方搬迁呢？

这当然不行，毕竟现有的城市和优质土地资源吸纳能力有限。

如何更好地安置搬迁人口，这不是走形式，更不是一搬了之。

人不是物品，挪个地方放在那儿就行了。这些建档立卡的群众挪了地方要生活，而且是相比于之前生活的地方要更好地生活，更幸福地生活，更富裕地生活。这是“易地搬迁脱贫一批”的根本目的。

否则，动员这些贫困群众搬迁干啥？

施行搬迁安置的脱贫方式，目标是“搬得出、稳得住、有事做、能致富”。搬迁聚居区，不仅修建了配套齐全的扶贫惠民商品房，也配套了现代养殖业、种植业、加工业、服务业中的一种或几种，以为搬迁贫困户提供便利的创业平台，保障脱贫成效。

这些现代养殖业、种植业、加工业、服务业不是凭空产生，而是切合当地特色产生的，或者本身就是当地特色。

目前，西藏建设易地扶贫搬迁安置点860个，已搬迁入住2.78万户11.7万人。针对居住在4800米以上高海拔地区的群众，以生态修复治理和脱贫攻坚双赢为目标，13万人的搬迁规划已经完成。

整洁的街道，气派的洋房，分给自己的房子不仅客厅里摆放了全新的藏式家具、现代家电，厨房里有崭新的天然气灶，有抽油烟机，还有独立的卫生间……

搬出穷山窝，当起城里人后，以前的耕地、草地、牲畜都流转给了合作社，每年都能从合作社拿到分红，而且在大众创业、万众创新的大环境里，包括易地搬迁的建档立卡贫困户在内的人群想要创业，在政策上还有10-200万的资金扶持，以及相应的社会保障补贴。

这美好，真是连做梦也没想到。搬迁住进新居之后，喜不自禁的村民们都会不约而同地在自家房顶上插上崭新的五星红旗……

用一朵莲花规划自己的未来，再用一生的时间虔诚祷告。这是身处贫困的藏地百姓美好的祈福方式。众生膜拜，梵心净澈。然而现实与极乐之间却始终隔着千古冰寒。

可喜的是，四季轮回，这种不变的格局正在猛烈的精准扶贫脱贫攻坚战中蝶变，顿挫跌宕的心愿，正穿过历史，阔步走来。

2.和美的华章

上天所赐优美无双的自然风景，无异于令人垂涎的银行，是绿色的、持续不断的财富，而风景所在区域的人们，无异于风景银行的永久员工。

借助天然景点，促进旅游脱贫，以景区带动村民就业，是西藏自治区脱贫攻坚工作因地制宜扶贫政策的又一亮点，和相当成熟的经验。

历史文化同样也是风景，这是人文风景，挖掘及保护得好，也是取之不尽的财富宝藏。

高原雪山，森林碧水，完美风景，完美财富。

人文历史，故事传说，各美其美，大美大同。

在西藏，松赞干布与文成公主的故事尽人皆知。

为了再现这一流传至今且感人肺腑的汉藏友谊壮歌，由拉萨市委、市政府与域上和美文化投资集团合作，斥资7.5亿元人民币，将流传千年被传颂至今的文成公主可歌可泣的故事，打造成了一场名为《文成公主》的藏文化实景剧。壮观、精美，如同藏地阳光，吸引着一批批游客前往观看。

内地的很多实景剧不过是在演绎一个虚构的传说，再华美也是无根之木。《文成公主》却是真实的历史故事，真实的故事最感人。

实景剧场位于拉萨河畔慈觉林(次角林)村，与布达拉宫隔河相望。

选择这个地方并非随意而为，而是大有讲究：当年文成公主进藏时，曾经在此扎营。

慈觉林村所在，是现在的拉萨市文化创意园区，也几乎是一座没有污染的印钞机。

而在几年前，它不过是座普通得不能再普通的小村庄，是文化内涵及历史踪迹，让这里改变了模样，改变了这里的贫困群众的生活质量。

因为《文成公主》实景剧演员完全阵容近800人中，99%都是当地藏族农牧民，手工业生产者，或者打工仔打工妹，专业演员不到10人。

这部实景剧中很多表演内容都取自藏族民间舞蹈，如打阿嘎、卓舞、锅庄舞等。这都是当地群众从小到大经常跳着的舞，也是他们日常生活中必不可少的内容之一。

得益于得天独厚的舞感，尽管他们是农牧民，或者手工业生产者，但只需对其进行一些舞台上的专业指导和适当的团队训练，就能很快把握表演要领，达到很好的表演效果。

最重要的是，因为参加演出，他们每个月会因此增加4000多元的收入。

花开花落的美好，只有蜜蜂能够感知和品尝。

粗犷与秀美，苍凉与煦暖，峻拔与和顺，雄壮与温婉，荒芜与葳蕤……西藏，从来不缺美的天赋。

美，于天于地，于人于物，都是财富。

大美风景所在，相继催生了林芝家庭旅馆、阿里星空旅游、拉萨净土健康产业等扶贫名片，贫困地区的“造血”功能、自我发展能力逐步提高。

旅游产业具有广阔的吸纳贫困人口就业的空间。在长期的探索中，西藏积累了丰富的生态旅游扶贫工作经验。旅游是精准扶贫的五大产业之一，已成名副其实的脱贫致富金路。

美丽风景在岁月的季节里独自馥郁，直到今天，寂寞才破。

西藏自治区在对贫困群众进行“以社会保障兜底一批”政策的实施方面，积极引入“外援”提升保障能力，在教育、医疗等多方面加强保障力度，构建政府主导、免费基础的社会保障服务体系，有效阻断贫困代际传递、防范返贫风险。

西藏是全国人均寿命最低的省份，远低于全国平均水平，其中既受高原生存环境的影响，也与医疗卫生服务发展水平滞后有关。

一个顽疾，能遮住一生的艳阳天。在西藏，因病致贫者不少，因而脱贫必须注重医疗。

相关普查数据显示，截至2017年底，西藏自治区共检查出包虫病患者26846人、大骨节病11911例。

对于医护力量不足、医疗水平不高等难题，西藏积极引入“外援”，使7省市65家医院对口帮扶西藏各地市医院。

大量高精专医疗人才的注入，宛如莲花绽开，满世界都是菩萨的微笑。他们的到来，填补了西藏医疗空白新技术新项目398项，使130多种高原病、地方病得到治疗解决，帮带培养本地医疗人才700多人……

肆虐的疼痛，被科技治愈，漫天的凄凉，被温暖驱散。

疾病被拦截于身体之外，也便是伤悲被拦截于心灵之外。目前，西藏自治区已基本实现“大病不出自治区、中病不出地市、小病不出县”的医疗服务目标，整体医疗服务水平正在朝向新的高度迈进。

3.藏地胜景

一生都享用不完的山水，该由谁来参悟？

教育！

教育是圣手，能给人一双洞悉美好的慧眼。

教育是国之根本。教育扶贫对脱贫攻坚来说，有着非常重要的意义。

伟岸高蹈的大地，哪堪贫困渐厚，幸福菲薄？

在“以发展教育脱贫一批”政策的实施方面，西藏自治区做到了及时性与绵延性。

扶贫先扶志，扶贫必扶智。

如果说医疗是防止致贫、返贫的护栏，教育则是阻断贫困代际传递的重要手段。

改变西藏面貌，根本要靠教育。

否则，即便富庶的大地，也难免悲伤蔓延。

纵然生活中到处都是阳光的灿烂和温暖的爱，如果没有相应的感知能力，心中的世界也是阴郁和冷漠的。

因而，要使建档立卡的贫困群众脱贫，就必须解决其“内生动力不足”的问题。而“内生动力不足”的问题，最根本的就是一个智识问题。如果建档立卡的贫困群众对生活品质的认知，对财富的认知，对人的生存未来理想的认知不足，则很难实现真正的脱贫。

先知梁启超曾提出“天下大同”的理念。“大同”何同？其实“大同”的基础就是均等教育、共同富裕，建立命运共同体。

建档立卡的贫困群众在识字明理之外，也需要改变生活习惯，改变传统的生产组织方式，改进生产技术，并学会合作共赢。

世上再远的距离，也远不过爱的牵挂；世界上再近的距离，也近不过心心相印。

西藏自治区每年吸纳800名教师进藏支教，配合实施教育人才组团式援藏工作。这800名教师是800颗至诚的心，是800颗心散发出的如阳光般的爱。

心与心相撞，是爱的撞击，也是理念的传递与交融。谆谆之言，如春霖辞旧，阆苑迎新。目前，西藏已成为全国唯一在全国率先实现学前教育、城乡教育，以及高中阶段教育15年义务教育的省级单位。

教育组团援藏深入西藏自治区各基层中小学校，以有求必应、供需对应的订单式援派，为西藏现代教育水平的提升注入了新鲜血液。

由于本土教师是西藏教育长期稳定向上发展的中坚力量，故而自治区每年都会组织、选派400名教师出藏培训，以此促进师资队伍素质和能力水平的提升。

他们如同种子，将知识与理念撒播到涸竭的心田。

而技能培训也是“以发展教育脱贫一批”政策的重要组成部分。

在实施精准扶贫脱贫攻坚政策的过程中，西藏自治区还立足西藏本地产业特色和品质优势，深入推进一二三产业的相互融合和农业高质量发展，打通脱贫致富经济发展的任督二脉，构建紧密利益联结机制，不断提升产业扶贫效益，夯实贫困群众脱贫的产业基础。

产业脱贫是持续增收稳定扶贫的一个主要的举措，仅到2017年底，西藏自治区各级各部门累计投入产业扶贫资金便达到了294.2个亿，实施项目2344个，带动产业扶贫16.7万人，受益群众24万多人。

一花一世界，一叶一如来。

要有花有叶，得有根有枝才行。

西藏自治区脱贫攻坚的短板，就在于产业脱贫、产业扶贫、基础设施和公共服务，为此在贫困地区进行了“十项提升”工程。即“水电路讯网、教科文卫保。”

幅员辽阔的西藏，基础设施和公共服务的滞后是脱贫攻坚的难点和重点。为补齐这一短板，逐步消除“水桶效应”，2017年8月，西藏自治区脱贫攻坚指挥部印发了《西藏自治区“十三五”时期脱贫攻坚基础设施建设规划》，提出到2020年贫困地区的交通、能源、水利、城镇、通信等基础设施条件显著改善，教育、科技、卫生、文化等公共服务水平大幅提升，广大农牧民群众出行、用电、饮水、就医、就学、文化娱乐等活动得到充分的保障，农牧业生产生活能力得到显著增强。这个《规划》总投资2300亿，计划实施74类脱贫攻坚基础设施类项目。通过三年多的努力，许多区域的基础设施和公共服务得到了大幅度缓解，制约贫困地区发展“最后一公里”的问题得到大为改善。

在自上而下的共同努力下，西藏自治区脱贫攻坚取得了可喜成绩：建档立卡贫困人口从2015年的58.9万减少到2019年6月的15万人；贫困县(区)数量从74个减少到19个，贫困摘帽总数居全国首位；贫困发生率从25.2%下降到5.6%。

西藏海拔高，扶贫人的精神斗志更高；西藏氧气少，脱贫攻坚的办法和经验并不少；西藏自然条件差，脱贫攻坚的成绩不差。

十三、云上光辉

阳春白雪虽然诗意,它一定来自苦寒。

春天的芳香,已在藏地高原绽放。

这一片曾经苦寒的云上人间,正焕发出绚丽的光辉。

1.被拦车

用想象中的粮食度日是诗人的事。

在脱贫攻坚战役中,用行动做事最有效,用细节说话最真实,用故事讲述最动人。

西藏的扶贫成果,得到了国家相关部门的肯定,其中还发生了一些有意思的插曲。

2018年7月12日,完成了对山南市错那县卡达乡卡达村脱贫攻坚的入户调查,准备返回县城的彭蕾,没想到路途中会遭遇藏族同胞拦车。

彭蕾是国务院扶贫办对西藏自治区贫困县退出情况第三方评估抽查组的调查员。

见道路上突然出现那么多人,且有拦车的举动,她的心里很紧张。

越来越近了,人群更清晰了。

彭蕾注意到,这些藏族同胞竟然都穿戴整齐,甚至身着盛装。

这些美丽的藏族服饰在灿烂阳光的照耀下的明媚,令人惊艳。

而且他们的年龄层次差别也挺大,有老奶奶,也有少年儿童。

她奇怪了,今天是藏族同胞的什么节日吗?她问司机。

“好像不是呀!”司机说:“难道是我自己不清楚?”

司机是藏族同胞。

“这是藏族同胞婚嫁的场景？喜诞的场景？贺寿的场景？”

“也不清楚。”

那这到底是什么呢？

这样想着的时候，彭蕾心中先前的紧张情绪缓解了许多，他们不是来给自己找麻烦的，因为如果自己无意间在什么地方冒犯了他们的话，他们怎么会穿节日盛装呢？

车，被这群人给拦了下来。

人群中一位藏族阿妈，走到司机面前，对司机说了一句藏语，司机紧张的面部表情顿时变成了微笑。

然后，司机转过身来对坐在后排的彭蕾说：“彭老师，刚才那位大妈说，他们要送礼物给您。”

“送礼物给我？”

“是的。”

送我什么礼物呢？为什么要送我礼物呢？

正在彭蕾思考这个问题的时候，先前跟司机说话的那位藏族阿妈，走到了彭蕾所在的后车窗位置，躬着腰，朝她看，被岁月的风雨耕出皱褶的脸上挂着微笑。

彭蕾连忙摇下车窗玻璃，也连忙在一股扑面而来的酥油的芳香熏染中，向这位藏族老阿妈回报以微笑。

犹如春天写在脸上的藏族老阿妈，一边双手合十地做着祈祷的礼节动作，一边叽哩咕噜地说着话。继而，她又伸手拉开了轿车的车门，对彭蕾做出了请下车的动作。

彭蕾下车了。

无论怎样，她都要下车。

但刚下车站定的她，就被一件意外发生的事震惊了：这位藏族阿妈从怀里掏出一件雪白的东西，朝她举着！

这件雪白的东西是哈达！

这位藏族阿妈用双手托着哈达，庄重地献给了她。

将其给她挂在脖子上后，又双手合十地朝她鞠躬，口中也随之念叨："扎西得勒！"

"扎西得勒！扎西得勒！"

她连忙回应祝福。

这时，司机也下车了。

紧接着，路边的人都纷纷走了过来，向彭蕾以及司机献起了哈达，使得他们一个人脖子上挂了好多条洁白的哈达。

他们为什么要给我献礼？

"我们有的在县城打工，有的在本村打工，都住上了好房子，过上了好生活。我则是特地从拉萨赶回来的，我们专门在这里等着，就是想见见你们，表达深深的感谢……"

最先给彭蕾献哈达的藏族阿妈说。

这位藏族阿妈名叫美朵群宗，生于1959年6月27日，是西藏自治区山南市错那县错那镇吉松社区居委会娘卓小组的一名普通农牧民。美朵群宗平常在拉萨与其儿子次珠加措一家共同生活，每逢藏历新年或者其他重要节日，才回到错那同父老乡亲一同相聚。

美朵群宗说，国家的脱贫攻坚政策让她家所在的村子发生了天翻地覆的变化：现在村子里不仅有地毯厂，丝棉厂，种子基地，蓄电池厂，包装制品厂，硅石英沙厂等工厂。农产品也很丰富，有红椒、透明包菜、火龙果、生姜、蕹菜等。自己家里的生活也今非昔比：以前房屋破烂，吃不饱饭，现在有村里由政府统一修建的漂亮坚实的房子，及一应俱全的家具家电。种地有国家补贴，打工还有不错的工资收入……真是太幸福了！

"我们家只有老两口还是吉松社区的村民，这里其他人都是我们家的亲戚或邻居。”

美朵群宗很激动:“虽然我家并不是建档立卡户,但看到乡亲们,尤其是亲戚们都在国家精准扶贫及脱贫攻坚政策的实施下,生活发生了巨大变化,内心非常感动的我便特别想带领村民们,感谢政府对我们的关怀。”

2018年7月,她听说国务院扶贫办派了检查工作的评估工作组,到错那镇评估考核脱贫攻坚的成效,而且检查完工作之后就要返回北京,因而特地从360多公里外的拉萨赶回错那故乡,组织亲戚和乡亲,前来表达感谢,并希望将这份感谢带给中央首长,带向全国。

看着老人激动的述说,听了司机的及时翻译,脸上洒满阳光的彭蕾很感动,她用手摩挲着哈达,心潮澎湃,却又不知道说什么才好。

这时,美朵群宗一把抓住彭蕾的手说:“我们还有一个请求,那就是请你们到我家里去看看,感受一下幸福的滋味。”

盛情难却,彭蕾决定去美朵群宗的家看看,以遂老人的心愿。

到美朵群宗家里以后,老人为工作组盛上了热气腾腾的酥油茶,并向工作组讲述了国家的惠民政策给藏家带来的巨大变化。

2.日日美好

让黯淡苦涩的生活远离,让现在和未来的幸福热烈明洁。

事实上,在代表国务院扶贫办对西藏自治区贫困县退出情况进行第三方评估抽查的过程中,彭蕾每天都在被感动。

工作第一天,稀薄的空气,崎岖的山路,徒步调查,写完报告已经12点过了。

说不累是假话,可人生总有那么多遇见改变着自己,当我做完第一户调查,那位住在山上的89岁失明老奶奶和她50多岁儿子之后要离开的时候，老奶奶拉着我的手饱含热泪地说了一大堆话。我虽然听不懂却能感受到她激动的心情。

后经翻译转诉，老奶奶说的全是感激，感激国家，感激政府，感激扶贫干部……

听完这些话我挺感动的，瞬间觉得自己的工作很有意义，也真正明白援藏工作和脱贫攻坚工作在藏区群众心目中的地位和份量。

想想那些把青春和一生都奉献在这片土地的人们，也许生命的意义不在于拥有多少财富，享受多少荣华，而是在有限的生命里能为国家的发展和建设做多少贡献，用自己的力量去帮助人民改变生活，让国家变得更强大，让一切变得更美好!

2018年6月26日，是彭蕾进藏工作的第一天，这天她去的是山南市曲松县曲松乡措堆村，当天的工作结束之后，她在微信朋友圈发了如上这条微信。

共康村位于山南市加查县东南部、冷达乡雅鲁藏布江畔莫热坝，距山南市区110公里，距加查县城15公里。

2016年9月，该易地扶贫搬迁工程开工建设，配套实施民居、村委会、幼儿园、卫生室、电商点、垃圾中转站、商业区等设施，占地面积708亩，总建筑面积为36343平方米，总投资2.1亿元。

共康村于2016年、2017年的两年时间之内，由加查县内洛林、冷达、崔久、安绕、拉绥、坝乡等6个乡，以及曲松、措美、隆子3县的群众搬迁组成。其中加查县搬迁户333户1121人，曲松县搬迁户25户102人，措美县搬迁户11户46人。

加查县成功申报“全国2017年度电子商务进农村综合示范县”后，共康村成为西藏的第一个村邮点。

这个新诞生的村子，造血功能了得，建档立卡贫困户刚搬入的2017年，便实现了全村贫困人口的脱贫摘帽。2018年，又实现全村人均收入7016元，贫困发生率降为零。

2018年7月3日，彭蕾去共康村抽查时，也是自始至终被村民们的感激簇拥，当天，她也在自己的微信朋友圈写下了见闻：

今天去的是易地扶贫搬迁后的一个新村——共康村。

在这个村子里，我听得最多的话就是"感谢！"

藏族群众发自肺腑的感激之情溢于言表。

有位姐姐拉着我的手放在她的额头，不停地说着感谢。

86岁的老奶奶在我为她献上哈达后热泪盈眶，谢字说不完。

淳朴、满足和感恩在这里处处可见。

他们的人生如此幸福，深深地感染了我。

2019年，共康村学生享受西藏自治区义务教育阶段及高中阶段农牧民子女在校补助包吃、包住、包基本学习费用的"三包"政策；全村在校大学生全面享受自治区大学生资助政策，全村适龄儿童入学率100%。

2018年7月7日，彭蕾走进山南市错那县麻麻门巴民族乡小学抽查之时，也深感扶贫干部脱贫攻坚工作的成效：

今天走进麻麻门巴民族乡小学，感叹乡镇小学有如此良好的硬件设施，更感叹这里不仅延续着门巴民族的传统文化，爱国主义教育更是深入孩子们的心灵。

国防教育从小抓起，守土固边需要群众的支持，这样的教育很有必要。

边疆干部们真是费了不少心思，辛苦呀！

在错那县觉拉乡觉拉村检查之后，彭蕾也发了微信：

可爱的小孩，听说调查组要来，专门跑到路口等我们，然后高兴地牵着我的手去她家，还把帽子戴起，摆各种姿势拍照。

有个老人不仅一直在自己的屋外等我们访谈，而且调查结束后，还激动地对我说："感谢政府，你们辛苦了！"

淳朴善良的人们让人心生感动。虽然每天要走很多路，爬坡上坎把人累得不行，但一切都是值得的……

3.天上人间

爱，不是施与者喊出来的口号，因为施与者有可能夸张爱的浓度与深度。

爱，应是接受者感受到的心跳，但接受者对恩之感，免不了激动的成分。

精准扶贫脱贫攻坚与之相比，同，也不同。

脱贫攻坚精准扶贫的过程不是施舍与接受，是心与心的偎依，是情与情的交融。

脱贫攻坚的成果也不是抽象的爱，不是用华丽的形容词来表达的内心的美好，不是高悬天空来去飘忽的浮云，更不是停留在传说中看不见摸不着的神秘向往。

无需用望远镜隔山隔水地打量蜃景般的轮廓，也不必在心情的春风里摇头晃脑陶醉地吟哦。这有相应的标准、度量的尺码，以及检查评估的部门和组织。

西藏自治区脱贫攻坚在付出艰苦努力之后所取得的成果，得到了有关部门和组织的认可。

以下仅摘录国务院扶贫开发领导小组办公室国开办函[2019]147号《国务院扶贫办关于反馈2018年西藏自治区贫困县退出抽查第三方评估有关情况的函》，予以证明西藏自治区的脱贫攻坚效果：

2018年，西藏自治区共有25个贫困县通过专项评估检查，符合退出条件，宣布脱贫摘帽，分别为昌都市江达县、洛隆县、边坝县，山南市隆子县、浪卡子县、扎囊县、贡嘎县、措美县，日喀则市定日县、桑珠孜区、昂仁县、岗巴县、仁布县、仲巴县，那曲市嘉黎县、索县、安多县、聂荣县、班戈县，阿里地区日土县、札达县、普兰县，林芝市朗县、墨脱县、察隅县。

根据《中共中央国务院关于打赢脱贫攻坚战三年行动的指导意见》和《中共中央办公厅、国务院办公厅关于建立贫困退出机制的意见》，按照国务院扶贫开发领导小组2018年贫困县退出抽查部署安排，2019年7月至8月，受国务院扶贫办委托，成都理工大学牵头组织对西藏自治区2018年贫困县退出情况开展第三方评估，并按照20%比例，对昌都市洛隆县、山南市措美县、日喀则市仲巴县、那曲市索县和阿里地区日土县5个脱贫摘帽县进行实地抽查。评估结果显示，西藏自治区2018年贫困县退出程序总体规范，标准较为准确，结果符合实际，5县实地抽查结果与西藏自治区专项评估检查结果基本吻合，均符合脱贫摘帽条件。

……

真正的美好不是点缀，而是幸福的全部。

真正的美好是你心里装着幸福的时候，幸福的心里也装着你。

通过脱贫攻坚战，西藏自治区积累了扶贫行动的宝贵经验，这些宝贵经验主要体现为：一是深入贯彻落实中央扶贫政策，在理论上有了遵循；二是在全国省级单位首创脱贫攻坚指挥部，使组织上有了保障；三是坚持精准扶贫精准脱贫方略，抓底线盯标准，着力解决“扶持谁、谁来扶、怎么扶、如何退”等重大问题；四是层层签订责任书，层层传递压力，以脱贫摘帽为己任，真抓、真投、真帮、真脱；五是坚持扶贫扶智相结合，十分注重精神扶贫，想方设法切实调动贫困群众参与脱贫攻坚的内生动力，使贫困群众成为脱贫攻坚的参与者、建设者和受益者。

西藏自治区脱贫攻坚取得的显著成效，连续四年在省级党委政府扶贫开发成效考核中，被中央确定为“综合评价好”的省市之一。

崇山峻岭的荒野，在一千年又一千年的岁月里，走落了一个又一个日头，走残了一弯又一弯月亮。走不完的戈壁雪夜，走不完的地老天荒。

而今天的西藏，是最美的天上人间。

4.云上光辉

千秋愁绪一朝除，虽然成绩可嘉，但扶贫事业是一项必须坚持的事业。它不是烟花，华美地一闪而过之后，便归于暗淡；它不是彩虹，只在雨后出现，然后一阵风起便会烟消云散。

幸福的生活不是偶尔的膏腴和隐约的花香，而是日日节庆和百花的合唱。因而脱贫是基础，小康是起点，致富才是目的。为了防止脱贫家庭又重新返贫，西藏自治区的扶贫干部们始终不敢松懈，依然在继续努力。

虽然已经抵达了一对一帮扶脱贫的彼岸，周伟依然在情感之海里航行。2019年，他又为与他结对子的曾经的贫困户、现已脱贫致富的朗嘎一家，申请了2万元残疾人创业补助金，把“精准扶贫幸福茶馆”装修了一下，地上铺上强化木地板，墙面贴上墙纸，使茶馆看上去更上档次，以使生意能够更好一些，把财富之路无限延伸。

这一年，好日子的美满以递增的速度陪伴着朗嘎与洛松益西一家的同时，病痛也给他们两人制造了一些小麻烦——他们先后到达孜区人民医院各做了一个小手术，然后在医院住了一段时间。

不过，这也是验证今天幸福生活的试金石。这要放在以前，穷困潦倒的他们要是得了病只能忍着，要去医院住院？做手术？那可是想也不敢想的事情！但今天，因为他们家是建档立卡户，所有医疗费用都是免费的，这种福利如佛手拂过，莲花绽放。

更令他们感动的是，尽管已经有如此令人满意的福利了，但周伟还是像晚辈一样，用自己的工资给他们买了生活保健品以及水果，慰问他们。

也是这一年，朗嘎与洛松益西的二侄女德吉曲宗考上长沙民政职业技术学院时，达孜区民政局的干部群众又为德吉曲宗捐助了5000元钱。

本来，藏族同胞读大学所有学杂费生活费全免，但大家还是为她捐了钱，这是一种鼓励。

现在，朗嘎与洛松益西住的是达孜区民政局免费的房子，考虑到他们长期住宿的问题，周伟又向有关部门为他们申请易地搬迁的房子。易地搬迁的房子是统一修建的，有产权。

周伟迎难而上、尽心竭力帮助朗嘎一家实现脱贫，走上幸福道路的事迹，不仅体现了国家扶贫政策的务实、坚定与有力，还谱写了民族团结、藏汉一家亲的动人诗篇。

寒冷而又孤寂的夜的惊恐已成往事，昔年疼痛的伤口早已在爱的暖阳中愈合。曾经的贫困户支张央宗家，到2019年时已幸福地步入小康。

在免费教育的悉心栽培下，支张央宗的儿子白玛朗杰长大了，宽广的肩膀挑起了家庭的重担，不仅还掉了买农用车从银行所贷的6万元钱，还有了不少积余。想到妹妹逐渐长大，他又花6万多元，在原来房子的基础上增建了三间房，还将客厅进行了适当装修。

按理说，这笔钱是修不了三间屋的，但是因为屋顶用的是既隔热保温，还能防漏雨的铝皮板，比藏式传统房屋的屋顶要节约不少成本，同时，有一间屋是将原来的阳台加上三面墙壁扩建而成，所以用小钱办成了大事。

如今，白玛朗杰已经取得驾照，准备攒两年开挖掘机的钱买辆大货车搞货运。这些年西藏的建设项目很多，他相信以后自己除了能通过在工地上开挖掘机挣钱以外，还可以通过跑运输挣钱，也一定能挣更多钱。

支张央宗的身体也挺好，既能种田种地，也能养羊养牛，还能利用农闲打点零工挣钱，或利用自己的烧焊技能去一些工地挣钱。

支张央宗相信，曲珍和次仁央宗相继从大学毕业以后，找到一个满意的工作应该也不会有多大的问题。因而，她对自己家未来的日子充满了期待，也相信会越来越幸福。

高原很高，再高也高不过人。

贫困很难，再难也难不倒志。

在工作重点上，西藏自治区通过全面落实新增资金、新增项目、新增举措向深度贫困地区倾斜的要求，打赢了日喀则、昌都、那曲三大攻坚主战场和44个深度贫困县、315个深度贫困乡镇、2440个深度贫困村的脱贫攻坚战，以确保在2020年前全面建成小康社会任务的完成。

在未来的工作目标上，西藏自治区还将坚持“不愁吃、不愁穿，义务教育、基本医疗、住房安全有保障”的“两不愁、三保障”政策，确保现行标准下贫困人口全部脱贫，贫困村全部退出，贫困县全部摘帽，解决区域性整体贫困问题，同时全力以赴防止脱贫后再返贫现象的发生。

正是每一家贫困户消除贫困的点滴改变，才写就我国精准扶贫的有力篇章，西藏脱贫攻坚取得的伟大成就，也是由每一位扶贫干部恪尽职守的付出叠加起来的。

也许，在脱贫攻坚的过程中，还存在着一些不足，或者个别地区在完成脱贫攻坚任务之时出现过一些小问题，但却丝毫不影响这项历史上最艰巨工程的伟大。

澄澈的心灵，与阳光同行。

炽诚的热血，令大地膏泽。

在无数个日日夜夜里，奋战在高天厚土上的扶贫干部职工呕心沥血，用福田般的美德，用修行般的虔诚，用阳光般的圣洁，用春风般的和煦，润物无声地传递着国家的伟大、政府的关怀、时代的幸福。

他们像高洁莲花一样澡雪心神；他们琴瑟和谐地谱写着高原绝唱。

他们的付出，是最美丽的藏地胜景；他们的奉献，是最动听的和美华章。

春天的芳香，已在高原绽放，这片曾经苦寒的云上土地，正焕发出绚丽的光辉。

千年不变的贫困阴霾，已然被奋进及智慧驱散。

历史，一定会记住这前无古人彪炳史册的国家壮举！

时间，必将会传诵这震惊世界荡气回肠的人间温暖！

在鲜红的党旗下

吉米平阶

引 言

西藏，广袤而瑰丽。在世人眼里，这片神奇的土地承载着多少遥远而神秘的诱惑，然而，生活在这片土地上的人们知道，在这张神秘的面纱背后，又曾经有多少贫穷和苦难困扰着他们。

时间回到并不遥远的60年前，那时候，西藏刚刚平息了十四世达赖集团策动的武装叛乱，广大翻身农奴也刚刚获得人身自由，从沉重的徭役和赋税中解脱出来；那时候，土地改革刚刚开始，这片土地上的真正主人们，远没有解决温饱；那时候，人们才开始意识到，人生的幸福，并不只在遥远的来世。

1959年，西藏广大翻身农奴砸碎千年枷锁，迎来世世代代的第一次辉煌，新华社记者林田和18军记者蓝志贵来到山南，给我们留下一本《西藏春潮》的日记体纪实文学和大量生动详实的图片。我们不知道这两位前辈当时在山南有无交集，但他们都不约而同用手中的纸笔和镜头，为我们留下了那个光荣时代的历史记录。

60年艰难曲折，60年不懈奋斗，时间的脚步迈入了2019年。彻底解决几千年困扰着雪域高原的贫困问题，实现“两不愁三保障”，即将历史性地得到解决。作为“三区三州”唯一一个省级集中连片地区，西藏贫困程度深、基础条件差、致贫原因复杂，民族、宗教、维稳问题交织，如何彻底打赢脱贫攻坚战，如期实现中央向全国人民、向全世界做出的庄严承诺，也历史性地摆在了西藏各级组织和各族人民面前。

自脱贫攻坚战打响以来，在120多万平方公里的土地上，西藏着力加强基层党组织和党员队伍建设，充分发挥党的政治优势、组织优势和群众工作优势，以党建引领促进脱贫攻坚，着力提升基层党组织学习能力、服务能力、创新能力、引领能力、战斗能力，在脱贫攻坚的实战中造就了一支听党话、跟党走，善团结、会发展，能致富、保稳定，遇事不糊涂、关键时刻起作用的坚强队伍，推动脱贫攻坚各项任务落地生根、开花结果、取得实效，贫困人口已从2013年底的80万减少到2018年的15万；贫困县区数量从74个减少到19个，摘帽总数居全国首位；贫困发生率从30%降至5.6%。

习近平总书记指出："打赢脱贫攻坚战，中华民族千百年来存在的绝对贫困问题，将在我们这一代人的手里历史性地得到解决。这是我们人生之大幸。让我们共同努力，一起来完成这项对中华民族、对整个人类都具有重大意义的伟业。只要全党全国各族人民齐心协力、顽强奋斗，脱贫攻坚战一定能够打好打赢。"

本文采撷了西藏日喀则市几个乡村基层组织和个人在脱贫攻坚进程中的小故事，以期对西藏决胜全面建成小康社会的生动实践做一个可能挂一漏万的记录，作为对勇敢战斗在脱贫攻坚一线的扶贫干部，对为改变贫困面貌不懈努力的基层党员和村干部，对为改变自身命运而主动作为的广大农牧民群众的致敬。

一、王朝的事业

王朝是一个人的名字。王朝是日喀则市白朗县嘎东镇阿亚村的党支部第一书记。

清晨，第一缕阳光还没有从东边的山头露出，远处的田野氤氲在一层薄薄的雾岚之中。刚刚收割完的青稞地，散牧的犏牛群里，隐约间杂着几只飞来越冬的黑颈鹤，而胆小一些的斑头雁，在更远一点的田野里成群觅食。王朝身披清晨的霞光，站在新建的村委会广场前，内心有点激动，昨天晚上，他和村里的党员志愿服务队、驻村工作队一起，忙乎到深夜才把今天的会场布置完，今天，县里的主要领导要来参加村里组织的活动，他的心里还是有点紧张。

王朝今年初刚从县委办公室派下来，之前他在县委办公室任副主任，满打满算，来村里也才10个月的时间，就这10个月时间，他把村里的沟沟坎坎都跑了个遍，村里的基本情况也都了然于心了，不然，他还真没有胆量组织这样一场在村里不能说绝后肯定是空前的集体活动。

王朝也是嘎东镇党委副书记兼驻村工作队队长，今天是2019年9月31日，国庆前夕，阿亚村要举行“庆祝中华人民共和国建国70周年、纪念西藏民主改革60周年”文艺演出活动，援建单位上海实验学校的师生们也要来参加演出，此刻，王朝正等着实验学校师生们的到来呢。

30多岁的王朝是江苏人，2012年到白朗县工作，之前在拉萨当兵五年，十多年的高原风霜，改变了这个江南男子的肤色，使他有了高原汉子的刚毅，到阿亚村担任第一书记，已经是他第二次驻村经历了，这个以前出了名的穷村乱村，虽然这些年有了很大的变化，但许多事情还是出乎他的预料。

在村里推广大棚种植，按理说，白朗县的大棚蔬菜种植全西藏闻名，有“全国蔬菜看寿光，西藏蔬菜看白朗”的美誉，搞蔬菜种植，没干过也听说过吧？村里组织种植合作社，号召大伙自愿入股，第一次开村民大会举手表决，除了村“两委”和几个党员，都不举手，冷场。怎么办？依靠党组织，依靠党员，这是王朝几年基层工作的心得体会，村“两委”首先统一思想，带头入股，村支书多吉带头入股15万。

多吉书记的父亲就是老村支书，这些年一直身体不好，他家的负担也很重，他的带头让王朝深受感动，也让工作有了进展。村民们思想不统一，王朝也记不清开了十几次会议，党支部带动党员，党员带动群众，光是带领大家到2012年就成为蔬菜“万元村”的彭仓村参观学习就去了8次，每一次都有多吉书记参加，驻村工作队和有车的村委开着私家车载着乡亲们去学习取经，最后，就连最困难的家庭都入股了1万元，多的5万元，完成了240万元的集资额，建起了400平米一个的种植大棚25座。

现在，整整齐齐的大棚都已经落成，虽然目前的收入还不多，但王朝心里盘算，25座大棚就是10000平米，每年的收入应该达到175万元，除去各种成本，纯收入会有120万。这可不是王朝的一厢情愿，而是经过合作社与第三方签订订单种植合同后测算出来的。为了节约成本，25座大棚的日常管理只雇用了3个村民作为正式员工，进入种植收获繁忙季节，党员志愿服务队就是主力军。

阿亚村是后藏地区典型的农业村，坐落在和平机场到日喀则的高速公路（也是不久即将通车的拉萨到日喀则高速公路）白朗县出口左近。从日喀则出来，半小时车程，位于日喀则和白朗县之间，交通很便利，但在高速公路通车之前，这里是一个交通死角，从村里到日喀则市区，走乡村小路要一个多小时，村民们的思想大都很保守，观望思想严重。

记得刚引进高原枸杞种植企业开始土地流转的时候，碰到的情况跟建立种植合作社一样，冷场！王朝就奇怪了，这些沙漠化的荒滩地，除了一些矮小的沙棘，连抗寒耐旱的野草也不长，平常一点用也没有，企业以每年每亩150元的流转费承包，5年后根据效益再递增流转费，很好的事情呀。后来经过了解，也不是大家不愿意，“万亩枸杞”项目现在已经是第二期了，先期其他乡镇的村子都已经得到了利益，但是有人说了：听说旁边的某某村流转费不止每亩150元。还有人说：白朗县边上的地每亩给1000元呢。还得做工作，还是村“两委”和党员带头，挨家挨户谈，包户包人谈，白天谈晚上谈，讲道理谈实惠，从06年谈到07年，再到08年最后签订合同。

现在，由村支部牵头的劳务合作社，每年跟周边的高速公路管理公司、珠峰华绿有机肥公司、万亩枸杞公司等企业根据村民的意愿谈劳务输出，光“万亩枸杞”公司一家，因为是劳动密集型产业，到采摘季节人手都不够用，村里的妇女老人等弱一点的劳动力，每天手快的能够收入300元，少一点也能收入200多元，不离乡不离土，在家门口就挣到了现金，这是过去想不到的事情，那些在企业固定工作的，每个月有四五千元的收入，以半年用工计算，每年在这上面也有两三万元的现金收入了。

从全镇出了名的“不同意”村子，到现在的乡村振兴战略试点村、党建带动脱贫试点村、人居环境整治试点村、“双联户”试点村等等，王朝切实感受到了阿亚村的变化，感受到了这些年党和政府的富民政策带给老百姓带来的实惠，也感受到了村民思想发生的深刻变化。不久前，村里实施人居环境卫生整治，每家要根据居住面积建设饲养圈舍、牲畜活动场地，有些家庭居住面积大，自愿出资建设大一点的圈舍和活动场，这也是王朝过去不敢想的。

阳光初照，村委会前面的小广场开始热闹起来，先是家里面没上学的小孩们穿着光鲜的衣服在小广场外面疯跑，引出来家里的老人们慢腾腾地挪到阳光下的长椅上，笑眯眯地跟王朝和村干部打招呼。这些都是基本不用参加劳动颐养天年70岁以上的老人家了，在村里有十好几位。老人们都穿着节日盛装，互相打量着，交头接耳。王朝看看手机，离演出开始还有一段时间，县里和实验学校的车子还没有影子，他和多吉书记几个村委来到村委会里达参家开的甜茶馆，一人要了一碗藏面。一早起来，还没有顾得上填饱肚子呢。

达参的甜茶馆是村委会新房子盖起来之后开张的。新村委会装配式轻钢结构建筑，1200多平方米，是全市村委会统一建设的试点。大大的阳光棚，充分吸收了高原的阳光，配上绿叶植物，湿润温暖，只是夏天还有点热，明年得配上遮阳布了。市里面要求要把村委会建设成乡亲们愿意来，来了还不想走的场所，村委会就想到了搞一个甜茶馆，大家有一个喝茶聊天的场所，再逐步配上公共wifi、农村书屋、医务所、台球桌，慢慢把大家都吸引过来。

28岁的达参很多年前嫁出去，不久前离婚又回来了。嫁出去的时候地都给了哥哥，一时间生活没有了依托。村委会经过村民大会认可，把开甜茶馆的机会给了她。达参很能干，茶馆经营得红红火火，在旁边开了一个小卖部，还兼着村卫生员，村里有个小伤小病，头疼脑热，她都能解决。采摘枸杞的季节，这里还一座难求呢。

现在，达参又成了家，丈夫是山南那边的人，在工地上跑车，开挖掘机，今年达参十七岁的弟弟先心病在内地去世，母亲要求再见上一面，从内地把遗体运回来，前前后后花费十几万，如果没有达参老公的收入，还真的吃不消。村里人说起达参都竖大拇指，说她夫妻俩不仅能干，还很孝顺顾家。如今达参家盖起来新房子，买了车，听说家里的皮沙发比县里宾馆大厅里的那套都豪华，电视机是62寸的。

王朝和多吉书记他们喝着甜茶，看着忙前忙后的达参，心里很满意。作为村卫生员，她不仅能治疗许多小病痛，还帮助村委做了许多工作，作为困难户，她靠着勤奋劳动，也过上了好日子，今年，村党支部已经把她培养为入党积极分子了。

像达参这样的困难群众，村里还有几户，比如达珍家。达珍家只有3口人，达珍83岁，妹妹80岁，儿子玉加也50多岁了。达珍家叫“阿亚户”，阿亚村的村名就是由他们家的户名而来，过去是地主，由于人口少年龄大，现在变成了困难户，平时还好，有政策的托底保障，日常生活不是问题，但一碰到突发情况，就显出问题了。今年，达珍80岁的妹妹因为乳腺癌去世，家里一下焦头烂额，村党员志愿服务队和驻村工作队从头到尾帮忙解决了问题。

再比如普次家。普次是外面嫁过来的，丈夫前些年去世了，她一个人带着两个女儿，生活比较困难，她就想着把大女儿留在家里帮她干活，村里知道的时候大女儿都12岁了。驻村工作队和村党支部做工作让女儿去上学，母亲的工作做通了女儿又不愿意，觉得自己年龄大了，丢人，后来连镇长、校长也来做工作，去学校后直接上三年级，没想到这个叫普琼的孩子悟性极好，一年以后成绩就到了全班第八名。现在，普次的小女儿在村里的学前教学点（幼儿园）上学，她在劳务合作社里务工，还把在马义村的父亲接到身边养老，她家里的土地的收割，都是村党员志愿服务队帮助完成的。

今年村干部和党员志愿服务队确实比较辛苦。阿亚村46户人家，4户不在村里，每一户平均有4.6亩土地，大家都收割完之后，还有3户没有收割，都是党员志愿服务队出工出力还要出机械，正是由于他们的辛勤付出，两三年时间，阿亚村的精神面貌有了今非昔比的巨大变化，王朝和多吉书记也才有信心举办这么一场对全村而言盛大的演出。

十点半,活动正式开始。县委书记来了,上海实验学校援藏校长带着20来名师生来了,全村老少几乎全部出动,各个身着鲜艳的藏装,挤满小小的广场。首先是升国旗唱国歌,王朝很吃惊,这些平常汉语不很流利的老乡,一个个唱起国歌字正腔圆,声遏行云。演出内容也很丰富,连上实验学校带来的两个,整整13个节目,有朗诵《我骄傲我是中国人》,舞蹈《洗衣歌》,幼儿园的小朋友带来了舞蹈《罗珍色珍》,而更多的是传统的堆谐呀、锅庄呀,在舞蹈《感党恩》里面,乡亲们加入了讲党恩爱核心、讲团结爱祖国、讲奉献爱家园、讲文明爱生活的"四讲四爱"主题教育的内容,几个盛装的青年男女捧着印有五代领袖的相框,边说边唱,很有些说唱艺术风格。演出结束后,村"两委"隆重表彰了这一年在全村工作中做出贡献的积极分子,特别是党员志愿服务队里的积极分子,县委书记亲自把获奖证书颁发到每一个人手上。为了村集体的发展做出贡献的,一定要让他们得到荣誉,这才是今天活动的高潮。

明天国庆节,王朝他们要组织村民集体收看电视转播,之后,党员志愿服务队要到大棚里义务劳动种草莓,这个时候种下的草莓,差不多12月份就能够上市了。接下来的两个月,要组织计划的各类培训,劳务输出合作社要跟合作的企业结清账目,洽谈明年的合作。还有更重要的,生态合作社要启动起来。

之前,王朝他们一直在为生态合作社的事情发愁,除了改善人居环境卫生,整治村容村貌,他们还真不知道要干什么?"万亩枸杞"固然不错,治理沙化,防治水土流失,但那是人家企业在负责。后来还是上海实验学校出了一个好主意。上海实验学校是上海对日喀则的一个援藏项目,由上海各区抽调援藏教师组建而成,阿亚村是他们的一个社会实践基地,学校会不定期带着师生来阿亚村调研,进行社会实践活动,帮助村里排演节目、培训技能等等。

学校的老师们看见村里有一条山沟风景很好，从高处看去像一条蜿蜒的巨龙，沟里有水草，有灌木也有树林，老师们把它命名为“飞龙沟”，建议村里在这里建林卡农家乐，开发度假旅游。“这里离日喀则、白朗都不远，又有高速公路，城里的人周末过来，吃新鲜蔬菜，采摘新鲜水果，又看了风景，说不定几年以后成了日喀则的后花园呢。”他们这样描绘着未来的美好前景，也让王朝他们下定了决心：今年抓产业，明年抓生态！除了这些，他们还计划在村边上建一个屠宰场，已经做了调研，整个日喀则市只有一家屠宰场，利用地理位置和荒地的优势，引进一家内地企业，动员老百姓养殖入股，公司＋合作社＋党支部＋群众，也是一条增收之路呀。

地处日喀则、白朗之间的阿亚村，依托这条致富路，下一步将村里的土地集约起来，改造成大棚和养殖场，旅游、采摘、务工……王朝心里的乡村事业，道路还长着呢。

二、牧场鸭倌儿

魏伟与王朝有特别相似的经历：2000年参军，2010年分配到岗巴县工作，先后担任过县扶贫办主任、县编办主任、县政府办主任。2019年5月，日喀则全市组织开展优秀年轻干部到村担任支部书记工作，魏伟主动请缨，到基层组织力量比较薄弱的龙中乡国措村担任村党支部书记。

国措村是一个牧业村，海拔高，条件比较艰苦，2018年，国措村由于村党支部发挥战斗堡垒作用不够、党员先锋模范作用不足、带领群众致富本领不强，被列为全县软弱涣散基层党组织。魏伟到村子之后，面对眼前的一堆乱麻，没有气馁，语言不通，他就连说带比划，从村党支部、生产生活、思想观念、易风易俗几个方面渐次入手，积极与村“两委”班子和群众沟通，了解存在的问题，查找并分析原因，对症下药，将问题都晒出来，动员群众积极向党组织靠拢。

结合“不忘初心、牢记使命”主题教育，在援藏干部的积极帮助下，选派村长索朗赴北京参观学习，利用村“讲习所”和村干部夜校平台，带领村委和党员说初心、记初心、守初心，说问题、谈问题、找差距，让党员特别是村“两委”班子成员，把思想集中到改变现状上、把担子压在班子成员上，全面提升村干部、党员素质，形成“群众看党员、党员看支部”的工作氛围，切实提高了党员们为民服务的意识。

看见村委们还没有养成上班的习惯，他以身作则，从自身做起，严格落实村“两委”班子坐班制度，到国措村几个月，就组织召开10余次支委会，5次党员大会，3次组织生活会和20余次集体学习活动，在合作社壮大过程中，全村干部和党员纷纷带头涌跃加入合作社，彻底扭转了村党支部凡事等一等，看一看的局面。

国措村亚培养羊专业合作社成立之初仅有5户社员，养殖规模只有400多只羊，是全县最小的合作社。魏伟采取“点对点”的方式，以大力发展农牧民专业合作社为契机，一户户走，一个一个做工作，引导大家拓宽思路、转变观念，成功将国措村亚培养羊专业合作打造成为了有3000多只养殖规模的全县第三大合作社、龙中乡第一个短期圈养育肥基地，与河南双汇等知名企业沟通联系，在不到半年的时间里，销售出了岗巴羊近1900只，实现销售收入80万元，其中有本村合作社的羊821只，实现产值42万元，全年有望销售羊2000只以上，总值达100万元以上，户均实现增收可以达到2万元以上。

牧业合作经营之后，劳动力富余了，针对国措村的牧民们外出务工少、观念陈旧、不愿离开乡土的情况，魏伟先后20多次逐户走访全村，谈心交心，了解大家的意愿，为贫困户解决实际困难，积极帮助有意愿的乡亲实现就业，先后以劳务输出合作社名义，联系护送5名群众赴龙中乡工地打工，每天的收入有300元。由于客观条件限制，村里的卫生条件差强人意，魏伟每月从他的村支部书记补贴中拿出500元作为奖励资金，采取定期与不期检查评比方式，给家庭卫生环境好、个人卫生干净人员进行现场表彰，提升了大家的卫生意识，村容村貌、家庭环境和个人卫生得到了极大的改善。

国措村草场少，羊产业发展规模有限，魏伟动员大家积极种植饲草，进行牛羊集中圈养。但草场只有那么大，在有限的资源面前，怎么另找一条路呢？一个偶然的机会，魏伟了解到养鸭具有较好经济效益，养殖的技术含量也不高，萌生了在村子里养鸭的想法。

养鸭子，在高原上可是个新鲜事，高海拔，寒冷，干旱，这些看上去都是不可逾越的障碍。魏伟上网翻资料，向县里的餐馆老板求教，心里有了底，这个想法也得到了县领导的支持，协调县林业局解决围栏。场地围起来了，村里却没有人肯出来承担这个任务。千百年都跟牛羊打交道，从来没有谁伺候过那毛绒绒的玩意儿。魏伟自己拿出1万多元，建起养鸭基地，先养殖了鸭苗200只。这些活泼的小东西吸引了大家的目光，一段时间以后，有人动心了，魏伟吸收他们以合作的方式运营，养鸭基地鸭子成活率在98%以上，不久就销售鸭子160多只，实现了纯收入8000元。牧场里养出鸭子来，这样的新鲜事情，也只有在合作组织充分发育的今天才能够实现吧。

国措村的老百姓还有一个心事，就是收回村里温泉的经营权。国措村的温泉是岗巴县的三大温泉之一，水质清澈，据说对肾炎、胃病、关节炎、骨伤很有疗效，尤其是对治疗皮肤病有特效，过去承包给了个体经营，村民们没有收益，都强烈要求村里把温泉收回来。魏伟了解情况后，积极向县里汇报、与相关单位沟通，争取资金，采取产权回购的方式，将温泉资源的产权收归了村集体，每年可实现集体经济收入12万元。在产业分红的兑现大会上，老村长索朗自豪的说："以往我们村的羊子吃的多、卖的少，生产生活从来没有像现在这样好，感谢共产党为我们派来了一名好书记！"现在，大家真正看到和尝到了合作社的甜头，实现了3个合作社全村全入社。

三、养鲑鱼记

这个鲑鱼，不是人们常说的北欧三文鱼，而是亚东鲑鱼。之所以叫亚东鲑鱼，因为目前我国仅在亚东县有分布。亚东鲑鱼属鲑形目鲑科鱼类，身上有彩色斑点，当地人也叫它"花点鱼"。

亚东鲑鱼过去在人们的印象里，一个字，贵！贵到什么程度？餐馆卖400元一斤。它只生活在亚东境内二十公里的范围内，非常稀少。亚东鲑鱼之所以稀少，是因为它对生存环境要求很高，必须是无污染的山间活水，水中不能多含沙土。

亚东县内海拔3000米左右的的卓姆河水，发源于北部7000多米的绰莫拉利峰附近的雪山下，到了亚东县城下司马镇，山峰逐渐减矮，气温也变暖和了，上游的雪融水和林涧溪流汇合之后，河水湍急，虽寒凉但终年不结冰，河底石头清澈可见，回水地方多，树叶、草籽、羊粪冲到河里面，随水漂流，给鲑鱼生长营造了良好的环境。由于生长于雪山融水的冰凉刺骨中，亚东鲑鱼生长很慢，长到三四年才长到一斤左右。因为食物新鲜，鲑鱼长得肥满肉细，含脂肪多，肉厚，味道鲜美。亚东鲑鱼最好的吃法是清炖，味鲜色白，香气悠长绵厚，如果再辅以亚东的蘑菇，保证神仙都流口水。

亚东鲑鱼不但肉质细嫩鲜美，营养更是丰富。蕴涵着含量极高的高不饱和脂肪酸EPA和DHA，俗称血管清道夫与脑黄金，可以疏导清理心脏血管，能够抑制坏脂蛋白在血管内壁上的附着沉积，迅速有效地清除血管壁上多余的脂肪，从而降低胆固醇，改善高血压，预防心肌梗塞、动脉硬化等疾病。

这样一个好东西，怎么样实现人工养殖，造福人类，帮助周边老百姓脱贫致富。早在上世纪末本世纪初，当地政府就开始亚东鲑鱼人工养殖的试验，2013年，亚东县农牧综合服务中心申报的“亚东鲑鱼”通过了国家农业部农产品质量安全中心审查和组织专家评审，成为国家农产品地理标志登记保护产品，亚东鲑鱼的产业化正式步入了轨道。

巴桑，曾经是下亚东乡切玛村党支部书记，现在已经转岗为公务员，负责全乡的合作社，主要是鲑鱼养殖。58岁的巴桑，祖祖辈辈都在切玛村种地放牛，从来没有想过会成为养鱼的“渔民”，而且是养殖亚东鲑鱼的专家。

那还是2016年底，县里把村里的几个党员干部叫到春丕，带着他们参观春丕的鲑鱼繁育基地，教他们养鱼的一些基本知识，也告诉他们亚东鲑鱼的价值和发展前景，村里在党员积极分子中挑选了12个人在春丕学习，开始了他们通过鲑鱼养殖的致富之路。

2015年，就有工程队在村子的边上修建八九个100来米见方的水泥池子，刚开始村民们还以为在建设什么国防工程，后来才知道这是县里利用财政边境转移支付资金修建的亚东鲑鱼繁育和养殖基地。也就在那一年，县领导登门上海海洋大学，邀请了多名学校专家来亚东进行技术指导，同时选派7名党员技术骨干去上海学习3个月，这些骨干学习回来，又跟着老师们在春丕繁育基地学习技术，巴桑他们12个人，也就是这些老师们教出来的。

2015年，和春丕亚东鲑鱼繁育基地一同成立的，还有三个鲑鱼养殖企业。自此，鲑鱼繁育和养殖成为亚东县的一个特色产业。2016年，亚东县成为西藏脱贫摘帽的五个县区之一，也是其中唯一的边境县。亚东县的领导说：一条鱼带动了亚东南部三个乡镇脱贫。

不仅要脱贫，还要让大家持续增收奔小康。切玛村村“两委”响应上级的号召，成立鲑鱼养殖合作社。政府已经修建了养鱼池，动员大家积极入股，从村委到党员到群众，从不愿意入股到最高限额2500元，从过去的农牧民变成“渔民”，既要勤奋懂技术，更要改变观念。群众观望，党员干部带头，入股投劳，边学边干。2016年刚刚开始试着养殖鲑鱼的时候，困难可真多啊。鲑鱼养殖是没有经验可以遵循的事情，虽然老师教了基本技术，但到了真正上手，那又是另一回事情。

亚东鲑鱼的人工繁育多年来无人敢挑战，为什么？专家说：亚东鲑鱼与常见冷水鱼有显著的不同点，第一，发情期短，一年仅有7至10天。第二，怀卵量少，一条2000克重的母鱼，平均仅有3800粒左右的卵子，而常见的草鱼等四大家鱼的怀卵量有100万粒左右。第三，亚东鲑鱼孵化期长，一般冷水鱼的孵化期不超过一个月，而亚东鲑鱼的孵化期却长达100–110天，是一般冷水鱼的三倍以上。亚东鲑鱼卵出膜以后，还要等上30天后才能游动。

“高海拔”“超低温”“受精卵奇少”“孵化期超长”“驯食成活率偏低”，这些专业性的技术难题，乡亲们自然不懂，但他们实实在在感受到了这些珍贵的鱼儿从小到大的艰难。挤鱼卵要在最寒冷的年底12月里的10天左右，那样容易分开，不然会凝成一团。为了保证数量，每天要挤出500–600条母鱼的卵子，加上有的鱼成熟度较差，每天要筛选的母鱼要800多条、公鱼300多条挤卵授精。手挤酸了，肩膀不能动了……

12月到3月鱼卵孵化出膜，要保证温度，水要循环。鱼苗进入养育池，白天晚上时刻要有人在鱼塘边巡视，随时清理水里的落叶、淤积，入水口堵了，鱼苗很快会缺氧，出水口堵了，鱼苗就会流进河道，淤积会多了影响水质，要随时吸走，还不能搅浑水体。每年7月，是鱼苗大批死亡的季节，可能有一半的鱼苗度不过来，有的说水温高了，搭上凉棚也没用；有的说喂食多了，有的说喂食的饲料不对，如此等等。不管怎么样，2017年底见了效益，村里的鱼苗每尾两元，收入98万，除了集体预留流转资金、风险基金，上交县财政5%，合作社每户分红3500元。

巴桑现在的主要精力要放在全乡的合作组织上，切玛村的鲑鱼繁殖合作社都由格桑达瓦全面负责。格桑达瓦也是2016年第一批学习养殖技术的学员，是村支部新发展的预备党员，高中文化，人机灵，肯出力，两口子都在繁殖场，每年工资奖金加分红，收入能到10来万。在格桑达瓦的带领下，养殖场去年（2018年）卖了鱼苗75万尾，剩下了40万尾，今年计划卖100万尾，还要向河里放一部分，保持生态。

亲鱼培育、催熟促产、人工授精、控温孵化……这些关键技术难题陆续解决，短短4年时间内，来自上海海洋大学的科技服务团队在亚东建成了1个繁育基地、3个鱼种培育基地、1个成鱼养殖产业园。目前，亚东又先后投资建设了三个商品鱼场，这些工作都为亚东鲑鱼的产业化铺平了道路。今年9月，教育部第二届省属高校精准扶贫精准脱贫典型项目推选结果公布，上海海洋大学以组团攻坚助推西藏亚东县脱贫成功入选并排名第一，这也是上海唯一入选的项目。“我们把当地百姓请到身边，和我们一起工作。”上海海洋大学的专家说，“首先是打消了他们对鱼类的神秘感；其次，‘以工代训’模式让他们拿到了补贴，获得了实在的利益。”

由村支部牵头把合作社建起来，贫困户优先就业，销路由政府解决，等第一批鱼苗长成，卖出的收入归合作社，没有后顾之忧，受益的都是老百姓。繁育合作社完成取卵、授精、孵化和驯养等对技术要求较高的环节后，再把进入稳定生长期的鱼苗分发给其他合作社，由于鲑鱼生长期为两到三年，在合作社成立的最初两年内，饲料等物资由当地政府免费提供。正是这样一种扶持模式，使亚东的鲑鱼养殖正在朝着产业化的方向发展。一斤亚东鲑鱼的市场售价是200元以上，如果能够让亚东鲑鱼实现产业化，合作社的养殖户一年增加几万元收入完全没问题。

随着繁育、养殖技术的日趋成熟，随着鲑鱼生产全产业链，包括贮藏、运输、加工到销售等等，让一项项技术成果迅速转化为当地的生产力，变成当地百姓手中的真金白银，正是组织化强力推动的结果，是防止返贫最有效的办法。下一步，亚东鲑鱼应该走向全国、走出国门，在产业增收的基础上实现销售增效，实现长期稳定致富。

下亚东乡两个行政村切玛村和仁青岗，是国家的南大门，是最抵边的村子，除了发展生产脱贫致富，还承担着护边固边的任务，今年洞朗对峙期间，乡亲们自动帮助修路，积极向子弟兵免费提供蔬菜、牛羊肉、粮食，修筑工事要占用土地，二话不说，包括没有收庄稼的土地。今年一月份为清除暴雪灾害中的险情不幸牺牲的村干部普琼，在洞朗事件发生的第一时间，带领大家帮助部队装卸运输物资、维修养护公路，义务为部队准备军需建材。“看到军车不要拍照，电话里面不要乱说，知道什么消息不要乱传。”这是普琼在村民中开展的“三不要”保密宣传。在整个洞朗对峙期间，两个村的老百姓平静、从容，没有发生任何意外事情，这与乡村党组织建设，与基层干部带领大家脱贫致富带来的精气神密不可分。

除了独有的亚东鲑鱼养殖，两个村子的其他产业也开展得红红火火，党员干部带头加入合作社，困难户和边缘户都是免费加入合作社。仁青岗是比较大的村子，有四个村民小组（自然村），162户537人，光边境线就有100多公里长。全村40名党员，老支书朗杰63岁了，当了20多年的支书，还坚守在岗位上，他的两个女儿，一个在日喀则白朗工作，一个在拉萨曲水工作，大孙子都上高中了，本来早可以含饴弄孙享受天伦之乐，2008年已经离岗，2011年西藏9.18地震，村里的房屋受损严重，灾后重建任务重，老书记又受命返岗工作。

朗杰和巴桑，在这一对老党员的带领下，两个村的基层工作开展得很好，就是在过去生活困难国家也没有封山育林的情况下，也鲜有乱砍滥伐的现象。两个村的林下资源都很丰富，有名的亚东木耳、松茸等等，有父子俩一个月的林下收入就达到了4万多元，全村最少的也有每年七八千元的收入，在山上，每家都有相对固定的采摘地，5、6月到7、8月，下了雨之后就直奔那里，一个上午就可以来回，从来不会有什么纠纷。

2017年，仁青岗山上一个自然村的尼玛次仁得了严重的肾病，他的妻子本来身体就不好，精神有点问题，家里两个小孩都在上学，尼玛次仁一病倒，这个家庭就要散架了。村里的党员志愿服务队立即派出人去照顾，配合驻村工作队联系四川华西医院，带头捐款，国家医保的支撑，基层组织和党员的关心，驻村工作队的帮助，尼玛次仁在成都治疗一个半月，病情有了好转，去年，大儿子也应征入伍，家庭度过了难关。

亚东位于喜马拉雅山脉南麓，切玛村和仁青岗村更在前端，海拔越往前越低，最低的地方只有2000多米，气候温和湿润，林木葱郁，许多村民家里都种植苗木，村里有两家养花专业户，家里有150平方米的温室，专卖亚东的七色花，县里的居民，每年珠峰文化节上的需要，年收入能够有3万左右，除了种地、林下采摘、护林巡边，伺弄一下这些花花草草，即美化了别人的生活，又增加了自己的收入，下亚东乡的老百姓，思想意识都是蛮超前的。

四、多庆湖畔的蔬菜大王

2019年10月25日，在日喀则市举办的珠峰扶贫产业大赛暨特色产品成果展中，亚东县亚东多庆农牧综合发展专业合作社的蔬菜种植获得了蔬菜大王的称号。这是日喀则市18个县许多合社经过严格评选的结果。

日喀则种蔬菜，本不是新鲜事，早在上个世纪八九十年代，日喀则年楚河边的白朗等县就在援藏山东省的支持下发展蔬菜种植，闻名西藏，但多庆村获蔬菜大王的称号，就有点不同凡响了。

多庆村地处多庆湖畔，位于去往亚东的必经之路，因为多庆湖的谐音是多情湖，这里成了近年来网上著名的打卡地，是到西藏旅游的年轻人尤其是情侣们的必到之处。的确，钻出康马山谷，路过著名的曲米辛古草地，一池高原圣水，丹青、翠绿、蔚蓝、灰白，四时不同、四季不同的斑斓色彩，映衬着湖边近8000米的卓木拉雪山，多庆湖的美，令人陶醉。不过，这里的海拔超过4000米，湖边四季的大风，也是鲜明的地理特征，并不是一个种植蔬菜的理想地方。

多庆村的周边，被整齐的围墙圈起来，有一座气派的大门。公路对面不足1公里，就是多庆湖广袤的水面。每天，支部书记米次都要经过这里，去到紧挨着村子大院南边的蔬菜大棚里巡视一遍。47座蔬菜大棚，每一座都有不同的内容，光是辣椒就有三种。四面也用围墙围起来，这样可以抵御四季不断地大风，也可以把游荡的牛羊呀、野狗呀、甚至偶尔光顾的野物挡在外面。

在大棚里劳动的大都是每一户家里的老人妇女，虽然外面寒冷干燥，但一进到大棚里面，湿润温暖，满目翠绿，连氧气都明显地增多，浇灌有水管，打理大棚的农事并不十分吃力。

多庆村半农半牧，养牦牛和岗巴羊，种青稞，多年来草场退化，土地贫瘠，资源禀赋很差，带领乡亲们脱贫致富，首先要找到出路在哪里？仅仅靠村里过去的那些牛羊和青稞，肯定不行。

转机出现在2012年。那一年，县农牧局在多庆湖边上建起了五六个小温室，在援藏单位的指导下开始试种蔬菜，当年就有了收成。农牧局的同志把收获的青菜分送给周边的老百姓，平常很少吃到蔬菜的农牧民吃到了自己身边长起来的青菜，除了新奇，还觉得十分神秘，那可是农牧局的技术员下了大功夫的。

小温室的成功让米次书记看到了希望，他没事就往那里跑，播种、育苗，分种、浇水，温度、肥料……一面认真地看，一面虚心地问，农牧局的同志看出了他的心思，鼓励他在村子里试一试，毕竟，他们试验目的为了推广。但米次下不了决心，种植面积小了意义不大，种植面积大了资金何来？失败了怎么办？

一直到2017年，其间，除了学习，广泛征求村“两委”的意见，更重要的是争取上级的支持，各种努力，最终得到县里特别是县农牧局的认可，在村子旁边的荒地上建起了47座温室大棚，砖墙，阳光板，从选址到设计到建成后垫土，米次都一一亲自把关。

建成以后，问题来了。全村56户人家，谁也没有种过菜，虽然米次现身说法，把自己看到听到的都念叨给大家，但毕竟还是空中画饼，大部分人都持观望态度，虽然只需要大家出工出力，但功夫也不能打水漂玩呀。蔬菜合作社报名的没有几个。

是呀，这么高的海拔，干旱，大风，这附近连牧草也长不好，一下子这么大规模,大家的迟疑观望也是有道理的。26名村“两委”和党员带头,12名入党积极分子也算上,每家至少包1个大棚,米次更是一下子包下4个。

春天开始施肥播种,肥料全是牧场上的有机肥,每家每户按自愿原则,分别种了大白菜、上海青、西红柿、花菜、莴苣、土豆、水萝卜、白萝卜等十几种,米次更是一个大棚一个大棚跑,手把手教,这家浇水多,淹了,赶紧通风补救,那一家农家肥施多烧根了,用新土换换,春天到来,应季的一些菜就上市了。紧接着一季季、一茬茬,五花八门的蔬菜连续上市。

刚开始,他们运到60公里开外的亚东县城销售,因为他们的蔬菜新鲜,又没有化肥,县城里的人都抢着买他们的菜,菜市场的菜反倒没人买了。后来,考虑到平稳市场,加上运距太远,他们就把销售重点放在了周边的吉如、帕里、堆纳几个乡镇,首先是这几个乡镇的学校和机关,都不用跑销售,主动上门签订合同,除了蔬菜集中出棚时再往北边卖到康马一些,生产的青菜都供不应求。

2018年,蔬菜合作社收入24万多,这还不包括有的家户自己卖出去的,年终分红,多的三四万,少的七八千,包了大棚的每家都有不错的收入。当然,没有包大棚的也不能落下,合作社给每一户都分红2000元。

高海拔也能长蔬菜,而且,由于土质、日照、温差和没有化肥等因素,多庆村的蔬菜名气爆棚,2019年,大家都抢着要包大棚了。米次书记带头让出两个大棚,有的人口少的两户包一个大棚,全村都加入了蔬菜合作社。

米次家里6口人,老伴女儿女婿,孙儿孙女一个上小学二年级,一个上幼儿园,种蔬菜大棚最合适,既照顾了家庭,又增加了收入,2018年分了34000多元,但看到乡亲们热情这么高,他主动把两个条件好的大棚让了出来。村主任达瓦次仁,两个儿子,一个在外面打工一个在读高中,他也只承包了一个大棚。

多庆村的自然条件差,但村"两委"工作扎实,村里的党员志愿服务队每天都会有许多事情。多庆的牧场面积大,维护网围栏是一项重要工作,由党员志愿服务队义务完成;多庆湖边的风雪是出了名的,抢险救灾,义不容辞;此外,牧场道路的维修、水源地的清洁和维护、谁家里有个大事小情的帮忙,都是党员志愿服务队的事情。

正是有了这样的现身说法,有了这样一支带头的队伍,多庆村的群众人心齐,现在,村里成立了蔬菜、人工种草、岗巴羊、劳务输出和生态合作社,全村260人,人人都在合作社里工作,家家都是合作社的成员。

米次现在是蔬菜合作社、人工种草合作社、岗巴羊合作社的负责人,蔬菜生产和销售现在是没有问题了,今年入冬,党员志愿服务队要把每一个大棚都维修一遍,有的阳光板需要更换,有的浇水管要更换,还要跟县农牧局商量丰富一些品种,更重要的,是能不能请求上级再建一些大棚,现在是明显的不够用了。人工种草合作社是2017年成立的,有500亩草地,每年收割后卖到农牧公司,农牧公司再卖给牦牛公司,生产和销售也不是问题,能不能在产量上再进一步。

岗巴羊合作社,多庆村是分社,总社在吉如村,叫亚东堆纳卡吉岗巴羊养殖农牧民专业合作社,负责人是吉如村的拉巴平措书记,那可是一个能人。他的合作总社带着10个分社,叫"1+10"模式,就是合作总社负责10个分社的岗巴羊的育肥、销售等等,各个分社只需要负责自己合作社岗巴羊的放养就行。多庆村过去放牧需要十八九个人,现在合作社只需要8个人,集中起来牧养的岗巴羊适合出栏的,总社直接收购过去,比单家独户放牧出售方便多了。

吉如村是一个新的搬迁点，虽然离老居住点不远，但条件好多了，特别是新建的岗巴羊养殖育肥中心，开张的那一天，县长带着县里的好多部门领导来，鼓励拉巴平措书记带动周边乡镇的村子养殖和销售。吉如村刚刚开始合作养羊时，全村所有的羊只用3个人，富余的劳动力都干别的，种草、修羊圈、出去打工，现在成立了总社，吉如村的大部分劳力又都投入到了岗巴羊育肥销售里面了。

拉巴平措的脑子灵活，远处的客商来一次性多买，他就便宜一些。零卖也没问题，价格好商量。从周边的村子里统购过来的羊，价格从来不打折扣，利润都从他的育肥和薄利多销中体现。县长亲自带着几大单位的领导现场支持指导，也是希望能就此带动世代放牧的牧民们解放思想，改变观念，在多庆湖边创造新生活。

多庆村的合作生产生机勃勃，村民们完全改变了过去小农经济的生产方式，抗风险能力大大提高，集约化的优势充分显现。党员志愿服务队承担了村里的许多集体事务，五六十岁的妇女老人管理蔬菜大棚，青壮年有的放牧，有的种草，更多的出去建网围栏，到县城和县域外打工，今年（2019年），初步算下来，家庭收入最好的能够达到十来万，多数五六万没问题，那些家里劳动力少的、没有地没有牲畜的，在合作社里入股劳动，最少也能有三四万的收入。

米次的事情很多，基本顾不到家里的那一摊子，但他每天都很高兴，一是村民们感党恩，知道今天的好日子都是党和国家关心的结果，党中央和习主席一直没有忘记边疆地区的他们；二是村民们人心齐，村委会的工作很顺畅。眼下，村里的维稳呀，经济增长呀都不操心，最操心是大家的思想观念跟不上时代的发展。要说到眼下最盼望的事情，一个是能够尽快扩大温室的数量，再就是年轻的富余劳动力的技能培训，只要掌握了一定的技能，包括汉语交流的能力，打工的收入就要高得多。留在村子里的青年妇女，好好学习编制技术和接待服务，以后多庆湖的旅游发展了，在家门口就能够挣到钱。

五、定日“金波”

金波，在定日一带的方言中是大哥的意思，这里特指一个人，身有残疾但自强不息的旦增欧珠。旦增欧珠现在是定日县里的名人，走在街上无论男女老少都少不得和他打个招呼，叫“金波”，换在十年前，这是他想也不敢想的。

旦增欧珠不敢想的还有一件事，就是他能够和北京的习近平总书记握手。从“旦增咕咕”（小个子旦增）到“定日金波”，从定日的大山里走到首都北京，旦增欧珠用残疾人的双脚走出了一条不平凡的道路。

1983年，国家走出了十年动乱的阴霾，社会开始复苏，但那时候整改国家经济生活还很贫穷。在西藏西部边远的定日县措果乡一户贫困家庭里，旦增欧珠出生了，家里添丁进口，本来是一件高兴的事，可旦增欧珠先天残疾，这对原本就贫困的家庭来说，更无疑是雪上加霜。旦增欧珠出生后没几年，父亲不堪忍受贫困生活，离家出走，音信全无，剩下他和母亲相依为命，艰难地维持生计。

没有条件上学，也没有能力去经营家里仅有的1.5亩耕地，看着阿妈辛苦操劳维持一家人的生计，旦增欧珠十分心疼，尽力帮母亲干农活和家务。8岁那年，幼小早慧的旦增欧珠决定跟着村子里的叔叔们去拉萨打工。看着刚刚够上学年龄的孩子要离家远行，阿妈说什么也不同意，还是村里的长辈给阿妈说，反正留在家里也帮不上忙，学校也去不了，不如跟着出去见见世面，学一门养活自己的本领。

上个世纪的拉萨，经济生活并不发达，打工更不容易，何况对一个年仅8岁又有残疾的孩子。到了拉萨，旦增欧珠四处碰壁，只能靠同乡人的救济过日子。一年后，旦增欧珠跟着同乡长辈们回到了家乡。虽然没挣到钱，但那段四处碰壁的经历让他磨练了意志，感受到了社会上对残疾人同情的温暖，歧视的冷漠，同时也开阔了他的眼界，在他幼小的心里埋下了靠双手改变命运并努力帮助更多人脱贫解困的信念。

2000年，旦增欧珠18岁那年，定日县民政局安排他在仓木达温泉度假村工作，当服务员。第一个月工资150元，钱虽然很少，但旦增欧珠知道，这是通过劳动得到的报酬，他能够自食其力了，他也可以像健全人一样靠自己生活。

在温泉度假村工作六年，因为有拉萨打工的经历，让他对这份工作特别珍惜，同时为自己没有文化感到苦恼，他知道未来的生活里文化多么重要，旦增欧珠一边做好自己的工作，一边也开始想方设法学习。为了学会识字，他就把书本藏在自己的枕头下，每天晚上当别人睡着后，他就在被窝里打着手电筒学习。为了学说汉语，他抓住一切机会和旅客多说话交流，为了学习藏文，他怀里揣着个小本子，一有时间就找识字的师傅们请教。慢慢地，旦增欧珠学会了阅读藏文和汉文，还学会了讲普通话，对旅馆的经营也有了一些认识。

在度假村工作期间，旦增欧珠实现了从养活自己到有了独立思考能力的飞跃，同时还找到了自己的另一半，与也在度假村工作的罗布德吉结为夫妻。成家后，为了给家人提供更好的生活，旦增欧珠有了创业的想法。

旦增欧珠所在的岗嘎镇，地处通往珠穆朗玛峰、吉隆对外口岸必经之地。珠穆朗玛峰的品牌,每年招揽着全世界的游客趋之若骛,为游客服务的人员也是南来北往,有了在度假村的打工经历,旦增欧珠认识了市场,懂得了经营,他觉得这是一个很好的商机,因此,夫妇俩筹划着干出一番事业。

计划有了,但阻力不小,缺资金,相信支持他们的亲戚朋友寥寥无几,甚至还有人冷嘲热讽。怎么办,再困难也要上,2006年,旦增欧珠用省吃俭用的2000元钱开办了一家家庭旅馆。这家旅馆规模很小,只有150平方米,4个房间,服务员也只有他和妻子两个人。

很多人都不相信这个残疾人能够开好旅馆,开业伊始,旦增欧珠夫妻俩付出了常人难以想象的努力,为了节省开支,破裂的水桶补了又补;为了保证卫生,旦增欧珠和妻子跪着擦地板,膝盖不知磨破了多少次……

就在这个节骨眼上,党和政府向这对夫妻伸出了援助之手。2007年,在定日县民政部门的大力支持下,旦增欧珠夫妇渡过难关,开办了“星光社会公益旅馆”。还是夫妻两人经营,依靠优质服务和良好的卫生条件吸引顾客,生意越来越好,2008年,旅馆经营收入达到30万元,到了2017年,旅馆经营收入达到60万元。

还在夫妻俩刚刚开始经营家庭旅馆的头一年,旦增欧珠就在当地政府的帮助下,用盈利给阿妈盖了一间新房,也是从这时候起,旦增欧珠终于可以和贫困说再见了。

看着阿妈满意的笑容,旦增欧珠在欣慰之余,也想到了他的初心,一个人富了不算富,大家要共同富裕。当初如果没有民政局帮助安排他在度假村工作,就不会有他的家庭,也不会有当初的创业;如果没有党和政府关键时候的帮助,也就没有今天的旅馆。

2008年是旦增欧珠生命中很重要的一年。开旅馆的经历打开了他的眼界，因为诚信经营，他认识了越来越多的朋友，同时也越来越有了一种紧迫感，一定要帮助政府让那些生活困难的残疾人自食其力，帮助他们找回人生自信。

在政府有关部门的帮助下，旦增欧珠依托旅游资源优势，在珠峰脚下开了一家民族手工艺品商店，组织镇里7名残疾人，培训缝纫技术，制作销售旅游纪念品。第一家商店40平米，地方有了，按照最初的想法生产的第一批产品也出来了，但就是卖不出去。那个时候，旦增欧珠把旅馆的事情交给妻子，自己和七个残疾人整天扎在商店里，提高技术，琢磨销路，嘎东镇党组织也派人来指导。慢慢的，特色出来了，销路有了提升，七个人的生活也安顿下来。在这个过程中，旦增欧珠发愁、苦闷，甚至有了退缩的念头，但镇里的领导不断鼓励他，给他打气，使他消除了势单力薄的感觉，他也对共产党有了更深刻的认识，2013年，党组织批准了他的入党申请。

民族手工艺上路了，2013年有15人，2014年，在定日县政府的支持下，旦增欧珠成立了“岗嘎镇残障人士民族手工合作社”，2015年成员就达到36名。在旦增欧珠的带领下，合作社研发了一组男女布偶“糌粑喔落(糌粑娃娃)”，“糌粑喔落”衣服搭配全藏区不同的风格，纯手工缝制，精致可爱，销路也不错。

旦增欧珠认为，能够到珠峰来旅游的，都是有钱人，只要你的产品有特色的，品质好，不愁卖不出去，虽然这样想，但销售总是多多益善，现在，旦增欧珠每年都要往上海跑好几趟，跟上海淞江区合作，不光是销售“糌粑娃娃”，他还有更多的想法。

定日每家每户都有一种特殊的日用品，妇女围的围腰，藏语叫“邦典”，定日的邦典因为图案、色彩富有特点，在整个西藏都很有名气，藏族人一看就知道这是定日的邦典。这些邦典新的换下旧的，日积月累，每家都积攒不少，过去，有的家庭就把淘汰下来的随意丢弃。旦增欧珠在这上面看到了商机，他根据新旧程度或者10元或者30~50元收购回来，裁剪之后做成手包等产品，既增加了老百姓的收入，又达到了废物利用、保护环境的目的。

在合作社里，除了手工艺品编织、缝纫外，还有木家具加工、农机具维修、房屋建筑等，同时还开办了一所培训基地，专门帮助残疾人和贫困户学习技能。现在合作社已经由最初的7个人发展到现在的56人，其中有36人是残疾人兄弟姐妹。像牧区的残疾人索朗、德吉央宗，他们原来靠乞讨为生，通过在合作社接受技术培训，出去自己创业，现在都买上了小汽车。聋人阿妈努增，在合作社的照料下，已经有了一份稳定的收入，也不再无依无靠。还有贫困户曲宗的孩子，也在合作社的帮助下，顺利考上了大学。在56名员工里，除了家住附近的以外，都统一免费提供吃住、培训和生活补助。

珠峰附近和318国道旁边，为了游客方便国家投资修建了许多公厕，但因为没有专人管理，加上气候寒冷，卫生条件差，无法正常使用，过往游客很有意见。旦增欧珠与有关部门沟通协调后，成立了环卫公司，安排残疾人、贫困人口专门负责20个公厕卫生清扫和设施维护工作，每月给1000至2500元不等的补助。刚开始的时候，没人愿意干，旦增欧珠就亲自带头，带着两个党员，用他在旅馆工作过的经验示范，冻了的地方就带上煤气灶烧水冲，有的地方带上手套用手去清洁，看见老总都这样，其他员工也都再没二话，现在，全县的公厕清洁都统一到县清洁公司管理，旦增欧珠带出来的员工成了那里的骨干，也完成了自食其力的蜕变。

身残志坚，旦增欧珠的故事感动了很多人。在别人眼里，他是不屈服于命运的英雄。但他自己明白，他的成功离不开党和国家的好政策和各级政府的支持。他说："一个人的意志固然重要，但如果没有党的好政策和各级政府的支持,就不会有我的今天。”

日喀则的18个县,旦增欧珠跑了11个县做宣讲,以他的亲身经历教育引导大家常怀对党的感恩之心,在党的惠民利民政策下撸起袖子加油干,用自己的双手勤劳致富,过上幸福生活。鼓励每一个残障人士树立信心,他说:老天对每个人都是公平的,尽管身体残疾,但我们也要树立坚强的生活信念,去奋斗,去争取,人人都可以成为主宰命运的强者。

不仅宣讲,旦增欧珠也身体力行践行他回报社会的承诺,近年来,他已资助10名贫困大学生每人每学期5000元,直到他们完成学业;逢年过节,他都要慰问贫困家庭,送去生活物资;2015年“4·25”地震后,他为受灾群众捐赠了价值5万元的物资,夫妻俩的家庭旅馆还免费为受灾人员、救灾人员提供食宿15天;他的合作社招录镇里的残疾人和贫困家庭子女就业,为他们提供吃住、免费培训和生活补助……在旦增欧珠的带动下,越来越多的贫困群众走上了致富路。这也让他收获了许多荣誉:青年致富带头标兵、最美志愿者、全区农村青年致富带头人、脱贫攻坚一线优秀共产党员。

2019年5月16日,是旦增欧珠终身难忘的日子,作为全国自强模范,旦增欧珠和与会的代表们受到了习近平总书记和其他中央领导的亲切接见。在去北京开会的一个星期,他每天3、4点钟起床,精心准备他在会议上的发言,他向大会的组织者表达了想跟习总书记握手的愿望,大会组织者并没有明确回答他,不过,在16日11点的人民大会堂北大厅,他还是荣幸地握住了总书记那双温暖的大手。

致富后的旦增欧珠依然开着普通的轿车,衣着朴素,但他的神情里充满了自信和一股豪情,创业的豪情。

目前,定日县移民搬迁集中居住的有近一千户,每个行政村也建立了合作组织，旦增欧珠最想做的事情就是如何整合170多家合作社的资源，打造统一的商品品牌，利用互联网的平台，发挥自己经商办企业的经验，把县城里集中居住的劳动力也带动起来，为国家分忧，让群众自立，不离乡不离土就业脱贫。

家庭旅馆、民族手工艺商店、残障人士合作社，旦增欧珠在当地创造了许多第一，现在，他又在县里成立了第一家驾驶学校，他的愿望是县里的干部群众学习驾驶技术方便，同时也为贫困人口解决技能培训的问题，加强县里的产业发展能力。他还在合作社里每年培训木工、编制、缝纫，每一期都三个月。每天，他往返于县城和各乡镇之间，帮助大家解决创业中碰到的难题，县里的、其他县的创业者们要解决问题找不到方向，都少不了给金波打电话。每年，他还要往返上海、北京、山东等地为当地的产品找销路、为未来的发展找信息，他知道，商业的机会是跑出来的，坐在家里永远等不到天上掉的饼子，为了让家庭困难的孩子坚定学习的决心，他现身说法，拿出自己随身携带的小本子说明读书的重要，知识的力量……

旦增欧珠想要做的事情太多太多，有人问他不累吗？不累，他说，习总书记操心14亿人的事，他累不累？县委书记操心6万多人的事，他累不累？我就操心50多个人的事情，有什么累的？

2006年，旦增欧珠连2000元钱都拿不出手，现在他坐拥2000万的资产，旦增欧珠说，这一切都不是他个人的。地是政府划拨的，资产是员工们共有的，我的想法很简单：一个人富了不算富，一个人强了不算强，现在党的扶贫政策这么好，党委、政府对残疾人这么关心，我也要帮助身边的贫困残疾人。

今年（2019年）底，旦增欧珠合作社的新楼要竣工开业了。新的楼房就在曾经一间屋子的“岗嘎镇残障人士民族手工业合作社”旁边，前店后厂，前面4层的大楼，上面三层预备做宾馆，门脸后面有一个院子，再后面是厂房、仓库、培训中心，旁边是一栋独立的四层宿舍兼办公楼。

说起这栋小楼还有一段故事。这栋小楼预算300万，刚开始旦增欧珠打算统一贷款修建，但在外面看见有敬老院这样的机构，他就动了心思。他的这些员工现在在合作社工作，以后没有劳动能力了也要到这样的地方去，不如我们自己建一个，熟人熟事好互相照顾。于是他就动员大家入股建宿舍楼，给大家算账，每个月的工资发下去大家不是吃了就是喝了，剩不下多少，不如攒起来入股，以后大家都在这里养老，大家听了有道理，纷纷响应，多的10万，少的1万，都成了合作社的股东。

旦增欧珠的新合作社与岗嘎镇政府办公地点隔一条318国道，可见政府对他的优厚和关照。在合作社的另一边，是规划中的火车站，在东边不远的地方，新的机场已经破土动工，随着定日旅游经济的发展，旦增欧珠的事业前途无量。

六、珠峰脚下的绿色梦想

珠穆朗玛峰，一张巨大而响亮的名片。在人类生存的地球上，珠穆朗玛峰，和太平洋、撒哈拉沙漠这样的名词应该等量齐观吧。

珠峰给人的印象一定是冰天雪地，而珠峰也正是需要这样的冰天雪地，但是，有一个人，却在珠峰脚下做着绿色的梦。

定日县的扎西宗乡，珠峰脚下一个有30个行政村的乡，从上世纪60年代王富洲、屈银华、贡布等老英雄首次从珠穆朗玛北坡登顶之后，这里就成为从北坡攀登珠峰的必经之路，在乡政府所在地西南方向的丛山峻岭背后，海拔8848.86米的珠穆朗玛峰矗立在那里，时而被倏忽变幻的高原云层遮蔽，时而隐约露出难得一见的身影，而冬季，那雄伟壮丽的巨大山峰经常一览无余地呈现在世人面前。

随着登山体育和旅游经济的发展，珠峰已经成为了扎西宗乡乡亲们发财致富的金饭碗，每年，如何分配帐篷、如何安排驮牛、如何保证环境卫生，阿旺久美都安排得井井有条不用太多费心，他心里现在的头等大事，是如何让村里的苗木种植更上一层楼。

阿旺久美是乡政府旁边托桑林村的支部书记，此时，他正跟村主任顿珠、副主任桑珠几个村委一起在苗圃里商量明年扩大种植面积的事情。

托桑林村的苗圃现在全称叫桑定曲德育苗种植专业合作社，位于发源于珠峰的扎嘎河的漫滩地上，从最早滩地上一些野生的红柳、沙棘，到后来零星种植一些当地的苗木，到2000年，由珠峰管理局投资建起了苗木基地，2014年交给了村委会管理。苗圃里主要种植的树种目前都是一些当地品种，竹柳、藏杨、北京杨、沙棘等，用于全县各项植树造林工作。今年出圃了2500株北京杨，收入了35000元，虽然可以增加村里的一部分收入，但阿旺久美看到的远远不是这些。

从上世纪90年代开始，珠峰迎来了旅游和登山热，来自世界各地操着各自语言的外国登山者，来自祖国各地操着各种方言的游客，无不对珠峰顶礼膜拜，也无不对这里严酷荒凉的自然环境望而生畏。

珠峰脚下也有绿地。这绿地距离珠峰不过50公里。要让这一抹绿色变成绿洲，要让来自地球各个角落的登山游客们感受到珠峰脚下的良好生态，同时还珠峰一个原初自然的环境，这就是阿旺久美的梦想。

2018年，阿旺久美参加了县里组织的培训，到北京等地参观学习，看见祖国内地到处都是郁郁葱葱绿色覆盖，阿旺久美想到了村里的苗圃,既然能够种植树苗,当然能够绿化家园。回到村里,他就把过去的苗圃改成了专业合作社,除了按不同的年份出圃苗木,也进行绿化。

托桑林村老百姓很大一部分收入来自珠峰,每年4月初到10月底,村子里都要组织部分村民进山服务。为登山旅游服务的联合合作社,覆盖全乡20多个行政村,加上牦牛驮运合作社、环保马拉车合作社,全村30个村子全覆盖。淡季,山脚下的村子也一样热闹非凡,家庭旅馆、甜茶馆、藏餐馆,家家顾客盈门,"感谢珠峰,她是我们心中的'神山',我们听着有关她的歌谣、喝着她的冰川水长大,现在她又给我们带来了实在的收益,我们更要好好保护她。"阿旺久美心里这样想。

阿旺久美是扎西宗乡的能人,从全乡各村协商成立联合合作社以来,他就牵头管理着全乡在珠峰大本营的58顶帐篷,每年要在大本营待将近7个月。最初,那还是上世纪90年代吧,一些扎西宗的老百姓开始把可供游客住宿的帐篷和移动商铺开到了登山大本营前。那个时候,游客甚至可以直接步行走到海拔6000多米登山者的专业营地。

那时候,缺乏管理,纠纷不断,破坏环境,珠峰脚下成了垃圾场,环境问题日益损害着珠峰的生存和清誉。打一场珠峰保卫战,这是全社会的共识,也是珠峰脚下人们的最大事业。2007年开始,有了全乡的协商制度,全乡每年只允许58顶帐篷,每年分配,集中管理。去年,托桑林村分配到了4顶帐篷,村集体收入24万。

珠峰旅游大本营,现在已经回迁到了绒布寺前方圆不足两平方公里海拔5150米的台地上,每年的登山季和旅游季,这里人来人往,川流不息。在58顶帐篷和绒布寺的旅馆里进进出出的人们,带着各自不同的背景,怀揣着一个共同的愿望,多则三四天,少则一晚上,枕着山风,伴着星月,演绎着形形色色的故事。这里完全是一个小世界，社会构成的复杂程度甚至超过某些城市。

为了更好地管理这个“小世界”，乡党委成立了大本营临时党支部，阿旺久美是临时党支部的书记，党支部有14–16名不等的党员（因为进山人员时有调整）组成志愿服务队，对进山的人员进行登记，招呼那些不顾危险逞勇好强者不要到危险的地方，帮助解决伤病、缺氧、喝酒后的拉扯。有一天，大本营狂风大作，许多旅客的衣物被狂风刮起四下散落，接着下起了大雨，许多帐篷进水，那天晚上志愿服务队员们几乎一夜没有合眼，直到把所有旅客的东西全部找齐。

在海拔超过5000米的地方，有的人会失去常态，一天晚上，一对夫妻突然在帐篷里争执起来，继而大打出手，周边的客人都束手无策，经过阿旺久美他们的耐心劝慰，辅助以吸氧，喝葡萄糖，他们的情绪渐渐平息，清醒过来之后都不知道究竟发生了什么。当然，来自世界各地、天南海北的游客带来的更多的是新的观念，乐观的态度，良好的环保意识……，这些对珠峰脚下的农牧民们都有深刻的影响，阿旺久美也在这样的磨练中越发干练了。

除了管理着联合合作社游客大本营的58顶帐篷，阿旺久美还负责村里的苗木合作社，如今，桑托林村又成立了环保合作社和食用油生产合作社，阿旺久美忙乎的事情还真是不少。眼下，他们几个村委在苗圃里商量的方案有了眉目：除了目前的1500亩苗木，从明年开春起，往东北面的漫滩地发展，种植苗木也种植绿化树，争取几年内扩大1500亩，要让全村都绿起来。

今年，除了卖北京杨收入35000多，3月份植树造林时卖出去的其他树苗加起来收入有12万多，全村每人也有3000多的收入了；负责浇水的几户贫困户和老弱妇女，这几天每天都在浇水，也计算了工资；刚刚成立的食用油合作社，每天都在生产，解决了三个人的工作，筛选油菜籽还有好几个妇女劳动力，榨出来的油全部卖给了乡里的食堂、学校和寺院，已经签订了三年的销售合同，年初种下的几十亩油菜籽一点也没有剩下。

让阿旺久美挂心的还有环境卫生的事。曾经，进出大本营的自驾车都一直开到珠峰脚下，生活垃圾、塑料污染比比皆是，去年，珠峰管理局出台了一条公告，禁止任何单位和个人进入珠穆朗玛峰国家级自然保护区绒布寺以上核心区域旅游。一时，“珠峰大本营将无限期关闭”的消息在网上广为流传，珠峰大本营真的要无限期关闭吗？登山爱好者还能再追寻梦想攀登世界第一高峰吗？游客还能去大本营远眺珠穆朗玛峰打卡拍照吗？对珠峰并不了解的人们忧心忡忡。

公告里所说的珠峰大本营，是登山者攀登珠峰的第一站，之前也是游客观看珠峰的一个地点，位于海拔5200米的位置，与珠峰峰顶的直线距离只有19公里。在靠近大本营的地方，还提供游客住宿。不能进入核心区游览，说的是游客不能再进入珠峰大本营了。其实，从珠峰大本营到绒布寺，下撤距离只有2公里左右，一点不影响观赏珠峰的雄姿。

利用大本营回迁的机会，按照乡里的部署，阿旺久美带领大家开始了整治环境卫生的工程，成立生态合作社，生态补贴用于生态岗位。把牦牛运输的分红用于生态合作社建立环保银行，购买了食用油、厨房用品、洗衣粉、挂面等等，鼓励大家用捡来的垃圾兑换积分然后换这些东西。牦牛运输队从5200米到6500米，运进去多少东西，就要运出来同样重量的垃圾，今年，珠峰脚下的环境卫生，有了非常大的改观。

珠穆朗玛峰，世界第一高峰，也因此成为许多登山者心中的圣地。如果成功登顶，更是一件了不起的殊荣。除了专业登山者，更多的游客抱着一睹珠峰雄姿的心愿，千里万里跋涉而来，他们的心情，一点不比那些登山者的朝圣逊色。给大家一个美好的环境，让大家不虚此行，是阿旺久美最希望做到的。每年入冬，珠峰常常一览无余，许多游客到了这里，除了最初的惊叹之后，剩下的就是遗憾，遗憾没有更多的服务项目、没有更好的旅游产品。

在珠峰脚下长大的阿旺久美知道，珠穆朗玛，一年四季，每时每刻，都有不一样的美，都有不一样的风姿，但是，她最美的时候，正是她欲露微露的时候。神秘，才是珠峰美的所在。由此阿旺久美想到，在未来这几年，他要向有关部门建议，把珠峰游客大本营再下移到现在环保车场的位置甚至更下面一点，建设旅游设施、环保设施、抗高反设施都更加完备的基地，从基地到绒布寺一带开通即上即走的环保车，让越来越多到珠峰旅游的客人，既保持对珠峰的神秘感受，又有更好的旅游服务。到那时候，乡亲们拥有的，就不仅仅是58顶帐篷了。

新的游客基地会吸引和接待更多的游客，家庭旅馆、茶馆等不用说了，就是村里的苗圃，也能开发度假村，让客人在珠峰脚下享受绿色服务。最重要的，这样就会还给珠峰一个神秘宁静的本来，就像第一位登顶珠穆朗玛峰的女性、日本女登山家田部井淳子去世前曾留下一句话所说的那样：请让珠穆朗玛峰清静些。

托桑林村的村“两委”是扎西宗乡30个行政村里的的先进，全村19名党员在阿旺久美的带领下，脑子灵，肯出力，带领全村完全摘掉了贫困的帽子。如今，阿旺久美想的是，如果到了旅游基地真正建立起来，珠峰又回到了神秘宁静的过去的时候，他一定要在3000亩的绿地里大力发展林下产业，让珠峰脚下的子民吃上绿色饭。

七、达曼人的前世今生

达曼，藏语的意思是骑兵。达曼人，是中国尼泊尔边境西藏吉隆县吉隆镇生活的一个独特的群体，这里也是中国唯一的达曼人聚居地。

18世纪末期，当时的廓尔喀军队两次入侵西藏，给西藏当地带来了严重的祸乱，清政府派福康安率军平定，完成了中华各民族共御外辱的伟业，战后，清政府为了加强对西藏地区的管理，命福康安会同西藏地方首领共同筹议了《钦定藏内善后章程》。在那次战争中，一部分打散的的廓尔喀骑兵滞留边境地区，一直没有回到故土。在漫长的岁月里，这些人与中尼边境上的人共同居住繁衍。据说，现在的达曼人就是他们的后裔，至今已繁衍100多年五六代人。

曾经，达曼人不属于任何一个国家，一直都过着很艰辛的日子，他们在当地没有房屋、耕地和牛羊，情况好一点的有一个10多平米的简易小木棚，这些木棚子由几根拳头粗的木头达成架子，上面盖一些木板，木板上面再压上石头，除了居住生活，这些棚子就是吉隆镇远近闻名的铁匠铺。那个时候，吉隆的每一户人家里几乎都可以看到这些铁匠铺里生产出来的生产生活用品，锅碗瓢盆、斧头、镰刀，你需要什么他们就可以给你打造什么，当地人都叫他们“索瓦(铁匠)”。

而更多的达曼人平常以做木匠、当背夫和打杂为生，家里所谓的经济来源就是给别人打散工、长工，去哪儿打工就留住在那儿，到了夜晚，在地上铺个垫子就睡了。颠沛流离，居无定所，这就是达曼人那时候的生活写照。

2003年5月，经国务院批准，在中国的达曼人获得了中国国籍。拿到盼望已久的中国居民户口本，当时只有24岁的达瓦都不敢相信自己的眼睛。达瓦还记得政府当时给他们40多户每家都盖了新房子，建起了达曼新村，后来达瓦知道，这是兴边富民项目投资了147万元，修建的总建筑面积是3846平方米，每一个达曼人都有了属于自己的家。2011年“9.18”地震后，国家又投入500多万元启动达曼村灾后重建项目，高标准改善村容村貌、人居环境，硬化了道路，修建了牛棚、广场，安装了太阳能路灯，而目前正在实施的达曼村边境小康村民房改造工程，涉及47户，投入资金约300万元，达曼村未来会成为吉隆县新农村建设的一个亮点。

加入中国国籍后，达瓦的生活发生了翻天覆地的变化，白天，她在外面的工地打工，晚上在村子里的夜校扫盲，因为过去没有户籍，她们基本没有学习的机会。达曼人从小艰苦的生活，培养了达瓦敢拼敢闯的性格，后来，她还有机会在区外生活了六年。

黝黑的皮肤、高挺的鼻梁，深而蓝的眼睛，达瓦的身份证标明的是藏族，但明显长的异国情调，这引来许多好奇的目光。而区外繁荣的经济，高大的建筑，勤劳的人民，也给达瓦留下了深刻的印象，回来后，达瓦更加坚定了带领大家过好日子的决心。

刚刚入籍那会儿，政府不仅帮助达曼人建起了新村，还在有限的土地资源里给建了一些温室大棚，希望解决部分经济来源，但几代达曼人都是靠打铁、打小工为生，侍弄田地真是不在行，所以只能承包给会种地的四川、青海、河南等地的人，好在现在对尼泊尔的贸易很发育，村里的人出去打工也不是一件难事。

达曼村和冲堆村隶属于一个行政村，全村90户近300人，其中达曼村59户195人，比刚刚入籍时增加了20户。冲堆村以农牧业为主，而达曼村就不一样了。虽然现在除了铁器销售、务工的收入，国家还给予达曼人和当地其他民族一样的补助，每人每年的收入去年达到了12000多元，但达曼人过去赖以生存的打铁技艺，正在日益受到那些便宜又好使的工业化产品的冲击，销路比往年要差。这会儿，已经是村党支部宣传委员的达瓦正和副书记巴桑一起，去找铁器师傅扎西顿珠，商量打铁合作社下一步的工作。

扎西顿珠50出头，两个子女都成家分家单过了，他从18岁开始就跟着家人在吉隆镇打铁，现在应该是吉隆打铁一把手了，目前，他手下有25个人，忙的时候都来，闲的时候各干各的，达瓦和巴桑找到他的时候，他正和徒弟小边巴给人打一把斧子。

扎西顿珠和小边巴用的还是传统工艺，在合作社厂房的一个角落里盘腿而坐，用焦炭和手动风箱加热后锻打。这座建筑面积600平米的厂房南面是玻璃暖廊，摆放着10余套编织机，是编织小组集中工作的地方，而剩下的400平米，是打铁小组的地盘。为了拓宽群众增收渠道，将输血式扶贫转变为造血式扶贫，解决持续增收问题，结合达曼人传统的打铁和编织技艺，去年，县政府投资300多万元，实施了达曼村民族手工艺展示和培训基地建设项目。

基地建起来了，今年3月，在村“两委”和第一书记拥中的推动下，正式注册成立了吉隆宜农传统手工艺加工农民专业合作社，选举了理事长、副理事长、执行监事、会计出纳各一名，合作社的业务范围有金银铜首饰、手工艺品、农具加工和手工编织销售，主要的产品有锄头、镰刀、铿刀、弯刀、铝锅、斧头、腰带、菜刀、铃铛、锅铲、汤勺等等，编织产品有藏式毛毯、藏被、坐垫、针织背包、沙发垫等生活用品，今年6月，县扶贫指挥部又配备了锻压空气锤、切割机、电焊机、砂轮机这样的现代化工具，不过，这些东西现在还在厂房里戳着没有启用呢。

扎西顿珠打的这把斧子，厚重锋利，一看就是好东西，但要买500元，可是够贵的。达瓦知道，在其他省市最好的斧子也超不过200元。

扎西顿珠也是党员带头人，他带的徒弟有的都自立门户各家挣钱去了，但扎西顿珠也清楚，随着便宜实惠的铁器越来越多，他的这些手艺怕是要找一条新的出路才行。县里给合作社新配的这些现代化的工具,他想着要让年轻人赶紧学习使用,减轻劳动力支出。这不,村“两委”和合作社商量打算在内地或尼泊尔找几位手艺高超的师傅,提高年轻人铁器制作技艺,特别是人家做首饰盒佛像的手艺要是能够学好,一定会把这一门传统的技艺发扬光大。

曾经,由于没有国籍,达曼人没有一寸土地和生产资料,加上打铁的营生,不得不寄人篱下,身份卑微,很多当地人都不愿意与达曼人交往。2003年以后,伴随着成为中国最年轻的公民,达曼人的生活发生了翻天覆地的改变,许多老人都说,这样的生活,是过去做梦也想不到的。

从内地回来后,达瓦又成了家。2017年,达瓦迎来人生中的一件大事——大儿子多吉考取了武汉理工大学,成为达曼村首位大学生,收到录取通知书那天,她家的小院里挤满了人。达瓦没有想到,从没有上过学的她家里能出大学生。去年春节,儿子还回家里过了年。目前,达曼村共有52名学生,其中大专以上学历1人、高中2人、初中14人、小学及幼儿园35人,达曼村适龄人口入学率和升学率都是100%。

2011年住房改造后,达瓦一家住着统一标准的住房,厨房、温室、卫生间、客厅、卧室一应俱全,在明亮的客厅窗台上盛开着月季、海棠,北面的一溜藏式柜子,上面是两幅巨大的毛泽东、习近平画像和装在镜框里的五代领导人画像。达瓦如今已连续两届当选为日喀则市人民代表,平时她帮人卸载水泥,多时一天有300元收入,少时也有90元收入,还有村干部补贴,她丈夫在吉隆镇电厂做零工,一天能有200元收入,两个儿女一个上小学一个上幼儿园,一家人生活得很满足。

经历过寒冬的人,最知道太阳的温暖。从那样一种艰苦的环境里过来,达曼人最知道党和国家的恩情。在入籍以后的短短16

年，不到200人的达曼村出了20名党员，平日里，生产劳动党员带头，合作社成立的时候，党员首先入股参加，今年，县妇联组织编织培训，达瓦带着村里年纪大的36名妇女学习，现在已经编织完成了藏被39床、藏毯28床、钩针编织线毯9床、暖瓶罩、电视机罩这样的小件20多件，一床藏毯能够卖四五千元，如果全部卖出去，也是一笔不小的收入呢。

达曼村贫富悬殊不大，曾经艰苦的生存环境，造就了达曼人乐观开朗的性格，成为中国公民之后，能歌善舞的天性得到了释放，就像大学毕业回来的占堆，2018年辞去幼教工作，在吉隆口岸移动公司找了份工作，他要圆他的明星梦。现在，他业余时间练习歌舞学习英语，一回到村子，就拉起场子。鲜艳的沙丽，明朗的笑容，平时的铁匠、采药人、建筑工人、公司员工，只要音乐响起，达曼村的文艺演出队就纷纷登台。

哪里有音乐，哪里就是他们的舞台。占堆天生拥有一副好嗓子，在短视频平台抖音上走红，已拥有上万粉丝。而28岁的普布卓玛一袭深蓝色纱裙，曼妙的身姿，当欢快的音乐响起，立即成为舞台上的中心，外人很难想象，眼前这位翩翩起舞的漂亮女神，已是两个孩子的妈妈。2013年，普布卓玛在拉萨打工时认识了四川绵阳的龚先生，之后相知相爱，结婚后两人一起回到达曼村，龚先生现在吉隆镇一家工地做厨师，收入不错。生活稳定，丈夫温暖体贴，一家四口其乐融融，但聪明能干的普布卓玛还是总想着做点什么，从小对歌舞情有独钟的她，很快成为达曼村文艺演出小分队中的一员，眼下，普布卓玛和占堆合计着，找机会把演出队拉出去，开始村子里的歌舞经济，因为，有几位从抖音认识占堆的朋友已经在邀请他到拉萨去唱唱。

淳朴勤劳，热情奔放，达曼村不仅吸引了其他民族的青年男女们陆续来到这里，通婚并成为这里的一员，更多的达曼年轻人走出家门，到外面打拼世界。现在，已经有28户有女儿嫁到了四川、青海、河南等省区，当然，有一些像候鸟一样转一圈又回来的，但更多的融入了当地生活，每年回来探亲，都会为达曼村带来许许多多山外面新鲜的消息，这些走出大山的达曼人，说不定真能成为达曼人融入祖国内地的重要桥梁。

八、新老书记

老书记多吉索加今年快60了，按他的意思，早就想交班到吉隆镇跟老伴安享晚年。但村里的事情离不开他，村“两委”班子都不同意他退下来，再说，驻村的第一书记也刚来不久，还需要老书记帮衬一下。

玛嘎村离吉隆镇15公里，原先，老书记骑摩托车往返很方便，但这几年老寒腿的风湿越来越严重，眼神也不济，骑摩托车真有点受不了，加上儿女们也坚决反对，他也只好放弃了来回通勤，基本上住在村子里。

玛嘎村现在19名党员，村主任嘎米石达带着30多名村民在外面做项目，一年有大半年在外头，也能给每个务工人员每年带来三四万元的收入，但村里的大事小情基本就顾不上了。村第一书记兼驻村工作队队长扎西顿珠刚来不久，主要要协调上级和相关部门，考虑村里发展的大事，村里的党务工作，日常管理，还得靠老书记。

多吉索加是吉隆镇的名人，早先，他在镇里的卫生所工作，什么外科、内科，小伤小病头痛脑热都能够应付，也算是一个“恩吉啦（医生）”，光小孩就接生了100多个，现在吉隆镇里的许多风光人物，当年都是从他的手上来到这个世界的。

老书记1993年入党，1998年就担任了玛嘎村的支部书记。

那个时候玛嘎村条件很艰苦,地不少,但出产不了多少东西,牲畜也是那样,自己吃的肉奶都不够,加上居住环境背阴,十分寒冷。2015年"4.25"大地震后,政府启动灾后重建,老书记抓住机会,在国道旁边选择了新址,国家投入大头,每家每户各出一些,建起了玛嘎新村。玛嘎新村每户一楼一底,还有一个独立的小院,完全是一栋栋小别墅。

三层楼的村委会也是新建的,村委会前面的广场,比得上一些乡镇的广场了,一层是便民服务大厅和各种活动场所,村"两委"成员在这里上班,二层是村"两委"和驻村工作队的办公室、宿舍,三层是仓库和"4.25"地震纪念馆。

别看这个村级纪念馆,档次可不低。2015年4月25日,尼泊尔发生8.1级强烈地震,那一刻,日喀则市多地震感强烈,震波辐射到日喀则、阿里、山南、拉萨等地市,震感明显。这是一场西藏近80年来最大的地震灾害,是西藏和平解放以来最大的地质灾害。

突如其来的灾难发生后,党中央、国务院高度重视,习近平总书记和李克强总理、俞正声主席、张高丽副总理等中央领导同志第一时间作出重要指示批示,自治区党委立即成立抗震救灾前后方指挥部,自治区、市、县有关领导和地震、民政、卫生、交通、通信、武警、消防、边防等部门迅速赶赴震区一线,查看灾情、组织抗震救灾。由国家民政部、国家发改委、财政部、国土资源部、住房和城乡建设部、卫生计生委、交通运输部、中国地震局组成的国务院抗震救灾联合工作组也迅速赶往灾区,与自治区"4.25"地震抗震救灾前方指挥部共商抗震救灾工作。

位于重灾区的玛嘎村在这次地震中房屋全部受损,在地震刚发生不久,自治区、市县各级领导和抢险队就出现在了乡亲们跟前,衣食住行,灾后重建,一切都考虑周全。震后仅仅一年多,村里老百姓就全部搬进了新居。为了让子孙后代记住这个历史时刻，为了表达全村老百姓感党恩爱核心的心情，村“两委”和驻村工作队请自治区和市里相关部门指导，建起了这个纪念馆，纪念馆面积不大，但有许多珍贵的原始资料，还有声光电的现代辅助效果，是一个远近闻名的爱国主义教育基地。

地震后建起的新村，各方面条件都顶呱呱，村民干事创业的积极性也大幅提升，通过灾后重建，大家的观念、技能都有极大提高，但是怎么巩固脱贫摘帽成果，让老百姓持续增收稳定增收，却是第一书记扎西顿珠最为操心的事情。

扎西顿珠到村里的时间不长，但之前单位的驻村点一直在玛嘎村，所以对村里的情况还是很了解，这之前他刚刚跟老书记一起算过账，今年村里的人均收入达到18000元是没有问题，下一步怎么办，新老书记合计着一个清单。

村主任领导的劳务输出合作社一直运转不错，今年已经进入盘点了。明年除了把手头的一些项目做好，要再找些大一点的项目，听说仲巴县明年的基建不少，嘎米石达还是要多去跑一跑。村子里的年轻人在灾后重建期间，多多少少都学习了一些技术，能够多带出去一些人，也能够增加一些收入。

村妇女委员央金巴姆带着5家人在老玛嘎村那里组建的畜牧产品合作社，虽然人不多，奶牛也只有20多头，但每年生产的酥油、牛奶、酸奶什么的，除了自己家用，每户还能落下6000多元钱。现在全村每家每户的牲畜大小有500多头，下一步条件成熟了，应该都纳入合作社，统一放牧，把劳动力都解放出来，也让畜牧产品做大做强。

这几天天气不错，村“两委”要抓紧时间组织大家去水源地把水坝修好，之后村“两委”都要行动起来，利用元旦春节的时间活动活动。村里的荞麦酒合作社，国家产业扶贫已经投入资金100

多万元，清洗、烘干、发酵的设备都已经到位了，从去年就号召大家种荞麦，现在每一家拿出400~500斤还是没有问题的，问题是产品出来以后的检测注册，还有销售。

“扶贫资金你出了大力，下一步的产品注册和销售又都靠你了。”老书记对第一书记说。

第一书记扎西顿珠说：“生产设备是没有问题，主要看技术了，只要产品过关，产品注册应该得到相关部门的支持。只是生产出来的销路我可不敢打包票。”

老书记说：“销路我们大家都跑嘛。我听小儿子说，东边昌都生产的荞麦酒销路很好，每瓶能够卖到400多块钱，都说荞麦的营养价值高。”老书记的小儿子2010年部队退伍后在林芝鲁朗工作，大儿子在吉隆镇电信局当领导，小女儿今年大三，正在准备参加公招考试，扎西顿珠知道，老书记现在坚守岗位，完全是为了村里这些头绪繁多的事情。

想到这里扎西顿珠说：“老书记的门路广面子大，销售一定不是问题，荞麦酒卖的好了，还不知道荞麦种植能不能跟上哪。”

老书记说：“这个你放心，在我们这里就荞麦和油菜籽长得好。种4亩地的青稞，种子要500~600斤，也就一千来斤的收成，种荞麦就不一样了，同样4亩地，只有100种子，收成也一千多斤。原先大家不愿意种荞麦是因为不好卖，留着自己吃只能做荞麦饼，没有油水也吃不下去。”

“就是，”扎西顿珠接过话头：“现在荞麦是好东西，降三高降血糖，城里的人都抢着买呢。”

老书记刚当支书的时候，没有现在这样合作化的方式，他那个时候会些木匠活，带着村里几个会点木工的人给人家打家具，还组织石匠在山上的田里砌墙防野猪。这一带是林区，野猪狗熊多，如果防范不好，地里种的那点庄稼全让它们祸害了，不过现在用的全是网围栏,简便。

玛嘎村地处喜马拉雅山脉南麓,林下资源丰富,两个自然村每年采集贝母、虫草、黄连、灵芝等等,年人均也有三四千元收入。老支书想,这些都是老天爷的赐予,靠天吃饭,饭碗终究不是自己的。他在看电视时看见养蜜蜂是一个很好的产业,现在污染普遍严重,蜜蜂都不好养,而这里除了冬天几乎都开花,也有许多野蜂蜜,老支书跟第一书记商量,让他去农业科技部门了解一下,是不是能够把这个想法变成现实。

还有,在地震前,村里每家每户都养了十几只鸡,地震后新居建起来了,养鸡的倒没有了,老书记想到老玛嘎村有许多没用的房子,可不可以收拾出来搞一个养殖场,守着中尼边境这样的地方,销路肯定不是问题。

在扎西顿珠的眼里,老书记真的是一个能人,除了现在腿脚不太灵便,就是汉语差点,要是他的汉语交流能力再强一点的话,说不定现在在哪里干大事呢。这不,现在虽然是农闲季节,但事情还是很多,即便这样,老书记还是要求驻村工作队把夜校开起来,除了宣传党的政策,就是教大家学汉语。老书记明白得很,汉语是全国人民都使用的语言,汉语学好了,走到哪里都不怕,卖东西也说得清楚,不然想方设法生产出再多的东西也变不成钱。

还有就是日常工作,许许多多需要填写的表格报告,没有第一书记和驻村工作队,靠村“两委”还真拿不下来。所以,村委会的大会议室,除了安排培训和政治学习,老支书带头学习藏文和汉语拼音,用他的话说,拼音学会了,就可以自学了。老书记对自己要求很高,现在还在学习驾驶,已经考过了科目一,正准备考科目二和科目三呢。

村委会的大会议室还有一个功能,为村里提供活动场所,逢年过节,村民家里有什么婚丧嫁娶,村委会都提供场所,提供煤气罐，锅碗瓢盆，慢慢的，大家到宗教场所去的时候少了，到村委会来的时候多了。老书记还想，震后重建是根据全村的户数统一修建的，有的家里人口少，可以把房子改造一下做民宿旅游，像玛嘎新村这样的环境，完全可以做成西藏新农村的典型，那些到边境旅游的人们来这里住一晚上，体验一下真正的藏家风味，同时也感受边远地区藏族人民的幸福生活，那不是一举几得吗。

玛嘎村的村名是爱母亲的意思，是说过去玛嘎村有一个孝子，为了赡养父母终身未娶妻成家，现在村里把这个故事延伸成了一段话：玛嘎村的含义是爱母亲，我们大家要一起努力，做祖国母亲的好孩子，像敬爱母亲一样爱党爱祖国，像格桑花一样，扎根在珠峰后花园，争做神圣国土守护者，幸福家园建设者。

在玛嘎新村的北边，村"两委"计划在那里建一个幼儿园和一个洗澡堂，目前幼儿园在过去的木材加工房里临时上学，看见新老书记和村"两委"在这里比比画画，孩子们纷纷跑过来行少先队礼，用汉语说"书记啦好，书记啦好"。

玛嘎村全村91户301人，劳动力人口174，在校学生89人，光在校大学生就有8名，适龄儿童入学率、农牧民合作医疗参合率、新农保参与率都是百分之百，这样的成绩，也是对新老书记和村"两委"的付出的一种回报啊。

九、高原新牧民

说起高原牧民，许多人脑子里会出现这样的画面：在广袤荒凉的高山草地上，几个牧羊女赶着羊群缓缓移动，头顶白云飘过，还或有牧歌传来，或者是几个高大英俊的汉子，带着狐皮帽，骑在骏马上，赶着牦牛群在雪地里迁徙……不过在现在的桑旦林村，你可看不见这样的景象。

桑旦林村位于吉隆县折巴乡，海拔4570米，是个纯牧业村，走进村子里，但见一排排整齐的民居，却没有牧区牛羊成群、人欢马叫的场景。原来，村里的羊基本都集中到了霍尔巴羊肉质改良合作社的基地里，不需要村民单独去放养了。

合作社成立之前，每一户村民都得单独放牧自家的牛羊，不仅占用劳动力，由于草场日益退化，牛羊品质不好，生产效益也越来越低。成立了合作组织，夏天可以集中放牧，到了冬季就在基地里育肥，不用再操心，也可以抽出时间外出打工挣钱了。

在桑旦林村，现在有5个合作社，除了霍尔巴羊肉质改良合作社外，还有建档立卡产业示范点、妇女编织、生态保护和劳务输出4个合作社，生态保护和劳务输出合作社是西藏全区的“标配”，以村党支部为龙头，这些合作社将全村的老百姓都吸纳到里面，各有所务，实现了新牧民的成功转型。

旺扎夫妇就是这样的例子。过去，旺扎放牧家里的牛羊，妻子次央在家里料理家务，照顾孩子，放牧早出晚归，虽然很辛苦，收入也不多，但自由自在，也不费什么脑子，旺扎很满足。大约从2008年开始，村干部带着一些人到萨嘎、吉隆这些地方打工，旺扎很不以为然：牧民的天地在草场上，只要牛羊在，吃不愁穿不愁，干吗要去城里面看人家的脸色，再说，那些技术活是我们老牧民干的吗？

一直到2015年地震之前，旺扎都不为所动，坚守着自己的生活。2015年灾后重建，旺扎看见那些工地上忙碌的工人，手里的活计似乎也并不是那么复杂。等到搬进新居开始脱贫攻坚精准识别之后，身强力壮的夫妻俩居然成了贫困户，倒不是两个人好吃懒做，而是这些年的牲畜状况不好，这让旺扎大大的受了刺激。村里建档立卡产业示范点组建时，他第一个报名，成了合作社的积极分子。

桑旦林村的劳务输出合作社是有些基础的，早在十多年前，刚刚入党成为村委的益西索朗就意识到，仅仅靠每家每户的牛羊要想脱贫致富是不够的，他从那个时候就带着村子里几个愿意跟他出去闯闯的年轻人走出牧场，到周边几个县里找活干，在工地打小工，保安，扫大街，只要能挣钱都干，几年下来，不仅收入增加了，还开阔了眼界，学到了技术，汉语的交流能力也大大提高。

现在，已经成为村主任的益西索朗主要在村子里配合村支书扎琼做好党支部工作，桑旦林村23名党员，除了个别身体不好的老党员，个个都是创业致富的能手。建档立卡产业示范点刚成立的时候，找不到合适的事情做，村"两委"结合外出务工的经验，觉得做铁皮火炉子的生意不错，这里是高寒地区，一年四季都卖得出去。

老牧民打铁，听也没听说过，且不说打铁这件事过去是让人看不起的，就是打铁做炉子的技术，比在工地上打小工拌水泥绞钢筋复杂多了。这一回旺扎带头响应，认真学习技术，因为不离开家门，家里有这样那样困难的7个贫困户成员都二话不说，边学边干。世上无难事，只怕有心人，时间不长，这几个人干得有模有样，不仅生产火炉子，还根据当地气候寒冷，其他材料易损易坏的特点，生产铁皮垃圾箱、铁皮装煤箱子、电炉架等7种产品，销路很好，一年下来，纯利润3万多。明年，建档立卡产业示范点准备扩建厂房扩大规模，把生意做到更远的地方。

除了配合支书工作，益西索朗还组织大家学文化学技术。去年县文化局旦增罗布局长带队驻村，益西索朗抓住机会，跟旦增罗布局长商量开办了"驻村讲堂"，带领大家学藏语拼读，学汉语特别是大家需要掌握的日常词汇和工地上的专门词汇，党员干部带头规范学习、严格要求，党员带着群众学、党员做给群众看。每周一集中升国旗、唱国歌，家家户户挂国旗。结合村里还没有学校的实际，旦增罗布把村里的幼童集中起来，教给他们简单的藏汉拼音知识和培养良好的生活习惯，学生放假回来后又带着大家补课复习，教师出身的文化局长给大家带来了新风尚。

村里的妇女编织合作社，集中了57个女劳动力，桑旦林村有原材料的优势，过去各家各户也编织一些自用的东西，有一定的基础，但销路一直上不去。旦增罗布发现她们的编织古朴粗放，有一种独特的韵味，但针对县域或周边的审美习惯还有一些差距，特别是在做工上还需要提高。他利用村里的夜校，给大家教授怎样把牧区淳朴的审美融入到产品之中，怎么样搭配色彩，怎么样布局造型。在工艺上，村支部请来技工教授编织和针织，学会了的人再传帮带，现在，她们已经能够生产卡垫、沙发靠背、围裙、腰带等多种产品，在周边牧区很受欢迎，还有外地人找上门来订做。

益西索朗因为村里的事务出不去，现在带着大家的是劳务合作社的两个副主任次珠和白玛旺加，他们也是村里的监督委员，一方面代表群众监督村“两委”的工作，同时代表村里监督外出打工的成员劳动生活表现，同时还要代表合作社跟甲方打交道，维护村民的利益，带队、翻译、引导、沟通，某种程度上说，他们两个就是村里的全权代表，甚至还兼有产品代言人和销售代理的职责，是乡村现代化治理的一个新形象。

羊子长膘，靠的是水草；羊群保膘，靠的是头羊。在桑旦林村，村支书扎琼和村主任益西索朗是一对黄金搭档，大家都说，这两个八零后，一个老成持重，像定盘星，一个眼界开阔，像方向盘。带领桑旦林村走出牧场，走出一条新路，大家对他们，对村“两委”也高度信任。可以这么说，桑旦林村今天的变化是村“两委”班子日积月累干出来的。

过去，牧民们与牛羊为伴，天地之间任我行，对外边的世界缺乏了解，很容易满足。收入单一，观念落后，“等靠要”思想不同程度存在。2015年灾后重建，桑旦林村在原址进行了整村规划重建，村容村貌焕然一新，但一部分人的落后思想观念，并没有跟着“焕然一新”，扎琼和益西索朗他们经常挨家挨户做思想工作，不仅向大家宣讲党的惠民利民政策，还帮助大家就业找到致富的路子，久而久之也在大家心目中建立了威信，如今村“两委”有什么设想，只要一声号召，大家都积极响应，现在，村子里的另一件事情，正进行得热火朝天。

那是件什么事呢，流动红旗三评比：评勤劳致富、评劳务输出、评家庭卫生。传统生活里，牧民们天当铺盖地当床，天性随意，吃了零食垃圾随手乱扔啦，早上起床懒得整理被子啦，每一家的安居房也不会打理，家居环境乱七八糟。

流动红旗评比开始，全村64户家庭分为两个组，两组之间每周进行一次交叉考评打分。村妇联主席次仁央吉组织“双联户”的户长们，平时进行不定期考评，一边考评，一边互相学习。这家的客厅里家具放得好看，那家的阳光棚布置的合理，这里每一家的阳光棚22.38平米，是村集体经济统一给大家修建的，过去从来没有享受过阳光棚，看见布置得好的大家都争相学习，一个月下来，评出分数最高的前三名，通过这种方式，村民家居环境不仅改善了，家具摆放也更具美观性了。

劳务输出、勤劳致富流动红旗，半年评比一次，谁家评上了，那可是极高的荣誉，说明你宁愿苦干不愿苦熬，要用苦干实现梦想的承诺兑现了。旺扎夫妇就得到了一面勤劳致富的流动红旗。今年，旺扎在建档立卡产业示范点干得很好，不仅技术上完全胜任，还经常加班加点赶急活，收入也是最高的。妻子次央学会了饰品编织，因为心灵手巧，成了合作社的技术能手。现在，她把这门技艺与牧区传统编织结合起来，编织出的产品立体感极强，色彩极富牧区特色，旦增罗布局长准备把它们推荐给自治区的艺术家呢。

十、远近风景

紫金乡努堆村，是江孜县最大的行政村，全村128户819人，在西藏，这也是少有的大村了。将近年关，努堆村的老百姓大都回到家里准备过日喀则新年（日喀则新年比藏历新年大概要早一个月的样子），而努堆村由村委会集体出资的新办公地点正在进行最后的装修，很快就可以使用了。

努堆村前任党支部书记坚参、现任支部书记普贵等7名村委，正在村委会前面的小广场召开村“两委”会，商量农机合作社分配的事情，合作社新招的大学生会计一笔一笔给他们算今年的收入。农机合作社成立第六个年头了，现在已经添置了4台种子包衣机、4台联合收割机、1辆装载车、1辆大型运输车和许多小型农业机械，今年收入有60万，合作社提留30%，其余都分红。

2013年，努堆村党支部推举支书坚参牵头，全村每一户集资300元，成立了农机合作社，当初每户出300元钱的时候，有的村民对合作社的前途还将信将疑，但几年下来，大家的分红早就大大超出预期，对村党支部也信任也更加提高，村里的生态合作社和劳务输出合作社成立的时候，都争先恐后入股，最后还得村“两委”来协调平衡。

比如劳务输出，努堆村过去就有出去务工的传统，许多人在外面都有相对固定的工作，成立合作社的时候，这些人就暂时不参加了，所以当时入股的只有32人，村里的建档立卡户都加入，今年每户分红2000元，建档立卡户每户4500元，因为建档立卡户没有劳动力，只有纯分红，也体现了对他们的照顾。

过去村里的27个大棚,由于定位不好,蔬菜生产的产出维持不了大棚的维护运行,许多都破败了。生态合作社成立以后,把大棚都纳入到合作社里,一个“双联户”负责两个大棚,剩下的3个分配给建档立卡户,根据周边绿化的需要,大部分用来种植沙棘苗,销路很好。

村“两委”通过合作社给群众带来了实惠,在群众中的威信没的说,但村“两委”7名成员这些年为大家付出也很多。按理,这些人都是村子里的能人,个顶个的拉出去都是挣钱的好手,所以在去年年终评议的时候,支部书记普贵提出来,给村干部们适当的补贴,村民大会一致同意,合作社的收益提取5%,在年底对村干部的绩效评议后进行奖励。

江孜是个产粮大县,地处雅鲁藏布江和年楚河流域,这里光照充足,阡陌纵横,土地肥沃,有“西藏粮仓”的美誉,青稞生产是这里的主打。过去,农牧民增收主要靠外出打工,这些年,随着科技对农业生产的贡献越来越大,围绕青稞的产业也越来越多,靠着青稞奔小康,成为了一项光彩事业。

青稞是西藏第一大粮食作物,也是西藏最大的优势特色作物,青稞的发展,一直是影响西藏农业发展、人民生活水平提高和社会稳定的基本因素,有“青稞增产,粮食丰收;青稞转化,农民增收;青稞丰收,社会稳定”之说,2000年以后,西藏开始了从自给自足的传统农业向市场型、科技型和效益型的现代农业的转变,迎来了产业发展的新阶段。

青稞有近4000年的栽培历史,作为高原人的传统食品,青稞具有丰富的维生素、纤维类营养和药用保健价值,能下气宽中、壮精益力、除湿止泻,青稞食品特别符合现代“三高两低富硒”,也就是高蛋白、高纤维、高维生素和低脂肪、低糖,而且富含微量元素硒的饮食结构,同时青稞还富含β-葡聚糖和支链淀粉等物质,长期摄入人体具有明显的降血脂和降胆固醇作用，能预防心血管疾病，同时还能控制血糖防治糖尿病，还有防治结肠癌的作用……

在高寒缺氧的青藏高原，人们的饮食主要以高脂肪、高蛋白和高热量的奶制品和牛羊肉为主，在基本没有食用蔬菜的情况下，藏族的糖尿病发病率却为全国最低，这与当地人长期大量食用青稞有直接关系。现在许多人认识到了青稞食品的价值，需求越来越高，相应的，社会对青稞生产的需求也越来越高。

青稞丰产靠好种子。江孜是青稞生产大县，也是西藏青稞原种供给大县，努堆村有2000多亩青稞种子地，每一亩平均产青稞800斤，每年能够提供包衣种子140万斤，每斤能够卖到3.2元。所谓种子包衣，就是利用现代科技在选出的青稞种子上包裹一层促进发芽和防病虫害的物质，使青稞在生长的第一步就有一个良好的开始。

努堆村的种子包衣产业，除了自己村里生产的青稞种子，还接受外来加工赚取加工费，加上其他几项的收入，今年村里人均能够达到一万七八，情况好的家庭，早已过上小康生活了。农区节日多，在村委会前面的小广场上，每年从6.1开始，7.1党的生日、8.1建军节、望果节、国庆节、农民丰收节，小广场上都会搭起帐篷，大家表演节目、体育比赛、军民联欢，每次少则一天，多则三四天，都要热热闹闹尽兴而归。

日喀则农区有酿酒的传统，过去，条件稍好一点的家庭都会酿一些青稞米酒，孩子们上学时都带一壶过滤到几乎没味的酒当饮料，所以这里的人喝青稞酒都是海量，问他们酒量有多大，他们伸出一根手指头——一直喝，可以从白天喝到晚上。

可是在努堆村，没有这样的情况，村里60名党员带头不抽烟不喝酒，村规民约也有明确规定，包括劳务输出合作社，出去务工人员的大部分收入都由合作社集中保管，年底再一次性发给大家,省得有的人自制力不强,都胡乱消费了。

努堆村巨大的变化,来自村“两委”以党建带动脱贫和社会事业的发展,村民们看到了村“两委”辛勤工作带给大家的实惠,村“两委”也在大家热情地参与中提升了工作能力。支部书记普贵前不久由县里组织去区外参观学习,在云南昭通和曲靖,他看到了当地老百姓为了改变生活面貌付出的努力,同时更感受到了党和政府给西藏老百姓的优惠政策,比区外不知高出了多少倍,在今年年终总结评比的时候,他决定给大家好好讲一讲自己的见闻。

跟努堆村相比,白朗县旺丹乡巴金村的情况又完全不一样。巴金村在大山深处,海拔高,半农半牧,农业生产的效益不大。怎么样巩固脱贫攻坚成果,让老百姓持续增收,是旺丹乡党委政府最关心的事情。

寻找一个符合当地气候条件,又容易被当地群众接受的项目,成为了课题。自治区农科院是乡里的驻村单位,在多次深入农户家实地调研中,他们了解到旺丹乡目前种牛严重退化老化,导致黄牛质量下降,决定引进几头娟姗牛种牛,提升旺丹乡黄牛繁育质量。

娟姗牛是一种著名的乳牛品种,原产于英国泽西岛(也叫绢珊岛),泽西岛是英吉利海峡南端的一个岛屿,位于英国和法国之间,气候温和,水草丰富,适宜牛羊等家畜的放牧。娟姗牛体型小,产奶量大,乳脂色黄而风味好。几年前,有人在日喀则试着繁育娟姗牛,没想到这种产于海岛,体型不大又比较耐热的品种,同样也适应当地高寒的气候,与当地黄牛的适配性很强,成为了当地黄牛改良很好的资源。

成立娟姗牛养殖合作社,驻村工作队与乡里的想法一拍即合。合作社覆盖全乡10个行政村,各依自身的气候条件、资源禀赋，或者育种，或者产奶，或者牧放，而巴金村是全乡的犊牛繁育基地。

巴金村有76户，447人，26名党员，两名入党积极分子，合作社成立之初，大家报名并不踊跃，这让村"两委"很是不解：市里县里的援藏资金投入建设了牛舍、办公室，乡里10个村集中惠民资金入股建设了仓库，优势是显而易见的。经过了解后得知，村里2017年成立的养殖合作社，因为没有条件，还是各家各户散养，效益并不太好，加上娟姗牛的确是一个新生事物，村里的许多人还是抱着观望态度。

合作社肯定不能强制入股吧，但是，村"两委"必须带头。首先把合作社制度完善，理事制度、监事制度、股权分红等等，理事监事一应俱全，还有办公室。因为见多识广，村"两委"都积极入股，一股500元，有的一次性就要入100股。建档立卡户边缘户全部入股，也有入许多股的。乡里的企业旺达公司入股20多头娟姗牛，提供技术指导和免费学习，并且收购合作社的牛奶、奶制品。

乡里计划是通过一代一代改良提纯，在3年的时间内将全乡的黄牛全部淘汰。娟姗牛个体小，食量少，但单位体重产奶量和乳成分含量高，营养物质很容易摄入不足，根据高原的特点，科学养殖、集中养殖非常重要。目前，巴金村的养殖场建了3个牛舍和附属场地，今年计划集中87头，最后达到200头的规模。

在巴金村新建的牛舍里，现在已经有几十头娟姗牛入驻了，虽然已到初冬，但这些牛步伐稳健，毛色光滑油顺，一头3、4个月的犊牛，就有散养了一年的小牛那么大，能卖7000多元呢。

离巴金村不远的桑巴村，有一家编织合作社，"旺丹乡桑雄畜产品加工农业专业合作社"。桑巴村这一带有一项独门技艺，就是过去由男人编织一种厚实细密、图案对称的卡垫，供寺庙专用。2015年，有5个人自愿发起，成立了一家小型编织合作社，开始用传统的工艺进行生产，由于原材料货真价实，颜色都是用矿物颜料上色，手工精制，企业发展得很好，为周边乡村的脱贫攻坚出了不少力。

白央是合作社现在的负责人，22岁，高中毕业后就从创建人之一的妈妈手里接过了这份事业，现在合作社解决了乡里65名劳动力，计件制，收入多的每月有六七千元，少的每月也有3000多，对农牧民家庭来说，是一笔在家门口就能够挣到的不小的收入，目前，白央和合作者正准备把合作社改造为企业，扩大场地，增加产量，那样，招收的员工肯定也会越来越多了。

而在远处的江孜县年堆乡，也有一家编织合作社，叫“尼玛藏式卡垫加工农民专业合作社”，这家合作社的创始人，是一个90后的年轻人旦增称来，2014年大学毕业后，小伙子放弃了多数人梦寐以求的“铁饭碗”，带着创业的激情，开始了编织江孜新卡垫（地毯）的创业之路。

江孜地毯是仿古毯，与波斯地毯、土耳其地毯并称为世界三大名毯。江孜地毯织法独特，色泽鲜艳、和谐，毯面柔软、细腻，洗涤不褪色、不掉毛，经久耐用，加之浓厚民族色彩的图案花纹，使其具有很高的欣赏价值，对生活在高寒地区的人们隔潮御寒、保温取暖有重要作用，是长期在高原牧区生活所不可缺少的用品，它在藏族传统工艺的基础上，吸收、融合了祖国内地、印度和尼泊尔工艺精华，既是具有自己独特风格的工艺美术品，又是藏民族生活中不可或缺的生活品。

2014年，23岁的旦增称来从西藏大学建筑系毕业回到家乡，与四个家乡的伙伴一起，合伙成立起这家合作社，有人问他是学建筑设计出身，怎么会想到做卡垫生产，他说，他的哥哥是江孜藏毯厂的修剪工，修剪工的工作，就是在卡垫编制完成后，用剪刀把卡垫上的图案修剪凸显出来，这也是卡垫生产的最后一道工序，工作很有美感，他从小跟着哥哥在地毯厂玩，对这个工作很着迷。他在学校学建筑设计，都是通过电脑，对电脑如何运用在卡垫设计和生产上，有自己一整套的想法，为了这个梦想，他们五个人建起了合作社，迈出了自主创业的第一步。

创业之路是艰辛的，合作社成立之初，资金短缺，技术工人少，销售渠道单一，问题接踵而至，给这些创业的年轻人带来了不小的挫折。面对残酷的现实，旦增称来没有打退堂鼓，县、乡党组织也及时伸出援手，合作社彻底走出困境，是当时县里给他的扶贫贷款，利用政府的支持和伙伴们的齐心协力，他们的合作社越来越有起色。

让旦增称来最引以为傲的，是他的3D地毯编织技术，他说，作为世界三大名毯之一的江孜地毯，传统工艺面临挑战，它的产品单一，人工费用越来越高，越来越不适应现在市场的需要。他仔细琢磨已经失传了的看照片纺织地毯的技术，找回了这种独特的编织技法，同时在染色技术上大胆引进，精心调试，很大程度上打破了藏毯产品单一的局限性，能够灵活的纺织出各种图案、各种功能的藏毯产品，为藏毯业的发展拓展了新的空间，目前能生产跟唐卡艺术相结合的藏毯唐卡，以及带有3D效果、平面图案的各种装饰藏毯、壁毯、毛毯等等。

传统技艺与现代技术的完美结合，生产出的产品赢得了社会各界的肯定。合作社的一幅藏毯与传统唐卡相结合的藏毯唐卡《莲花生大士》，荣获了“2017年中国国际新品潮流地毯奖”。还有一幅布达拉宫挂毯，在传统纺织工艺的基础上，进行3D技术处理，让整个挂毯具有立体感，将3D技术融汇到纺织业工艺中，在江孜乃至整个西藏的藏毯业中都是独一无二的。

自合作社成立以来，旦增称来就积极申请入党，现在，合作社成立了党组织，以“合作社+贫困户”的发展模式经营，为解决贫困农民就业难、收入低、无技术的问题，合作社实施了社内与社外两种就业途径。目前，合作社共有65名员工，其中社内员工23名，社外员工42名，在社内员工中，7名是精准扶贫建档立卡贫困户子女，4名为残疾人员，在社外员工中，12名是精准扶贫建档立卡贫困户子女，其余的都是贫困家庭子女。

旦增称来看上去很腼腆的样子，戴一幅眼镜，眉目清秀，刚毕业那会儿，做得很辛苦，看到去单位上班的同学，也有后悔的时候，但想到所做的事情都是开创性的，是自己的事业，将来还会有自己的品牌，还是坚持了下来。到了现在，跟上班的同学相比，收入要高出许多，同学们都还是挺羡慕的。

尼玛藏式卡垫加工农民专业合作社的微信号叫“昵炜藏毯”，“昵炜”，一个很温馨的不带地域色彩的名字，点开来——欢迎来到昵炜藏毯微商城，里面有图片、有藏汉文字，还有音乐，虽然还比较稚嫩，但微信平台所有的元素一应俱全，举着二维码推送的一个卡通藏族小男孩，正调皮的眨巴着大眼睛……

携带着太多梦幻与现实的交织，传统和前沿，仿佛通过时光的“虫洞”在他的身上相遇，碰撞出了意味深长的回响。

采访后记

初冬，在后藏大地行走，能够深刻感受雪域高原的宁静之美，厚重之美。

山顶已积雪覆盖，山间氤氲着的雾霭，给大地笼罩着一层纱幕，使蓝天显得更加纯净辽远。刚刚收割的青稞地里，成群的斑头雁与家畜夹杂着，觅食田里散落的麦穗，而几只黑颈鹤在旁边高蹈鸣叫，天地人显得如此和谐。

我这次的采访路线是从日喀则出发，沿白朗、康马、江孜、亚东、岗巴、定日、吉隆一线,大都顺边境线而行。不久之前,这一线许多地方还是土路,但现在已然清一色的黑色路面。驱车在这环喜马拉雅区域,高山河谷之间,天地大美,静穆不言,你会油然升起一种崇高豪迈的情怀,为祖国的大好河山赞叹!而当你深入到村庄草原,在农牧民家中,你又会感受到另外一种情景,那就是在这个初冬内涵内敛的时节,本应该沉寂的高原大地,到处生机勃勃,是有别于过去的另外一种冬天的景象。

在白朗县的现代农业科技创新博览园,温暖湿润、绿意盎然,除了新鲜的瓜果蔬菜,还有许多热带植物,让你恍若置身南国丛林,无法想象外面是超过海拔4000米的高原的冬天。多庆湖畔多庆村的大棚里,虽然没有这样的南国风光,但郁郁葱葱挂满枝头的青椒、西红柿,依然让你有身处异地的错觉。

康马县的艾旺寺,一座不知名的小寺庙。与其说是寺庙,不如说是一个重要的文物保护地,因为那几尊泥塑的佛像,传自唐代,至今已有一千多年的历史。许多年前我来到这里,看见几尊泥塑风吹雨淋,已破败不堪,那时候幻想,如果有一个玻璃罩保护起来就好了。这次路过,看见这里已修起来坚实的土木建筑,几位宗教局驻寺的同志在管理,而在不远的曲米辛古草原上,区文联艺术家为纪念江孜抗英百年修建的纪念碑,真的用玻璃罩保护了起来。时代的变化,让幻想很快变成了现实。

亚东县下亚东乡切玛村,曾经发生洞朗对峙的地方,老百姓养殖鲑鱼的鱼池,就在国境线的旁边,由此我想到了去年访问过的阿里噶尔县典角村。典角村也在边境一线,1959年平叛的时候只有3户人家,现在发展到了48户。典角村最具代表性的是“四代房”。由于建筑材料缺乏,当地老百姓最早居住的都是用石头干打垒砌成的“石屋”,矮小憋窄,现在只剩一些遗迹了。上世纪七八十年代,村民们居住的是土坯房,屋顶柳枝覆盖,算是第一代住房。第二代住房是到了90年代建造的第一批土木结构的安居房,2006年,村民住上了带玻璃暖廊的第三代土木结构安居房,现如今,家家户户的第四代住房,钢筋水泥空心砖,是“楼上楼下电灯电话”的现代化小楼,堪比小别墅。村子里绿树成荫,在30岁的尼吉拉姆的商店里,取款机、WiFi、甜茶馆,应有尽有,她的电商还帮助村民销售土特产,帮助驻军官兵网购。

只有强大的祖国做后盾,边境一线的老百姓才能安居乐业,无论在珠峰脚下,还是达曼村里,我看见的都是边民幸福充实的笑脸和发自内心为新生活努力的信念。

也是在2011年的这个季节,我奉命带领三个驻村工作队前往昌都八宿县叶巴等三个村工作。三个村子都坐落在怒江边的高山上,初到驻村点,水电路气通讯,一样也不具备,村级组织也不健全,驻村一年多,除了帮助村子里完善各种基础资料和基本制度,就是帮助吆喝卖核桃,对如何提高乡亲们的收入,真是绞尽脑汁,束手无策。

在这一次的采访过程中,最深刻的感受就是基层合作组织的发育发展。西藏地广人稀,自然条件艰苦,国境线长,社会生产发展滞后,如何按照总书记要求的那样,做好“神圣国土守护者,幸福家园建设者”,西藏各级党组织和各族人民,发挥了极大的创造性,根据不同的自然禀赋和客观条件,创建了丰富多彩的合作组织。从羌塘草原到藏南谷地,从藏东峡谷到阿里高原,在基层组织和党员干部的带动下,合作生产遍地开花,呈现出了强大的生命力。

如今,我曾经驻村工作的林卡乡怒江边上的几个村都已整体搬迁到了县城边上的新村,那些曾经让我们时刻挂念的乡亲们,不仅过上了不愁吃、不愁穿,义务教育、基本医疗和住房安全有保障的生活,还享受着国家的各种优惠政策,已经彻底跟几年前的日子告别了。当然，面临一个全新的环境和生活方式，他们许多人会不适应，会有很大的阵痛，但几十公里之外，他们的农田还在，果园还在，房屋还在，而家里老人们再不会因为缺医少药饱受病痛折磨，孩子们也不会为了上学少小离家，借宿在亲戚朋友家中……

就在这篇报告文学即将杀青之际，2019年12月26日，中央电视台报道，西藏自治区脱贫攻坚指挥部已于12月23日发出公告，宣布西藏最后19个县区达到摘帽标准。

这是一个值得纪念的日子，这更是一个亘古未有的奇迹，自此，西藏全区都已经达到了“现行标准下农村贫困人口实现脱贫，贫困县全部摘帽，解决区域性整体贫困”标准，西藏，真正彻底告别了绝对贫困。

高海拔，高山深谷，边远封闭，地质灾害自然灾害频发……这些脱贫攻坚中的困中之困、难中之难、坚中之坚，西藏举全区之力，超常规发力，五级书记抓，因地制宜，精准识别，产业支撑，政策激励，就业优先，援藏助力，社保兜底，易地搬迁，一项项政策措施落地实施，一批批脱贫队伍奔赴一线。西藏实现全面脱贫，为2020年国家能确保现行标准下的农村贫困人口全部脱贫做出了贡献，为中国也为世界减贫事业贡献了自己的智慧。正如战斗在一线的脱贫干部所说的那样：没有共产党的领导，没有社会主义制度的优越性，在西藏这样贫困程度既广且深的地方，实现全面脱贫是不可想象的！

重生之路

——拉萨河畔三有村考察笔记

陈启文

一

青藏高原的每一座山都具有强烈的感染力，往大山里一走，“千仞过苍壁，崇高仰神明”，你对每一样事物都怀着崇高的敬意和虔诚的信仰。

我是穿着棉袄进山的，此时还是“暑退秋澄气转凉”的秋分季节，而一夜之间拉萨河畔的念青唐古拉山脉下了一场大雪，河中的山影在清晨的阳光与碧波中晶莹剔透，那超尘出世的山风穿越稀薄的空气，一阵一阵地吹来冰雪的清凉气味。

这些年我多次进藏，在拉萨河谷里已来来回回走过好几回了。

拉萨河，藏名吉曲，意为吉祥、快乐、幸福之河，发源于念青唐古拉山脉中段北侧的罗布如拉，自东北向西南流经墨竹工卡县、达孜县和拉萨市区，最终在曲水县汇入雅鲁藏布江，这是世界上海拔最高的河流之一，哪怕跋涉在最深的河谷里，也有白云从眼前飘拂而过。

曲水，是拉萨河的最后一段流域，藏语古称吉麦，意为流水沟或河流交汇之邦。

在这世界屋脊上，一条流水沟往往就是黑黢黢的、深不见底的绝谷深壑，往下一看，腿肚子直打寒颤。这岁月幽深的县境位于拉萨河下游和雅鲁藏布江中游北岸，行至此处，已进入西藏腹地。河谷即峡谷，峡谷就是一条河。当炊烟从莽莽苍苍的山崖间一缕一缕地冒出来，你才发现那渺无人迹处竟然还有人烟。这河谷中大沟套小沟，九沟十八岔，岔岔有人家，多则三五户，少则一两家。大山无言，那些被千仞苍壁重重阻隔着的藏胞早已习惯了沉默寡言，他们形单影只地活在这寂寞人间，恍若活在另一个遥远而荒凉的星球上，只能以无言的方式来忍受一生一世如荒冢般的孤苦。

说来，这些深山里居住的藏胞离拉萨并没有遥远的时空距离，但我头一次来这里时，六十多公里路，一大早从拉萨出发竟然走了一整天，愣是把一条道走到黑。这逼仄陡峭的山道，最早是牧人们的牦牛和羊群走出来的，又被世世代代的山里人走得弯弯曲曲，一路上峭壁嶙峋，峰回路转，“人在山上走，不冷也发抖”。这就是山里人唯一的出路，那坎坷而掩沓的脚步，在大山的阴影里一步一步地挣扎，每一块石头都知道，这条路有多么艰辛。若是遭遇风雨冰雪，你连爬都爬不过去了。山民们也很少出山，一个月才攀岩走壁到附近的小镇上买一点油盐，很多人一辈子到过最远的地方就是曲水县城，只有极少人才到过传说中的太阳城拉萨。

一个人走到这里，连脚步也不知不觉放慢了，想快也快不了。这拉萨河看似波澜不惊，连接着一条条从深山里缓缓流来的山溪，然而你绝不可小瞧了这河流和清澈见底的小溪，一旦暴风雨肆虐，那被闪电瞬间照亮的树木便开始疯狂地摇晃，顷刻间山洪呼啸，泥沙俱下。在这河谷两岸还残留着一处处被山洪泥石流冲毁的断垣残壁，那些被冲下河谷里的岩石，仿佛还在诉说那石破天惊的一瞬间。

我一直忘不了几年前看见的一幕:一条从岩缝间蜿蜒穿过的羊肠小道,一个驮着一大捆柴草的伛偻背影,一双惯于攀岩走壁的腿脚在荒芜中踽踽独行。这儿是曲水县境最西边的一个自然村,达嘎乡茶巴朗村,山路的尽头,是一层层石块垒砌的倾斜的台基,盖着几间破败的土木房。这至高无上的人间,让我只能仰望。在这伟大的高原上,人类只是寄居在山崖间的极渺小的生物之一,祖祖辈辈的山里人一如委身山野的草芥。海拔越高,这草芥长得越矮小,哪怕住在最高的山顶上,人类的目光也是低矮的。

往这山上一走,我的高原反应一下变得强烈了,头重脚轻,心口越来越憋闷,想要张大嘴巴呼吸,一张嘴,山风就猛地灌了进来,从喉咙贯穿肺腑,一直凉到了心底。当我喘息着走过去和那驮柴草的汉子攀谈时,他咧开大嘴看着我这个不速之客,一言不发又一脸茫然,但那脸上绽开了黝黑而憨厚的笑容,憨厚得就像在咧嘴傻笑。他好像听不懂我在说什么。幸好,这家里的女主人走出来了,还懂得一些简短的汉话,这让我打听到了一些他们家的境况。她叫尼玛,汉子叫布琼,这老两口都已五十出头了。布琼耳聋,为三级残疾,难怪他刚才一脸茫然地对着我笑,他不是听不懂我在说什么,而是根本就听不见我发出的声音,而那笑,既源于他乐观的天性,也是一种与人打交道的习惯。

这汉子虽说耳聋却心灵手巧,还是这一带小有名气的村巴——藏族民间工艺画师。若换一个地方,凭这手艺他可以为藏式民居装饰和绘画,多少也能挣几个活钱,而这如同绝域般的大山谷里几乎是走投无路,布琼既难以到山外去揽活,这山沟里住着的又都是像他们一样的穷苦人家,能吃饱肚子就勉为其难了,哪里还有闲钱来为那破房子装饰绘画啊,这手艺活活给荒废了。他们家这几间歪歪斜斜的老屋,赤条条的墙壁上看不见一点粉饰,只有洪水冲刷过的痕迹。布琼长得又高又瘦,个子跟他家的门框差不多高了。他在门框上比划着洪水没顶的高度，仿佛在向我展示一家人在山洪中死里逃生的奇迹。菩萨保佑，一家人从倒塌的土墙里爬出来，除了受了点皮肉伤，都还全须全尾地活着呢。经历了这样的生死劫，他仍在咧嘴笑着，那笑容却在神经质地颤栗，而当一场暴风雨早已变成了脑海中的风暴，又将会给人类留下多少铭心蚀骨又难以名状的余悸？

布琼刚刚卸下了背上的柴草又顺手拿起了锄头，尼玛则坐在灶房里点燃了柴火。

这三间老屋仿佛在风中摇摇晃晃，它为一家深山藏胞遮挡着风雨与烈日，也把贫穷彻底地暴露在我这样一个外人的眼前：堂屋里摆着一张污黑的桌子和几条粗糙的板凳，灶台上那一摞饭碗没有一个是完整的，看着碗沿上那一个个豁口，你都不知道该从哪里下口。在两间狭窄的里屋挤着几张床铺，还摆着一架老式木棱织机，这东西我还是第一次看见，也不知是哪个年代留下来的。看着这一切，我忽然有种莫名的愧疚，感觉自己是在偷窥一个藏胞家的隐私，看见了自己不该看见的东西。尼玛此时正低着头烧火，两眼在烟熏火燎中肿胀发红，她不停地撩起衣襟来擦拭着眼角，才能看清锅里煮着的东西。

我禁不住唉了一声，“你们这日子过得不容易啊！”

尼玛擦拭了一下红肿的眼角，笑着说：“唉，这过日子，只要有饭吃，有衣穿，有房住，就算是好日子啊。”

我的眼泪也被满屋子的浓烟呛出来了，赶紧咳嗽着从屋子里逃了出来。

这老屋边上都是凶险的峭壁，一个勤劳而顽强的藏族汉子又攥紧了锄头开始挖地，往崖边上挖，往岩石缝隙里挖，锄头碰击岩石的声音在空谷中发出迟钝的回响。一方水土养一方人，那鼓突的肌腱和筋骨和这里的岩石、葛藤仿佛不谋而合。然而这一方水土又实在养不活一方人，那狭窄的山地，每一块泥土都是那样赤裸贫瘠。零零碎碎的土地，都是他们在峭壁间一锄一锄挖出来的，这就是他们世世代代赖以为生、养活一家性命的土地。说来可怜，他们一家六口人只有三亩多地，每年春种青稞、秋种小麦。水，既是他们世代的隐患，又是焦灼的渴盼。春天播下的种子，要等到下过第一场雨后才能发芽。像这种高于25度、悬在山坡上的田地是没法浇灌的，往往是下边淹了而上边干得冒烟。哪怕是风调雨顺的好年成，青稞和麦子也长得无精打采，半死不活，亩产只有三四百斤，连被风雨打落的粮食他们也要一粒一粒地拾起来，还不够他们家六张嘴巴吃。若年成不好，好不容易看到了青稞扬花灌浆了，一场山洪就会将青稞冲得颗粒无收，将一家人又变得一贫如洗。洪水过后，一座深山又让他们深陷其中。

我看到的其实不是什么隐私，这就是布琼和尼玛一家人曾经的现实处境，无论你怎么辛劳地耕耘和苦心经营，在这样贫瘠而脆弱的土地上收获的也只是世代的赤贫。

而类似这样的情况在西藏不在少数。西藏从地域和地势上凸显了“广大深高”四大特征。广，西藏自治区拥有一百二十多万平方公里的国土面积，约占全国总面积的八分之一，在全国各省、市、自治区中仅次于新疆，而西藏也是全国唯一的省级集中连片贫困区，全区七十四个县全都是国家级贫困县；大，西藏全境都是凶险的大山，贫困比重大，贫困发生率是全国贫困发生率的近四倍；深，在这高居地球第三极的世界屋脊上，山有多深，贫困就有多深，西藏的整个农牧区全都处于深度贫困状态。由于历史和地理的原因，全区基础设施一直严重滞后于其他省区，又加之自然灾害频发，因病因灾致贫多发，导致贫困群众自我积累、自我发展的能力极差，又加之西藏财政自给率严重不足，致使贫困状态一直积重难返；高，藏区山高路远，地广人稀，哪怕同一个村的村民也散居于千山万壑中，扶贫成本也远远高于其他省区。譬如说修路，在西藏修一条同样标准的路，往往要比其他省区付出更高的乃至惨重的代价。

对于整个西藏而言，也有地域差异，有些农牧区还可以因地制宜或对症下药进行改造，而像布琼一家人赖以为生的地方，原本就是不适合人类居住的地方，更不适合种庄稼的地方，你想要改造都不敢用力，一旦过度开垦必然会加剧水土流失、泥石流和山洪暴发等自然灾害，在加害自然的同时又加害自己。那坍塌沉陷下去的一大截台基，一看就是被山洪冲塌的，眼下，它依然高悬在那里，如一个生死攸关的悬念，不知什么时候会掉下去，会不会连同整个房子一起掉下去？

二

高山深壑阻隔着深山藏胞通往山外的世界，却阻挡不了国家实施易地扶贫移民搬迁工程的意志和步伐。

让他们走出深山，是人类对自然的让步。在仁慈而高深莫测的大自然面前，人类应该体认自己的渺小和脆弱，在理智上保持清醒作出必要的让步。对于这种自然气候条件极为险恶、生态极其脆弱的地方，除了搬迁，你几乎别无选择，必须将大自然还给大自然。西藏近年来推行易地扶贫移民搬迁工程，本身也是实施生态移民的一部分。搬迁后，这些土地和山林的承包权仍属搬迁户，他们可以将经营权转包给生态开发示范园，或在荒山荒坡种树种草，或种植适合高原土壤气候的车厘子等果木，既能修复和保护生态，又能为搬迁户增收。

让他们走出深山，更是人类文明的进步。无论如何，不能让这些在深山峡谷里居住的藏胞们把一家人的性命悬在一道道悬崖上，必须让他们搬进真正能安身立命的房子，从此过上安稳踏实的日子。也只有这样,才能从根本上一揽子解决他们的交通、水电、通讯、就医和孩子上学等种种生存难题,这是为他们开辟的一条重生之路。

这一次进藏,我是慕名而来,探访一个从大山沟里搬出来的村庄。在这三面大山和一条长河环抱的山谷里,一个突然闯入视野里的村庄,让我眼前豁然一亮,这便是我憧憬已久的拉萨河畔三有村。这是曲水县第一个精准扶贫的搬迁点,也是西藏自治区第一个建成的易地搬迁扶贫新村。

如吉正在村口的拉萨河畔等着我,那双又大又黑的丹凤眼就像村边流过的拉萨河水一样秋波涌动,顾盼有神。她是在这儿驻村扶贫的村支部第一书记,在来之前我们就已联系过。一见面,她就指着“拉萨河畔三有村”的村牌笑吟吟地考问我:“老师,你可知道咱们这三有村是哪三有?”对此,我还真是有些茫然,忽然想起几年前尼玛说过的那句话,他们想过的好日子就是有饭吃、有衣穿、有房住,这不是就是“三有”吗?如吉一听就笑了,“哈,你说的那可只是温饱水平啊,咱们这三有村是自治区主席齐扎拉命名的,一要有安身立命的住房,二要有安居乐业的产业,三要有身心健康的环境,简而言之,就是有房子,有产业,有健康。”

我也乐了,“你们这是奔小康的水平啊!”

如吉又笑了,这姑娘特爱笑,一笑就漾出两个酒窝,笑得还特自信:“就是,咱们西藏扶贫的初级阶段是解决温饱,如今的扶贫目标就是奔小康。”

这个村庄就是按照小康的标准、“适度超前”而设计规划的。2016年,曲水县被列为第二批国家新型城镇化综合试点地区,这村庄说是村庄,实际上是借力新型城镇化建设试点、打造的一个现代化现代新型社区,对居住区、活动区、公共服务区、商业区、产业区都请专家做了详细规划。在选址上,曲水县请来地质、水文和生态专家，对土地资源条件、环境承载能力和交通等情况进行全方位的考察和充分论证，最终采用优选法，选择在这里建一个移民新村。这一带为拉萨河与雅鲁藏布江交汇处的冲积平原，属曲水县达嘎乡，原本是一片荒草疯长、坑坑洼洼的乱石滩，但这儿地势很好，三面都是坚固的靠山，可以遮挡寒风，一面濒临水汽充盈的拉萨河，既不愁水源，到雨季或汛期时那上涨的洪水也淹不到这里。那疯长的荒草若是换一个角度看，又何尝不是这一方水土的勃勃生机。

2016年3月份一开春，移民新村就开工了。那还是春寒料峭的季节，乱石滩上还结了一层冰疙瘩，坑洼里还堆满了积雪。作为西藏易地搬迁扶贫的第一村，一切还真是从破冰开始。县里成立了由县委书记任组长的精准扶贫易地搬迁领导小组，分管扶贫、住建的副县长担任副组长，相关职能部门和乡镇的一把手为成员，这也是典型的"一把手工程"。县里还抽调了四十多名精干的县乡干部负责搬迁点建设和搬迁安置工作。为了保证施工质量、进度和安全，除了专业队伍"责任到人"的监管，县里还邀请了十多名搬迁群众代表全程参与施工监管。为了赶在雨季和汛期来临之前把那些贫困户从深山老林里搬出来，建设者们一直在跟季节赛跑，他们"创造了世界屋脊的曲水速度"，从破冰到高原烈日直射的盛夏，整个村庄只用四个多月的时间就大功告成了，若说大功，一个村庄的建设实在称不上什么巨大的工程，然而它直接改写七百多贫困人口的命运，又确实功莫大焉。

爬上一座山岭，阔阔地望开去，以青藏高原那神奇的蓝天白云、雪山冰川为背景，这村庄的造型仿佛是格桑花在阳光下徐徐绽放的花瓣，纵横交错的村街巷陌宛若花茎，那一幢幢错落有致、色彩鲜明的藏式民居掩映在绿荫和花圃间，恰似花蕊。漫步村街上，在秋日高朗而明丽的阳光映照下和拉萨河波光的折射下，光影与镜像中簇拥着树影、花影、人影，街道两旁竖立着造型别致的太阳能路灯，村口及村中的十字路口都设有交通指示灯。由于海拔太高，这村子周边的山岭几乎寸草不生，而秋风中却满载着醇厚而悠长的花香和草木的清香，街道两边和房前屋后皆有绿荫掩映和鲜活养眼的花圃，在村东西两侧沿拉萨河畔还组织村民栽植了生态保护林，这根系发达、抗风耐寒的高原杨树，向东可以抵御春季席卷而来的河沙，向西则可防止河谷里的水土流失。尤其让我惊奇的是，村里竟然还有一大片五彩斑斓的林卡。

林卡，藏语意即园林或庄园。在青藏高原上，每一片绿叶、每一朵鲜花都是珍贵的，藏族还有专门为逛林卡而举办的赞林吉桑节，意为世界快乐日。而在旧西藏，林卡一直是只有三大领主才能享受的奢华的风景。每年藏历五月初一至十五日，正值雪域高原一年中最美、最宜人的季节，那些贵族、官吏和僧侣们便穿着节日的盛装，带上美酒佳肴和豪华帐篷，在树影婆娑、花香四溢的林卡里宴饮狂欢，拜神祈福，这神祇永远只保佑着他们，这福也永远只降临在他们的头上，这奢华的乡土从来不会接纳任何一个穷人，一旦有穷人走近林卡，立马就会遭受呵斥、驱逐甚至鞭打。如今这林卡已属于这村里的每一个人，他们曾经是这高原上最穷的人，如今他们已然换了一种活法，林卡是他们的休闲公园，他们在这里散步、健身、唱歌跳舞，娃娃们在花丛里玩耍嬉戏，老人们在阳光下颐养天年，当转经筒在他们手中慢悠悠地转动时，又让我感受到了一种藏域特有的安详与宁静。

高原特有的植物也是安详而宁静的，那开得最明丽的一种花，花名张大人。追溯此花的来历，不是神话传说，却是一段真实的历史。历史上那位张大人名叫张荫棠，为广州府新会县人。清光绪年间，张荫棠曾以举人员外郎身份在总理衙门管理对英交涉事务，光绪三十年（1904年），英军侵藏，占领拉萨，英方迫使西藏地方当局签订《印藏条约》。清廷派唐绍仪为全权代表赴印度与英方交涉，张荫棠奉命随从，维护了国家主权，后以钦差身份入藏整顿藏务，提出“西藏百姓与中国血脉一线，如同胞兄弟一样”，从而消除汉藏情感隔阂，随后又奏请清廷推出了具有改革精神的“治藏建议十九条”，包括革除神权政治、收回西藏治权、广设学堂，推广新式教育、创办汉藏文白话报、训练汉藏新军、修路、开设银行、振兴农工商业等。这一系列政策既有利于强化中央对西藏的主权，在一定程度上也改善了藏族人民的生活，他也因此而在藏人心目中树立了崇高威望，只要提到张大人，藏胞们就会双手合十，油然而生敬仰。

从张荫棠治藏到如今的精准扶贫、攻坚脱贫，无不关乎西藏的战略定位，关乎整个中华民族的安危。如今，中央给西藏的战略定位一是作为重要的国家安全屏障，一是作为重要的生态安全屏障。以“一带一路”国策为依托，西藏又是我国面向南亚的战略枢纽和开放门户，是国家确定的沿边地区开放开发重点区域和面向南亚开放的重要通道，也是孟中印缅经济走廊的重要门户。

张荫棠当年从内地引进的花种一直在西藏开枝散叶，逐渐融入了藏域特有的格桑花谱系。我一直没有搞清楚，格桑花到底是一种花，还是更宽泛的花语——泛指这高原上所有美丽的花。我也问过很多藏胞，但没有谁给我一个标准答案，而大自然也许从来就没有什么标准答案。如吉告诉我，在藏语中，格桑的意思是美好的时光，梅朵即花朵，格桑梅朵意为美丽的花朵或美好的时光，也叫幸福花，这是藏族文化充满了象征和丰富寓意的花朵，寄托着藏族人民期盼幸福吉祥的美好情感。因而，格桑花并不特指某种花，而是泛指高原上生命力最顽强的、那些暖黄色的、开得明亮的花朵，如张大人带来的波斯菊，还有青藏高原特有的金露梅、高山杜鹃等，这些花朵明亮的颜色如同阳光一般灿烂、温暖，人们看到这些闪烁这如太阳般鲜亮的花朵，便会自然而然地感到欣悦和快乐。格桑花还有着数不尽的神话和传说。相传，格桑花和雪莲花原本是一对孪生姐妹，姊妹俩长大后，因性格和目标不一致而分离了，雪莲花选择了高高的喜马拉雅山，格桑花则更愿意待在远离雪山冰峰的山谷河畔。过了一段岁月，格桑花十分想念雪莲花，便跋山涉水到喜马拉雅山来看望雪莲花，当格桑花看到雪莲花已在冰雪中化为冰清玉洁的花状，她格外伤心，便陪伴在雪莲花旁边。从此，这姊妹俩永远守望在同一片高原，雪莲花越来越冰冷，格桑花越开越明媚，仿佛要用她那阳光般的色彩来温暖她的孪生姊妹。这也是雪域高原最有标志性的两种花，一个冰清玉洁，一个明媚温暖。

关于格桑花还有另一个传说，相传格桑是掌管人间疾苦和幸福的天神，由于人间贪婪无知，肆意滥杀草原上的生灵，因而激怒了上苍，上苍便命格桑来惩罚人类。当格桑降临人间，却发现到处水深火热、瘟疫流行，众生如同在地狱里苦苦挣扎。这位对人间充满了悲悯的天神于是违背了天命，他化为格桑花，用以入药，救活了无数染上瘟疫的人们，又用枝叶根系维系和庇护了流失的水土。格桑的救赎，挽救了人类，也给了人类以改过自新的机会。从此，人类便特别尊崇和珍爱格桑花，只要有格桑花开的地方，就是最美丽、最幸福的人间。

在林卡边上，坐落着一座三层的村委会大楼，这也是三有村党群服务中心，门口挂着一幅用汉藏两种文字书写的横幅：“千家万户都好，国家才能好，民族才能好！”这不是口号，这是质朴如同家常话的口语，把老百姓摆在第一位。这句话接续中华民族的古仁人之志，“民为邦本，本固邦宁”，天下第一是苍生。——这是我的立场，我也是芸芸众生之一，无论走到哪里，我的眼光第一就是看着咱们的老百姓，一个地方无论有多美，你都得先看看他们的日子到底过得怎么样。

如今,这村庄里住着来自达嘎乡、茶巴拉乡、曲水镇三个乡镇十个村子的一百八十多家贫困户和低保户搬进了新家。我在几年前见过的布琼和尼玛一家也成为这村里的首批易地搬迁户。

如吉听说我此前见过这两口子,便伸手一指,“好,那就先去他们家看看吧。”

三

还没进院门呢,先就嗅到了一股扑鼻而来的芬芳。房前带着一个绿茵茵的庭院,像一个私家小林卡,边边角角里都种着花草,海棠、芍药、月季、山茶花和张大人花,花瓣上还挂着一颗颗晶莹的露珠。

一个顽皮的小孩蹲在门槛上,一只手扶着门框,他瞪着一双黑白分明的大眼睛瞅着我,那一副“笑问客从何处来”的天真神情把我逗笑了,我说我是从老远的地方来的,广东你知道吗?尼玛一听笑声便从屋里走出来,她打量了我几眼竟然把我给认出来了,就像见到了久别的亲人,发出一声惊呼:“哎哟,是你啊!”

我笑道:“几年不见,你看上去还显年轻了啊。”

尼玛逗着可爱的小孙子,脸上的笑意止都止不住:“老喽,老喽,这是我小外孙,你上回来时还没出生呢。”

庭院的花草间摆着几把座椅和茶几,这可真是一个晒太阳的好地方,我一屁股坐下就不想动了,真舒服啊。猛地想起了一句笑话:“蹲在墙角晒太阳,等着政府送小康。”这话我憋在心口没有说,但尼玛一张口就是大实话,这房子,还有这满屋子的家电家什,还真是政府免费送给他们这些贫困户的。若从房子和家具看,这样一个家,怎么看都不是贫困户了,实实在在过上小康生活,比我这个沿海地区的来客家里还好呢,但作为一个旁观者,我怎么看心里都有些不踏实。

心里最不踏实的还是这些搬迁户。早在动工之前,县乡干部们就开始挨家挨户走访贫困户。苍山如海而苍生多艰,这一条条通往大山深处的路有多艰险,他们不是用脚走,而是用生命在一寸一寸地体验。每一个角落他们都必须走遍,每一家应该搬迁的贫困户都不能落下。挂在崖壁上的羊肠小道上凝结着一层冰凌,他们穿着防滑鞋,在鞋子上绑上了草绳,脚底还是不断打滑,每一步都提心吊胆,随时都会摔下悬崖。每走到一个贫困户家里,都感觉是从生死的边缘上走过来的,一看那凶险而狰狞的峭壁,这地方哪是人住的啊,搬,必须搬。搬是一个字,又怎是一个搬字了得?首先,这个搬迁的程序很严格,必须经贫困户申请、所在村初步审核、所在乡复核,最终由精准扶贫易地搬迁领导小组审定,才能列入搬迁对象。这程序中的第一个,就是搬迁必须遵循自愿的原则,绝对不能强迫搬迁。有些应该搬迁的贫困户仿佛认准了这祖先的土地,这是贫困的高地,也是他们前世今生的故土,藏民乡土情结特别浓厚,这是血脉里骨子里的眷恋。他们世世代代安分守己,祖祖辈辈守着自家的一亩三分地,从不见异思迁。对于这样的贫困户,任你怎样跋山涉水地奔走和苦口婆心地劝说,脚底打起了血泡,舌头也打起了血泡,他们还是不愿搬迁。还有的反反复复,一会儿想搬,一会儿又反悔了。对于这些贫困户的心态,扶贫干部是理解的,除了故土难离,他们更多的还是生存上的顾虑,许多农牧民除了种地和放牧之外别无所长,若是搬走了,一家老少靠什么养活啊?这些藏胞们都是实诚人,他们的顾虑也是实实在在的顾虑,若要打消他们的顾虑,你先得有实实在在的考虑。如吉在走家串户后发现了一个朴素的真理,千言万语不如眼见为实,最有说服力的方式就是把他们带到现场来看看。

尼玛和布琼也到现场来看了。第一次来时,在堆满了水泥、沙子、钢筋和砖瓦的建筑工地上,那房子才能看出一个轮廓,但即便是一个轮廓也比他们那老屋不知强了多少倍。他们都不敢相信,这房子竟然不要一分钱,白给他们住啊! 这让他一下就动了心,搬吧! 可冷静下来一想又为日后的生活担忧了。扶贫干部又把他们带到村子四周转了一圈,这让他们的眼界一下放大了。按西藏自治区易地扶贫搬迁的原则,每一个搬迁扶贫安置点均必须靠近城镇、靠近公路或铁路、靠近市场,也只有这样,老百姓才有活路。这条路是我走过来的,从拉萨走川藏公路南线(318国道),驱车一小时就到了曲水县城,再西行五公里,就是拉萨河畔三有村。而今这条路已经大大延伸了,起点为上海市黄浦区人民广场,终点为日喀则市聂拉木县中尼友谊桥,全程五千多公里,是横贯华东、华中、西南地区的一条国道,又有纵横交错的国道和高速公路相连。除了公路,还有铁路,在村北面的一座山岭上坐落着拉日铁路(拉萨至日喀则)曲水县站,村西两公里便是曲水雅鲁藏布江大桥,桥头是一个热闹的镇街和集贸市场。那些山穷水尽、走投无路的山民,一旦搬到了这里,眼前到处都是活路,你想走多远就能走多远,想去哪里就能去哪里。

活路,在老百姓心中从来不是单纯的路,而是生存之道、生活之路。

老百姓想要找活儿干,就说是找活路。

老百姓生活过得好不好,就说是有没有活路。

尼玛和布琼不止是跟着扶贫干部转了一圈,他们自己又在周边转了好几圈,越转心里越踏实了。在来了五六趟、转了无数圈后,尼玛终于咬着布琼的耳朵说:“若能搬到这里,你那手艺就能派上用场了。”布琼也使劲点了一下头。不过,他们还有一点不放心,这房子怎么分呢? 以前给村民发放扶贫救济粮时,有的村民觉得不公平就发生过纠纷,而这次不是分几袋子粮食,而是分一两百座房子，这不仅是他们的担心，这所有的贫困搬迁户，谁能放心，谁又不担心？

对于扶贫有着各种各样的理念和诠释，有人说扶贫先扶志，也有人说扶贫先扶智，但如吉的一句话却一下击中了我的心坎："精准扶贫，第一就是要公平、公正。"早在春秋时代，孔子就说出了一句箴言，那是中华民族对于公平、公正的追求："不患寡而患不均，不患贫而患不安。盖均无贫，和无寡，安无倾。"不能不说，西藏和别的省区一样，在扶贫上也曾走过不少弯路，如那种粗放式的、如大水漫灌式的扶贫，一方面能让贫困户普遍受益，一方面也只能起到广种薄收的效果。诚然，对这种大水漫灌式的扶贫也不能一概否定，如果没有这种粗放式的、广种薄收式的扶贫打基础，就没有如今的精准扶贫。而精准扶贫在某种意义上说又是对大水漫灌式扶贫的纠偏，愈加精准地锁定了那些绝对贫困和深度贫困人口。然而，再好的政策也有利有弊，当政策优势向最底层的弱势群体倾斜，又很容易产生所谓"福利陷阱"，一旦被列入建档立卡的贫困户，在政策扶持下，这些最穷的贫困户，其住房和综合收益很快就大大超过了那些非贫困户或一般贫困户。当贫困成了香饽饽，一时间出现了人人争当建档立卡贫困户的怪现象，不看谁比谁富，只看谁比谁穷，以前是越穷越光荣，现在是越穷越受益。当人人争当贫困户，又哪里还有什么自主脱贫的内生动力？结果是，很多刚刚扶起来的贫困户，一旦没有了政府输血打气，很快又返贫了，从大落大起到大起大落，这也是典型的"断崖效应"。

为了进一步提升农村扶贫规范管理水平，切实做到公平、公正，西藏自治区在扶贫攻坚战中分批遴选优秀干部，一头扎到贫困村担任村支部第一书记，如吉就是其中之一。她驻村之后，从建档立卡到每一项扶贫政策的落实，一律经村民评议之后予以公示，绝对不允许暗箱操作，这也是公平公正的第一步，群众的眼睛是雪亮的也是尖锐的，一切必须置于村民的监督之下。

精准扶贫，也是瞄准特定贫困群众精准帮扶，“应扶尽扶，精准兜底”，既不降低标准、减少成色，也不吊高胃口。曲水县按照每个建档立卡贫困人口六万元的标准，共投入政府专项易地扶贫搬迁资金四千多万元用于房屋和配套设施建设。房屋面积分为大、中、小（140、120、108平方米）三种户型，不含院落面积，按国家规定每人二十五平米，以家庭人口多少统筹分配。另外，县里还整合援藏和涉农资金三千多万元用于村委会、卫生室、幼儿园等公共服务设施建设，并配套建设三十多间商铺，优先向自主创业的贫困搬迁户出租。

当搬迁户的顾虑和疑虑被一个一个打消，尼玛和布琼心里似乎踏实了，那就搬吧。

然而，真正到了搬家的时候，他们又魂不守舍了。他们大女儿德吉和儿子塔杰倒是好，一听要从老屋里搬到县城边上的楼房里，恨不得立马就卷铺盖走人。这年轻一代的藏民，尤其是上了几年大学的塔杰，对于举家搬迁没有太多的犹豫，若能走出这穷山沟，过上城里人的日子，那是一种深深的吸引和渴望。兴许就从这一代人开始，先辈们那赖以为生的故土和生活方式就将变成一种淡远的乡愁，甚至是一种传说。但布琼和尼玛老两口在搬家的前一天却异常沉默。沉默，其实是最刻骨铭心的倾诉。布琼又一声不吭地打来了一捆柴草，尼玛又一言不发地点燃了一次灶火。他们在这大山沟里住了大半辈子，这是他们在老屋里最后一次点燃灶火了。哪怕是如此赤贫的土地，他们也倾注了大半辈子的心血深深地爱着，但他们倾尽了自己的汗水也改变不了这一方水土。别离，只因别无选择啊。

尼玛和布琼一家分到了一座大户型的二层小楼。说是搬家，他们其实也没有什么东西可搬，搬掉的只是世世代代的贫困，搬来的是一家老小七口人，而这新家里一切都已为他们精心准备好了。

就在我晒太阳的这座庭院还带着两间厢房，一间是厨房，一间是卫浴室。在搬来之前，他们家烧水、做饭、取暖都是烧柴火和牛粪饼，现在用上了液化气和太阳能。有人说，看一个地方干不干净，只看看厨房、厕所就一目了然。这厨房里没有烟熏火燎的气味，只有瓜果蔬菜和牛羊肉散发出的香味，锅碗瓢盆待在它们各自的位置上，每一样厨具都锃亮发光，靠墙还摆着消毒碗柜和冰箱。卫浴室则安装了太阳能热水系统，这是西藏金哈达集团捐赠的。西藏除了政府扶贫和对口援藏单位扶贫，还推出了“百企帮百村”精准扶贫帮扶活动，金哈达集团为三有村无偿援助了整个太阳能热水系统，在2018年春节和藏历新年前就已全部安装到位。以前在穷山沟里，水要去河谷里驮，柴要去山上打，想要烧水洗个澡，一怕费水二怕费柴，每次洗个澡就像过节一样，也只有节日才能洗澡。如今打开太阳能热水系统，那水就暖乎乎流了出来，而西藏最不缺的就是太阳。

往楼下的大客厅里一走，简直是富丽堂皇啊！真没想到，我竟要用“富丽堂皇”来形容一户贫困藏胞家的房子。这楼上楼下各有一个面积四十平方米的客厅，比我们家那个在沿海发达地区的客厅大多了，另有四间卧室和一个储物间，水电、闭路电视和通讯网络一应俱全。藏族人讲究家居的美观、舒适和整洁，楼下的大客厅里铺着木地板，如吉告诉我，这房间还装了地暖，入冬后整个房间温暖如春。此时，阳光正透过铝合金玻璃窗照进来，既亮堂又温暖，天花板上的水晶吊灯熠熠生辉，正墙上挂着液晶大彩电，靠窗则围着一圈藏式雕花座椅，座椅前摆着一排漆光闪烁的藏式长桌，桌上摆满了水果和糌粑、风干肉等藏族风味的食品。

尼玛招呼如吉和我入座，又捧出酥油茶来招待我们，那黝黑的脸上一直带着质朴的惬意和难以言说的欣悦。一看就知道，桌上的一切并非为我这个不速之客而准备的，这就是他们家的日常生活，一家人坐在这铺着软垫的座椅上吃着水果、糌粑、风干肉，喝着酥油茶看电视，这日子简直过得跟小神仙似的。

看着眼下的这位连眼睛都在笑的女主人尼玛，我眼里却下意识地浮现出尼玛几年前那双在烟熏火燎中红肿流泪的眼睛。尼玛还在不停地揩拭着眼角，但这已是一种因幸福和感恩而溢出的纯朴的眼泪。这让我的思维有些断裂，眼下这个尼玛还是那一个尼玛吗？

对于西藏，你只能用跨越时空的方式来理解这里发生的一切。当年西藏实行民主改革，一夜之间就从封建农奴制社会跨进了社会主义社会；如今西藏实施精准扶贫和脱贫攻坚，又让无数藏胞仿佛一夜之间从贫穷落后的原始农耕状态一下跨越到了现代文明的时代。这突如其来的幸福生活，让尼玛的笑容恍如做梦一般，这一切真的就像是做梦啊！她生怕自己猝然从梦中惊醒，一睁眼又回到了那几间风雨飘摇、烟熏火燎的老屋里。

尼玛的这种心态，又何尝不是每一个搬迁户的心态。对于他们，“有房子”还只是他们搬迁过来的第一步。这些农牧民，一夜之间可以搬进新房子，但绝对不可能在一夜之间改变世世代代的生活方式。刚搬过来时，很多人都是如做梦般的一脸茫然，摆在眼前的第一道难关，就是不知道怎么挣钱养家。没搬迁时，他们一天到晚只是跟自己的庄稼和牛羊打交道，很少跟外人打交道，很多人连汉话都不怎么会说，出了门就像个傻子。这大房子住着舒服是舒服，但门前没地种青稞，门后不能放牛羊，他们连做梦都梦见老家的青稞或牧场，一会儿梦见野猪来闯进了自家的青稞地，一会儿梦见家里的羊被狼叼走了，一夜在梦中惊醒四五次。

醒了，才想到，那青稞在搬迁之前就收割了，那老家的牛羊早已卖了。但他们还是时不时就跑回老家，一住就是十天半月。说穿了，他们对这里的一切还不习惯。习惯是人类积久养成的生活方式。这些搬迁户早已习惯了种地，习惯了放牧，甚至习惯了贫穷。若要让他们稳得住，还真必须从根本上换一种活法，久而久之自然就会养成新的生活方式，习惯成自然。

若要换一种活法，那就必须“有产业”。若没有产业，永远都是外部的输血式扶贫，只有产业才能源源不断地为自己的生命内部造血，这才是真正能让贫困户从安身立命到安居乐业的长久支撑。

尼玛家的第一个产业就是布琼的手艺。搬迁过来后，布琼先从自己家里开始，施展他那精彩的村巴手艺，他们家的装饰彩绘就是布琼的作品。我还是第一次看到这村巴艺术，布琼善于运用对比强烈的色彩、流畅的线条、精美的雕刻和图案来装饰房屋和家具，每一个细节都体现出藏域传统文化的影响和高超的色彩运用能力，看来高手还真藏在民间啊，看得我禁不住连声叫绝。但一开始，这从四乡八岭迁来的村民还很少有人知道他有这一手绝活，布琼因有耳聋的残疾，原本就有些内向和自卑，既听不见别人说什么又不善言辞，这一手绝活只能藏在家里。好在他大女儿德吉善于交际，她邀请村民来家里参观，还将父亲的装饰彩绘用手机拍照发在朋友圈，谁来看了都直竖大拇指，这也成了他揽活的样板工程。村里的藏式民居都要装饰绘画，找布琼的人越来越多，他一个人哪里忙得过来。德吉又劝说父亲带几个徒弟，但布琼连连摇头，常言道“带出徒弟，饿死师傅”，这家里祖传的手艺怎么能传给外人呢？无论德吉怎么劝他，开导他，布琼听见了也佯装没听见，一心想要传给自家人，可儿子塔杰当时还在上大学，女婿格桑也不愿跟他学手艺，这村巴既是手艺又是力气活，德吉是干不来的。布琼已是奔六十的人了，还得爬到梯子上在天花板上绘画，连个扶梯子的人也没有。直到有一次，他从梯子上摔了下来，一个小伙子眼疾手快，一把把他紧紧抱住了，他才没有摔倒，那小伙子的胳膊却骨折了。这让布琼充满了自责，他也一下明白了，远亲不如近邻，这乡亲也是亲人啊，只有互相帮衬才能一起奔上好日子。他把这个小伙子收下了，这是他的第一个徒弟，接下来又陆续招来了六个徒弟，这些徒弟都是村里搬迁贫困户的子弟。一个人有了手艺，一家人也就有了一份稳定的收入。布琼不止是在村里揽活，如今到处都是活路，他还带着徒弟去桥头的镇上、曲水县城和拉萨市区去揽活，吃百家饭，绘千家屋。就凭这手艺，他一个人每天就能挣两百多元，一个月下来就有六千多收入。在他的细心传授下，他的徒弟每月也能挣上四五千，布琼也因此而成了村里的致富带头人。

这老两口还培养出了一个有出息的儿子塔杰。当年，他们在最贫穷的时候，也要勒紧裤带送儿子上学，如今塔杰已从厦门海洋职业学院轮机专业毕业。西藏没有海洋，但有通江达海的道路，塔杰的专业在汽车检测上派上了用场，他毕业后被招进曲水县汽车检测中心工作，现在每月有六千多元的稳定收入，还有上升的空间。

德吉既鼓励父亲用自己的手艺带领村民致富，她自己也是村里的致富带头人。说来，她只上过初中，从小在山沟里长大，既没有什么文化也没有太多的见识，搬迁后，她被村里派到曲水县的对口扶贫单位、江苏省泰州市去培训了一段时间，这让她成了家里走得最远的一个。这一次远行，让她打开了眼界，发现了商机。回来后，她被安排在村党群服务中心当厨师，这是政府购买的后勤岗位，月薪2800元。她还给丈夫格桑吹耳边风，鼓励他利用扶贫贷款购买大卡车跑长途运输。藏胞们都是本分人，从来都是有多少钱办多大的事,还很少有人敢借钱办事,何况要拉上那么大一笔债,怕是一辈子都还不完啊。布琼一心想带着女婿学手艺,他觉得这才是养家的真本事,无论刮风下雨都能挣钱。但德吉不顾父母亲的反对,铁了心的要贷款买车。她还真是认准了,那车轱辘一转就财源滚滚啊。这才两年多的时间,格桑现在每月就能净挣六七千元,收入超过了老丈人布琼,一大笔贷款也还得差不多了。村里有了第一个敢吃螃蟹的人,很快就有了第二个、第三个,如今这村里已有十几个年轻人贷款买了大卡车,从村里通往城镇的路也被他们的旋转的车轱辘越跑越活了。

尼玛作为这一家人的主妇,既要操持家务,又要带两个外孙,她还租了一间村街上的商铺,开了一家茶馆,每月清清闲闲就能挣两千多元。尼玛觉得自己太清闲了,又在茶馆门口摆起了一架氆氇编织机,这家伙,就是我在他们家老屋里看见的那架老式木梭织机,若不是它重新出现在我眼前,我都忘了这东西的存在。这落后得不能再落后的老式木梭织机几乎成古董了,但换了一个地方也换了一种活法,又重新焕发了生机。尼玛穿着一身氆氇制造的藏服坐在织机前,伴随双脚有节奏踩踏的咔嗒咔嗒声,木梭在羊毛线间柔滑地划过,在这村街上已是一道古朴而充满了藏域风情的风景,引得无数游人好奇地观看。用羊毛编织的氆氇,是藏族传统的手工毛呢,俗称藏毛呢,细密平整,质软光滑,用氆氇缝制藏袍、藏帽、藏靴,既柔韧耐用又具有良好的保暖和保湿性能,适应青藏高原变幻莫测的自然气候,天热时舒适透汗,在风雨冰雪中里边也不会打湿。氆氇也曾是西藏进贡朝廷的主要贡品。但这也是典型的慢工细活,尼玛的氆氇编织是村里技术最熟练的,一天能织近三米氆氇,然后又用传统的工艺和茜草、大黄、荞麦和核桃皮等植物做染料,染成赭红、紫红、枣红、深红、草绿和橙黄等自然鲜亮的颜色。

氆氇上还可以编织出形形色色的花饰图案，最具藏域特色的图画则是“和睦四瑞”。这古老的图画源于藏传佛教的一个寓言：相传佛陀曾化身为一只鹧鸪，衔来一粒卢树种子，连同鸟粪一起抛在噶希森林的一片荒山上。这森林住着一只山兔、一只猴子和一头大象。山兔一眼瞥见了那颗从天而降的种子，此时正值天寒地冻的严冬，它赶紧刨开冰雪覆盖的土壤，将种子连鸟粪一起掩埋了。这种子在温暖的土壤里熬过了一个冬天，在开春时长出了一棵幼苗。猴子看见了，又拔去了幼苗周围的杂草。大象看见幼苗在烈日下生长，那土地干涸开裂，又用长鼻子从深谷里汲来山泉水浇灌幼苗。在这四只动物的悉心呵护下，一棵幼苗终于长成了一株枝繁叶茂、硕果满枝的参天大树。几只动物仰望着大树，嗅着那果子的香甜气味但谁也够不着。大象便让灵敏的猴子爬到自己的背上，还是够不着，猴子又让兔子站在自己的肩膀上，还是够不着，兔子又托起了鹧鸪，它们这才采摘和分享了一颗颗香甜的果子，并将多余的果子分享给森林里的所有动物。这其实是一个发挥各自特长、通力合作又和睦友爱的人间寓言，这也是一个人与自然和谐共生的生态寓言。共生是指不同物种之间所形成的相互依赖、紧密互利关系，一方为另一方提供有利于生存的帮助，同时也获得对方的帮助，倘若彼此分开，则双方或其中一方便无法生存。

我觉得，这是一个超越了也包涵了人间和生态的生命寓言。

我和如吉站在旁边，看着尼玛手中的氆氇越织越长，这吉祥如意、和睦友爱的日子仿佛也越织越长。如吉又从这氆氇上延伸出了更深远的思路，一是将这藏域世代相传、具有鲜明的民族特色又能体现中华民族文化创造力的传统工艺申报非物质文化遗产，在精准扶贫和脱贫攻坚战中，发掘和发挥出地域文化和乡村民俗旅游的潜在价值，尤其对于西藏，这是一个有待发掘的富矿；

二是在村里成立藏式手工编织合作社。眼下，尼玛一个人编织氆氇，自产自销，每月还不到两千元的收入，若能借助乡村民俗旅游和网络推广营销的方式，这氆氇编织就会大大增收，不仅能为村里的妇女增添更多创业和就业机会，更让这些贫困户从传统的手工艺中焕发出新的造血机能。

如吉考虑的还不止是氆氇这一项产业，这村里还有很多潜在的、独具特色的产业优势，有待进一步开发。在这个城市和乡村都在不断复制的时代，如吉一直在以她独特的眼光捕捉一个村庄的特色。她说："有特色的农村不一定是成功的农村，但成功的农村一定是有特色的农村。"只有找准了自己的坐标，打造出了属于自己的特色，一个村庄才能活出自己独特的生命力。如吉和村民们一直在谋划，如何结合318国道、曲水县火车站和临近曲水县城、拉萨市的交通区位优势，借力西藏全域旅游，打响"拉萨河畔三有村"这一特色品牌。这也是他们村唯一的、不可复制的品牌。通过两三年的精心打造，这品牌的名气一天比一天大了，慕名而来的游客也一天比一天多了，这品牌的价值也就日益凸显了。有的年轻人干起了司机兼导游，有的人家正准备开藏家乐，有些家里还开起了民宿，每年5月份就被游客预订了全年。还有的办起了藏毯厂、手工制品加工厂、民俗工艺品店和土特产品店。那些在深山中居住的藏胞祖祖辈辈都是靠山吃山，如今靠山吃山已被重新定义，那些藏在深山无人知的土特产都将变成摇钱树。

村里仅有近千亩土地，每一寸土地都要充分利用和精心布局。村里一直鼓励村民在房前屋后和自家庭院里种植玫瑰、红枸杞、雪菊等净土花果，这既优化了村居环境，每一个角落里芳香四溢，花开蝶舞，鸟叫虫鸣，而这些高原特有的花果还有药用和香料价值，成熟后可统一采摘、统一销售。为了推销村里的土特产，除了村街上的商铺，还形成了一个三有集市，开通了"三有集市"微信公众号，一边在集市上销售，一边在网上销售。村里还计划打造集休闲、观光、体验、采摘为一体的新型农业。这活路，真是越来越活了。我觉得这正是精准扶贫的必然之路，只有从单一的农牧业转向养殖种植、商贸经营、民族手工业、旅游服务业，才有可能从根本上走出贫困，又从扶贫走向小康、从小康走向乡村振兴，这就是中国农村演进的三步曲。

如吉勾画着一个村庄的未来，我则在一边实实在在算账。暂且不说未来，只说现在，布琼和尼玛一家的年收入就将近三十万元，而异地扶贫搬迁也被列入了生态扶贫的范围，西藏自治区共提供了五十万个生态岗位，尼玛、布琼老两口和女儿德吉还享受护林员补贴，年人均3500元。此外，他们家搬迁前所拥有的土地山林承包权不变，还有一些转租收入。这一笔一笔的收入加在一起，他们家的年收入实际上超过三十万元了，年人均收入已超过四万元。而西藏自治区建档立卡贫困户是以2013年农民人均年纯收入2736元为识别标准，截止2017年，西藏农村居民人均可支配年收入已首次突破万元。尼玛和布琼一家在搬迁之前，年人均仅有两千元，为低于建档立卡标准线的深度贫困户，而在搬迁两年后，他们家的年人均收入就已超过西藏农村居民人均可支配年收入的四倍，已成为三有村最富裕的人家之一。

这样一家人，在异地扶贫搬迁后的经济收入有了质的飞跃，搬迁对于他们家命运的改变无疑极具说服力，但作为村里率先富起来的一部分人，这样的家庭又是否具有普适性呢？

如吉一眼就看出了我的疑虑，她莞尔一笑，又把我带到了另一户人家。

四

随意叩访一户人家，这里的村民还像深山里的藏胞一样淳朴热情，只要有客人来访，不管是认得不认得的，他们都会给你献上雪白的哈达，“扎西德勒！”然后双手合十，像迎接亲人一样把你迎进门，给你敬上一碗香气扑鼻的酥油茶。

如吉带我走访的这一家是达嘎家，门口挂着“化日呈祥”的隐花哈达，门楼上插着呼呼生风的国旗。达嘎是这家里的户主，1980年出生，她说自己是属猴子的。藏族也有汉族一样的生肖属相，猴在“和睦四瑞”中是唯一的灵长类动物，也是藏胞们崇尚的吉祥属相，但达嘎从小就是一个苦命女子。她老家在茶巴拉乡柏林村，那一带地处雅鲁藏布江中游峡谷地带，土地悬在半山坡上，是曲水县西部最贫困的乡村。达嘎的父母早早就病逝了，她从小跟着比自己大十来岁的姐姐拉琼一起生活。别的贫困户多少还有几间老屋破房，这姊妹俩的房子被一场山洪冲毁后，再也无力盖房，只能借居在亲戚家的柴房里，沦为真正的赤贫户。拉琼为三级耳聋残疾，婚后又生下了一个二级耳聋残疾的女儿，丈夫眼看着这苦日子不知何时才是尽头，一咬牙狠心抛下了这可怜的母女俩。离异之后，一家人就全靠妹妹达嘎一个人在外边打工挣钱养家。

达嘎在邻县的一个蔬菜大棚里打工，一个月只能挣一千多块钱。在打工时，她认识了一个叫肖付习的河南小伙。这小伙子也是个苦命人，父母亲早已过世了，家里还有哥哥姐姐，但都是贫困户，他从小就只能靠自己在外边打拼活命。这两个苦命人遇到了一起也是缘分，达嘎既信缘分，更看重小伙子的心眼好，两人从相识、相恋到结婚，直到生下女儿德钦措姆，多年来一直都住在工棚里。而凭他们打工的微薄收入，除了养活一家三口，还要养活姐姐拉琼母女俩，一直没钱盖房子。为了有个安身处，达嘎也曾动过几次念头，想跟丈夫一起去河南安家，但她又实在割舍不下姐姐拉琼母女俩。

一切的改变就是从2016年7月的搬迁开始，姊妹俩作为建档立卡的深度贫困户，一家五口分到了一幢中户型的两层楼。这姊妹俩从来就没有分过家，甚至不曾有过家，如今终于有了一个新崭崭、亮堂堂的家，组成了一个特别复杂也特别和睦的民族团结模范家庭。这房子风水好啊，拉琼搬过来不久，便和拉日铁路上的护路工人洛桑结婚了，夫妇俩又收养了一个小男孩(弃婴)，一家五口又变成了一家七口。达嘎既是户主，又是当家人，这个家实在不好当，除了国家免费给你提供的这房子、这家什家电，一切都得白手起家。

达嘎多年来在外打工，她是见过世面的，眼光自然和那些久困深山的藏胞们有些不一样。有些贫困户对于脱贫没有主动性，以为扶贫是政府的事，是“政府要我脱贫”，而达嘎却有自觉脱贫的意识，她心里一直有一个强烈的念头：“我要脱贫！”

搬过来后，扶贫干部上门来慰问，问她还有什么困难，政府会为他们尽量解决。

达嘎说：“我们不能总是靠政府啊，还得自己能挣钱，才能过上好日子。”

如吉作为村里的当家人，比这家里的当家人更操心。她就怕这些贫困户没想法，而一个贫困户有了自觉的脱贫意识，再加上政府精准扶贫的政策扶持，那生存的难题也就迎刃而解了。所谓精准扶贫，就是帮群众找出贫困的病因在哪里，根据他们自身的经验和特长，找准发展的路子和致富的方向。达嘎有一个很实在的想法，他们两口子虽说没有什么文化和技术，但在蔬菜大棚里打了十几年工，在这方面很有经验。眼看这么多人搬进了三有村，这每天的新鲜蔬菜是少不了的，他们立马就想到开一个蔬菜店，但这念头在脑子里一闪她又犯难了，这进菜要钱，租商铺要钱，进菜运菜还得有一辆车，更要一大笔钱。他们家刚搬来时连吃喝都发愁呢，到哪里去找这么多的钱啊。扶贫干部一听她有这想法，这正合精准扶贫的思路啊。他们立马就把扶贫贷款送到了她家里，还优先租给他们一间商铺。有了周转资金和商铺，这个难题解决了，但还得买车，买了车还得会开车。这个，村里又早就想到了，为了解决搬迁户自主创业和就业的困难，开展了市场营销、汽车和装挖机驾驶、养殖种植、公益性岗位等实用技能培训，总之是，“需要什么，培训什么；缺什么，补什么”，一分钱培训费也不要，还管一餐午饭。如吉风趣地说：“谁说天下没有免费的午餐？咱们三有村还真有！”

达嘎参加了营销培训班，丈夫肖付习参加了驾驶培训班，该拿到的证都拿到了，一家蔬菜店就在村街上红红火火地开张了，村里还给他们送来了一个大花篮。

这两口子都特别勤快，那蔬菜店我也去看过了，收拾得跟他们家的房子一样干净整洁，各种瓜果蔬菜井井有条地摆放着，白菜、萝卜、青瓜、豆角、辣椒、茄子、韭菜、芹菜，都新鲜得像是刚从菜园里采摘来的。这又多亏了肖付习，他每天清早开车去拉萨菜市场进菜，上午八点多，新鲜蔬菜就运到了菜店。达嘎在店里卖菜时，肖付习又开着车到周边的村寨里去叫卖。其实也不用叫卖，只要看见了那辆运菜的皮卡车，远远嗅到了蔬菜的清香，村民们便围拢来了，都争着抢着要呢。在西藏乡村，老百姓从来没有种植蔬菜的习惯，想吃上一口新鲜蔬菜比吃肉更难。由于长期不吃蔬菜，缺乏必要的维生素，引发多种疾病。这样一家夫妻档，既让一村七百多口人和周边的村民每天都能吃上新鲜蔬菜，也为他们家每月挣来了六七千元的收入，这可是净赚啊。

从尼玛和布琼家到达嘎两口子都属于自主创业者，但都是小本经营，凭一家之力也难以扩大产业规模。创业有风险，这些贫困户都是吃得起补药吃不了泻药，一旦创业失败立马就会重新返贫。若要鼓励他们创业，先必须将他们创业致富的风险降到最低点。为此，西藏自治区以“争取国家项目、本级财政注入资金、引导企业投入”的三结合模式，组建了六千多家农牧民专业合作社，全区农牧业产业化经营龙头企业已达125家。在这一盘大棋下，三有村也在精准地下着自己的小棋，村里按“公司＋合作社＋贫困户”的运营模式建立了由乡镇干部参与管理的易地扶贫产业项目——种植合作社、藏鸡养殖合作社、奶牛养殖合作社。

这三个合作社如吉都带我去看过了，每一家都不是我此前想象的那种简陋的村办企业，都是自动化程度很高、致力于打造绿色有机品牌的现代生态型企业。一个合作社就可以安排上百人就业，一个产业就可以带动一村人脱贫致富。在这一系列的精准扶贫政策下，老百姓不离乡离土，在家门口学技术，在家门口就业，“就近就便，能干会干”，而工资不比外出打工低，既能照顾家庭又能省下路费，很多远走他乡打工的村民都回来了。

在村西侧，种植合作社于2017年底就建起了一座阳光智能温棚和四座普通温室，并从全国最大的蔬菜集散中心山东寿光聘请了种植和营销能手，一开始就瞄准了绿色、有机、无污染的绿色种植业。眼下，合作社种植有黄瓜、葫芦、南瓜、圣女果、甜瓜、哈密瓜、茄子、四季豆、莴笋等蔬菜瓜果品种，这不仅满足了村民的需求，合作社还采取现场采摘、派送酒店和批发菜店等方式，一直不断扩大生产规模。达嘎一家人和村民们都是合作社的股东，而家门口就有了蔬菜大棚，肖付习再也不用那么辛苦去拉萨进菜了。别看达嘎一脸腼腆，她脑子活络着呢，很会划算。眼下，她正琢磨着要在桥头集贸市场开一家更大的蔬菜店，既能把自家的生意做大，也能把合作社的生意做大。

在这高寒缺氧的雪域高原，很多地方都是生存环境恶劣的“生命禁区”，却也是世界上公认的最后一片净土，在这种特殊的环境下,“物竞天择,适者生存”,生长着各种适应高原生态环境的动植物。如藏香鸡,分布于雅鲁藏布江中游流域河谷区,体型轻小但均匀紧凑,胸腿肌肉强健有力,翼羽和尾羽又特别发达,善于登高和飞翔。它们性情活泼又野性十足、凶悍好斗,传统的藏香鸡养殖都是庭院式养殖或分散养殖。为了形成规模化养殖,三有村组建了藏鸡养殖合作社,与曲水净土公司合资成立了曲水三有净土产品开发有限公司,从上海购买了全自动蛋鸡笼养系统和育成鸡笼系统,又引进了先进的管理模式,养殖规模可达五万羽,每年可孵化鸡苗两万羽,日产蛋达三万枚。藏香鸡肉质鲜美,藏鸡蛋品质口感俱佳,是老少皆宜、强身补体的营养佳品,含有人体必需的八种氨基酸和丰富的微量元素,远远高于普通鸡蛋的营养价值,由于其蛋白与人体蛋白的组成极为近似,人体对藏鸡蛋蛋白质的吸收率高达百分之九十八。说到这些藏鸡蛋的功效,如吉几乎如数家珍,吃了藏鸡蛋,可降压理气、活血通脉、亮发健脑、明目温肺、益肝健脾、养颜护肤,还可以抗高寒缺氧,减轻由于缺氧所带来的呼吸困难等症状。我的高反正严重呢,对这鸡蛋真是求之不得,而这藏香鸡和鸡蛋一直供不应求,已成为拉萨河畔三有村响当当的绿色有机品牌了。

拉琼在村里的奶牛养殖合作社干活。这也是一家现代化的养殖企业,采取“租赁到户、集中管理、统一销售”的模式,配套有挤奶、杀菌和包装等设备,还引进了羽扇加工工艺。合作社可以将奶牛和牛舍承租给有意愿也有能力养殖奶牛的贫困户,也可以安排村民到合作社就业。像拉琼这样的普工每月工资2100元。这两年合作社的收益不断增长,拉琼告诉我,她马上就要涨工资了。除了挣工资,村里各家各户在合作社都有股份,这让他们一个个都卯足劲儿干,这不是为合作社干,这是为自己家里干呢。

到了年底,村里的三个合作社和光伏产业都有分红。根据入股分红标准，合作社利润的百分之十用于村里的公益事业，百分之二十用于扩大再生产的流动资金和管理资金，还有七成分配给村民，“人人有事做，家家能分红”。去年，拉琼和达嘎一家人，包括未成年的孩子在内，人均领到了3600元的分红。此外，拉琼的丈夫洛桑每月工资3600元，她女儿也已长大成人，在拉萨开了一家小茶馆，每月收入2500元。达嘎、拉琼和丈夫、侄女都有护林员的生态岗位津贴，人均年收入3500元。这一项一项的收入加起来，他们家的年收入已将近十六万元，这跟尼玛和布琼一家不能比，但人均可支配收入超过了两万元。

如吉说：“若能保持这样的增长势头，达嘎家的人均可支配收入明后年就有望超过三万元。像这样的家庭，在村里就算是很普通的家庭了，基本上都达到了这个水平。”

腼腆的达嘎一听这话，那黝黑的脸上又绽开了自信的笑容：“只要人肯干，就不愁挣不上钱！”

我笑着问：“如今条件好了，你们还想不想再生一个孩子？”

达嘎红着脸笑了笑。眼下，她考虑的不是生孩子，而是怎么把生意做大。

拉琼听不见我们在说什么，她拿着暖水瓶不停地给我们杯子斟着酥油茶，然后微笑着站在一旁，我喝一口，她立马又添上了。一直到起身告别时，我这茶杯里还是满满的酥油茶。我一口饮尽，然后连连对她摆手，但她随即又给我添满了。

五

从达嘎家里出来，正好路过村里的幼儿园。这是村里的汉藏双语幼儿园，让村里的六十多个孩子有了就近入园的地方。这也是村里最漂亮的一座建筑，像童话中的一座小红帽城堡，如小草般嫩绿色的外墙，碧绿的草坪，七彩的跑道，深入其间，是一间间舞蹈室、美术创意室、多功能室，还有蹦蹦床、荡椅等安全环保的大型玩具，一个大人走到这里，不知不觉也充满了童心、好奇心和探究的欲望，那些唱歌、跳舞、画画、做游戏的孩子们，天真又有各种出人意外的巧妙童趣。当我看到操场上的跑道，嘴里冒出一句如今谁都张口就来的一句话，不能让孩子输在人生的起跑线上。如果说那些贫困户的孩子以前都输在人生的起跑线上了，从这一代开始，他们决不再认输。

幼儿园的老师中，有一个叫阿旺卓玛的姑娘，脸蛋红扑扑的，看上去就像一个稚气未脱的大学生。一问，她去年刚从西藏民族大学毕业，在全区高校毕业生公开考录中考到了林周县强嘎乡中心小学附属幼儿园当幼师，今年，组织上为了照顾她外祖母、老党员桑珠卓玛老人，又把她调回了三有村幼儿园。

阿旺卓玛属于建档立卡的贫困大学生，她能完成大学学业，也得益于国家对西藏的扶贫政策。由于山高路远，居住分散，西藏农牧区的娃娃们早先上的都是帐篷小学，帐篷小学没有固定地点，老师骑着马随牧民转场，马鞍上搭着一条马褡子和一个帐篷，马褡子就是老师教学的全部家当，到了牧场或小山村，搭拉起一顶帐篷，支起一个小黑板。对于那些深山独居户家里的孩子，老师只能一家一家地轮着教书，差不多一个月轮一次。当老师第二次来到的时候，他们早把老师第一次教的几个噶卡(藏文字母)给忘了。后来，在乡镇集中办小学，小学毕业后就送到县城里甚至内地的城市里去上中学。近年来，西藏对建档立卡的贫困大学生全部免费，农牧区的大学生越来越多了。

如吉说，有的家里还不止出了一个大学生，如建档立卡贫困户普琼的两个女儿央增和拉巴卓玛，前几年一个考上了北京工业大学，一个考上了西藏藏医学院，别人家一次考上两个大学生那可真是喜上加喜，可普琼家穷得连送孩子上学的路费和生活费也拿不出。而这一对幸运的姊妹恰好赶上了精准扶贫政策的实施，政府为她们免除了学费，还提供交通补助和生活补贴，她们才能顺利完成大学学业。在搬迁后的第二年，姊妹俩又参加了全区高校毕业生公开考录，央增考上了西藏广播电视台，拉巴卓玛考上了安多县强巴镇卫生院。普琼给两个女儿送行时，一边抹泪一边叮咛："你们俩一辈子都不要忘了，是谁给你们掏学费、路费、生活费啊！"

如吉一见阿旺卓玛就说："哈，我正要去你们家看看呢。"

阿旺卓玛把一个小班的孩子托付给另一位幼师，连手上染上的粉彩都来不及洗，就把我们带进了她家里。这是一幢中户型的两层楼，客厅的藏式沙发上坐着一位八十多岁的老阿妈，头上绾着杏黄色的围巾，穿着蓝色的藏服，腰系棕色条纹围裙，手指上还戴着一枚白银戒指。她搂着一个小枕头，看着大彩电，不时端起茶碗轻啜一口酥油茶，那神态既安逸又惬意。这哪像一个贫困老人啊，活生生就是一个唐卡中的人物。我打量着老阿妈时，她也在笑着打量我，那眼神、那脑子还特别灵光，她一下就看出了我的惊异，呵呵笑着说："没想到吧，我一个差巴出身的老太婆竟然过上这穿金戴银的日子，还能活到这么大一把年岁。"

这老阿妈都不记得自己是哪一年出生了，只知道自己是属兔子的，生于六月。

如吉据此推测，老人生于1937年藏历六月份，如今已有八十二岁了。

西藏以前还很少有这样的长寿老人，旧西藏的人均寿命还不到三十六岁。

在旧西藏，桑珠卓玛全家人都是拉萨功德林寺位于曲水的拉玉庄园的差巴。差巴是给农奴主支差种地的农奴。那时由官家、贵族和寺庙的上层僧侣及其代理人组成的"三大领主"，几乎拥有藏区所有的土地，太阳照到的地方全是“三大领主”的地方，水流到的地方全是“三大领主”的地方，山影遮盖的地方也是三大领主的地方，而农奴祖祖辈辈被束缚在农奴主的土地上，却没有一块立脚的地方，一年到头辛辛苦苦播种耕耘，没有一粒粮食属于自己。他们还可以像牲口一样被农奴主买卖，像礼物一样在农奴主间互相赠送。桑珠卓玛十来岁时，父母亲就在寒冷的冬天相继冻死、饿死了，一个小妹妹也夭折了。她和比自己大两岁的姐姐又沦为了小差巴，没日没夜地为农奴主干活，累得倒在田里了也不能歇一口气，只能挣扎着爬起来继续干活，否则就会遭到惩罚，轻则被监工一顿鞭打，重则被关进爬满了蝎子的黑屋子里，有的人很快就被活活地蜇死了。还有更残酷的惩罚，如砍断手脚、割断手腕、挑断脚筋、挖眼割舌、甚至活扒人皮。

桑珠卓玛一提起那地狱般的往事，嘴皮子就开始颤抖。

对于这些农奴，第一次命运的改变是1959年西藏划时代的民主改革，随着封建农奴制被彻底铲除，百万农奴终于获得了人身自由。桑珠卓玛和姐姐在曲甫沟里每人分到两亩土地，这是姊妹俩第一次拥有属于自己的土地。她们在春天播下青稞种子，那一年是个好年景，到了秋天便收获了一筐筐粮食，这每一粒粮食都是属于她们的，姊妹俩把那黄灿灿的青稞捧在手心里看着，放在嘴里咬着，咀嚼着，又一齐扑在粮食上放声痛哭，她们是为那苦命而早逝的父母亲而哭，如果他们能活到这一天就好了。姊妹俩都很能干，她们把青稞炒熟磨成面，制作成香喷喷的糌粑，还用青稞酿出了醇香的青稞酒。一直到现在，她女儿果果和外孙女阿旺卓玛还夸奖她做出来的糌粑、青稞酒、酥油和酸奶好吃得不得了，若不是岁数大了，她还想在这村里开个藏家乐呢。

桑珠卓玛有强烈的翻身做主的意识，她加入了扫盲识字班，第一次知道怎么写自己的名字，成了村里的妇女积极分子。1963

年，她加入了中国共产党，如今她已有五十六年党龄，是村里党龄最长的老党员。在入党后，她先后当上了互助组长、民兵班长、妇女队长、生产队长，一心只想带着贫困农牧民过上好日子。到了三十多岁，她才成家，丈夫贵桑多杰是个牧人，每天挥着牧鞭，赶着牛羊在山坡上放牧。结婚后，两口子在曲甫沟里盖起了几间土木房，但丈夫在家里住的时间少，每年都要随着季节游牧转场。那时候牧人也苦啊，白天藏袍是衣服，夜里藏袍当被子。到了夏牧场就住在帐篷里，转到冬牧场就住冬窝子。每次转场都是季节更替，不是下大雨，就是暴风雪。若是遭遇了大旱年，别说牲口，连人都喝不上一口水。若是遇上了雪灾，牛羊不是冻死就是饿死了，那些侥幸活着的牛羊饿得就剩下一副瘦骨嶙峋的架子。

桑珠卓玛经历了新旧西藏两重天，但在那穷山沟里，无论你种地还是放牧，却一直难以改变那穷困的生活，只能勉勉强强填饱肚子。在搬迁之前，他们家一直住在曲甫沟那三间土木房里。就在那老屋里，她生下了大儿子萨次仁、小儿子次仁尼玛和女儿果果。她五十多岁的时候，老伴不知得了什么病，由于山高路远，耽误了治疗，瘫痪在家，不久就过世了。如今她的两个儿子都已经年过半百，早已自立门户，在搬迁之前日子一直过得紧巴巴的。老阿妈一直跟着女儿果果过日子，果果今年也有四十多岁了，为了多挣几个钱，一直在外边打工。这家里的负担太重了，果果的丈夫抛下一家老少走了，两个孩子那时候都在上学，果果还要抚养老阿妈，要不是有政府扶贫，这日子一天也过不下去。但无论你怎么起早贪黑地干活，又无论政府怎么帮扶，在那穷山沟里也只能苦苦度日。

在搬迁之前，那房子破得都快塌下来了，一家人谁也没有能力支撑。

老阿妈说："若不是扶贫搬迁，咱们这个家早就垮了。"

一切又得从2016年那个夏天说起，桑珠卓玛和女儿果果一家搬进了这座两层的藏家小楼。老阿妈又指着这房子说，若凭他们家的能力，别说盖房子，连桑确（藏语，厕所）都盖不起，而他们连一块砖头都没拿过来，一块土坷都没动，一家人就搬进了这么大、这么好的新房子。搬家的那天，她又大哭了一场，这是为她早逝的老伴而哭，这好房子，好日子，他愣是没有赶上啊。

老阿妈正长吁短叹地讲着曾经的艰难生活，忽然听见卫浴间里传来哗哗的流水声，她冲里边喊了一声："阿旺卓玛，这水可要节省点用啊！"阿旺卓玛从卫浴间里走出来，那红扑扑的脸蛋像刚洗过的苹果一样光鲜，手上闪烁着干净湿润的光泽，她冲念念叨叨的外婆扬了扬手，还顽皮地做了个鬼脸，"你老人家放心哪，我一滴水也不会浪费的。"

"你不知道，以前想要喝口水多难啊！"老阿妈像是对外孙女说，又像是对我说。

说来，那曲甫沟就在拉萨河畔，从来不缺水，那水就在他们眼皮底下流着呢，到处都能听见滔滔流水声。可你听得见水响，却难得喝上一口水，那山沟太深，水离人间还远着呢，一口水隔着一座山哪，仿佛隔在世界之外。遇上风雨天，村里人就喝那些落在泥坑里的凼凼水。天晴时，太阳还没有出来，村人就背着水桶翻山越岭去驮水，一上一下，一个来回就要走十五里，而回来时，每个人身上的负担更沉重了。水，一直是他们生命中最沉重的负担。在女儿果果外出打工的日子里，桑珠卓玛老阿妈只能靠自己去驮水，有一次，她驮着一桶水翻过了山梁，在下坡时脚底一滑，她那瘦小的身体连同水桶一起顺坡滚了下来，那一刻她哪里顾得上自己，拼命去抢水桶，水桶里哪还有水啊，都白花花地在山坡上流淌呢，她一下扑了上去，大口大口地啜饮着，嘴巴里沾满了石渣和草根，而刚刚喝下去的水又变成了浑浊的老泪不可遏止地流了出来……

怎么才能把河水引到自家的水缸里，是山里人渴盼已久的梦想。如今这梦想终于成真了，只要拧开家里的水龙头，就能喝上清甜的自来水。这水，还是拉萨河水，只是换了一种流向，这生活仿佛一切都改变了。但老阿妈还是老是担心啊，担心这水哪天突然流干了。

说起刚刚搬过来的一段日子，老阿妈还有些神情恍惚，感觉就像是做了一个大美梦啊。不过，现在老阿妈越活越清醒了，也越活越精神了。她说自己经历了新旧西藏两重天后，如今又经历了搬迁前和搬迁后的两重天。说到搬迁后的好处，她像是打开了水龙头，说也说不完。以前住在那穷山沟里，白天看太阳，晚上看月亮，在没有日月的日子里，外边黑咕隆咚，家里黑灯瞎火，好不容易点亮一盏酥油灯，风一吹就灭了。如今这楼上楼下都是亮晃晃的电灯，街上还有一盏盏路灯。想要买点什么，村街上就有商铺，几步路就到了。若想去县城和拉萨逛逛，还有公交车和客车。若要办个身份证、领个补助什么的，村里的党群服务中心都能办，对行动不便的老人和残疾人，还可以到你家里来办。

上了岁数的人最怕害病，以前西藏人均寿命那样低，既因山高路远难以及时送医，也因缺医少药，医疗水平低下。如今再也不用为看病发愁了，一般的常见病、多发病不用出村了，三有村卫生室是集医疗、预防、保健为一体的综合性卫生室，设有门诊室、治疗室、药房、预防接种室、健康教育室等功能科室，还能与曲水县医院、拉萨市医院和对口扶贫的泰州市医院通过互联网医疗平台进行远程会诊。若有重症、疑难杂症患者，县城医院的救护车一溜烟就到了，离拉萨市的大医院也只要一个来小时，一般都不会错过抢救时间。

说到这些，老阿妈一个劲地竖着大拇指，“如今真是过上了天堂般的生活了。”

我和老人正说着话，一位穿着白大褂的医生拎着药箱进了门。如吉给我介绍说，这位是村卫生室的次仁扎西医生。村卫生室的几个医生都是村民签约的私人医生，他们要定期上门为村民检查身体。次仁扎西就是桑珠卓玛老阿妈签约的私人医生，他坐在老人身边，给老人量血压、测血糖，连声夸奖老人身体棒得很，眼力、耳力和记忆力还特别好，思维和反应都挺敏捷。

老阿妈握着次仁扎西的手说：“在旧西藏，像我父母那样被冻死饿死病死了都没人管，如今我们这些普普通通的老百姓都有了家庭医生啊，连得个感冒都不需要自己掏一分钱。”

为逗老阿妈开心，我握着她的手故意问：“你老人家这样健康长寿，有什么秘诀啊？”

她一脸神秘地凑近我，贴着我的耳朵说：“这好日子就是我健康长寿的秘诀！”

我一听就笑了，老阿妈也笑了，她笑起来竟像个天真无邪的孩子。

有一件事我差点给忘了，这家里的收入怎么样？这个，如吉心里早就有了数，她好像在为这家里当家呢，家家户户她心里都有一本账。老阿妈这一家四口，除了果果的小儿子丹增罗布还在上小学，其他三人都有稳定的收入，果果如今在曲水县政府做保洁员，每月工资2300元，每年还有3500元的护林员补贴，年收入三万多元；桑珠卓玛老阿妈作为老党员，每月享受570元生活补贴，年收入近七千元；阿旺卓玛的年收入超过八万元，这就是他们家最大的一笔收入。另外，全家人还享受村集体的产业分红，人均年收入3500元。这些收入加在一起，一家人的年人均可支配收入也超过三万了。

一个问题解决了，一个问题又来了，如果老阿妈不是老党员，还会不会有收入呢?

我问得有些尖锐。这村里有六位像老阿妈这样的老寿星,还有三十多人因病因残丧失了劳动能力,他们的生活怎么办?如吉直爽地说,从精准扶贫到脱贫攻坚,确实遇到了一个又一个问题,在解决问题的过程中,也一直在不断健全社会保障体系,落实国家扶贫兜底政策,向边缘人口延伸,把无劳动能力、无生活来源、无法定赡养抚养义务人的六十周岁以上的老年人、残疾人和未满十六周岁的未成年人全部纳入特困救助范围,当所有的扶贫政策都用尽了,最终还不能脱贫的人口将全部转入低保,而低保的标准还高于扶贫标准。啥叫兜底?就是保证每一个人都有生活来源,一个都不落下。

当我起身向桑珠卓玛老阿妈告别时,午后的阳光格外温暖,老阿妈拄着拐杖,执意送我们到小院门口,我拦也拦不住,阿旺卓玛要搀扶她,她也不让扶。如吉让我不要担心,这老阿妈腿脚还挺硬朗呢。老阿妈一听又笑了,"就是呢,你们可别嫌我老了,只要没有躺在床上,还能拄着拐杖走动,我就要好好看看这个村子呢!"

她觉得这是天底下最好的地方,那笑容一直荡漾在她历尽沧桑、布满皱褶的脸上。

若要真正换一种活法,不仅仅是现实世界的搬迁,更是精神世界的变迁。这样的变迁,从桑珠卓玛老阿妈的笑容和言语里都散射出来了。

我在拉萨河畔三有村转了一天,还是流连忘返。这样一个笼罩在太阳光环里的村庄,已经超过了我来之前的憧憬。这是西藏易地扶贫搬迁的一个标本,也是一个缩影。如吉告诉我,就在这个村庄诞生的2016年,西藏共完成了7.7万人易地扶贫搬迁(如今已有26.6万人异地搬迁),这只是西藏在一系列扶贫政策中的举措之一,更让如吉自豪的是,西藏被中央确定为脱贫攻坚"综合评价好"的全国八个省区之一。到了2018年,这是西藏也是中国决战深度贫困地区脱贫攻坚的关键之年,而关键又在四个转变:从注重全面推进帮扶向更加注重深度贫困地区攻坚转变;从以开发式扶贫为主向开发性和保障性扶贫并重转变;从注重减贫进度向更加注重脱贫质量转变;从注重实现脱贫目标向更加注重提升贫困群众获得感转变。当年10月,西藏自治区人民政府正式批准,曲水县整体退出贫困县区。这年底,西藏共五十五个县区脱贫摘帽。目前,拉萨市已整市脱贫,到2019年底,西藏将基本上消除绝对贫困,实现全区建档立卡贫困人口全部脱贫。这不是预期,也不是力争,而是必须!

如吉家住拉萨,当组织上选派她驻村扶贫时,她一开始打心眼里不愿意来,从自治区首府下沉到一个最基层的农村,这个落差实在太大。但来了之后,她渐渐觉得这是她人生中最有意义的岁月,千百年来困扰中华民族的贫困问题,已经到了最后解决的攻坚阶段。她能有幸参与其中,成为改写历史的一员,哪怕是作为最普通的一员,也让她油然而生一种庄严的使命感。无论是作为村里的第一书记,还是作为一个驻村扶贫干部,一村七百多口人的各种困难她要想办法解决,各种矛盾纠结她要化解和理顺,"群众无小事,有事找支部",而这个村支部第一书记有多苦多累,又有多少烦恼和忧愁,她从来不说,每天脸上都笑吟吟的。她还是个待字闺中的大姑娘,由于长期驻村扶贫,她的婚事一拖再拖,不知遭受了父母多少责备。但她打心眼里觉得,只要贫困群众早日过上小康生活,自己再苦再累也值得,在扶贫战线上,不知有多少人牺牲了自己的生命,自己的这一点付出又算得了什么。

她曾经向组织上表示过:"群众不脱贫,我就不离村!"

现在,拉萨河畔三有村已整体脱贫,但她还是没有走。接下来就进入了扶贫巩固期，对已经脱贫的人口回头看，并将脱贫巩固期延伸到2025年，这也意味着，原来建档立卡的贫困人口，在脱贫后到2025年还可以继续享受扶贫政策，其现有收入只能上涨，不能下降。而接下来的工作重心也将从脱贫攻坚转向乡村振兴，脱贫是乡村振兴的基础，是乡村振兴的第一阶段，乡村振兴则是脱贫工作的延伸。

我在拉萨河畔同如吉见面，又在拉萨河畔与她道别。此时已是傍晚八点多钟，但太阳迟迟不肯落下，一轮巨大的日影中，掠过一排排飞鸟，像是归林的宿鸟，又像是迁徙的候鸟。一切显得如此安详而恬静，让我静静地感受到了世界屋脊上的一种静穆的大美。

后来我才知道，这里是拉萨河畔日照最长的地方。

2019年12月24日，改定于平安夜

引入源头活水来

——藏东产业脱贫纪实

汪 璐

从拉萨到昌都，曾经沟壑纵横的上千公里路程从空中划过也就一个多小时。

走下机舱舷梯，踏足海拔4300多米的邦达机场，早晨9点的太阳正柔和地探出云层，在仅仅5摄氏度的室外气温中，寒风扑面拂过，让人恍若冬季，忘记了这只是深秋。

简单地寒暄过后，我和接我的扶贫干部牛继平及司机伦珠，就沿着214国道向昌都市区疾驰而去。这不是我第一次踏足这片土地，但却是第一次带着神圣的任务而来。

翻过玉溪拉山，及早进入视线的邦达草原，此时已一片枯黄，色彩起伏的草甸仿佛昭示着它曾经的繁华。没有绿茵如毡，没有牛羊成群，只有远处的横断山脉在苍茫大地上划分出这片独属于藏东的硬朗气质。作为西藏的主要牧区之一，昌都具有得天独厚的地理优势，仿佛遗落在西南边陲的蓬莱，景致秀逸，物产丰饶。

钻过年拉山隧道，终于得见澜沧江，与偶尔掠过的飞鸟一起给萧索荒凉的画面平添着无数生机。正在修建的高架桥在一侧时断时续地相随，司机伦珠说这条路明年五六月份完工，届时去机场可节省一半的时间。

两个小时后，我们便抵达了高楼林立、街道整洁的昌都市区。澜沧江在这里一分为二，化为支流昂曲和扎曲，它们像两条柔软的手臂呵护着整个城区。

昌都市坐落在群山怀中，它被称作从四川和云南入藏的门户。昌都藏语意为“水汇合处”，即扎曲和昂曲在此相汇成为澜沧江，也是昌都这一名称的由来。

昌都是康巴文化的发祥地，这里的人们常以“康巴人”、“康巴汉子”自居。

当地人不管男女，大多性格豪迈粗犷、热情奔放，这里既有多民族的文化复合，又有康区独特的个性和凝重的宗教色彩，具有丰富的内涵和底蕴，在语言、服饰、宗教、民俗、民居建筑、民间文化等各方面，都明显区别于其他藏区文化。

从拉萨到昌都，海拔略微降低，因为有了两条支流的穿越，气候比拉萨更湿润些，氧气含量大约也更饱满些。

在这样的环境里，即使第一次来也不会有太多高反和不适。

这期间，我在昌都大地上从东到西，从南到北，接触着许多热爱生活的普通人。他们前行的路充满了坎坷曲折，也充满了机遇和挑战，但他们因地制宜，找到了属于自己的致富途径，融入了社会发展的洪流。走入他们的生活环境，近距离去倾听他们，感受他们所折射出的时代特质，正是这次探访的意义。

既如此，我便以行走的地理坐标来记录那些有担当的企业、有理想的人们，同时也记录下那些默默付出、勇于坚守的人们。

地理坐标：昌都卡若区卡若镇

昌都卡若区卡若镇，因1978年发掘出在国内外都极有声誉的卡若遗址而得名，穿越时空的石器、陶器，证明着这里的人类祖先曾孕育出灿烂的史前文明。

如今，当我们走进这里，扑面而来的已是崭新气象，一座传统与现代交相辉映的社会主义新农村正在古老的卡若遗址旁茁壮生长。其位于昌都镇的南部、澜沧江上游，四周分别与本县的城关镇、埃西乡、若巴乡及察雅县的吉塘乡、八宿县的宾达乡相接，面积695.37平方千米。

该镇村庄、土地大都分布在沿江两岸的河谷地带，平均海拔多在3200米以下，气候相对温和湿润，是全县的主要农业产区之一。

山沟沟里的勃勃生机

到达昌都的当天上午，在卡若区农业农村局干部格列的带领下，我们首先走进了卡若区现代农业园。这也是我昌都之行的第一站。

农业园区位于卡若镇芒达乡佐巴村的高山深壑之中，周围虽不如原始森林葱郁，但这里依然算得上青山翠谷，可因为少有平坦地势的缘故，所以成了无人问津的地域，加之山沟里早晨日照晚，下午落日早，喜欢向阳而居的村民自然不愿意选择这里安家。

改变来自于2018年，一份计划总投资1.6亿元的项目看上了这道山沟沟。

"根据昌都市提出的精准扶贫产业'334模式'，这个农业园总占地面积400亩，分两期实施：一期建设项目包括二代节能温室21栋及化验检测室、培训学校等；二期建设内容包括二代节能温室26栋及附属配套工程。"格列因为工作缘故，显然对这里很熟悉，他向坡上指了指："我们眼前看到的这些像阶梯一样往山上层层排列的温棚，正是已完成的一期21栋二代节能温室及其附属配套设施，投资达到了2000万元。"

格列28岁，曾就读于西藏民族大学，大学毕业5年了。这些年下乡驻村,对基层也有很多认识,“以前去好些村里,没电、没信号、冬天没水都是常见的,现在基本都没有这样的情况了。农村还是比较适合先通路后发展,路通了,他们早晚会改变、会接受新事物。”

通过格列的介绍,我才了解到这座园区是天津市静海区按照天津市委、市政府援藏工作总体部署的一个扶贫项目,他们与昌都市卡若区结成“对子”,充分发挥两地优势,使之成为合作实施对口支援产业帮扶项目的一个缩影。

“你们可以进棚里看看,我们种的蔬菜品种很丰富!”正看着边上花红果绿的宣传栏,一位中年汉子向我们边招呼边走近。他叫马文明,今年45岁,是天津市静海区桃缘情果树种植专业合作社董事,也是该园区来自天津方面的负责人兼培训班的技术指导。

带着浓重天津口音的马文明一边向我们发出邀请,一边麻利地进入温棚侧的房间,推动电闸,让温棚缓缓打开一部分。即使如此,里面的闷热仍在我们进入的瞬间携着湿气袭来。棚里种的是黄瓜,边上堆着几筐略有弯曲或长短不一的瓜果。

“不合格的产品我们绝不让它流到街面上。哪怕贱卖也不行,那样会影响我们的声誉。”面对挑剔的市场,马文明毫不吝啬地淘汰了这些在我看来依旧鲜嫩的食材。

马文明边说边钻进了黄瓜架中,不一会,几根裹着一层薄薄水雾的翠绿黄瓜已被他捧在手中。他递给我们人手一根,自己也拿起一根稍微抹了两把便送进嘴里,那清脆的声音让我们每个人都忍不住赶紧咬上一口,清香的汁液便满溢唇齿间。

格列说,随着农牧民培训学校的建成,卡若区乃至昌都市农牧民群众都可以来此免费学习专业技术,通过培训,他们拥有一技之长后还可以转为园区产业工人,实现稳定脱贫。

马文明现在亲自教授了9个学生，都是附近的村民。“我把他们教会，再让他们教其他人。我们园区现在已吸纳了42名当地群众参与建设，还有50名群众参与运输，他们每月可增收4500元。”

“做这个项目，就是为了附近的老百姓不用离乡背井去外面打工。而且通过培训，最终他们可每家管理一个温棚，而一个温棚一年挣15万都不是问题。”马文明说。

除了易生长、见效快的小白菜、菠菜、辣椒等，园区还引进了很多新的种植品种，比如通体翠绿的沙窝萝卜、红心萝卜、甜瓜、香瓜等。

“有的瓜果、蔬菜当地百姓没吃过，不愿意种，但如果能产生经济效益，我想他们还是会慢慢接受的。”这是眼下亟需解决的问题，村民固守传统农作物，种植不了解的蔬果难免顾虑重重，所以怎样让村民见到效益就是马文明要动脑子的了。

马文明因此有了想在昌都市区设立销售点的想法，那样就能把自己园区的蔬菜都放到固定的点上售卖，让大家对他们的蔬果品种、品质有记忆，从而赢得良好口碑、拓宽销售渠道。

看着那些蓬勃生长的蔬果，格列认真地说：“该产业壮大后，企业每年可实现营业收入700万元，村集体通过收取土地租金每年可实现收益54万元，这样就带动了当地群众持续增收。同时，在园区不断发展过程中，群众将与企业同成长、共受益，形成产业扶贫长效机制，变输血为造血，实现稳定增收致富。”

格列递给我一份资料，显示园区项目建成后，按照“现代农业企业+农牧民专业合作社+农户”模式经营，为4名建档立卡贫困户长期提供了就业岗位，人均月工资能达到5000元；吸纳临时务工人员600余人次，共发放工资10余万元。

告别时，格列约马文明有空去区上详细叙谈。关于设置专卖店的事，他们都放在了心上。

以草养畜、以畜促草的新型养殖

离开那道山沟沟，车行不久，掉头转弯我们又到了卡若区的另一条山沟沟，这里依山而建的厂房名曰：卡若区蓝天圣洁牦牛育肥基地。

正是在切实转变畜牧业生产方式、优化结构调整、提高养殖水平、示范和带动当地养殖业、饲料加工业等相关产业快速发展的同时，卡若区人民政府引进了“昌都市宏运商贸有限公司”进驻育肥基地，开启了以“企业+基地+农户”的运营模式。

放眼整个厂区，厂房和卡若区的农业园区一样，都是由山脚往山上层层排列着修建的，地形也和农业园区如出一辙——隐匿在山谷中间。

相关资料显示：2018年卡若镇左巴村实施了牦牛短期育肥项目，总投资2650万元，占地面积27241.35平方米，于当年12月建成。

及至一排饲养棚大门口，穿着一身蓝色工作服的厂区临时负责人辜自勇正指挥着工人打扫圈舍，空气里泛着些草料与牛粪混合的气味。进门处的栏杆上挂着一块责任牌，上面写着责任人、饲养员的名字，以及牦牛的头数、进栏时间、育肥天数、预计出栏时间等内容。

“这里现在存栏的牦牛有200多头，饲养员必须熟悉每头牛的基本情况。除配料师傅外，流动的工人基本是本村的。我们会定期去乡下收购3到5岁的牦牛，收到的母牛会按原价卖给本地村民用以挤奶、生活。公牛通过至少4个月的短期育肥基本可以出栏，那时能长到100多公斤。”辜自勇一边对育肥基地做着简要介绍一边指着食槽里的草料，说：“现在下冻了，山上基本没什么草，饲料来源都是在本地老百姓那里收购的。”

原来,附近几个村都在大量种燕麦,这成了育肥基地的主料,辅料有青储玉米、小麦、豌豆。

格列也补充道:“我们老百姓种植的青储玉米在市农牧局的联系下,除了供应我们还促销到贡觉县等,由老百姓种好、打碎、再包装。我们现在有专门的人工种草、畜牧还草项目。”

在这边生活了四年,辜自勇已经很适应昌都的生活:“以前都说西藏路况差、全是土路,现在条件好了,这边基本村村都通公路。成都到这里坐汽车也就一天半到两天,飞机就更快了。康定那边马上要往这边修高速公路,跟着就会修到昌都。”

辜自勇说自己和很多工人春节也会在昌都,因为要保障当地市场的新鲜牦牛肉供应。

“老百姓过年都不会杀牛,因为有更多其他事要忙。”他们的销售一直要持续到大年前两天。对此,辜自勇有稍许遗憾:“没办法,春节只有我们一家能供新鲜肉。在市政府的要求下,牛肉价格也保持在28元一斤。”

“我听别人说散养的牦牛肉更好吃?说散养牛还能吃到虫草,是这样吗?”想起很多人的看法,我忍不住问。

格列不以为然:“这些牦牛从小都是牧民在养,圈养只会让它们更好地长肉,并不会改变牛肉味道。我们试过,把散养和圈养的肉放在一起,即使牧民也分不出肉质有什么区别。”至于说牛吃虫草,格列更觉得是不靠谱的说法:“人都找不到几根虫草,牛能吃到多少?”

沿着约40度的水泥硬化路面往坡上走,大家都放慢了速度。辜自勇指着一排空牛舍略微有些气喘地介绍:“我们现在有7个育肥牛舍,下面是散养区,夏天草多时它们就在外面。这个月还要买一批,就准备关进这个4号圈。”

面对牦牛所剩无几的3号圈,辜自勇解释说:“这个圈是专为出栏牦牛准备的。它们每天要被送往屠宰场，然后我们又从其他圈舍挑体重大一些的牛关进这里待宰，相当于一个中转站。”他说圈养最怕有牛得病，除了保持卫生、每个礼拜消两次毒，还要经常挪换已经潮湿的圈，让牦牛始终住在干燥通风的地方。

走着走着，格列似乎想起了什么，他转头问一旁的辜自勇："上次我给你那个驱蚊蝇的绿色防控设备好用吗？"

“还没研究，不会使用。”辜自勇说自己忙忘了。

“你得好好看看说明，下一步我们要在各厂区推广使用。”格列说这是为了减少病菌传播。

不知不觉，就走到了厂区的最上端，这里是饲料加工房。平时有十几个固定工人在此做日常工作，当天好几人都出去拉草料了，所以机器处于暂停状态。

“这些青储玉米是刚拉回来的，新鲜的。”辜自勇指着仓库外一大堆用塑料薄膜包装成方坨的饲料包，从其中一个薄膜破损的包里抓出一把带着酒糟味、润湿、如同甘蔗渣的东西对我说：“你看，很新鲜吧？这就是青储玉米，营养价值最高，包装结实的可以放一年。”

“这里面怎么都是杆？不是玉米吗？”我看着他手中的饲料有些疑惑。

辜自勇笑着说：“你不是第一个误会这个名称的。其实青储玉米是指用青贮方法将秋收后尚保持青绿的玉米秸秆较长期保存下来，不但可以很好地保存养分，而且通过发酵秸秆质地变软，具有香味，能增进牛、羊食欲，解决冬春季节饲草的不足。”

“牛从老百姓那里买来，就改吃这些吗？”我问。

“刚收来的牛没吃过带酸性的东西，吃这些容易营养过剩，它们还得吃干草，慢慢才能过渡到吃饲料。”他说这些加工饲料远胜于青草的养分。

推开饲料加工房的大门，里面各种加工粮食、制做精料、拌料的机器一应俱全。

“这个拌料机一次能搅拌2吨，把各种食物搭配起来更有营养。刚买的牛身上有跳蚤，吃好了可以换毛，跳蚤也消灭了。”辜自勇这段话让大家都很惊讶。我想，除了吃得健康，和育肥基地的卫生环境也有很大关系吧。

格列在一旁点头，“以前散养的牛到冬天找不到草，有时只能捡垃圾吃，确实容易长跳蚤、生病。”

谈到经济效益和带动作用，格列直接递给我一份材料，我把几组带有详细数据的相关情况摘录在此：

卡若区现有几百亩地种燕麦，按照“以草养畜、以畜促草”的思路，2019年仅该项目就带动青贮玉米种植1466亩，受益农户227户，实现土地流转收益131.94万元，群众务工增收87.96万元。

在基地运营过程中，还吸纳当地群众12人（建档立卡贫困群众3人），截至2019年8月底实现人均增收5000元；经营主体严格按照牧繁农育、草畜平衡相关要求，从卡若区15个乡（镇）514户群众家中购买3–5岁架子牛1205头，直接增加现金收入522.5万元；经营主体承诺在三年内分别向卡若区兑现固定受益23.8万元、47.6万元、71.4万元，作为产业基础薄弱乡（镇）贫困户的产业分红资金。

截至2019年9月，基地共出栏成牛945头，存栏260头。肉品主要销往昌都市区超市、农贸市场、学校及驻昌部队，在“两节”期间为平抑市场物价起到了非常重要的作用，同时解决了昌都市近8个月无新鲜牛肉供应的短板。

格列补充说：“我们下一步将结合‘牧繁农育’工作，以基地为依托，辐射带动妥坝、嘎玛、约巴、面达四个短期育肥合作社牦牛出栏头数，完成既定短期育肥目标，将牦牛肉制品加工作为重点攻关方向，将‘打造卡若区蓝天圣洁牦牛肉优质品牌’作为政府与企业的共同目标。”

辜自勇也说，正是为了完成这些目标，老板已经回内地寻找相关的合作项目去了，以期及早形成产业链，让更多农牧民增收致富。

地理坐标：类乌齐桑多镇扎西贡村

类乌齐县位于昌都地区北部，地处念青唐古拉山余脉伯舒拉岭西部。

我们从昌都出发去类乌齐，需要沿着214国道行进90公里，一段不算太远的路程。

行至全长为4605米的珠角拉山隧道，司机伦珠特别激动，他说因为今年10月1日该隧道才通车，所以自己也是第一次走。看到崭新的隧道口，他忍不住停车拍了张照片。

我们仅仅用了20分钟就通过了伦珠口中以前需要一个半小时才能爬完的珠角拉山。

过了宾达乡，澜沧江的又一支流紫曲不知何时出现在了道路一侧，它与吉曲、格曲构成的三大水系流经全县各乡镇，养育了周边无尽的植被和生灵。

车窗外不知何时飘起了小雨，笼罩着沿线起伏的松林，偶尔露出的红土和金色的枯草点缀其间，加上积雪的远山作为背景，“小瑞士”类乌齐便如同画卷般呈现开来。

好山好水好牛肉

我们要走访的藏家牦牛股份有限公司成立于2014年9月10日，就位于桑多镇扎西贡村的类乌齐县生态工业园区，此地海拔

3810米。

出发前看过资料，显示这是一家以牦牛养殖、加工为主的公司，是昌都市牦牛产业龙头企业，也是目前西藏自治区投资规模最大的牦牛加工企业之一。

雨丝来得快去得也快，在有些湿冷的空气中，我们进入了这家面积很大的厂区。远处厂房上方“藏家牦牛”四个银色大字及它蓝绿色的徽标十分醒目。

两个年轻人带领我们向车间走去，一个是瘦高的湖北人高克武，他是该公司的经理；另一个高大壮实的青年叫李发宝，他是类乌齐县农业农村局副局长。

因为是周末，园区里没有什么工人，显得比较安静。这个占地40亩，建筑面积8000平方米的加工基地，拥有一条先进的、年加工牦牛3万头规模的标准化冷鲜肉生产线，和一条年产300吨牦牛肉休闲食品生产线。

高克武简要介绍着情况：“类乌齐县有三个育肥基地，共投资1700万元。牦牛主要是放养状态，4月份把牦牛赶上山放牧，10月底赶下来出栏。去年我们的年产值达到了4000余万元，今年计划达到6000万元。”

“根据协议，我们从老百姓手里收购体重600斤以上的公牛，按51%的出肉率计算，相较外面的市场他们每头牛可以多卖500元左右，还额外支付500元的内脏费和50元运费，这样每头牛差不多多收入1000元，算是让利于民。”高克武算的这笔账，也是老百姓心里的明白账。

在这期间，类乌齐县采取委托帮扶的运作模式，委托公司直接帮扶建档立卡贫困户170户，户均增收5000元，间接带动了2400余户牦牛养殖户。

除此而外，高克武说公司在采购一些农牧特色物品时也会从这些建档立卡户家里购买,以增加他们的收入。

厂区从加工车间到速冻库、保鲜库,都是连接在一起修建的。其中屠宰区就占200平米,屠宰设备2017年底上线,属于国内比较先进的生产线。

“全年当班作业可以完成宰杀3万头的任务量,满负荷可以达到10万头。”高克武有些遗憾地说,现在还没有达到过这么大的产量。

他还谈到一件趣事,厂里刚开工时,因为当地群众对现代化的屠宰方式不接受,说太血腥,导致工人流失,为了尊重老百姓的感受,留住前来打工的村民,高克武他们对屠宰方式进行了改造,吸取了一些传统的做法,尽可能减少牛死去瞬间的痛苦。

相互理解后,村民才又陆续回到了厂里。

“现在的牛肉比以前传统宰杀的牛肉品质要好很多,直接防止了牧区易发生的包虫病。加工工艺也发生了变化,牛肉精细化分割后,每斤可以卖90到100元。”高克武说通过标准化、无菌化的生产过程,对肉质部位的细节处理,将牦牛肉进行分类产销,可以实现每头牦牛的价值最大化。

在无菌化包装车间里,我们遇到几名正在加班的女工。

来自扎西贡村的巴吉央宗,是一位92年的年轻姑娘。最初,她因为家里人口多吃不上饱饭才出来打工,没想到公司不但解决吃住,还按年增长工资,被评为优秀员工年底还可以去外地旅游……如今,巴吉央宗已经是拥有5年工龄的老员工了,周末家里没事,她就主动回厂加班了。

“闲着也是闲着,在这里动动手每小时就有20元加班费呢。”看得出,她是个容易满足的姑娘。

藏家牦牛现在有长期工31人,随着品牌红利开始显现,各种制度完善,职工福利待遇跟上来了,工人也更有信心,许多人都留了下来,嘎松丁增就是他们当中的佼佼者。

29岁的嘎松丁增也来自扎西贡村,属于170户建档立卡户中的一户。他家有5口人,父母都已经年迈,过去家里穷,也没几头牦牛,一家人时常为温饱发愁,自从成为了公司的签约员工,生活有了很大改观。“我以前什么都不会,日子过的很难。后来参加人社局举办的藏家牦牛公司农牧民牦牛肉生产加工专业技术培训,经考核正式被藏家牦牛公司聘用。这里包吃包住,每月还有3000多元工资,年底还有5000元分红,算是有了稳定收入。”

通过自己的努力,嘎松丁增还被提为牦牛肉分割车间的班长,成为了公司骨干。

“每年公司最忙的一个月,我父亲和一些村民也会来公司做零工,一天挣300多元,一个月大约有10000元的收入。这让我们全家生活有了保障,也摘掉了贫穷的帽子。”他对现在的境况很满足。

李发宝是来自青海的藏族青年,到昌都五年,一直在做扶贫工作,他对牦牛产业有着清晰的认识:“我们县是一个以牧业为主的半农半牧县,加快牦牛产业发展是增加农牧民收入的重要途径,牦牛产业是县域范围内的主导产业,具有不可替代的作用。”

高克武谈到一个变化:“过去,肥壮的牦牛从养殖基地到市民的餐桌上,大都是牧民通过物交会的形式完成交易,除了把少量牛肉卖给熟人,余下的都会开车去较远的市场售卖。但现在在类乌齐,这最后一段路程大都是由公司来完成,牧民只需将牦牛送到公司,价格还相对市场上会高出一些。”

这种以公司+基地+合作社+农户的发展模式,高克武很推崇:“农户养活了公司,公司反哺农户。因为互惠互利,所以选择将自家牦牛卖到我们这里的当地群众越来越多了。”

看资料时,我留意到这样一句话:为充分发挥牦牛产业的带动作用，以种草养畜加工为抓手，不断做大做强“三万工程”，类乌齐县打造了种草、养畜、加工、销售的扶贫产业链模式。

李发宝特意解释了一下：“三万工程，就是指万亩饲草基地建设、万头牦牛育肥基地建设、百万斤牦牛肉加工基地建设。这里面每一个环节都是相关的。”

首先，县政府用“以奖代补”的形式，提高农牧民群众种草的积极性。

“老百姓现在积极性可高了，他们用房前屋后种植与集中连片种植相结合的方式，让实施人工饲草地和退耕还草面积累计达到了2.38万亩。全县有1100余户参与了饲草料种植，其中建档立卡户280户，每户能实现增收2000元以上呢。”李发宝说。

正是因为饲草源头有了保证，“万头牦牛育肥基地建设工程”才顺利推进，截止2019年10月份，已完成育肥出栏1910头。

李发宝说从最开始的牛肉休闲食品加工到现在的饲草种植、屠宰加工、全自动化加工生产线、类乌齐牛肉主题餐厅，走的都是企业+合作社+农牧户产供销一体的经营模式。订单式生产，既有效解决了牦牛出栏和饲草的销路问题，反之又满足了优质原材料的需求，使“三万工程”从始到末环环相扣，形成了一个完整的产业链条。

从2016年“类乌齐牦牛肉”成功申报为国家地标产品，到2019年初农业农村部等6部委认定类乌齐县牦牛为中国特色农产品优势区，类乌齐牦牛已成为类乌齐县乃至藏东地区最响亮的牧业品牌。

几年间，藏家牦牛股份有限公司已使用当地临时工、季节工700多人次，支付工资150多万。2018年，建档立卡贫困户的数量增至170户，分红60万元，户均年增收达到3000元以上，调动农牧民积极性的同时，也为全方位与农牧民合作打下了基础。

对于将来，李发宝也有自己的一些认识和想法：“我们属于援藏县区，去年、前年试运营期，订货的比较多，但因为牦牛只能在县域里屠宰，其他地方的牦牛不能与之混杀，怕破坏种群。所以很难长期保障随时有货，运到内地又属于季节性供货，物流比较麻烦，这些都制约了我们的发展。所以我们想，在能保持与类乌齐牦牛肉相同品质的前提下，能否从其他县区调牦牛肉源。”他坦言这是很多人的共识，目前已经在做相关的考察和认证。

古老芫根变榨菜

说到芫根，长期在西藏生活的人并不陌生。它生长于海拔3500米以上的地区，是高原上的一种古老植物，距今已有1000多年的历史，主产于曲水、昌都等地。近些年的科学研究发现，芫根富含蛋白质、钙、磷、铁等营养成分，经常食用对人体非常有益，成为青藏高原一种独有的食、药、饲三用植物。

种植芫根，是类乌齐县农牧民很早就有的习惯。不但种植规模较大，种出的芫根品质又好，在藏东地区颇有名气。

类乌齐县实际芫根种植面积接近1万余亩，亩产鲜重平均可达到3000余斤，在桑多镇、滨达乡、甲桑卡乡、卡玛多乡、类乌齐镇、尚卡乡等种植较为集中。李发宝简单介绍了一些当地种植芫根的信息。

而说到榨菜，涪陵榨菜大概是同类产品里最负盛名的，一般是由芥菜类制作而成。而我们要去的极多香食品有限责任公司，正是以西藏高原的古老植物芫根为原料制作榨菜。

这家为了提高芫根附加值应运而生的食品公司也扎根在类乌齐县生态工业园区内。

“县里以芫根这一优势资源为依托，一方面鼓励种植户大面积种植芫根，另一方面通过招商引资，积极引导本地农牧民参与到芫根产业当中，今年入驻的极多香食品有限责任公司就是县里扶持成立起来的。”李发宝说。

来自重庆涪陵的梁永昌，是这家公司的负责人，50岁出头的他已有近30年制作榨菜的经验。自从三年前来到类乌齐，整个厂从策划到生产线、设计部的创建等过程他都参与其中。

极多香食品有限责任公司于2017年5月成立，万事俱备，2019年5月终于迎来了正式投产。

现在的梁永昌既要管理营销生产，又要充当技术人员。“我们终究不能长期呆在这里，把他们教会就可以放心把厂子交出去了。”梁永昌舔了舔干裂的嘴唇，指着自己红肿的眼圈无奈地说：“我这身体，早晚得回老家去。”

做榨菜最重要的一环是发酵。

发酵区很大、屋顶很高，稍有冷风灌入就让人觉出了寒意。空旷的厂房右侧，嘎松曲宗穿着灰色棉衣、戴着白色毛线帽、线手套，正坐在小凳上飞快地打理着自己面前堆积如小山般、已经腌制过的芫根。这位同样来自扎西贡村的建档立卡户，家里有两个正上中学的小孩，没有特殊技能的她过去只能靠着政府的救济过活。今年9月，小孩开学后，她来到榨菜厂工作，短短一个月她就成了这道环节上的能手。

听我问及这个工作可否有难度，这位44岁的妇女轻松地说：“这个很容易学，把根须和不好看的皮削掉就可以了，老板说这叫美容。关键是要快，因为是按斤进行计工的。”她确实够快，旁边十来框削好的芫根表明着她一上午的成绩。

每天挣200多元，除去周末一个月的收入在5000元左右，这本就是不错的收入，还因为就近就业，占用的都是业余时间，嘎松曲宗每天工作完还可以照顾家庭、陪伴小孩。

梁永昌很认可这位手速快又朴实的本地妇女，还把她当成了劳模让其他工人学习。

发酵间里，数十个窖池整齐地排列着。在中间一座窖池边，几个年轻人正拉着一大张塑料布做封池工作。27岁的嘎松旦增边动手边指挥着另外两名工人。他来自扎西贡村的一个七口之家，家中只有父亲的一亩多地可以勉强供家人耕种一点粮食，沉重的负担让他读完中学就辍学在家了。

最初，嘎松旦增也经常出去打工，不但收入低也无法照顾父母。“今年这里建厂后，县政府就首先考虑到我们这些就近的建档立卡户，于是我就和第一批工人一起过来上班了。”

上个月，嘎松旦增还参与了厂里收芫根工作。“小时候家里贫穷，我们主要吃青稞和芫根，后来不缺吃的，就用芫根喂牛，没想到现在还可以用它做榨菜。而且听专家说，我们的芫根只施牛粪不用化肥，属于绿色作物，营养成分更高。”

如今，在师傅的带领下，嘎松旦增开始接触翻池、封池等工作。“做榨菜工艺挺多的，我这里主要做头腌、翻池二腌，然后其他工人再拿去修剪、淘洗，最后还要经过压榨水分、拌料才能变为成品。我虽然了解一些，还不熟练，正慢慢在学习。”对于每天一两百元的工资，他接受得很坦然：“虽然工资不高，但创业刚开始肯定有投入。何况这里的师傅们都很照顾我，教我技术，相信以后会发展起来的。”

梁永昌在旁边不加掩饰地夸赞着嘎松旦增：“这里很多村民不识字不懂汉语，他现在就成我们的翻译了。他领悟力强学得快，我也考虑把主要技术传给他。以后他可以再去教会其他村民，技术就留下来了。”他坦言因为刚投产，效益不明显，虽然包吃包住，老百姓对前景还是有存疑的，像嘎松旦增这样愿意与食品厂同进退的人并不多，不过看到产品后，大家种植芫根的积极性倒是提高了。

“至少还需要两年，产销才能稳定下来，现在只在区内销售，明年准备在内地试销。”虽然目前走势不错，但梁永昌对未来还是持谨慎态度。

包装车间里，梁永昌打开一袋五香味的榨菜请大家品尝。

“榨菜厂采用的是自动化生产，目前研发出了6种口味，销售对象主要是实行‘三包制’的学校。因为味道是根据老师学生的需求定制的，所以他们的反馈是满意的，觉得榨菜脆香可口、咸辣适中，比内地的还新鲜。”这让梁永昌很欣慰。

目前，芫根榨菜厂第一期生产加工厂工程总投资1688万元，已建成加工厂房3200㎡，购置生产设备一套；第二期工程项目于2018年10月25日开工建，总投资1057.48万元，全部为产业资金，用于建设含仓储用房以及污水处理设施等。

祖传手工艺焕发崭新姿颜

在一片叮叮当当的敲打声中，李发宝带我们走进了工业园区的另一家公司——雅仓嘎赤派工艺有限责任公司。整个公司占地面积不大，如同四合院般一目了然，左边作坊里几个工人正在打制铜佛的配件，声响就是从那里传出的。右边的一间教室里，一个高个青年正给两三个学员上培训课，只见他娴熟地用白粉笔在黑板上画着一尊佛头，并用藏语做着详细讲解。见我们驻足观看，他有点不好意思地笑了。

这位青年叫卓玛夏，今年23岁，是公司总经理其美次丁的弟弟，也是公司的监事。当天其美次丁去拉萨开会了，卓玛夏正在教授设计。

听我们夸他画得好，他挠了挠头指着黑板右侧一幅造型生动的龙头：“哥哥画得更好，我们的大部分产品是哥哥设计的。”

哥哥比他大8岁，兄弟俩出生于一妻多夫家庭，所以有两个父亲。卓玛夏说一个父亲是做皮具的,一个父亲是做佛像的。他们的爷爷嘎玛德勒是著名的嘎玛嘎赤派唐卡绘画技艺传承人,卓玛夏和其美次丁作为这个家族的第五代传人,不但从小就跟父亲们学习了绘图、打造佛像、皮具制作等技能,还学习了相关的文化知识。年长几岁的其美次丁更是前往拉萨楚布寺、昌都江达县曲阔寺、四川省登科卓玛拉康、青海石渠寺等地从事过打造佛像、佛塔、法器的工作,算是见过世面的。

2019年9月,其美次丁被评为首届“昌都工匠”,公司也获评为类乌齐县脱贫攻坚“组织创新先进单位”。

卓玛夏带我们走进大门正对着的两层办公楼,这里单另挂着一块门牌,上书:类乌齐县农牧民创业示范基地。他从一间皮革作坊端出一个大纸箱往桌上倾倒,各式各样富有民族特色的包具便铺了一桌,都是他们厂的产品,有的已经被订购,有的是新开发的样品。他们使用的皮料都是在本地收购的,每个包都有藏民族元素,诸如吉祥纹饰、氆氇镶嵌等。目前产品主要销往四川、青海、云南和区内各地市。

整个公司里,最让卓玛夏骄傲的大概是大门旁边的展厅了。

展厅里厚重的黑色木柜上陈列着他们家族老辈人做的牛皮靴、银勺、印经板、茶叶袋、盐巴袋等生活器具,从那些物品的包浆可以看出,它们都是被无数人使用过的,其中的几个银火镰、头饰、羊毛制品更是透着穿越时间的时尚感。在大家的赞叹声中,卓玛夏特别介绍了他们自己近年来的获奖产品及中间展柜里存放着的各种获奖证书。末了,还指着墙上悬挂的名人留影让我们一一辨认。

“他们毕竟是年轻人,比起他们的父辈更懂得宣传自己,也更有经济头脑。他们能致力于帮扶当地群众,既助推了脱贫攻坚事业,也扩大了自身及旗下品牌的知名度。”李发宝赞叹说。

就着窗外的阳光,卓玛夏谈起了创办公司的初衷和现状:"我们办这个公司,主要是为了传承和发扬好祖辈留下的民族手工技艺。扶贫工作开展以来,我们还响应国家号召,积极参与帮扶行动。目前我们的培训内容包括绘图技艺、金银铜铁打造技艺、牛皮加工和裁缝技艺、羊毛纺织技艺等。来这里学习的村民已有46人次,他们觉得学会这些手艺自己可以出去闯,也算有了稳定收入。现在厂里的工人学徒只有31人,其中8人来自建档立卡贫困户。"

2018年,按照产业扶贫相关协议,雅仓嘎赤派工艺有限责任公司为当地40名建档立卡户发放了分红资金,人均500元,贡献了他们力所能及的力量。

地理坐标:芒康县

芒康在藏语中的含意为"善妙之地",地处西藏东南部,位于滇、川、藏三省区交汇处,金沙江、澜沧江并流全境,是国道318、214线内地进藏的"第一站",因此也被称作西藏的东大门。

这里属高原温带半湿润季风型气候区,平均海拔4317米,横断山脉由北向南纵贯县境。东与四川巴塘县隔金沙江相望,南与云南省德钦县毗邻,西与左贡县相连,北与贡觉、察雅两县交界,总面积11431平方千米。

糌粑变成了时尚快餐

从昌都去往芒康,300公里路程,时而阳光灿烂时而雪花漫天,到达芒康县时,气候竟又热烈如夏。在芒康县扶贫产业组的洛珠朗扎和多吉的带领下,我们走进了这座历史悠久的县域。

芒康县峨江农副产品生产销售有限公司就坐落在嘎托镇产

业园区，也是我们此行的第一站。公司由经理昂旺邓吉和两个弟弟共同管理。有意思的是，昂旺邓吉本人还是西藏有名的网红。

“对有基础的企业，我们通过以公司+基地+农户的方式扶持引进。”洛珠朗扎介绍说：“峨江以前就在做糌粑，他们是家族企业，几弟兄都挺厉害的，10年前就开始在县里创办酒店、开办食品厂。政府引进后，就统一搬到园区里面了。”

昂旺邓吉家共有五兄弟，46岁的巴桑是老四，这位18岁就开始在社会上闯荡的昌都汉子，指着牌匾上的大字对我们解释：“峨江是我们家族的名字，它的本意是绿洲，含义正好对应国家提倡的绿色产品。”

聊天时，大家不止一次提到作为网红的老三昂旺邓吉，巴桑说哥哥是个开朗的人，以前每晚都要去舞厅跳舞，不知何时被人拍成视频传到抖音就成了网红，现在倒是正好为自家的产品代言。“眼下三哥去联络销售，小弟弟和女儿去拉萨参加‘食品实验室’培训班，厂里就剩下我和女婿在看家。”巴桑说。

头上盘着红穗子的贡嘎洛追是这里的日常管理负责人，也是老四巴桑的女婿，他正在

原料仓库里带着工人整齐地码放从当地农户那里收购来的青稞、玉米等。

巴桑说：“公司在生产、加工、服务、销售等环节均采用利益联结机制，服务于农民。我们和农户签订了产品包销合同，必须保障农民青稞及小麦的售卖价格。”

“我们都是当场收购，当场兑现。别人每斤给190元，我们就每斤给200元，一直是高价收购。”贡嘎洛追停下手里的活儿，替老丈人补充道，“现在这里有20多个工人，其中9个是当地精准扶贫户，厂里工龄5年的也有8人。”5年，正是他们进驻园区的时间。

做饼干的技术，巴桑说是三哥昂旺邓吉专门去上海学的：“回

来后我们根据本地原料加工成了糌粑饼干，作为特色早餐销售。我们还打算做营养餐包，完成传统食材的再次升级。”他转头指了指放在墙边的几个还未拆封的集装箱：“昨天到了一批机器，是从上海买的，安装师傅这两天到，新产品不久就可以投入生产。”

洛珠朗扎则说：“峨江结合目前的产业布局，能正确处理好大产业与小产业之间的关系，积极打造产业项目示范点、观摩点、新亮点。他们以糌粑及当地特色农产品为基础、深加工企业为龙头的产业化经营模式，既能充分发挥农产品的资源优势、带领芒康县农民脱贫致富奔小康，又能解决城乡部分富余人员的就业问题，对整个县都有很好的示范作用。”

谈到优势，巴桑更是直接让工人冲了几杯糌粑营养餐给我们端来，一股浓稠香甜的味道，居然比很多奶茶都要好喝，能明确喝出粮食的感觉，而不仅仅是香精。巴桑不无得意地说：里面包含蜂蜜、核桃、酥油等，属于自家独创产品。目前已通过市场营销网络销往全国各地，成都、重庆、天津等地都有代售。而且该产品成本比同行业低，又增加了糌粑的附加值，销售价格回旋余地较大，有更好的抵御市场价格波动的能力。

“政府帮我们把产品推广到学校，也对销量起到了关键作用。国家政策好，什么生意都好做。现在各方面条件比我们最初创业时强多了。”巴桑感叹着。

目前，峨江农副产品生产销售有限公司通过产业扶贫投入资金375万元，撬动社会资金1100万元，直接带动建档立卡贫困户12人脱贫，实现人均增收25500元/年；每年收购178吨青稞，200吨小麦，收购原材料覆盖面110余户，户均增收7800余元。

辣椒带来红火的日子

芒康县绿野食品有限责任公司的索多西辣椒加工基地也入

驻在嘎托镇产业园区里。10月末,他们刚从农户那里收完辣椒,红彤彤的新鲜辣椒随处可见,都产自索多西乡。

洛珠朗扎给我普及了一些索多西乡种植辣椒的历史:该乡地处金沙江河谷地带,耕地严重不足,导致青稞产量一直不高,当地人的生活异常艰难。但2200米至2600米的海拔,令当地气候干热,土质肥沃,特别适宜辣椒生长。出产的辣椒皮薄、肉厚、色泽口感俱佳,成为方圆数百公里中独有的特产。

索多西人世代种植辣椒,大约在民国时期从内地学习了制作辣椒酱的技术,一方面方便常年行走在外的马帮商人随身携带,另一方面也丰富了辣椒的吃法。

"我们芒康人种植辣椒、食用辣椒酱的历史远早于西藏其他地方。在发展演化的过程中,也经历了从群众自制到家庭小作坊再到企业规模化生产的过程。"洛珠朗扎说。

2014年8月,芒康县绿野食品有限责任公司所开发的索多西辣椒系列产品荣获"国家地理标志产品保护"荣誉称号。公司还先后被评为自治区扶贫龙头企业、昌都市级农牧业产业化龙头企业、昌都市2017年度优秀农牧业产业化龙头企业。

2018年,芒康县索多西乡1000亩辣椒基地大丰收,出产的1750吨辣椒为当地群众带来近500万元的收入,户均增收1.4万元。随着产量的提高以及相关部门的推广,索多西辣椒声名鹊起。

"作为本地特产,'农户+基地+公司'的模式是索多西辣椒成功的保证。"洛珠郎加说。

加工基地负责人施经理为我们简单介绍着情况:芒康县绿野食品有限责任公司始建于2000年7月,年均用工总人数220人,农牧民人数占总用工人数的90%以上。加工基地除了来自内地的技术工,30多名工人都是当地村民,以建档立卡户为主。明年做辣椒酱,用工还要增加。月工资在3000元到3500元。

施经理指着一间库房里码放齐整的一袋袋辣椒说:“这些就是我们今年收购的,一共150吨,比去年多30吨。以每斤5元的价格,老百姓种多少我们就收多少。因为是订单农业嘛。”

他说芒康雨水多,之前最多的一次拉来8车,很难运作,所以现在拉一车及时烤干后才能再拉一车。厂房里,平时24小时都要不间断作业的烘干机,因为当天早晨5点刚完成一车辣椒的烘干任务,所以现在机器处于休息状态。

看着辣椒都铺开在室内仓库的地上,并没置于满是阳光的院子里,我问施经理:“不能在太阳下晒吗?”

“我们量大,主要采用烤干,光靠太阳晒不过来。”施经理说道。

他边介绍情况边带我们走进车间,让我们对辣椒加工基地有了进一步了解:基地目前采用自动化生产流程,有两条生产线分别制作辣椒面和辣椒酱,其中辣椒面开发出3个种类,辣椒酱开发出7个种类。公司采用订单式生产,不会积压库存。

施经理拿起一个玻璃罐装的辣椒酱说:“我们的产品不但鲜红明亮、辣而不燥,还不会伤肠胃。”我顺势看去,光辣椒酱就有6种口味,看来是为了照顾不同的受众。

自成立以来,绿野食品有限责任公司主要经营索多西辣椒和野山珍系列产品。2008年在索多西乡建立辣椒基地,成立辣椒协会,与协会签下100吨辣椒收购订单,以公司+基地+协会+农户的模式,在西藏历史上率先开展订单农业。

洛珠朗扎说:“绿野公司属于咱们自治区扶持的龙头企业,从县、市、自治区都给予了很高的评价,所以我们就把它纳入到扶贫行业来了,毕竟带动百姓致富也是政府扶持这些企业的一个初衷。公司做的项目我们既要保证政府投资见效,又要带动当地老百姓，最后老板也能赚钱。”

“以前我们卖辣椒很难，要赶着毛驴翻山越岭，后来公司和我们签订了收购合同，在家门口就可以卖辣椒了。”基地工人益西正好来自索多西乡，他告诉我他们那里很多村民靠卖辣椒脱了贫，有的盖了新房，有的买了汽车，自己家里劳力足够，他就出来当工人了。

辣椒让当地群众的生活红火起来了，这更加激发了他们种植辣椒的热情。以龙头公司为牵引带动种植，使索多西辣椒拥有了稳定、可靠的销售渠道。绿野公司以每斤2元和5元的价格长期收购青、红辣椒，帮助农户规避了市场风险。走“农户+基地+公司”的模式不仅有利于管理，同时增强了群众抵御自然和市场双重风险的能力，也促进了特色经济的发展。

“我们公司始终坚持走规模化、集约化和产业化的发展道路，有效联合当地农牧民群众共同发展。通过扩大蔬菜及辣椒种植规模，进一步激发了当地农牧民群众发展种植业的积极性，对增加农牧民增收渠道、为该县的脱贫工作起到了促进作用。”施经理说。

从耕地里找收入

惬意的晨阳中，我们从芒康县曲孜卡乡向木许乡出发。朝北走了一小段乡道，待跨过澜沧江上了彼岸的214国道后，就调头往昌都市最南端驶去。该国道在此区域里完全是随着澜沧江的蜿蜒而修建。

大约2小时后，当江对岸山脚的人家逐渐密集，司机伦珠说已经进入木许乡了，我们下车休整，感受着温暖的季风。木许乡靠近云南，自然环境条件相对优越，海拔只有2200米，阿东村属于纯农业村，有“进藏第一村”的称呼，当然指的是从滇藏线进藏。

木许乡党委书记陈凯峰在此等候着我们。他扬起右手，仿佛指点江山："你们一眼看过去——，那近一点有木杆子的地全是种的葡萄。由于这边耕地少，老百姓便把目光瞄准了半山上的荒地，那一丛丛绿树是我们引进的温州蜜橘，这里阳光充足，果实比内地甜多了，所以现在它有了新名字，叫康巴蜜橘……这些耕地全部实现了经济化。"

虽然是隔江眺望，但通透的视野中，那些阡陌纵横的绿色和点缀其间的白色房屋还是能一览无遗，整齐有序的葡萄架更是像列队的士兵守候着土地。

1998年就来到昌都的陈凯峰，属于第三批从内地引进干部。来木许乡工作4年，那里的每一条路、每一个人、每一点一滴的发展变化他都烂熟于心。

"要让群众脱贫，我们主要是从耕地里找收入，就要靠种植。这里的老百姓很珍惜耕地，他们除了种果树、葡萄保障经济收入，也在地里套种些青稞、小麦之类的矮秆作物，满足人和家畜的日常生活所需。葡萄种植一般只使用有机肥，8月下旬以后采收，那时含糖量最高。采收后24小时内必须进行加工处理……一茬忙完接一茬，人就很难有闲着的时候。"

陈凯峰滔滔不绝地介绍着："葡萄地现在采用的是支部+基地+农户+企业+合作社经营模式，就是所谓的订单农业。比如阿东村的木瓦组只有41户，给我们带来的经济收入就有40多万！沿澜沧江一线的村子都是这样的经营模式。"

此外，木许乡所种的490亩橘子，也都是订单农业。"虽然气候温和，但种果树模式和葡萄一样，要从苗木开始注重培养。比如你看到那些才种了两年多的苗木，我们得人为控制不让挂果，等它先把苗子长起来。我们给农户补助三年，然后推向市场，根据品质按每斤1元到3元不等的价格进行收购。由合作社统筹经营，政府主要是进行牵线作用，最终要交给市场决定。把木许乡变成一个原材料基地，前景还是非常可观。”

他说当地群众原来只种植青稞、小麦，后来种了果树，一亩地的收入过去只有1500元，现在最高能达到8000多元，直接翻了几倍，百姓真正得到了实惠。

“现在主要是抓质量、产量，增加销售渠道。收购、运输都不是农户所担心的，家门口就可以装车。品相好的果实可以直接上市当时令鲜果卖，品质差一点的可以做饮料、酒。木许乡除了成为著名红酒酿造企业的原料基地，还是县里新增的5家酒厂的原料供应点。”陈凯峰说有了他们的需求，所以不用担心市场。

由于和云南接壤，紧靠214国道，交通便利、信息通达，木许乡的群众思想灵活，接受外来事物比较快。加之气候适宜，花果多，养蜂也是当地一大产业，山上还可以养猪。总而言之，他们一年四季都不会闲着，经济结构比较合理。除了在家种地的，仅去年就有370人出去打工，挣了400多万回来，收入已是相当可观。

“他们懂得用双手创造自己的财富和美好生活。”陈凯峰用了一句很官方的总结。

从交谈中我了解到，当地群众不但积极挣钱还很重视教育。目前全乡2300多人，在校大学生达到108人，老百姓不仅比谁家房屋气派，还比谁家大学生多、经济收入多……用综合实力争创美好家庭。

“这里还是远了，你们应该走进去亲眼看看。”在陈凯峰的邀请下，我们跨过横在澜沧江上的一座铁板桥，进入了对岸的阿东村。

走在绿意盎然的乡间小道，看着一座座整洁的农家小院和沿途不时伸出围栏、缀满果实的枝丫，莫名有一种进入江南的感觉。

这些水果不会被小孩子摘吗？我问。

他们都吃腻了，不稀罕啊。陈凯峰笑着说。

不知不觉走到了村民白玛家的院子前，看我们驻足张望，正在浇花的白玛便热情地邀请我们进屋坐坐。

白玛今年52岁，1992年从附近村子入赘到阿东村，现在两个女儿都去了外地工作，作为村两委干部，他依然留在村里带领大家脱贫致富。

这座房屋的格局挺有意思，进门要先经过厨房，客厅在里面。

客厅四壁嵌着与内墙等高的原木色雕花壁柜，他说虽然房屋是1992年修建的，但家具才添置了不到5年，图案均为当地村民都喜欢的藏汉结合风格。客厅里古老的灶台是以前留下的，现在主人怕把客厅熏黑所以不再用它做饭，但都贴上了松鹤延年的彩砖，上面放置着擦得锃亮的各式铜壶、铝锅，俨然成了一个藏家厨具展台，很有装饰感。

“他今年光是卖葡萄就挣了三万八，是个能人哦！”据陈凯峰说，当时白玛家装葡萄的筐子都用了450个。

富裕起来的白玛不再烧柴，他和其他村民一样都用起了电和气，饭桌都是带电暖炉的，冬天也不需要像过去那样在室内生火，难怪后来干脆把厨房移到了进门处。

这几年因为两个女儿一个去了日喀则仲巴县教书，一个考到林芝气象局工作，家中就剩老丈人和他夫妻俩。作为村干部和村里的致富带头人，白玛便和大家一起把心思都投到了建设家乡上，除了和其他村民一样种植葡萄，他家还养猪、种果树，今年光葡萄就卖了3万多，家庭收入在村里属于中等水平。

今年8月份，白玛还在自己院子里增加了几间很洋气的木板房，他说是等着女儿回来住的，院墙边几株橘树上已挂满沉甸甸的果实，他说那也是为女儿留的。

告别白玛，我们来到了村西头的一块葡萄地，此时葡萄早已下架，只剩一些老绿的叶子和枯黄的枝干。

“你们要是早一个月来，还到处都是葡萄，现在虽然果实没了，但它们浑身都是宝啊。等过些时候百姓套种完青稞、小麦，他们就会来把葡萄叶子撸掉拿去喂猪，通过修理把有用的枝干剪成两节一卡做扦插用，可以卖到左贡等地，一卡就是1毛钱呢。”说着，陈凯峰伸出大拇指和食指，弯腰在枝干上比划下一节的长度。

远处，十几个村民在阳光下劳作，他们正为一块隔种着橘树的耕地松土，那些两年生橘树大多不足一人高，尚未挂果，个别枯死或长势不佳的还要引进苗子补种。

“他们经常互相帮助，今天你家，明天我家。”看我们对着那劳动的场面不停拍照，陈凯峰便补充介绍道：“我们乡耕地共1700多亩，葡萄就有1019亩，一户人家最多的能种四五亩。今年光是给达美拥酒厂直接售卖就达177万，加上百姓自己酿酒出售的，全乡收入接近200万。带动建档立卡户28户、131人，都得到了较好收益。”

不知不觉，大家就走到了村委会的院子里。它伫立在村西头的半坡上，旁边是一座描绘得五彩缤纷的幼儿园，周围种着鲜花、果树。“我们这里一年四季都有水果，核桃、石榴、苹果、橘子、枣子等到处都是，老百姓爱美，只要有空地，都种上了花和树。”

看到花，陈凯峰想起重庆一家企业下午要来村里收购蜂蜜，就顺便介绍起养蜂的事。

由于木许乡海拔较低、气候温和、花草茂盛，有适宜蜜蜂发育繁殖的环境，养蜂的历史也很悠久。为此，政府积极鼓励贫困户发展蜜蜂养殖，并给予蜂箱制作技术支持及现金补贴。去年，全乡产蜜的蜂箱有318箱，涉及精准扶贫户65户，为群众增收40余万元。

在此基础上，乡里还组建了蜂蜜产业协会，打造以绿色、无污染、纯天然为品牌的“高原蜂蜜”。

“我们作为原材料供应方，一斤能卖70多元，这个收购协议预计初步能让我们拿到现金30万元。”陈凯峰说在木许乡易地搬迁安置点，一座现代化的蜂蜜提纯设备已经安装完毕，以后自己就可以深加工，销往全国各地。

离开时，村长留下了陈凯峰，说要商谈一下过两天组织技术培训的事，是曲孜卡乡一位种果园的老师傅来上课。

陈凯峰告诉我这是乡里每年都要做的事，根据老百姓农闲时间组织他们搞技术培训，把冬闲变为冬忙，穿插利用时间开展各项工作，有的也会自掏腰包去气候相近的云南学习一些种植技术。

虽然村民的日子一年好过一年，但陈凯峰始终牢记着自己和干部们的责任：“我们将大力发展康巴蜜橘、葡萄、核桃种植，狠抓蜜蜂、藏香猪养殖，并建立食品深加工体系，促进农业高效发展，努力增加群众现金收入……他们都动起来获得更多收益，才是我们乡干部关心的。”

葡萄酿出甜蜜的事业

芒康县地处干热河谷地带，具有天然的隔离条件，种植葡萄病虫害少，也利于葡萄糖分形成，著名的盐井葡萄酒就产自这里。县域内的木许乡、曲孜卡乡、纳西乡因为气候适宜，都成为了盐井葡萄酒的原料基地。

优越的自然地理环境，为盐井葡萄酒的生产提供了充足的原料和理想的酿造环境。盐井地区在唐代就是吐蕃通往南诏的要道，一直是滇茶运往西藏的必经之路。

盐井葡萄酒酿造历史悠久，19世纪中叶，来自法国的传教士进入此地传教，随着天主教的传播，传教士也教该地群众种植葡萄、酿制葡萄酒。从那以后，当地一直延续着种植葡萄，酿制与饮用葡萄酒的习惯。

经过高原长期严酷气候的自然选择而驯化，葡萄种植已完全适应该地环境。

2009年，西藏芒康县藏东珍宝酒业有限公司成立，开始打造世界最高海拔的葡萄酒。同年10月，符合国家标准的第一批优质盐井葡萄酒产出，开创了西藏地区葡萄酒产业商品化的先例。企业在开拓奋进的过程中，不但建立起了南部三乡的三个示范基地，还带动当地群众和建档立卡贫困户就业和葡萄种植，2014年被评为西藏自治区扶贫龙头企业，2018年产值超过2000万元。

“今年产量会超400吨，销售收入有望超过3000万元。”产品销售负责人、纳西族姑娘曲措说。

她指着厂区路边展示栏里的两张头像对我们介绍：“这就是两位创始人，洛松次仁是我的哥哥，2017年去北京大学光华管理学院学习管理了，高捷是我们的葡萄酒博士。”

“我们家一直经商，当时父亲收购了一家快要倒闭的青稞酒小作坊，就让在天津上学的哥哥回来接手。2009年，政府专门送哥哥去西北农林科技大学葡萄酒学院学习，那是亚洲唯一一所葡萄酒学院，在那里认识了葡萄与葡萄酒专业的博士高捷，他的老师是中国葡萄酒之父李华。我哥把想引进技术的念头跟高捷说了。经过后期考察，高捷以技术入股的方式成了我们的总经理兼总工程师。他们便共同创办了藏东珍宝酒业有限公司，这也是西藏第一家葡萄酒生产企业。”曲措说因为这个原因，曾经是一名公务员的她，后来也辞职帮哥哥打理酒厂，现在还兼任公司党支部书记。

穿过厂区时，一些工人正在用高压水枪冲洗塑料筐。

“前段时间收葡萄用了4000多个框子，现在要收拾出来以备明年用。我们与木许乡签了收购协议,葡萄比市场价高百分之十,收购了十天十夜,近400吨……可以说,芒康县收购农户原料最多的就是我们。”曲措说原料到位就进入了葡萄酒的榨季。

在曲措的带领下,穿过生产车间用于参观的玻璃通道,来自世界各地的先进设备随处可见,有进口自葡萄牙的瓶塞、法国的罐装生产线和葡萄分选机器、还有来自丹麦的葡萄酒全自动分析器等。

葡萄从发酵到出渣到酿成酒再储存等全过程都一一呈现。

曲措特意讲解了一些善后工序:“酒出完了要出皮渣,我们又循环利用,与农家肥一起发酵,第二年再上到地里,这样既节约又环保。”

“现在厂里有38名员工。那边是他们的生活区、员工宿舍。”说话间,大家来到了产品陈列室。曲措斟上几杯紫红的葡萄酒,邀请我们品尝,汁液入口,香甜醇厚。她说这是基地研发成功的新产品——玫瑰蜜。

“我们每年都会派技术人员教乡里人种植,有人专门做过测试,内地的葡萄酒甜度大多在150,我们这边却甜度爆表,达到了300多。”听我们说刚从阿东村过来,她一下子激动起来:“前些天才在他们那里收购了三天三夜,装了满满9卡车,农民尝到了种葡萄的好处,越来越用心,今年质量也特别好。”

陈列展厅里,荣誉证书和奖牌比比皆是:2014年12月11日,原国家质检总局批准对“盐井葡萄酒”实施地理标志产品保护。2017年3月,盐井葡萄酒获“第八届亚洲葡萄酒质量大赛”金奖。同年,获得“西藏自治区著名品牌”殊荣。

曲措指着专门请人绘制的大幅唐卡壁画介绍起葡萄酒的历史文化背景:传说在远古时期,格萨尔王和纳西王为了争夺盐田而发生战争,格萨尔王胜利后,纳西王的儿子就以臣子的身份留下来驻守盐田,纳西族也在此定居。

后来,这里成为滇藏线进藏的第一站,也是茶马古道进藏的第一站。

从1865年法国传教士来到盐井,至今约160年过去了,酿制葡萄酒的酒厂和作坊与日俱增。曲措他们公司旗下的“达美拥”品牌系列葡萄酒,更是在西藏区内市场收获了良好的口碑。

公司成立之初葡萄原料严重不足,生产出的酒还不足50吨,虽然当时政府给了葡萄种植户相应的补贴,但是这个产量根本无法支撑产业链的完善。

“要想壮大特色优势产业就必须要打造特色的产业集群,让周边群众共同参与,不仅能保障酒厂的原料高质量的持续供应,还能带动周边群众脱贫致富,这也是哥哥回到家乡创业的初衷。”曲措毫不掩饰自己的骄傲,“我们两位老总在技术、机器、酒厂规模、环保设备等方面都很用心,为的是想做百年企业,让昌都葡萄酒走出中国、走向世界。”

“公司成立以来,首先是解决了当地群众的长期就业和临时就业,带动了南部三乡的葡萄业种植;第二个是长期全额资助了两名内地西藏班学生的学费、生活费。下一步,我们将加大教育扶贫的投入,争取把这个做成我们扶贫工作的亮点特色。”曲措他们没有沉溺于眼前的成绩,未来寄托着他们更多的目标。

藏东珍宝酒业有限公司从2012年开始在党和政府的扶持、帮助下,带动当地群众种植葡萄,为公司解决了葡萄酒生产原料的问题,当年就种植葡萄200余亩。

近年来,公司一直通过“企业+协会+基地+农户”的模式带动当地群众种植酿酒葡萄达10000亩,为农牧民增加收入改善生活质量创造了条件。葡萄种植达140余户,户均增收超8000元。

2018年,该公司通过“百企帮百村”共计帮扶南部三乡32户贫困农牧民，帮扶金额10余万元；帮扶贫困农牧民危房改建，帮扶金额约为20余万元；为建档立卡贫困户建立了动态档案，实时更新受帮扶对象的具体情况。

截至目前为止，公司每年为当地农牧民创造的收入逐年增长。在收购葡萄期间，为当地贫困户提供30余个岗位。解决临时就业702名，年增加收入10余万元；解决固定就业19名，年增加收入70余万元。

扶贫产业组的多吉介绍说，县里将葡萄酒作为重点产业予以扶持，已建成万亩葡萄基地。种植葡萄成为当地群众的重要现金收入来源。仅2018年，纳西乡就完成葡萄种植3018.3亩。

“下一步，芒康县将把地方经济发展建设与生态环境建设有机地结合起来，将葡萄酒产业开发建成集经济、示范、生态、葡萄酒文化、旅游休闲、度假为一体的特色产业。”多吉说。

从藏东珍宝酒业有限公司离开，我们又来到与之相距不远的另一家葡萄酒生产基地——藏香葡萄酒业有限责任公司。该公司成立于2015年3月5日，2016年初开始，虽然起步较晚，但也相继推出了广受欢迎的藏红甘露牌系列葡萄酒。

“从收葡萄、包装、灌注，我们都是在当地招临时工。公司现有35名员工，固定的工人15名，6人为当地建档立卡贫困户，实现人均年增收36000元；聘请临时工20人，其中8人来自当地建档立卡贫困户，实现人均年增收7200元。拥有资深葡萄酿酒及栽培专家各一名，大学本科生8人，算是一个比较完备的团队了。”为我们介绍情况的是公司经理扎西达瓦。这位43岁的青年也是芒康县纳西民族乡人，他曾在芒康县纳西乡青稞酒厂担任酿酒师职位多年，拥有丰富的藏式葡萄酒古法酿造经验及葡萄种植经验。

早在2010年，扎西达瓦就联合乡邻，开始在盐井种植黑珍珠葡萄近100亩，他根据自己对黑珍珠棚架葡萄十多年的管理经验和云南德钦县葡萄种植专家的多次指导，2013年秋天就结出了累累硕果。

2015年公司成立后，他将这100亩培育成熟的基地全部划入公司。

近年来，公司积极响应国家精准扶贫号召，联合“芒康县藏东兴农葡萄产业发展合作社”，优先让当地建档立卡贫困户加入合作社种植葡萄，并派专业技术团队全程跟踪指导，并以每斤高于市场价格2.5元进行收购。首期已经形成近400亩的产业规模，2018年秋天开始投产，预计年产葡萄300–500吨。

同样是产业扶贫组的干部，一路随行的多吉显得不爱说话。在洛珠朗扎提前返回县里后，他已经沉默了大半天。大概见我实地调研得差不多了，才终于给我补充了一条内容：芒康县实现群众增收致富主要依靠“四大种植基地”（葡萄、核桃、苹果、蜜橘种植）与“四大养殖基地”（绵羊、卡若香猪、红拉山鸡、牦牛养殖）。

多吉在手机里边翻看着电子版资料边对我说：“我们的产业项目已带动贫困户实现就业1823人，年人均收入达5993元，间接带动15870人；产业项目带动的贫困户1499户，实现分红11030263元。”我接过看了看，是今年刚出炉的数据。

那份资料显示，芒康县通过招商引资壮大了县域产业项目，“企业+合作社+基地+贫困户”的模式有效增加了项目抗风险能力，同时打通了销售的渠道。目前已引进77家企业登记入驻，开工建设项目39家，实现投产17家，年效益资金达5074万元。

地理坐标：贡觉县

贡觉县属东南三江流域的横断山峡谷区，唐古拉山横断山脉北段，金沙江上游西岸，高山、森林、草原并存。贡觉县地势由东南向西北倾斜，最低海拔2570米，最高海拔5443米。地貌大体可分为东南峡谷区，西部河流区和西南谷原区。

梅朵次草场的传统牧业

清晨，从芒康县曲孜卡乡朝西北方向行驶，约摸4个小时后就到达了贡觉县阿旺乡，这是该县两个纯牧业乡之一，著名的阿旺绵羊就繁衍自这里。

阿旺乡位于贡觉县东南部的草原上，全乡幅员面积671平方公里，平均海拔4030米。其东通四川省白玉县，东南通芒康县，是贡觉县通向拉妥乡、三岩的木协、雄松、敏都、沙东乡的必经之路。有利的地理位置，决定着阿旺良好的发展前景。

来到这里，我们最感兴趣的当然是阿旺绵羊。

午后的阳光虽好，但梅朵次草场却风声呜咽，那些起伏着的缓坡下面，十几顶白色的帐篷错落点缀着渐次枯黄的草场，一大群健硕的阿旺羊如云朵般漂浮在四周悠闲地吃草。

对于牧人为何要选择这里作为游牧点，同行的阿旺乡党委书记加塔解释说："梅朵次草场因为地处山坳，寒冷至少要晚到一个月。夏天，这里开满了这么高的鲜花！特别美。"说着，他用手在自己膝盖下比了比。

今年31岁的加塔，本是昌都八宿县人，2010年大学资源勘查专业毕业后通过公务员考试来到贡觉县，先后在莫洛镇、雄松乡、县委组织部工作，2016年来到阿旺乡。"当时我们的牧户居住还比较分散，赶上贡芒公路正在修建，年底正式通车后，阿旺乡成为317、318两条国道连接线的重要交通枢纽区以及连接三岩6个乡和其他两个乡的必经之路。有这个区位优势后，再实施易地扶贫搬迁工程，200多户集中到乡里，管理特别方便，通过扶贫政策宣传及教育引导，群众思想观念转变特别大。"

正说话间，远处，一辆皮卡车在草甸上晃晃悠悠驶来，然后在一块略为平整的草地上停好，穿着厚重藏袍的牧民多贡头戴着一顶牛仔帽便从驾驶室走出，靠着近些年养殖阿旺羊发家致富的他早已成了远近闻名的养羊能手。

50岁的多贡来自阿旺乡金珠村，家里有8口人，除了妻子吉琼，6个孩子都在上学。18岁的老大在天津上大学，其余5个孩子都在县里或乡里上学，最小的孩子也已经6岁。他家养羊六七年了，虽然每年都要花钱雇人放羊，但他从没想过把孩子留下放牧，他羡慕有知识的人，觉得孩子上学是件很重要的事。

多贡家现在有1400多只羊，加塔在一旁替他算账：一只羊平均价格在3500元，最贵的能卖到5000元一只，每年出栏100只羊，怎么都有30多万……

多贡听着憨厚地笑了笑，没有否认。多贡说根据祖辈传下来的经验，当地人都看好这个品种，所以最早是他自己买了些羊来养殖，“以前除了羊，经济上没有其它依靠，但那时羊的价值不高，1只只能卖几百元，加上雇不起劳力，家里生活一直比较穷。”到现在他养阿旺羊已经6年了，可真让他富裕起来，还是近几年的事。这主要源于县里对阿旺绵羊品牌的打造，带动了当地农牧民增收。

贡觉县副县长王波对这方面的工作深有感触：“自脱贫攻坚工作开展以来，阿旺乡党委、政府切实把目标瞄准在贫困人口这个群体上，把措施强化在脱贫致富这个目标上，通过精准识别、精准施策、精准脱贫等一系列动作让贡觉的游牧民群众如期实现脱贫。”

多贡在梅朵次草场有一顶自家的帐篷，里面很简陋，帐篷中央是铁皮炉子，上面放着锅碗瓢盆，两边随意堆砌着几床毯子。主要是雇的2个帮工居住，他自己依然每天早晨6点从乡里赶来草场和大家一起放牧,中午在外吃一顿糌粑,晚上9点再开着皮卡车回家,妻子吉琼则带着几个上学的孩子住在乡里。作为易地搬迁户,他们分到了180平方的大房子。

“现在条件好了,我可以安心放羊。除了老大在天津上大学一年要花两三万,几个小的上学都享受国家的三包政策,没有什么负担。”在这样的状况下,难怪多贡把每天来牧场转一转都当成了休闲。

“我们乡有234户、1800人,乡政府周边也有养牛的,但阿旺绵羊毕竟是在长期适应贡觉气候的自然生态环境条件下,经过闭锁繁育和民间自然选育而形成的优良绵羊种群。何况它出栏快、周期短、价格高,所以现在很多人选择养羊。”加塔说,“当初动员大家养羊难度比较大,毕竟群众文化水平有限,通过各级政府的宣传教育引导,加之县里实打实的扶持政策落实下来,我们的工作才有了进一步的进展。”

梅朵次草场上的另一顶白色帐篷里,73岁的老牧人拉玛江村正坐在藏毯上逗弄着一岁多的孙女,不知因何祖孙俩笑作一团。

因为全家9口人都在其中居住,准备的设施显然比多贡帐篷里完备许多,帐篷两侧仅毡毯一类就叠了半人高,还分割了一个角落做厨房用,厨具都是无需插电的。正中间堆起的方台子上摆放着几盆绢花和一排酥油灯,不知是不是晚上照明用的。

拉玛江村家现有阿旺羊1500多只,算是传统养殖户中的大户。加塔说乡里对外宣传阿旺羊使用的第一张品牌形象照拍摄的就是拉玛江村家的羊。

待我们也如老人一般盘膝在卡垫上坐下,老人边把盛放着干肉的盆子推到我们面前,边吩咐儿媳妇打茶。听说我们想听听他的放牧生活,拉玛江村眼神立刻就亮堂起来,他时而声情并茂地讲述,时而陷入回忆,画面便呈现在我们眼前:

早晨7点，在熹微的天光中，草原渐渐苏醒，拉玛江村依据着自己的生物钟准时起床，开始了新的一天。

他吃完糌粑，喝完热腾腾的酥油茶，就忙着准备干粮，等太阳升起来，便赶着羊群往自己锁定好的草原出发了。拉玛江村没有戴表的习惯，但看到太阳的位置就知道什么时候该吃午饭，什么时候该赶着羊群回家……

从13岁开始放牧，60年的岁月里他都是与草原和羊群相伴，这些行为早已融入了血脉。

如今，已是古稀之年的拉玛江村依然会在每天7时准点起床，虽然他很喜欢和羊在一起，但毕竟年龄大了，家人并不放心让他走太远去放羊。于是，在干净舒适的帐篷里吃完早饭，老人便开始安排家人去哪个草场放羊，他知道的草场很多，勒、玛甲沟、热若都是他经常去放牧的地方，如今他只需用自己的经验为全家做统筹指挥。好在有孙女和儿媳妇相伴，加上附近几家相熟的牧户，他倒是一点不寂寞。

拉玛江村说夏天只需一人就可以看顾一大群羊，春、冬季则要2到3人放羊。“冬天太冷，草也不好，走的路多，羊的天敌也比较厉害。”老人担心羊受饿、受伤害，于是放着乡里的楼房不住，坚持要和儿女们一起住到草原上的帐篷里来。老人掰着指头数了数，他们家族到孙女这代已有5代人都是在草原上生活的。

11月底，他们将要迁到到冬季牧场，直到来年3月份再转场。

拉玛江村养了一辈子阿旺羊，他说以前羊的价值不高，养羊只能照顾到家里人的温饱，而现在阿旺羊的价格一年比一年高，他们在乡里也有了属于自己的安居房和现代化的家电，他朝我们比了个大拇指：“我赶上好日子了。”

梅朵次草原除了多贡的简易帐篷、拉玛江村全家居住的大帐篷，还有几家牧户也在这里安营扎寨。

“阿旺绵羊起源于我们阿旺乡，但养殖户一度积极性不高，我们责任很重。2016年县里有了扶持政策，从开始的有46户参与、不到6000只绵羊，到2019年10月增加到103户18000多只羊。阿旺乡现在养殖方式也有所转变，1000只以上合为一组，分组分片集中放养，劳力都释放出来了……这里面少不了政府的扶持教育引导，加上群众自身的勤劳，如今整乡已经顺利实现了脱贫摘帽。”谈到这个过程，加塔显然是自豪的。

王波县长也说：“我们的阿旺羊可是富硒产品，微量元素、肌腱脂肪合理，都是经过认证的。可以说是有品牌有质量，可就是没足够货源，导致很多外需合同不能签。所以我们还需要加快产业发展，拓宽群众增收渠道，转变群众经营理念，提高养殖户的信心。”

阿旺乡作为阿旺绵羊这个产业链的核心区，群众是最大的获得者、受益者。

在政策的扶持下目前全乡绵羊头数达到了18000只，去年扶持了46户，户均50只，共计2300只绵羊。通过“公司+基地+合作社”的模式，初步完成了合作社的建设与贡觉县藏东生物科技公司的衔接工作。

从脱贫工作开始到现在，当地依托资源优势养羊，发挥支柱产业作用，继续实现农牧民增收致富。目前全乡牲畜29921头，全乡居民人均可支配收入达10000元。

住进楼房的易地搬迁户

乡驻地海拔3960米，是国道317和318连接线上重要的交通枢纽区及全县南部商品集散地，是贡觉县经济社会发展的区域侧中心。

走在乡里的主干道上，我被路边那一排排整齐有序的白色楼房吸引。王波县长说那是乡里为易地搬迁户统一规划的居住小区。“这里12个行政村的群众几乎全都从事牧业，因为生产资料主要以牲畜为主，祖辈遗留的独特生活方式便是常年逐水草而居。过去牧民居住分散、四季换点，曾给我们加强基础设施建设、公共服务配套等都造成了很大的困难。”

2016年，贡觉县委、县政府对通奎等九个行政村做出了易地扶贫搬迁的决策部署。阿旺乡234户1108人搬迁至阿旺乡政府所在地；2018年，39户188人搬迁至县城一号安置点。

走在那些如同小别墅般的楼房中间，加塔颇为自豪地介绍着：“九个村的集中不仅让我们成为了易地搬迁安置点，还让我们成为了小城镇建设点、现代牧民定居点、美丽乡村建设点。该工程项目建设政府投资小、项目效益大、群众受益高。搬迁至县城一号安置点，不仅保障了群众住房问题，更是实现了就近就便就医、上学、生产的问题。”

见有一户人家敞开着大门却没有人，里面摆放着很多藏式家具，像是出售的。我们正好奇，就听后院传来阵阵欢声笑语，原来，穿过门庭，里面有一间露天茶馆，40岁的老板巴登正是小楼的主人。

见有外地的客人，巴登热情地邀我们去他位于二楼的客厅。看我注意到他的家具，他说家具是他从县城进的，自己用一些也卖了一些。

巴登以前和十来户非常分散的牧人住在一个叫“拉果”的放牧点，那里各项基础设施落后，没水、没电。虽然可以放牧，但收入很少，没有公路出行也不易，用巴登的话说就是“晴天一身灰雨天一身泥”。如今他分到了这座200平米的小楼，周边一切公共设施齐备，虽然不再放牧，但因为一边开茶馆一边做家具生意，收入却增加了。

巴登花了很多心思打造自己的住处，不仅把楼底的院子变成了种着鲜花的甜茶馆，还把二楼的阳光棚改成了温馨的客厅，装上了枝形大吊灯，墙壁贴着干净的壁纸和吉祥八宝图案，四周则摆放着时新的藏式家具，地毯、沙发、各种家电也一应俱全。他说以前住在放牧点，居无定所也没心思购置什么，现在一家人住在这里，收入也稳定了，就想着美化一下自己的住所，这是他以前住帐篷时不敢想的。说到最后，他深有感触地用汉语很认真地补充了五个字："感谢共产党！"

加塔告诉我，除了阿旺绵羊，县里根据实际情况和群众意愿，于2017年还实施了大棚蔬菜种植，算是辅助产业。"通过蔬菜种植技术培训，有了自己的新鲜蔬菜，本乡之内基本实现自给自足，还便于运输存放。他们放牧的时候也会带自家的萝卜、白菜、土豆到放牧点食用。县里有犏奶牛扶持到户的产业，共172户960多头到户，现在产奶量、酥油、奶渣等在县域之内销售量越来越大，也增加了群众收入。"

养殖业给幸福村带来了幸福

离开阿旺乡，沿501县道再行50公里就到了贡觉县辖镇莫洛镇，这里也是县人民政府驻地。我们要去的莫洛镇幸福村，是二十年前从三岩片区木协乡搬迁而来。

之前，幸福村经常与邻村产生纠纷，原因是他们没有经营耕地和养牲畜的习惯，无事可做的他们每年都靠政府的救济粮生活。

这些都是格桑次仁告诉我的。这位2005年大学毕业后就在贡觉县工作的年轻人，曾任县农业农村局草原监理站站长，现在则专注于阿旺绵羊的选育、推广工作。

过去受旧观念的影响，部分群众思想观念比较陈旧。自昌都阿旺绵羊特色产业实施以来,村里依托地理优势,先后成立了贡觉县昌都阿旺绵羊育肥基地合作社、贡觉县幸福绵羊养殖专业技术合作社,在这些产业的辐射下,全村20户群众全部积极参与到了劳动致富当中。

贡觉县藏东生物科技开发有限责任公司2015年成立,负责阿旺绵羊的养殖、繁育、推广和羊肉冷鲜产品的物流、销售等业务。同时,在拉妥乡、哈加乡、莫洛镇等地修建阿旺绵羊扶贫棚圈627座,组建26个阿旺绵羊养殖专业示范村,莫洛镇幸福村成为阿旺绵羊本品种选育示范基地,格桑次仁成为该公司董事。

对幸福村选育基地的工作,格桑次仁显然十分谙熟:“整个厂区的办公区有监控、电子信息平台。每只羊从刚生下来到断奶都可追溯,你想买一只羊,可以从羊羔出生就扫一个二维码,羊的父母是谁,每天的吃草量、喝水量都可以监管到,追溯体系让每只羊都有了身份证。”

通过简易消毒区,大家换好隔离服,跟随格桑次仁进入羊舍区。

“这里有20多排羊舍,这边是放干饲料的,那边是发酵池,新鲜饲料要在那里加工成青储饲料。羊粪会与菌种混合,一天三次自动送到发酵池,然后再进入肥料加工厂变成有机肥。”格桑次仁边指点边介绍:“我们同附近647户养殖大户全部签订了回收羊羔协议,他们把羊养到半岁或一岁时拉到这里,我们短期育肥半年后基本可以出栏。你看到的每排羊舍能装100只,整个厂区装满可以装4000只。因为前期出栏的比较多,现在就剩2260只,后续还要进羊。”

羊舍条件非常好,不但通风、卫生,冬天还有起保温作用的循环加热系统,格桑次仁说羊虽然不太怕冷,但这样的条件有利于羊的生长,特别是产羊羔时,舒适的温度更是幼崽成活率的保障。厂区还配备了兽医间、隔离室，用以防止病羊相互传染，保障羊的健康。

走至其中一个圈舍时，发现里面的羊明显体型更健壮，角大而弯曲，只是看到生人就胡乱冲撞，力气很大的样子。格桑次仁说它们全是种公羊，通过每年筛选、淘汰，最后培育出优质品种。“种公羊过去经常把围栏撞坏，厂里最早按照内地的羊圈模式修建了食槽、护栏，结果并不适合它们，反复修改了很多次，现在终于能适合了。”

这些年专业技术人员已经摸索出人工采精、配种的方法，以前只能一年一胎，现在可以两年三胎，只是除了基地使用这个技术，老百姓还暂时不能接受这种方式。

“基地除了8名专门从四川、湖南请的技术员负责饲料加工厂和肥料加工厂，其余38名饲养员全是当地建档立卡户。阿旺绵羊虽然价格较高，但目前只能供应昌都阿旺绵羊主题餐厅。所以我们下一步计划运往拉萨、林芝、成都等地，把产量提高。现在能量储备库、屠宰分割库等都建完了，运送车也买来了。”格桑次仁对厂区前景很是看好。

20岁的阿夏此时也正好来到了厂里，他现在是这里的副厂长。初中毕业后他就在基地工作，曾被派去天津、内蒙呼伦贝尔等地学习、培训关于羊的管理和饲养技术。作为第一代在莫洛镇幸福村长大的村民，他的体会更为直接：“现在政府补贴修了房，又为我们提供了多种就业渠道，还有每亩给500元补贴的饲草基地。草比较好种，只要注重浇水不需要过多打理，一斤能卖到4毛钱。阿旺绵羊价格比较高，一斤能卖35元。我们现在都不需要国家救济。”

“村民历史上不养羊，基地的建立带动了建档立卡户，有养羊意愿的我们都发了几十只羊，不管在基地打工的，还是送内地培训的,全是基地在负责。还通过聘请专家、农牧区优秀实用人才、养殖大户讲课的方式对农牧民传授昌都阿旺绵羊的繁殖规律、配种技术、营养需求等方面的知识。”格桑次仁说:“我们每年从大户那里回收数量不一的羊,一部分销售到外地,一部分发给建档立卡户,所以整个公司带动扶贫的产业链比较清晰,整个公司的建设标准在西藏都是最先进的。”

除了先天优势和农牧民的积极参与,其实阿旺绵羊能有今天这样远播的声名,与当地政府和企业付出的巨大努力是分不开的。

2006年,昌都阿旺绵羊品种完成审定。

2015年自治区进行品种认定。

2017年,幸福村因为阿旺绵羊与西藏另外三个村镇同时获得“全国一村一品示范村镇”荣誉。

2018年完成“昌都阿旺乡绵羊”地理标志注册,现正对阿旺绵羊及其产品进行绿色、有机及QS认证。已拥有符合西藏特点、昌都特色、贡觉实情和昌都阿旺绵羊产业链发展的商标图案并获得专利注册。

难怪格桑次仁说:“脱贫的根本出路在于产业,后续的巩固提升更是离不开产业的支撑,我们将紧盯阿旺绵羊这一支柱产业不放过,坚持用活本地资源优势,科学使用管理目前正在建设中的阿旺绵羊扩繁基地,真正达到持续增收致富的目的。”

如今,藏东生物科技开发有限公司开展科技开发、产品销售合作,下设绵羊育肥场、屠宰场、饲草生产加工厂等,带动和辐射近200户农牧民家庭参与阿旺绵羊原种保护和扩繁育肥工作,促进了阿旺绵羊经营模式的根本性转变,为打造幸福“领头羊”作出了有益的探索和尝试。

尾声

也许一直行程满满，总是处于忙碌的状态，所以离别显得猝不及防。然而，我又好似在昌都盘桓了很久，各种沉甸甸的信息，储存在心里需要细细思考、慢慢消化。

待再次整理每一个片段，才恍然发觉最难忘的不是藏东奇美的景色，而是那些各司其职的人们。对他们而言，接受我的采访只是他们繁杂工作的一个微小片段，作为这片土地的主人，他们还有很多困难需要面对并解决，还有很多事情需要坚持不懈地做下去。

不由得想起到昌都的第一天，扶贫干部牛继平曾告诉我的那段话："我们要做的主要工作就是充分发挥产业扶持脱贫的造血功能，带动和扶持贫困户稳定增收，最终形成村村有产业、户户有项目、人人有收入的产业扶贫新格局。"

是的，产业增收正是脱贫攻坚的主要途径和长久之策。

在昌都的日子，是短暂而充实的。我问了很多、听了很多、更看了很多。每一个不同群体都带给我全新的体验与获得——

走村入户的扶贫干部格列、李发宝、洛珠朗扎、多吉、王波，让我见证了他们在帮扶脱贫、规划引领产业中所起到的作用；坚守一线的基层干部陈凯峰、加塔、格桑次仁，让我看到了他们为带领百姓致富的无悔付出；守护企业的建设者卓玛夏、巴桑、曲措、扎西达瓦、阿夏，让我读懂了他们与政府共同努力绘制产业发展蓝图的坚定；带着技术来帮助村民的内地人马文明、辜自勇、高克武、梁永昌，让我感受了他们毫无保留传授真经的诚挚……更多的是如同巴吉央宗、嘎松丁增、白玛、益西、多贡、巴登、嘎松曲宗、嘎松旦增等勤劳致富的百姓，他们让我听到了努力自强的决心。

都说产业脱贫是脱贫的关键,也是脱贫主要的砝码。这次走访也体现了它的四个特点:因地制宜,切合实际选产业;立足长远,给贫困群众教技术;龙头带动,把产业做成企业;

抱团取暖,鼓励贫困群众加入合作社。

四年来,昌都市以充分利用政策优势、生态优势、资源优势为抓手;以标准化、规模化、产业化、现代化为方向;以抓住重点、突出特色、因地制宜、科学安排为助力;以促进农牧区发展、农牧业增效、农牧民增收为目标,积极整合资源要素,开拓创新发展措施,推动全市农牧业特色产业规模持续壮大,产业结构不断优化,产业效益稳步提升,促进了农牧业特色产业长足发展,带动了贫困群众增产增收,为全市全面打赢脱贫攻坚战提供了强大助力。围绕建设“七大种植基地,五大养殖基地”的产业布局,以市场为导向、以效益为目标、以辐射带动贫困群众增收为根本,狠抓重要工作环节,扎实开展产业脱贫工作。

至2019年10月,昌都市累计开工产业项目756个,完工652个,累计到位投资72.07亿元,完成投资61.77亿元,实现脱贫78258人。

西藏自治区位于中国西南部、青藏高原的主体区域,是世界上海拔最高的地区。作为西藏七地市之一,昌都的变化只是全区产业脱贫工作的一个缩影。

自2016年以来,全区就围绕23.8万人建档立卡产业脱贫目标任务,全力开展产业脱贫相关工作,并取得了明显成效。

国家对西藏脱贫攻坚工作高度重视,在政策、资金、项目等方面给予大力支持,为西藏高质量发展提供了坚实的支撑。脱贫攻坚战打响以来,西藏按照“宜农则农、宜牧则牧、宜林则林、宜工则工、宜商则商、宜游则游”的发展思路,重点围绕种植业、养殖业、加工业、商贸流通业、文化旅游业和资源开发利用等六大产业,加大支持力度，使产业扶贫持续强力推进。

最新数据显示，西藏全区74个县(区)已有55个摘帽，贫困人口从59万人减少到15万人，贫困发生率从2015年底的25.2%，下降到6%以下。

据自治区脱贫攻坚指挥部产业脱贫组发布的最新数据表明，截至2019年9月底，西藏全区累计实施产业扶贫项目2591个，落实产业扶贫资金354亿元人民币，间接带动近40万名农牧民实现增收。

正是因地制宜地挖掘当地的优势资源，科学规划脱贫产业园区助推产业壮大，才让西藏今日之脱贫有了“源头活水”。

一山一水总关情

佘学先

僜人金夏的故事

僜人是西藏地区人口最少的少数民族族群，总人口约五万人，居住在察隅县的僜人有一千三百多人。他们有自己的语言，但没有自己的文字，因为人口太少，目前尚未列入我国的民族大家庭之中，在身份证填写民族一栏时，填写的是“其它”。

下察隅镇新村是一个僜人居住地，有七十一户村民，因为全是僜人，村民们都习惯称这里为僜人部落。

新村座落在山坡上，背靠莽莽森林，下方也是森林，穿过森林就是通往下察隅镇的公路，每天都有一趟班车往返。村里的房屋是按小康村的规划修建的，中间是一条大道，房屋在大道两旁沿山势而建，因为排污管道尚未竣工，大道两旁堆满了石头，显得有些零乱。

金夏是新村的村党支部书记，今年五十五岁。他个头不高，约一米六左右、精瘦，但双目炯炯有神，头戴一顶红色的遮阳帽，帽子正面绣着党徽和“下察隅镇”、左右两侧分别绣着“守边先锋”“固边堡垒”。这顶帽子是村书记专有的，金夏说戴着这顶帽子去内地参观学习，备受瞩目，每天都要向好奇的人一遍遍解释。

初次听到金夏这个名字，我以为书记姓金名夏，他爽朗地大笑起来，说哪里有那么复杂，我们僜人从古至今都没有姓氏，都是即性起的，金夏是僜语的音译，意思是“喜欢尿床的孩子”，但从那以后我们家就有姓了，我的儿子、女儿都跟我姓“金”。

说起僜人的历史，金夏的神情有些暗淡了，他说听老一辈说，他的族人是清朝流落到此的，祖祖辈辈都在这一带的崇山峻岭中游荡，没有自己的文字，记载年月和大事就在绳上打结或者在竹杆上刻下痕迹。他们居无定所，在游荡的过程中发现可以避风挡雨的山洞或者树洞就住下来，到了七月份，就开始砍伐周围山坡上的树木和灌木，十一月待砍伐的树木晒干后，放一把火全部烧掉，来年开春时用木棍在山坡上挖出一个个洞，种上薏米、鸡爪谷等作物充当一年的口粮。他说那时的产量非常低，有半年的时间要靠挖野菜充饥，肉类的补充全靠打猎，那时山上的野兽很多，不愁没肉吃，最缺的是青稞、玉米之类的食物，实在想吃了就带上兽皮、兽肉下山去集市上与人交换。

金夏说那时的僜人像游荡在深山里的孤魂野鬼，因为食物有限，维护基本生存的空间需要比较大，因此僜人从不群居，也很少往来，没有路，也没有交通工具，没有节日，连过春节的概念也没有，也不跟藏族、珞巴族等通婚，可以说是过着与世隔绝的生活。

第一次让僜人改变生存状态是1962年发生的中印边境之战，当年著名的瓦弄战役就是在这里发生的。金夏听父亲说，战役之后，当地政府和边防部队就成立了工作组，在这片山谷中开垦出一片土地，然后上山将一户户僜人从深山峡谷中请下山，分给他们土地，修建了一批木板房，从此让僜人过上了有房、有自己的耕地的生活。

金夏带着我在新村逛悠，他说上个世纪中期这里还是一片原始森林，根本就没有人烟，僜人不知道外面还有更大的世界，工作组开辟出这片土地后，僜人搬进来了，对世界有了新的认知。

金夏说刚搬到这里时，他已经有了记忆，有了自己的房子，木板房高高的，可以看到远处的山峦，养的牛羊就在楼下，再也不用担心被狗熊、狐狸祸害，每天可以美美地睡到天亮，地里的玉米、土豆、鸡爪谷正在安全地生长，全家不用担心会再挨饿。他当时觉得生命已经达到了最美的高峰。

金夏2004年光荣地加入了中国共产党，因为头脑灵活、非常关心村里人的生活状态，关心党和国家的政策，入党当年就被选举为村党支部书记，从那时起他真正意识到，僜人不是孤独的，他是民族大家庭的一员，党和国家时刻都在关心僜人的状态，僜人要自强自立，为党和国家争光。

回忆过去，金夏深有感触，他说小时候学的第一首汉语歌是“没有共产党就没有新中国”，当时只是会唱，没有体会歌词的真正含义，随着年龄的增长和身边发生的日新月异的变化，他真切地体会到了没有共产党就没有新僜人的因果关系。他说共产党让僜人直接从原始社会进入到了社会主义社会，知道了人人平等、没有贵贱之分。

金夏的父亲是上个世纪末去世的，他说父亲去世前总是跟他说，僜人几百年来一直被周围的人看不起，被称为“猴子”“野人”，并不是僜人天生愚钝野蛮，而是社会制度造成的。现在社会制度好了，党和国家处处为老百姓着想，每一个举动都体现出“为人民服务”的精神，使僜人也能挺起腰杆做人。他告诉金夏，这辈子一定要坚定地跟着共产党走，一心一意为僜人做事。

“父亲的话至今还经常在耳边响起，告诉我人生的方向和活着的使命，带领新村的村民听党的话，全心全意奔小康。”

金夏望着远处起伏的山峦，紧握双拳，仿佛在向父亲保证。

我们一边聊天，一边向村文化室走去，村文化室建在新村的中部，是一栋钢架结构的平房，还没有封顶，一群操着四川口音的工人正在忙碌着，村委会就在文化室对面，是一栋土木结构的平房。

“我们新村现在的条件非常好,路面已经硬化,再不用担心出门就踩两脚烂泥巴。水电已经全部入户,无线网络也已经覆盖了全村。因为村里要养猪、养鸡,卫生稍微要差一点,其它方面,基本跟县上的机关单位没有太大的区别。”

金夏领我们参观了村文化室的基本构架,说以前村里也有一个文化室,是一个不大的木板房,里面有一台黑白电视,每到天黑的时候,文化室就挤满了来看电视的人。人比现在村里开会还要到得齐些。

真正让僜人走进新的生活,从居住环境、思维方式发生根本性的改变,是从2015年开始的。

僜人新村海拔一千八百米,气候温暖、潮湿多雨,住在第一次修建的木板房里,热天下雨后,楼下的牲畜粪便恶臭难闻,加上蚊蝇孳生,非常不卫生。2015年开始修建新村后,居住环境变好了,住房和牲畜圈完全分开,再也不受牲畜粪便和蚊蝇困扰。

金夏告诉我,僜人以前很少洗澡,更没有修建浴室的概念,是广东省援藏工作队的同志在审查新村建设图纸时发现所有的住房里都没有修建浴室,当即决定给每户增加五千元钱用以修建浴室。现在家家户户都有了浴室,干活累了就到浴室冲一下澡,既消除了疲劳又养成了良好的卫生习惯。

“广东援藏工作队在新村修建中作的贡献大吗?”我问金夏。

“太大了,到处都可以看到他们支援的痕迹。”金夏的情绪有点激动起来。他说村里唯一的一家农家乐就是广东援藏工作队投资了一百二十多万建起的,建好后,无偿地交给村里使用。

“对村里有帮助吗?”我问。

“当然有。农家乐是2016年六月交给村里的,村委会经过研究决定,将农家乐承包给了村里的三家贫困户合伙经营,承包期为三年。承包的第一年年底,农家乐就向村委会上交了两万元,也就是说每户都净赚了六万元,一举摘掉了贫困户的帽子。”

“工作队不但将农家乐交给了村里,还培训村民们如何注意餐饮卫生,如何突出僜人特有的手抓饭特色,如何着装、突出僜人的服饰特点,如何向客人们介绍僜人的历史文化。那一年农家乐的生意特别红火,广东、上海、福建的客人来了一拨又一拨。有不少村民都等着三年承包期满后,通过公平竞争获得经营权,大赚一笔。”

“今年承包期到了,村里准备将农家乐交给什么人经营呢?”我问金夏。

“今年我们新村已经没有绝对贫困户了,相对贫困户还有四家,年底也可以摘掉贫困户的帽子。农家乐的承包人要经过评选产生,普通户也可以参加竞争,但一定要头脑灵活、勤快,要办出僜人农家乐的特色,成为僜人新村的一块招牌。我相信只要经营得好,管理到位,僜人的手抓饭、烧土鸡,一定会抓紧客人的胃;僜人的文化背景、神奇的传说、习俗等,一定会勾住客人的心;他们回去后一定会替我们介绍僜人、宣传僜人,让外界更多地了解僜人,我们僜人的日子会越过越开心。”金夏双目发光,仿佛看见美好的前景在向他招手。

时近正午的僜人新村洒满了阳光,错落有致而又整齐划一的村庄显得格外地宁静祥和,金夏站在村文化室前面,无限感慨地对我说,援藏工作队对新村的建设和发展帮助太大了,他说他有幸去内地学习了两次,都是工作队提供的机会,一次是去广东,他学会了小康村建设的基本要求,学会了怎么打地基,怎么砌墙,怎么修排水沟,回到村里后,他用学来的知识指导村民在建房时注意水平、角度,使房子更加坚固。他说村民的住房和厨房是分别建的,村里所有村民的厨房都是他亲自设计、亲自带领施工的。

另一次是去山东学习如何美化村庄环境，提高村民对美的认识和理解。现在村民们都知道不能随便搭建窝棚，让每一户都成为美丽村庄的一部分。

金夏带我们走进了村委会，其实就是一间约三十平米的房间，一边铺着已经褪色的卡垫，一边是低矮的木柜，木柜上摆着液化汽灶、高压锅、切菜板等厨房用品。金夏说虽然村民们都住进了新居，但县里派来的驻村工作组却依然住在老旧的平房里，这间房子开会时是会议室，村民发生纠纷时，这里是调解室，做饭时是厨房，吃饭时是餐厅。

卡垫前面的茶几上，摆着一盆猕猴桃、一盆又大又新鲜、果皮上还带着柿霜的脆柿，陪同我前来采访的小杨说这些都是下察隅本地出产的水果，夏天这里还出产又大又甜的黄桃。小杨是安徽人，大学毕业后考公务员考到了察隅，那年他们学校有八十人考上了西藏的公务员，察隅就来了四个，现在都在乡里工作，他是去年才从乡里调到县扶贫办工作的。

金夏说他家有五口人，老婆跟他在村里，大女儿已经出嫁了，二儿子在成都上大学，小儿子在镇上上小学。

“新村现在考上大学的多吗?”我问。

“我们村考上大学的有十四人，有四个毕业后考上了公务员，有的去林芝市、拉萨的公司打工，有的回到村里创业。现在新村的孩子都喜欢上学，家长也非常支持，小学入学率已经达到百分之九十以上。哪像以前，一个村找个识字的都很困难。”

“书记前面介绍过，说新村的村民经过努力，都已经基本脱贫，请问他们是通过什么方式脱贫的呢?”

“首先得感谢党和国家对僜人的大力扶助。每年都给边民发放边民补贴费、林业补助费等等，就凭这些费用，每一个边民都能解决温饱问题。我曾经开会时跟村民讲过，现在党和国家对僜人比爹娘还好，就差吃饭没用勺子喂、单身汉没配老婆，寡妇没发老公了。但我们一定不能光等、靠、要，我们要积极行动起来，充分发挥僜人的特色，因地制宜，大力发展地方经济。一定要有自己的造血功能，力争做到就算没有国家的补贴，僜人也会把家乡建设好，把家乡建设得美丽而富饶。只有这样，才对得起党和国家多年来对僜人的关心和爱护。"

"书记，我们新村除了享受国家的政策补贴以外，采取了一些什么措施，让村民们的钱包慢慢鼓起来的呢？"

"现在村民的赚钱渠道可多了，首先，鼓励养猪，现在村民家家户户养猪，少的四、五头，多的十多头。我老婆今年卖了一头，赚了三千五百块钱，你想想，一年卖十几头能赚多少钱？"

"今年猪肉可以卖多少钱一斤？"

"猪到了出栏的时候，县里的商人就来村里收购，毛猪肉可以卖到十六元钱一斤，一头猪一般六到八个月就可以出栏，养得好的可以养到四百斤一头，你算算，一年卖十头猪可以赚多少钱？"

"除了养猪，村里还养牛、鸡之类的牲畜吗？"

"以前我们养很多牛，因为一般僜人家庭的青年娶媳妇时需要送牛给女方做聘礼，多的要十几头、少的也要七、八头，现在移风易俗了，不需要送实物，有票子就行了。再说养牛也不划算，一头牛养成，需要三、四年时间，卖出去也就七、八千块钱，这里是山地，草场也有限，一头牛需要五个草场单位草料才能满足需求，超了，国家还要罚款。再有牛闲不住，喜欢到森林里去觅食，遇到狗熊、狐狸等大型野兽的攻击，别说靠它挣钱，连本钱都亏完了。再说牛喜欢在村子里瞎逛，到处拉屎撒尿，搞得村子里臭哄哄的，污染环境。鸡村民们都养，但数量不多，供自己吃。这里紧靠森林，经常有黄鼠狼、老鹰偷袭，搞得村民们防不胜防，养十只鸡，最多能吃到四、五只。"

“遇到野兽搞破坏,村里人怎么办呢?”

“没有办法。我们僜人祖祖辈辈都是以打猎为生的,现在才知道野兽不是我们的食物,而是我们的邻居,我们要和平相处。毛主席曾经说过,人不犯我我不犯人,人若犯我我必犯人。现在遇到野兽就不行了,狗熊、狐狸、老鹰、黄鼠狼、野猫都是野生保护动物,它们进了村不但不能伤害,还得客客气气地把它们送出村。

“村民们除了养殖,还要到山里去采集药材,新村后面的森林里植物非常丰富,有虫草、三七、天麻等,每年七月到十一月份,村民就自发去采集。以前天麻只能卖两毛钱一斤,现在刚挖的就能卖四十块钱一斤。村民们每次回来都能搞一千多块钱,一年至少要上山三次,赚四千块钱不成问题。”

“这些药材怎么销售出去呢?”

“销售不用我们操心,每年到了收购药材的时候,就有人上门收购,他们出的价格还算公道,也不扣称少称,一年下来,这些人跟僜人建立了互相信任的关系。”

“村民们这些收入,要不要纳税?”我问。

“不要,不但不要交税,挣多少钱都进自己的腰包,国家还鼓励每个村民都努力创收,早日过上小康生活。”

金夏明确地回答我,然后接着说:

“现在周边的藏族村庄也富起来了,农忙时,就要请村里的壮劳力去帮忙收玉米、青稞之类的,建房时也要请他们去帮工,一天可挣一百八到二百元。这样算起来,只要勤快,有劳动力,每家每户都能通过劳动致富。”

“温饱问题解决了,钱包也鼓起来了,村民们现在的追求是什么呢?”

“追求?我看现在大家都比较满足,很少有人谈追求。有钱了,家家户户都买摩托车,你到下察隅中心小学去看看,每到放学时接孩子回家的摩托车排了上百辆。现在每家都有彩色电视机，每人都有手机，无线网络覆盖了全村。刚安装网络时，援藏工作队的干部告诉大家，要通过网络了解世界、掌握知识，学到改变家乡面貌的本领。”

“村里有没有买汽车的?”我扭转了话题。

“目前还没有。”

“为什么呢?”

“经济上不是问题，村里大部分人都买得起，准备买车的人也不少。主要是考不到驾驶执照。我们隔壁村的一个藏族考了三年，第四次才拿到驾照，村民们听说后都不敢去考了。”

“现在考驾照必须要到林芝市去，有些考驾照的村民文化水平比较低，总是过不了笔试这一关，报考驾校的费用本来就很高，往返林芝市三、四次，住宿、交通费加起来，几万块肯定要。”小杨告诉我。

“挣钱固然重要，但提高村民们的文化素质，让他们尽快地掌握现代技能，尽早地融入现代生活，才是当务之急呀。”我不由得感慨。

“虽然党和国家鼓励我们多挣钱，过上越来越好的生活，但我们僜人的信念也是很坚定的。钱虽然很重要，但不是最重要的。新社会让我们僜人有了做人的尊严，让我们能挺起腰杆做人，我们僜人最重要的责任，就要为国家守好国土，让边境稳固得像堡垒一样，把边境建设得更加美好，为国家作贡献。”

金夏脱下帽子，端端正正地捧在胸前，“守边先锋”“固边堡垒”八个丝绣的小字仿佛发出了夺目的光芒。

时已正午，告别了僜人新村。告别了，幸福的僜人!

达娃拉姆的人生悲欢

达娃拉姆可以说是最没见过世面的人了。她今年四十四岁，仅去过一次拉萨，那一年她生了重病去拉萨治疗，在拉萨住了十五天，她仅仅去过一次布达拉宫，还是由病友带着去的，她说走出医院大门她就晕了，根本搞不清东南西北，到处是人、到处是路，她担心走丢，找不到回医院的路，怎么也不敢上街。

达娃拉姆的老家在墨脱县背崩乡德尔贡村，那是一个纯门巴人居住的村庄，没通公路以前到墨脱镇要翻山越岭走整整一天。达娃拉姆说那时她们家有五口人，分了四亩地种水稻，因为耕种方式比较原始，产量非常低，根本不够吃，父母亲在家种地，哥哥上山打猎，她和姐姐从十几岁起就当背夫。当时墨脱不通公路，每年十月到来年五月就大雪封山，所有的物资都要靠人力搬进墨脱县。当时从背崩乡走到派区要四天，回到墨脱又要四天，背运物资一斤可挣五元钱，一次可背五十斤，她和姐姐一起，一趟可挣五百元。但一年最多可以轮上三次。因为当时流通不便，其它的东西变不成现金，这几乎是她们家唯一的经济来源。

生活就这样一成不变地流逝着，达娃拉姆结婚了，有了孩子，但她看不到将来，她不甘心，不想就这样过一辈子。

达娃拉姆说她三十岁那年的春天离开德尔贡村，去镇上买盐巴，这是她第一次不用赶着去派区背物资。

那时她姐姐已经嫁到了墨脱镇的墨脱乡，达娃拉姆就住在姐姐家，可以好好地欣赏一下墨脱镇了。

外面世界的精彩在达娃拉姆的眼前打开了，小孩可以到学校去读书，街上有自己会跑的四个轮子的车，家里有不用添油、一拉绳子就亮亮的灯，商品琳琅满目的店铺、形形色色的人、可口的食物，都让达娃拉姆乐而忘返。她第一次觉得，生活还有另一面。她告诉姐姐，她再也不回德尔贡村了，她要在墨脱镇住下来。

那时的达娃拉姆已经是两个孩子的母亲，父母知道达娃拉姆的决定后坚决不同意，但达娃拉姆天生性格倔犟，认定的事情是不会轻易改变的，她希望自己在新的世界里获得更好的生活。

在姐姐的帮助下，达娃拉姆认识了墨脱村的村长，村长很同情达娃拉姆的境遇，同意达娃拉姆借住在家里。

达娃拉姆为人朴实，勤快，很快就融入了村民中，得到了村长和村民的认可。三个月后，村长和村民每个捐出几块木板，帮达娃拉姆搭了一个简易的木房，分给了她一块稻田，达娃拉姆将丈夫和儿女接了出来，成为了墨脱村的一员。

“刚来的时候特别艰苦，房子很小，家里亲戚来了就全部睡在地上。有一年我父母来看我，家里没有粮食，我就跑到县粮食局，求他们借了一袋米。当时包包里只有十块钱，父母来了总不能没有油，就咬牙花了八块钱买了一斤青油，剩下的钱买了一点点肉，总算没有把脸丢尽。”

达娃拉姆哽咽地说着，泪水在眼眶里打转。

这次陪同我们前来采访的是县茶叶办的小宋和驻村工作组的德吉。小宋是山西人，四年前毕业于太原理工大学，因为当年西藏实行人才引进计划，对口的省份是山西，他和他的女朋友一起报了名。小宋说他大学学的是水利工程，女朋友是研究生，学的是农业。被录用后，两人一起来到墨脱县，结了婚，有了一个一岁大的儿子。小宋说妻子现在还在背崩乡工作，他的关系也还在乡里，前年，他被借调到县产业办工作，去年县里成立了茶叶办，他又被抽调到茶叶办。

“到墨脱来了，专业对不对口不是最重要的，重要的是要为墨脱作点贡献，哪里需要就去哪里。”

小宋说县里的发展方向就是以茶兴县，这是县委和县政府与援藏工作队经过反复论证，结合县里的实际情况制定的。墨脱县海拔低，县城所在地海拔只有一千二百米，日照时间长、长年云雾缭绕，以前当地人刀耕火种，没有给土地带来任何污染，具备产好茶的条件。广东省历来就是产好茶的省份，栽种、加工、销售都有成熟的链条，援藏工作队有信心让茶叶生产成为墨脱县的拳头产品，带领墨脱人民走入小康社会。

小宋说目前墨脱县已建成茶场33个，县里规划要建成茶场三万亩，现在能生产茶叶的已达到八千亩，去年销售的金额有970多万元，带动了290多户，近三千人脱贫。

德吉是本地门巴族，前年毕业于西藏民族大学，去年考上公务员，要求分到家乡来工作的，因为和达娃拉姆同为门巴族人，因此被请来给我们当临时翻译。她一边翻译达娃拉姆的话，一面补充说以前真的很苦，她说她也是背崩乡人，到县城上学时全靠步行，连鞋也没有，赤脚走了三年才考上大学。

达娃拉姆说搬到墨脱村后她的苦日子还没有到头，搬来后的第三年，她的丈夫就因病去世了，她拉扯着两个孩子，过得很苦。

德吉告诉我，达娃拉姆现在的丈夫叫旺才，是云南纳西族人，来墨脱打工认识了达娃拉姆。

达娃拉姆有三个孩子，大女儿叫措姆，毕业于四川一所大学，现在在阿里工作，二儿子叫扎西，现在在江苏一所大学上大三。达娃拉姆说自己不识字，不知道女儿和儿子学校的具体名称。小儿子今年十一岁，在镇上上小学五年级，是和旺才生的。

“小孩们上学的费用你承担得起吗？”我问达娃拉姆。她听完翻译后脸上有了笑意，对着德吉说开了。德吉告诉我，达娃拉姆说那时她是贫困户，女儿、儿子上学的费用是全免的，学费凭学校的缴费收据去县教育局报销，生活费县里每月直接打到孩子的生活卡上。她说她的两个孩子特别懂事,从不向家里要零花钱,寄一百块钱,两个月都用不完,每个周末就到外面去打临时工,过年回家时,路费都是自己省下来的。

德吉说达娃拉姆第二次结婚后,生活得也不幸福,旺才因为是外地户口,不能享受国家给村民的所有补贴,成天无所事事,没有挣钱的机会,看不到未来的希望。早上起来后除了喝酒还是喝酒,喝醉了就找达娃拉姆吵架,有时还动手打人,除了找达娃拉姆要钱买酒外,几乎没有感情交流。达娃拉姆说她力气小,根本不是旺才的对手,又不愿意让儿女知道自己挨打了,只能跑到屋后的山上大哭一场,无奈地承受一切委屈。

达娃拉姆说真正的好日子是从2013年开始的,县委、县政府、援藏工作队经过多次的论证和尝试,确定了墨脱县的发展方向,决定大力发展茶产业,为老百姓开辟一条脱贫致富的大道。

小宋介绍说,县里先是劝说村民拿出自己的土地,由县里出钱、出技术,引进优良的茶叶品种,建成统一的茶园。在建设茶园的过程中,除了栽培技术、茶园规划、茶叶加工等环节由县里出面解决外,其它所有的工序都请村民们一起完成,每天付给村民们工钱,有些条件好的村民家里有挖土机等工程机械,县里也按租赁价租赁。也就是说,村民们在自己的土地上劳作,国家付给报酬。

茶园建成后,县里又将茶园无偿地还给了村民。达娃拉姆说她们家按分配原则,分到了七亩茶园。听指导种茶的技术人员说,一般的茶园要两年后才能进行采摘,但墨脱气候条件得天独厚,茶树长得又快又好,第二年就可以采摘了。到了今年,茶树成熟了,她们家采摘了八百斤茶叶,县里和援藏工作队又引进了一家制茶企业,企业的加工车间就建在茶园中间,她们采完茶后,直接就可以卖给制茶加工厂。

“制茶企业收购的价格是多少?”我问。

“新鲜嫩茶叶四十元一斤,大片茶叶三十元一斤,今年光靠卖茶叶这一块,我们家就有三万元的收入。”

达娃拉姆低着头,和德吉小声说着什么,德吉一边点头,一边张大嘴巴,一副惊讶的样子。我问德吉达娃拉姆说什么,她沉吟了一下,梳理好语言后告诉我,说今年茶园举办了一场采茶比赛,参加的大多是年轻人。比赛前夜,达娃拉姆将想参加比赛的想法告诉了丈夫旺才,旺才猛给她泼凉水,说看你笨手笨脚的,不要去丢人现眼了。达娃拉姆不信邪,也不觉得自己比别人笨,信心满满地参加了比赛。比赛结果出来后,达娃拉姆取得了第一名的好成绩,并获得了现金一千元的奖励。她觉得从此以后,自己的形象在丈夫旺才眼中高大了不少。

达娃拉姆家有两栋平房,一栋是住房,有九十多个平方,是国家帮助修建的,达娃拉姆说这栋房子的造价将近十四万元,自己出了一万多元,其余都是国家补贴的。住房对面是厨房,面积比住房小一点,达娃拉姆说这是去年自己建的。

住房和厨房之间是一块空地,种满了各种蔬菜,德吉介绍说达娃拉姆是墨脱村最勤快的女人,种的蔬菜种类多,吃不完的还可以拿到菜市场去卖。因为菜种得好,同样的菜总比别人卖得好一些。

达娃拉姆将我们迎进了厨房,厨房空间很大,一边摆满了木柜,中间摆着一台彩电,一边是一排卡垫和茶几,茶几上摆着水果和花生,达娃拉姆说水果都是自家生产的,厨房的最里端是做饭的灶台和灶具。房间的窗户很大,采光很好,透过窗户,可以看到远处的青山和云彩,近处是邻居屋顶上冒出的袅袅炊烟。

刚刚坐下,达娃拉姆就在每个人面前摆了一个碗,然后用一个金属瓢在一个塑料桶里舀了满满一瓢深色的液体将每个碗倒满。小宋肯定不是第一次来,他很在行地告诉我,这是达娃拉姆家自酿的酒,本地人称为黄酒,是用鸡爪谷和玉米混和酿制而成的,制作工艺复杂,火候也很难掌握。达娃拉姆家酿制的黄酒质量最好,有时我们招待客人,都要到她家来买酒。

"你们是远道而来的客人,我先敬你们一碗。"

达娃拉姆双手举起酒碗一饮而尽,我本来只想稍微意思一下,但达娃拉姆示意我干了。恭敬不如从命,我举起这碗几乎有半斤的黄酒,仰头喝了下去。酒很香,略微带点甜味,不带一点酸和焦糊味,有一种醇和的味道,但随着肚子里渐渐升腾的热气,我知道度数不会低。小宋和德古比我爽快,早就将酒碗喝了个底朝天。

两碗酒下肚,气氛渐渐热烈起来,采访变成了达娃拉姆的亮宝会。她先是介绍她的黄酒,二十五元一斤,去年卖一百斤,今年还没到冬天,就已经卖了八十斤,她说到了冬天,大家都闲下来了,天天都有村民来她家买酒。我开玩笑说你丈夫旺才每天都离不开酒,这点酒够不够他喝?达娃拉姆说那都是陈年旧事了,现在旺才彻底戒了酒,有空就帮她做饭做菜,今天去镇上帮人建屋去了,要天黑才能回家。我问旺才现在是否还找她要钱,达娃拉姆说不要了,他现在完全变样了。白天他到镇上去打工,一天可挣两百元,不用交给家里,可以自由支配。我不需要他赚钱养家,只希望大家和和气气,有说有笑地过下去。

"有了希望,就有了一切。"达娃拉姆说。

达娃拉姆走到木柜旁,打开一扇柜门,从里面拿出一个大竹筐,里面装满了新鲜辣椒,说这是她自己种的,这是最后一批辣椒,留着冬天自己吃。这种辣椒是墨脱的特产,够辣,肉很厚,很香,刚上市时,可以卖到八十元一斤。达娃拉姆说平时她舍不得吃,都拿到市场上去卖,顾客挑剩下的才拿回来吃。

说得兴起，达娃拉姆又起身跑到住房里，捧出一个竹篮，里面装满了各式各样的项链、手链，她说这是一种叫藤竹的植物的果实，她上山去把它们采回家，然后穿成串，卖给游客和前来仁钦崩寺朝拜的藏族人，据说这种果实具有降血压的功能，所以买的人很多。我问达娃拉姆一串可以卖多少钱，她说二十元一串，今年八月份她卖了两百串，赚了四千块钱。

"我没读过书，对看电视、玩手机也没有兴趣，卖东西算账也要找人帮忙，但只要一闲下来，满脑子就想着怎么赚钱。钱这东西也怪，没有时怎么想办法也赚不到，有了后怎么赚怎么有。"

达娃拉姆很实在地说，没有丝毫矫情。

"没有失败过?"我有些好奇。

"也有失败的时候，比如卖茶叶，企业收购价是四十元一斤，他们加工后，卖出来要八百元一斤，好的卖到一千二百元一斤。援藏工作队组织我们培训过怎么制茶，我就在家里悄悄地制茶，今年我制作了三斤，我想茶厂可以卖到八百元一斤，我卖五百元一斤总可以吧。没想到的是，我把茶叶装成一两一个的小塑料袋，在菜市场摆了两天，连问价的都没有。我在菜市场卖过水果、卖过蔬菜，还从没有开不了张的时候。"

"后来呢?"

"没有后来。是他们不识货，没福气品尝我做的茶。我丈夫是云南人，喜欢喝茶，我就把茶叶都留在家里，自己喝。"

"这就是达娃拉姆自己做的茶。"小宋指了指我面前的茶几，提示我。我这才发现，酒碗旁边还摆放着一大玻璃杯还在冒热气的茶，杯里的茶叶已经在热开水中完全舒展，一片片茶叶完整圆润，仿佛是刚刚从茶树上采摘下来的。

玻璃杯里的茶水像一汪碧绿的潭水，我捧起茶杯抿了一口，茶水在唇齿间缓缓流过。茶味很浓、很纯，散发着沁人心脾的茶香。达娃拉姆告诉我，她的茶叶很嫩，连茶叶上的小梗都可以吃，还很耐泡，加三道水茶味还照样很浓。

“茶是好茶，但摆在地摊上，肯定吸引不了顾客，毕竟是要入口的食品，品牌、制作工艺、卫生条件都会限制顾客的购买欲望。如果你想利益最大化，可以组织其他村民合作打造自己的品牌，树立良好的口碑，一步步走向市场。”

达娃拉姆一边听一边点着头，说她胆子小，又没有文化，不敢冒险与别人合作。今年夏天，村里一个考上内地大学的大学生毕业回来了，还带来他们学校的一个教授，买了制茶机，说想办一个制茶厂，找到达娃拉姆，希望她能入股。

“入股是要投钱的，还有卖不出去的风险，我想都没想就拒绝了。最稳当的办法就是实实在在地把钱赚进自己的包包里。”达娃拉姆的想法简单又直接。

“你现在赚钱的头绪那么多，有没有想过让子女回来帮你呢？”

“想过，但办不到。女儿大学毕业后在阿里一家企业上班，月工资有八千元；儿子上大三，明确地说大学毕业后要考研究生。他们都有自己的追求，我不能影响他们的前程。”

“你一个人忙里又忙外，怎么忙得过来呢？”

“现在旺才可以帮我做一些事。农忙的时候，县里各个单位，援藏工作队的同志也经常来村里帮助我，他们一来就帮我干活，连黄酒都不肯喝一口。”达娃拉姆指了指小宋和德吉：“他们每个月都要来几次。”

细想起来，达娃拉姆的话也不无道理，世界上绝大多数人都是生来就平凡普通的，没有所谓的雄心大志，也不想所谓的风生水起，能过上“老婆孩子热炕头”“楼上楼下电灯电话”、全家和睦健康的小康生活，每天能数着钞票计算着明天还能赚多少，就已经是多少普通家庭的梦想，多少老百姓梦寐以求的理想生活。

天色已近黄昏，我们也该结束采访了，达娃拉姆将我们送出门口，一遍又一遍地跟我们握手，还认真地嘱咐我："明年一定还来墨脱看我，明年一定会比今年更好！"

到央金家做客

央金是鲁朗镇罗布村人，她家不好找，因为罗布村人几乎家家都开客栈，门前都竖着指示牌，但央金家没有竖，因为她没有开客栈。

带我去央金家的是鲁朗镇管理委员会的副主任胡雄英，他是广东援藏工作队的三朝元老，2013年随第七批援藏工作队进藏，连续留任两届，这是他到鲁朗来的第七个年头。他说到西藏来后唯一内疚的是对妻子和刚满七岁的儿子。前年胡雄英觉得身体不适，他趁休假的时候到广东人民医院去检查，结果出来后，发现是癌症。手术进行了八个小时，医生从他体内提取了140个肿瘤，经切片化验，其中有恶性肿瘤47个。做完化疗不到一个星期，胡雄英又回到了鲁朗。

"当时，领导们都不让我走，要求我在广州静养，等身体恢复健康后再去。医生也建议我不要再上高原。我说只是回去看看，身体受不了就马上回来。鲁朗小镇那时刚开始进入运营阶段，工作队的同志都是'白加黑''五加二'地工作，我在广州怎么躺得住？"

今年六月，胡雄英回广东复查，发现癌细胞奇迹般地消失了，体检报告显示一切数据正常。他康复了。

"是鲁朗救了我，这里的水、空气、食物、淳朴的村民，都是使我重生的灵丹妙药。"

在村里拐了几个弯,终于来到一栋木结构的两层楼的房子前,前面有一个围起来的院子,有一扇简易的木门,门掩着,门的一侧钉着一块木板,木板上画了一个箭头,写着“壹壹小舍”四个字。我记得胡主任介绍过,说央金家没有开客栈,就疑惑地问胡主任,胡主任卖了个关子,说进去就知道了。

胡主任隔着门叫了几声央金,没有人答应。他显然对这里比较熟悉,径直推开门带我走进去,说央金可能出去了,我们先到“壹壹小舍”去看看。

穿过央金家的院子,沿着一条石铺的小路往下走十来米,就是“壹壹小舍”。胡主任说这里原来是央金家的牛棚,现在已经租给一对情侣开客栈了。

客栈里有两个年轻人正在忙碌着,看样子是准备回内地了,地上堆满了已包裹完毕的床上用品。

“胡主任来了,这里太乱,请到楼上去坐吧。”正在收拾的一个女孩见到我们,连忙热情地招呼。

女孩带我们沿着木梯爬上二楼,二楼的右侧是一个阳光房,整面墙都安装着玻璃,窗外的牧场、青山绿水尽收眼底。厅里摆着一张硕大的原木木桌,左边是一排客房。女孩说十一月了,现在是旅游淡季,他们准备回老家去休整,明年三月份再来。

我们坐下来聊天。女孩说她叫唐海玉,男朋友叫温玉桂,广东省普宁人,2017年他们来西藏旅游,他们是从318国道进藏的,本来是去林芝看桃花节,但一到鲁朗就被鲁朗的田园风光吸引了,闲逛时,更是被央金家的牛棚迷住了。“地势高、视野开阔、山川河流都呈现出一种原始的美。在广东时,我们都在大型企业上班,朝九晚五,生活又繁琐又忙碌,而且一成不变,闭上眼就可以看见自己三十年以后是什么样子。于是我们找到央金谈妥了租金,决定马上开始新的生活。”

“我们今年回去就结婚。告别了城市的喧嚣、享受着大自然的美好、寻找到宁静的心情、收获了美好的爱情。这应该就叫作幸福吧？”

唐海玉站在落地玻璃窗前，摊开两手，面对着美景，沉浸在幸福中。

院子里传来开门的声音，胡主任说可能是央金回来了，于是我们告别了“壹壹小舍”和它的女主人。

央金家的一楼是杂物房，厨房和客厅都在二楼，央金一边忙着给我们打酥油茶，一边和我们闲聊。她说她今年三十二岁，老家是昌都的，十二年前嫁到鲁朗，家里有四口人，老公叫朗嘎，比央金大两岁，在牧场放牧，大儿子十岁，小儿子八岁，都在鲁朗镇小学上学，学校是寄宿性的，吃住全免。胡主任说鲁朗小学教学质量很好，在整个林芝市排第二。

央金告诉我，她们家养了七十头牛，其中有十头是奶牛。牧场离家有点远，走路要走一天，现在都是骑摩托车，也要将近三个小时。每年七到十月份，老公都要住在牧场里，现在都是早出晚归，除了给牛喂些饲料，晚上牛都是自己回栏里。

“十头奶牛？喝不完的牛奶卖吗？”

“不卖。喝不完的就做酥油，朗嘎家里亲戚多，有一些在市里工作，我们就送给他们。林芝市可以买到酥油，但他们都喜欢喝我家做的，说我家的酥油打的酥油茶又浓又醇，比外面买的好多了。”央金满脸都是掩饰不住的自豪。

“牦牛呢？”

“牦牛也很少卖，一头牦牛要养四年才能长成。天天在一起四年，看着它们长大，有感情了，舍不得。”

“你们家的生活来源是什么呢？”

“央金是村里最能干的女人，一家人的生活费用基本上都是靠她一个人。”胡主任说。

央金说牧场的事情她从来不管，最多帮老公去牧场挤挤牛奶。她最喜欢做的事就是上山，挖虫草、采松茸。我问她，为什么不利用牛棚，自己开一家客栈？她说家里没有劳动力，她一个人忙不过来。她愿意让小温和小唐租用牛棚开客栈，钱不是最重要的，最重要的是她能看到新鲜的面孔，看到客栈办起来后来来往往的人，了解到外面的世界，看到相爱的人能天天呆在一起。她说她是从昌都嫁过来的，没有亲戚朋友，甚至连熟人都没有，自己又没上过学，不知道该去找谁说话。她说她没读过书，也不懂什么感情之类的事，但她知道什么叫孤独。西藏产的虫草一般生长在海拔五千米以上的地方，第一次上山采虫草时，她不知道自己走了多远，也不知道自己爬了多高，直到她发现南迦巴瓦峰就在河对面。那天天气很好，山顶上没有一丝云，她发现自己找到了交流的对象。

“南迦巴瓦峰很美，高高地耸立着，像我记忆中的爷爷。我很小的时候爷爷的头发胡子都白了，总是坐在火塘边，和眉善目、细心地听我说话。对着南迦巴瓦峰，我就像坐在爷爷的身边。我就对着南迦巴瓦峰说：爷爷，我一定会过得像你希望的那么好，我一定会经常来看望你。”

“每年我都有一半的时间是在山里度过的。四到七月是采虫草，七到九月是采松茸，今年天气好，十月份还能采到松茸。其实我们这里的青岗菌也很多，青岗菌长在青岗树林里，松茸也是长在青岗树林里，往往是发现了青岗菌，离松茸就不远了。村里人看到我成天在山里转，就劝我说：你看看你，那么年轻，脸黑得像牛粪，皮肤粗糙得像松树皮，话也说不清楚，为什么不像一个女人一样，学会照顾自己，不要总是往山上跑呢？我知道她们是好心关心我，但她们怎么知道我上山后的那种充实。”

“不管是挖虫草还是采松茸，我都很注意，不能破坏它们的生长环境，根须要保留好，挖出来后一定要好好地恢复原来的样子，还要把地面压紧按平，这些东西是有灵性的，你好好地对待它们，它们都能感受得到，它们也盼望第二年再见面。”

“我总是单独外出，不愿意跟村里人结伴，因为那样会影响我和南迦巴瓦峰、虫草、松茸交谈。有时我因为家里的事不开心，一上山就开心了。我挖虫草、松茸的地方基本都是固定的，因为每年都去，对地形很熟悉，每次都像在自家的菜园子里采摘一样。我挖过虫草、松茸的地方有一个特点，第二年去会长更多。”

胡主任告诉我，罗布村的村民每年都要自发地评选挖虫草、采松茸的名次，还要评选出当年的虫草王、松茸王，只要央金参加，不论是个头还是数量，央金总是第一名。

酥油茶打好了，央金给我和胡主任一人倒了满满一碗，我端起来喝了一口，浓厚、纯正，满口留香。

“央金啦，能不能透露一下虫草和松茸的价格？”我冒昧地问。现在市面上这些东西都奇贵，我想了解一下它们的原始价格。

“今年和往年相比，差别不大，虫草每根看大小，大的二十五块钱一根，小的二十元一根。松茸没开花时二百三十元一斤，开花后也可卖到一百三十元一斤。”

“一年可以采到多少呢？”

“这要看运气，好的时候我一天可以挖到五十根虫草，松茸可以挖到十几斤。”

“一年下来，你可以赚多少钱？”我问。

“每年至少可以赚十万。今年天气好，松茸长得多，比往年还多赚了几万块钱。”央金毫不犹豫地回答。

“你进来时看见院子左边的房子没有？那是我家的车库，去年十月份才买的车，花了十几万，懂的人说那种车叫‘皮卡’，可以坐人，也可以拉货。现在到市里去办事方便多了。”

我记起来了，刚进来时确实看见院子的左边有一个车库，停着一辆车，车库的门是朝另一边开的。

央金一边忙着给我们续茶，一边殷勤地劝我们吃摆在桌上的苹果，苹果不大，红红的，散发着诱人的香气。央金说这是自家树上摘的，又甜又脆，前来旅游的游客吃了都说好。

“你家人口少，买车主要用来干什么呢？”

“主要是为了面子。现在富裕了，村子里家家户户都买车，我家也不比别人差，不能输给别人。再说有车也方便些，想走就走，不用去等班车。”央金说的很实在。

“央金啦，我想请教一下，你每年挖那么多的山货，是怎么推销出去的呢？”

“以前确实很难，也卖不起价。虽然我们村就在318国道旁边，过往的车辆多，但鲁朗国际旅游小镇当时还没有建设起来，只是一个风景优美的小牧场，过往车辆很少停下来，村民们只能在公路边铺上一块卡垫，等待着过往的人停车下来问价。因为是路边摊，可信度也低，十个人问价也难成交一笔，而且价格很低。拿到城里去卖要骑一天的马才能到，还不知道能不能卖出去。”

说起往事，央金的语气有点沉重。

胡主任告诉我，作为广东省最大的援藏项目和西藏自治区重庆旅游开发项目，历经粤藏两省区六年的精心规划建设，广东省财政投入了资金十三个亿，并带动广东企业保利、恒大、珠江三大酒店投入资金二十五个亿，总投资近四十亿的鲁朗小镇已投入试营业。目前，鲁朗小镇已形成类型丰富的国际度假产品体系，融合了藏式风格的品牌旅游度假酒店，并配套了商业街、银行、藏式SPA等高端服务产业，使鲁朗小镇快速走上了健康发展的轨道。

2017年，鲁朗镇被列入国家发改委公布的第三批国家新型城镇化综合试点地区名单、2017年10月被评为“中国最美城镇”、2018年1月被国家旅游局评为国家级旅游度假区、2018年10月，获得了由中国国家地理杂志社授予的“中国最美户外小镇”的殊荣。鲁朗小镇，成了近年来项目援藏的经典之作。

“我家脱贫，完全是因为鲁朗国际旅游小镇的建成。”

央金放下手中的酥油茶壶，坐在我身边。

“首先肯定是感谢党和政府、感谢援藏工作队，帮助我们把一个偏僻的小镇建设成了一个现代化国际小镇，五星级酒店就有几家。满足了有钱客人的需要。又鼓励村民们办起‘家庭旅馆’，留住了自驾游、骑车游的客人。我也要感谢‘壹壹小舍’的小温和小唐。”

“他们每年交多少租金?”

“两万四。央金还不肯收，说就算是亲戚来给她作伴。”胡主任说到。他理解央金的心情。

“他们开起客栈后，带来了新鲜的观念，浓浓的生活气息，让我感觉到了生活的美好，爱情的力量。他们很关心我，也很用心地帮助我，只要有客人就带到我家来，让客人们了解我的情况，采挖虫草、松茸的过程。我不识字，他们又教我怎么样利用手机跟客人们建立联系，还帮我下载了一个软件，可以直接在手机上做买卖。”

央金说着就拿起放在桌上的手机，翻到她建的群，我接过来一看，央金在每一个姓名前都标上了省份，有广东、福建、上海、河南等许多省份，好几十个人。

“我不会写字，他们就教我录视频、发语音，我就按他们教我的，把我采虫草、松茸的过程拍下来，把看到的美丽的风景拍下来，然后发到朋友圈里。时间长了，加入我的朋友圈的人越来越多，这些人除了赞扬我拍的景色美，更多的人更关心我的产品，特别是广东人，那里的人喜欢煲汤，特别关心松茸、手掌参的价格，纷纷找我订货，一买就是好几斤。”

“你能够满足这些客户的需要吗？”

“开始还行，后来要的人多了，实在忙不过来，就把这件事告诉了村里其他采集的人。他们学会后，也通过这种方式跟客人做生意。我经常跟大家说，我们一定要讲诚信，不能以次充好，价格要统一，不能乱抬价格，不能败坏罗布村的名誉。”

央金语言朴实，不会讲大道理，但每一句都是大实话，让人感觉到她不但想让自己富起来，也想通过自己的努力，让村子里的人共同富裕起来。

“现在我和村里人都不用担心产品没有销路，有时还供不应求。万一遇到客人要的量比较大，一个家庭完成不了，就发动大家一起去，卖完后大家分账。现在大家不但挣了钱，关系也比以前融洽多了，一家有事，大家帮忙。”

“鲁朗国际旅游小镇试营业以来，还没有收到过这方面的投诉。鲁朗的老百姓很注意维护鲁朗的形象，就像鸟爱惜自己的羽毛。”

胡主任在鲁朗工作了七年，对村民们非常了解。

鲁朗国际小镇的建立和运行，就像一副“多米拉”骨牌，给当地经济建设注入了无穷的动力，推动了村民们的致富脚步、改变了当地村民的思想观念、带动了所有村民的劳动积极性，极大地增强了他们改变家乡面貌，提高生存质量，建设美好家园的决心。

“央金，你现在还觉得自己孤独吗？”

央金说她以前喜欢独自上山，对着大山倾诉，喜欢与虫草、松茸为伴，很少有跟人交流的愿望，这种孤独的感觉，只有孤独过的人才能真切地感受到。

“现在一天忙到晚，哪里还有时间孤独？但我每隔一段时间，都要到南迦巴瓦峰前面去，告诉爷爷我的生活越过越好了，而且以后会更好。”

央金看看我，又看看胡主任，眼睛闪闪发光，脸上泛出了青春的光彩，她还只有三十二岁，有幸生活在一个这么美好的时代，她一定会凭着自己一双勤劳的手，编织出美好的未来。

扎西岗村的桑吉卓玛

扎西岗村距鲁朗镇约三公里，从鲁朗镇出来，沿着318国道下行，城镇的氛围渐渐褪去，归真返朴的田园风光进入了视野。扎西岗村就在国道的右侧，建在缓缓的山坡上，背靠郁郁葱葱的森林，森林后面是雪山。牧场、森林、雪山、蓝天白云，美不胜收。村庄里的民居并不集中，零零星星地散落着。每户人家的前面用木栅栏围出一块空地，占地大约有两亩，虽然已到了十月底，依然是绿草茵茵。胡主任告诉我，这些圈起来的小牧场现在不养牛了，基本上是观赏用。

“为什么不养牛呢？”我不解地问。

“离村子几公里远有大片的牧场，村民的牛羊都集中在那里放养，一来便于管理，二来是为了保护环境，如果牛羊在村里随意活动，随地大小便，就会蚊蝇孳生，恶臭不堪，影响游客的情绪。”

“随着旅游业的发展，内地来的客人越来越多，他们只要一进扎西岗村就迈不动脚了。雪山、森林、民居、牧场，这些和谐而宁静的场景，是他们在内地时无法想像的美景。这些家庭旅馆非常适合自驾游的客人，有的一住就是两三天。”

走进扎西岗村就发现，这里家家户户都办家庭旅馆，每家门口都醒目地立着指示牌，上面写着家庭旅馆的名字，有的还在旁边注明:网络覆盖、淋浴、有独立卫生间等。

桑吉卓玛家位于村子中部,主建筑是一栋两层楼的土木结构住房,前面围了一个很大的院子,一边修了一排平房,胡主任介绍说,左边那排平房是杂物间、储藏室,右边那排住着桑吉卓玛的父母。

桑吉卓玛很年轻,今年才二十四岁,可已经是两个孩子的母亲。她的大女儿今年五岁,在鲁朗镇上上幼儿园,小儿子刚满两岁,还抱在怀里。

桑吉卓玛家很宽敞,走进一楼就是一个很宽的过道,宽大的楼梯通往二楼,过道的两旁挂着两排色彩鲜艳的民族服饰,胡主任说这些服饰是给客人体验穿的。每到晚上,这里就要举行篝火晚会,客人们穿上民族服装载歌载舞,好不热闹。

一楼的右边是住房,左边是客厅兼厨房,我们走进厨房,房子中间生了一个火炉,柴火烧得正旺。一根铁皮管道架在火炉上方,围厨房绕了一圈然后通往外面,房子里既感觉不到烟熏又非常温暖。

厨房很大,我问桑吉卓玛厨房有多少平米,桑吉卓玛想了想,说你们都是按平米算面积,我们是按柱子算,四根柱子算一间房,你看厨房,四个角立着四根柱子,这就算是一间房,一楼有十二间这样的房间。我粗略估算一下,一间少说也有二十平米。

"二楼呢?"我问。

"二楼的格局也是一样的。以前是作客房用,现在都空着。"

"为什么?"

"说实话,以前我们没有卫生间的概念,条件好一些的家庭最多在房后砌一个露天厕所。现在大部分客人一进来首先就看有没有卫生间,一看没有扭头就走,损失了很多客人。后来管理委员会和援藏工作队的领导针对这种情况,请专家来为我们设计出了一种很合理的卫生间,不影响房屋的结构和外观,又能满足客人的需求。我们每家每户都按照要求改建了客栈,跟镇上的高级宾馆相比,现在的家庭客栈又经济实惠又卫生,大大地提高了竞争力。"

"你们家现在还开客栈吗?"

"当然开。去年加上贷款共投入了一百多万元,在村子的上面挨着森林的地方新建了一个客栈,有十六个房间,今年六月份开张了,仅用了四个月时间,赢利了十五万元。现在的客人只是在新客栈住,吃饭和娱乐都还到这里来。他们都喜欢这种方式,特别是带着小朋友的自驾游的客人,白天带着孩子欣赏美丽的鲁朗风光,黄昏的时候,踏着夕阳伴着饮烟过来,品尝鲁朗最著名的石锅鸡和藏猪肉。吃完饭后,换上我们的民族服装,围着篝火尽兴地唱歌跳舞,然后再回到房间美美地睡上一觉。这种全方位的体验模式,不但让来过的客人久久难以忘怀,他们回去后口口相传,吸引了更多的体验者来到鲁朗。"

"我们家有七口人,坐在那边的是我的爸爸妈妈。"桑吉卓玛指着坐在卡垫另一头的两位老人介绍说:"我爸爸叫乔,今年四十九岁,妈妈叫白玛卓玛,今年四十七岁。丈夫叫次仁,今年三十一岁,在景区旅游部当经理。"

"这个是我姐姐,叫巴桑旺姆。今年二十七岁了,大学毕业后考上了公务员,现在在日喀则工作,这次是回来休假的。"桑吉卓玛指着正在低头打茶的姐姐说。

"你是什么学历?"我问桑吉卓玛,桑吉卓玛说她上到初中就休学了。当时姐姐在上高中,学习成绩好,家里当时也比较困难,就决定让姐姐继续读书,我成绩不行,就回家帮爸爸妈妈干活。

"我们家分工明确,姐姐当公务员,丈夫在景区上班,我开家庭旅馆,爸爸妈妈务农。"

乔和白玛卓玛都不到五十岁，看上去比实际年龄更沧桑，乔的头发都白了。桑吉卓玛告诉我，他们家养了三十头牛，其中有十头是奶牛，还有二十多亩地，主要种冬小麦，也种青稞、玉米、土豆、油菜等等。她和丈夫都有自己的事，放牧和种地基本上都是爸爸妈妈干。真正的牧场离村子还有两公里远。

“二十多亩地可以收多少斤冬小麦？”

“不知道多少斤，反正每年可以收一百多袋。”

“一袋有一百斤吗？”我问桑吉卓玛，她说应该有，她一个人扛不起一袋。

“每年可以收一、二万斤冬小麦，家里够吃了吧？”

“我们挑一点最好的吃，其余的收割后就用袋子装起来，拉到牧场去，冬天用来喂牛。”

“家里主要吃什么呢？”

“面粉，精白粉。吃完了就去商店买。土豆、玉米和蔬菜就自己吃。扎西岗村的土好，肥肥的，种什么长什么。”

“你们家的牧场大不大？”

“我们村的牧场没有分开圈起来，白天放在一起，晚上各回各家，牛都是早上自己出去，晚上自己回家。冬天的时候，牧草没有了，爸爸妈妈就每天去喂。”

“奶牛也是放养吗？”

“奶牛是圈养，天气好，牧草肥的时候，爸爸妈妈每天都要去牧场挤牛奶，每天挤两大桶。冬天天气冷了，奶牛不产奶了，就把它们从圈里放出来，整个冬天都自由了。”

我听懂了，奶牛大部分时间都是圈养的，到了冬天就散养了。

“这么贵重的牛，整个冬天都散养，不怕被别人偷吗？”

胡主任笑起来，说你还不了解这里的情况，扎西岗村最好的就是民风，从来没有丢失过东西。牧民从来不担心牛被人偷，只担心牛跑到公路上去,造成交通事故。

“每天每头奶牛可以挤多少斤奶?”

“不知道,我从来没有挤过奶。”桑吉卓玛将眼睛看向胡主任,仿佛在向他求援。

“一头奶牛一天大约可以挤两斤半奶,也就是说,她家的奶牛每天可产二十五斤奶。”胡主任虽然是援藏工作队的,但七年的援藏经历,使他对牧民的情况了如指掌。

“这么多牛奶,全家也吃不完呀。”

“吃不完就做酥油,十几斤牛奶可以做一斤酥油,现在酥油的价格是七十五元一斤。”胡主任继续解释。

“除了家里人自己吃,我们还要留一些给住客栈的客人,他们总是希望尝一尝酥油茶的味道,吃不完的,我们才卖。我们家现在过得很好,一般不卖产品,牦牛每头现在可以卖一万元左右,但我们不卖,只是一年杀一两头自己吃。”

也许是我问的问题太多,桑吉卓玛有点招架不住了,她说她年龄不大,好多事情都搞不懂,丈夫正在外面的院子里刷墙,她去叫他回来。说完抱着小孩走出厨房,大喊丈夫的名字。

次仁个子不高,约一米六五,脸白白的,很周正,衣服上溅着许多小白点。他显然跟胡主任比较熟,进门就寒暄起来,说刚才正在院子里和几个邻居搅拌石灰,灰尘有点大,不方便打招呼。

由于在景区工作的原因,次仁的普通话说得很好,他说他不是扎西岗村的人,他的老家是米林县的,离这里有两百公里。2013年,他原来工作的单位抽派他到扎西岗村驻村,认识了桑吉卓玛,后来跟桑吉卓玛恋爱结婚,留在了扎西岗村。

“用你们汉族的说法,我是上门女婿。”

“次仁中专毕业生,学的是民族乐器,歌也唱得很好,每次都是篝火晚会上的主角。”胡主任补充说。

“你上门到桑吉卓玛家,要不要送彩礼?”

“不用,我娶桑吉卓玛没花一点钱,带着一张嘴就进来了,连被子、新衣服都是她家准备的。回我老家探亲时,她还给我爸爸妈妈买许多礼品,还给钱。”次仁很自豪。

“你是景区的正式员工吗?”

“是的,我是正式员工,在景区当部门经理,每个月有七千多元的工资。今年年初,景区公司的主公司出了一点问题,公司就将景区交给扎西岗村代为管理。村里因为没有人懂管理,就让我带着村民们管理景区,每月还有五千多元的收入。现在是旅游淡季,不用天天上班,我就回来帮家里干点活。”

胡主任说次仁是主动要求来村里上班的,他想用自己的管理经验,为村民们出点力。虽然说收入比以前稍低一点,但次仁认为值,大家都学会了管理景区、爱护景区,景区的发展就会越来越好。

“扎西岗村的人直爽大气,很少有斤斤计较的人,哪家有事需要帮忙,全村人都会来。你看我今天要粉刷围墙,没有跟任何人说,但一下就来了四五个人。再有,这里的风气特别好,简直可以用汉族古人说的‘道不拾遗、夜不闭户’来形容。这几年经济条件好了,家家都买了汽车,每次回来都是熄了火拉上刹车就走,谁都不拔钥匙。谁想借车,只要给车主人打个电话就可以开走。不像有的地方,支支吾吾的,好像要找他借老婆一样。扎西岗村的人团结、互相帮助,在远近都是有名的,到外面去,腰杆子挺得比谁都直。”

次仁很健谈,对扎西岗村有深厚的感情,介绍起来眉飞色舞的,很有感染力。

“有一句话说大河涨水小河满,我是有亲身体会的。刚结婚时,我们是平房,二楼是后来加盖的,前年,镇里提出要提升家庭旅馆的品质,我们又建了一家新的家庭客栈,没有钱,谁家能搞出这么大的动作?再说,大环境变好了,小家庭才有变好的机会。”

“情况是这样的,”胡主任补充说:“从2017年开始,鲁朗援藏工作组向省工作队申请了一批资金,持续推动各村的家庭旅馆的提质升级工作。以前的家庭旅馆接待条件、环境设施都处于原始状态,造成了乡村旅游体验度差,无法打开游客口播相传的渠道,再加上农牧民群众欠缺旅游服务技能,经营方式单一,缺少丰富多元的体验项目,不能满足游客的需求。

鲁朗国际小镇周边有三个村,大都是以开家庭旅馆为主业,他们的形象和鲁朗国际小镇的形象是密不可分的。为了规范小镇周边村庄农户管理、革除陋习、改变形象,我们通过修缮家庭旅馆、提升硬软件设施、提升民宿床上用品卫生服务的管理,在镇上成立了一家干洗店,雇请家庭条件比较困难的人员,具体负责上门收取待清洁的物品、操作干洗设备,清洁完毕折叠整齐,再送还各家。既增加了困难户的现金收入,又为游客提供了干净、卫生、规范、优质的服务,极大地推动了鲁朗乡村旅游的健康发展。我们现在要求每一家家庭旅馆都要建章立制、上岗前培训、服装统一,对外树立良好的口碑。”

听完胡主任的介绍,我不由得感叹起来,一个旅游小镇看上去像一条小溪一样,风平浪静地流淌着,其实它宁静的后面,凝聚着多少管理者和劳动者的心血。

“再说我们家的情况,五年前我们买第一辆车,是面包车,花了六万块钱,当时主要是岳父开,跑牧场。去年,我们又花了三十几万买了一辆越野车,是现在比较受欢迎的‘哈弗9’,我和桑吉卓玛轮着开,上班呀,接送孩子呀。其实仔细想想,第二辆车并不是非买不可,家里用车的机会也不是很多,主要还是想显摆一下,是掌着方向盘舒心,日子好过了,钱多起来了,总想活得更舒心一点。也想让乡亲们看看我们家越来越强的实力嘛。我们家共有七口人，就有四本驾驶执照，除了两个小孩和丈母娘，我们都能开。”

“村里买车的人多吗？”

“家家户户都买了车。现在村里赚钱的渠道多，牵匹马出去出租一天也可以赚几百块，上山挖土特产，一天也可以轻轻松松赚几百块钱，钱袋子鼓起来了，好多人都考虑着怎么花钱。为了保持现在的面貌，保护好环境，原汁原味地展现扎西岗村的自然美，村里按照镇上的要求，原则上不再新建房屋，唯一能够大把把钱花出去的，就是买车。以前买车是为了实用，现在讲究的是‘四驱’，还要带‘T’。”说起车，次仁眉飞色舞，专业术语随便就脱口而出。

“你看我们家的房子，要用多少木材？光直径六七十公分粗的原木就要几十根，放到现在，根本就不可能。国家为了保护森林、保护绿水青山，每年给每户都发放林业保护费，平均每个村民每年都能领到四千多元。村民们现在已经养成了良好的习惯，自觉保护森林，不但不上山砍伐树木，每年还自发地组织起来上山种树，这样坚持下去，我们扎西岗村肯定会越来越美，日子也会越过越富裕。”

“种树有指标吗？”

次仁没听懂，满脸疑惑地看着我，我解释说：“有没有规定每年每人必须种多少棵，没种活的会不会罚款？”

“不是这样的，种树是我们自己的事，没有人逼着我们干。哪个村民发现自己当年种的树没活，第二年会加倍补种上。扎西岗村的自然条件这么好，种不活树是笑话，谁也丢不起人。”

“次仁啦，你介绍了这么多，我还想问一个问题，现在日子过得这么好，你对将来有什么规划吗？”

次仁沉思了一会，看看岳父岳母，又看了看妻子桑吉卓玛，然后认真地告诉我：

“没有。我只想永远这样过下去。”

次仁的妻子桑吉卓玛和她的家人一齐看向我，一齐点头。

我想生活应该就是这样，不能要求每一个人都有远大的志向，只要能幸福地与家人在一起，过着平静而富足的生活，就能体现出最完美的幸福的价值了。

麻玛乡里的致富人

“错那”藏语的意思是“湖的前面”，县城建在错那镇，离县城三十公里处，有一个拿日雍措湖，藏语的意思是“聚宝湖”，不知道县名是不是因这个湖而起的。县城海拔四千三百八十米，翻过海拔五千多米的波拉山口，一直向南而下，就到了门巴民族乡“麻玛乡”。

麻玛乡位于勒布沟中段，海拔约二千八百米，这里气候湿润、物种丰富、风景秀丽、四季常青，六世达赖喇嘛仓央嘉措就出生在这里。在村子的尽头，有一块耸立的巨石，巨石上有一间石头垒起来的房子，传说是六世达赖喇嘛仓央嘉措曾经打坐过的禅房。

麻玛乡的乡长叫白央，本地门巴人，毕业于西藏民族大学，在麻玛乡已经干了五年乡长了。白央长得清秀文静，说话声音也不大，乍一看，很难将她和基层的乡长联系起来。

白央乡长介绍说，麻玛村是山南市的“生态文明示范村”，是由市委、市政府、援藏工作队共同投资打造的，总投资约九千万元，2014年初开工兴建，2017年建成并交付使用，现在所有的易地搬迁户都已经搬进了新房。

漫步在麻玛新村的街道上，仿佛漫步在江南的秀丽小镇，缓缓流淌的娘姆曲、错落有致的门巴小楼、干净整洁的江淮大道，处处体现出江南般的灵动。

卓玛家就在村子的中部，是一栋三层的楼房，一楼的门楣上挂着一个牌子，上面写着"门隅人家农家乐"，楼前是一个大广场，广场对面是麻玛乡政府所在地，白央乡长说每逢节假日，村民们都聚在广场上，生起篝火唱歌跳舞，非常热闹。旅游旺季，外地来的游客更是早早就守在广场旁，然后伴着音乐节奏，和身穿民族服装的村民们一起狂欢。所有的建筑物的屋顶上，都飘扬着鲜艳的五星红旗。白央乡长告诉我，卓玛是村里的妇女主任，也是村里的致富带头人，最早在村里办起家庭旅馆，而且开展多种经营，生意做得风生水起，在麻玛乡远近闻名。

卓玛家的一楼是一个大厅，上楼的楼梯两侧一侧是柜台，柜台后面设计成展示柜，上面两层摆满了大大小小的木碗，下面摆着青稞茶、三七粉等土特产。另一侧摆满了色彩鲜艳的抱枕。大厅的中央生着火炉，火炉旁的卡垫上围坐着几个妇女，正在埋头编织。

我们落座后，卓玛向我们介绍情况，她说家里有四口人，妈妈旺姆今年六十六岁，平时帮她干点家务活；丈夫叫顿珠，今年四十岁，以前在县里工作，现在辞职了，回到麻玛乡和她一起创业；女儿叫次仁卓玛，今年十三岁，在县城里上中学。女儿上的是寄宿学校，寒暑假才回来，她每个月都会去县城看望她。

卓玛说父亲去世得早，日子过得很艰难，是母亲单独把她拉扯大的。那时她家在对面的山脚下，靠种地为生。2017年，麻玛新村建好后，家里生活才有了天翻地覆的变化。

丈夫顿珠正在楼上忙着，听见楼下乡长白央的声音，抱着一块脸盆大的木头疙瘩就走了下来。

"顿珠拉，今天上山了？"白央招呼。

“今天运气不错，挖到了一个大杨树疙瘩。”顿珠把树疙瘩放到地上，很是得意的样子。

白央介绍说，做木碗有许多讲究，材料、工序要求都很严。

“我们藏族人对木碗有特殊的感情，出门在外，只要怀里揣着一只木碗，吃酥粑、喝酒、喝茶都是它。一个小小的木碗在人群中转上一圈，朋友也有了。我们藏族有首民歌是这么唱的：‘带着情人上路吧，有一点害臊，情人要像木碗一样多好，藏在怀里就行了。’”顿珠说。

“做木碗是家里祖传的手艺？”

“当然算是祖传的。我以前在县里的电信部门上班，不懂木碗的制作，娶了卓玛后来到了麻玛乡。后来发生了一件事，让我跟木碗结下了不解之缘。”

说到这里，顿珠的语气凝重起来，他从木柜里捧出一只年代久远的木碗，用衣袖小心地擦拭了一遍。

“我们家的木碗，叫‘扎西家的木碗’，在方圆几百里是家喻户晓的，谁家要有一个扎西家的木碗，都会让人吹上一阵。扎西是卓玛的爷爷，几年前去世了。四十多年前，卓玛的爷爷被邀请到山对面的一户人家去制碗，那时谁家要有喜庆活动，都会请匠人上门制作新的器具的。后来打仗了，争议地区的道路被封锁了，双方的百姓都不能往来了，卓玛的爷爷也过不来了。”

“大概是十年前吧，我从西藏民族学院毕业后分到麻玛乡工作，那时旅游开发尚未搞起来，麻玛乡的条件极为艰苦，交通不便，物资不流通，每年十一月到次年四月就大雪封山，里面的人出不去，外面的人进不来，我和村民们都想方设法改变现状，但总也找不到突破口。就在那年六月，内地援藏工作组的同志进驻了麻玛乡。他们放下行李就和我们一起，跑遍了麻玛乡的每一条山沟，每一道山梁。最后确立了开发旅游业的思路，并得到了市、县和援藏工作组领导的一致认可。”白央乡长说起麻玛乡开发的历史如数家珍。

“这和木碗的关系?”我不解地问。

“别急。”白央乡长笑着告诉我,有一天他们在河对面的“野狼谷”考察,在谷底的溪流边发现了扎西老人。当时扎西老人病得很严重,口齿已经不太清楚,只是从怀里掏出一个木碗,不停地指着村里的方向。

“记得是小郑把扎西老人背回村里的。小郑是安徽援藏工作组的干部,现在已经调回内地了。”白央乡长解释到。

“小郑是个好人,好干部。我老婆现在对他还感激不尽。”顿珠抢过白央的话题。

“你看这边的木柜,”顿珠指了指另一面墙,整面墙都镶着玻璃,玻璃将墙分割成一个个小柜,每个柜子里都陈列着一对针织的抱枕。

“以前麻玛乡交通不便,冬天基本上没有事做,小郑了解到这一情况后,很有信心地告诉我老婆,说他们家乡的编织工艺很发达,家家户户的妇女都精通编织,他可以联系相关部门,教麻玛乡的妇女编织工艺。小郑说干就干,很快联系上了相关部门,给麻玛乡寄来了各种编织工艺品的样品和如何编织的视频资料。从那以后,一到冬天我老婆就组织村里的妇女,集中起来统一编织,这样一对抱枕,可以卖四百元钱。现在麻玛乡的妇女一到冬天就忙开了,除了编织就是讨论,怎么才能使花色更鲜艳、图案更丰富。生活充实了,包里的钱也多了,现在麻玛乡的妇女都活得很自在。”顿珠脸上满是得意。

“这几年旅游搞起来了,来麻玛乡、勒布沟的人越来越多,这种手工编织的抱枕特别受拉萨来的客人的欢迎,每个来的人几乎都买一对带回家。”乡长白央说。

“冬天客人少了,这些抱枕怎么销得出去呢?”我有些担心。

“这个不用担心,我们的抱枕都被客人预定了,每年冬天我们要紧赶慢赶,才能完成订单。忙得我们连串门的时间都挤不出来。”卓玛一说,几个妇女都“叽叽喳喳”地说起来,大厅里顿时热闹非凡。

“小郑在麻玛乡干了几年?”我问白央乡长。

“小郑是2009年来到麻玛乡的,一直在这里干了整整9年,今年6月才回安徽。小郑刚来时还没有结婚,一到麻玛乡就全身心地投入到改变麻玛乡面貌的工作中。景点确立、景区开发、农特产加工、‘农家乐’规范化,可以说麻玛乡的一草一木都牵动着小郑的心,麻玛乡的每一点变化,都凝聚着小郑的付出。”

“我学做木碗,也是多亏了小郑。”顿珠介绍说,爷爷的身体恢复健康后,小郑了解到爷爷有做木碗的绝活,就请他带领乡里的年轻人学制作木碗,我和卓玛结婚后,爷爷说我和木碗有缘,让我跟他学做木碗。麻玛乡地处原始森林,可做木碗的材料非常丰富。我跟着爷爷整天在山里钻,采回原料后学习制作,从选材、风干、制坯、细磨到上色都老老实实地学习、操作,后来,爷爷去世了,做木碗的技术被我传承下来。”

“生态文明示范村开村后,来这里的游客特别多。我发现他们都喜欢买木碗,特别是拉萨来的游客,几乎每个人都买。利用业余时间制作木碗,根本满足不了市场的需求。我和老婆商量后决定,干脆辞去工作,一心一意做木碗。”

顿珠说做一个吃饭用大小的碗大约需要四天时间,做祭祀、敬神用的大碗至少需要十天,小碗可以卖到四百元一个,最大的可以卖到上万元。顿珠告诉我,“碗的摆放也很讲究,木柜里的两排碗,上面一排是摆祭品、供品用的,下面一排是家里人吃饭用的,谁的地位最高,谁的碗就最大。碗的用法也很讲究,父子不共碗、夫妻不共碗、母女不共碗、兄弟不共碗。”

“碗的形状也是有讲究的，男人用的碗低矮。开口比较大，显得沉稳持重，女人用的碗表面光滑细腻、碗身略显修长，捧在手上有一种美的享受。”乡长白央细细解释给我听，没想到看上去简简单单的小木碗，里面还藏着这么多的学问。

“我们家现在过得非常充实，夏天，父母亲去牧场放牧，种些土豆、玉米、油菜，补贴家里的零用，我上山去寻找合适的原料，搬回家一心一意地制造最完美的木碗，老婆卓玛经营好她的农家乐。冬天，卓玛组织起村里的妇女，一起加工抱枕，全村的人都有事做，一年到头都有收入，这样的日子，当然是越过越舒心啰。”顿珠没有丝毫掩饰自己得意的意思，也没有必要掩饰，只要生活真正地好起来了，微笑就会不由自主地爬上每个人的嘴角。

离开了麻玛乡，离开了美丽的勒布沟，离开了仓央嘉措的故里，那里的一切却让我久久不能忘怀，在曾经寸步难行的这条山沟里，不仅有不可复制的山川景色、源远流长的文化底蕴，更有一群自强不息的人，他们在全国各族人民的帮助下，用勤劳的双手改变着家乡的面貌，改变着自己的生活，他们的明天，一定会更加美好！

行走在拉萨的天空下

李小洛

飞机从一万米的高空徐徐落下。当我真真实实站立在拉萨贡嘎机场航站楼前辽阔的广场，抬头仰望与内地迥然不同的蓝天白云，气象万千神秘变幻的苍穹，行走在拉萨的天空下，呼吸着来自高原的草木和太阳的气息，竟有一种梦境般的恍惚，像一枚橡果沿着时光隧道刚刚完成一次优美的抛物线，一次时光的穿越，又像是在匆忙赶往一场前世早已既定的盟约。

此后的半个月，在历经前期的高原反应，头疼，头晕，恶心，一系列身体上的抗拒和不适之后，迎来的是凤凰涅槃般的通透、轻盈和明媚。

拉萨在中国所有的城市里，毫无疑问是一座极具个性的城市，甚至是一座有着独一无二气质的城市。圣地拉萨，这座永远沐浴在阳光下的神秘太阳城，以它的蓝天白云，神奇传说和宏伟辉煌的寺院，构筑起永不磨灭的圣地形象。“中国优秀旅游城市”“欧洲游客最喜爱的旅游城市”“全国文明城市”“中国特色魅力城市”“中国最具安全感城市”“中国最具幸福感城市”，以及国家首批“全域旅游示范区创建单位”等诸多的城市名片，像一枚枚纯金打造的名片，在太阳下熠熠生辉。

爱上拉萨的理由或许有更多。爱上拉萨或许也不需要任何理由。从大昭寺到小昭寺，从八廓街到布达拉宫，从罗布林卡到拉萨河……在拉萨，每个人是过客，是行者，每双眼睛发现的美都与众不同，每个人又都是归人，追索生命的源头，寻找至纯至爱的大美。

或许，行走，就是热爱。遇见，就是喜欢。

一

我的行走，从一条老街开始。

在中国的城市里，有很多这样的街道，它们就蛰伏在城市的某一角落，某一深处，作为这个城市的胎记，秘密记载和讲述着城市背后的故事，深深镶嵌在城市的记忆里，就像西安的回民街、上海的南京路、成都的春熙路、北京的王府井和秀水街……

在拉萨，八廓街，就是这样的一条街道。

这是一条与众不同的街道。说是街，却没有一般意义上街道的通达和阔直。准确地说，它就是围绕在大昭寺周围的一条环道。由八廓东街、八廓西街、八廓南街和八廓北街组成。长不过千余米，且街内岔道众多，有三十多条小巷，初来乍到，稍不留意就会迷路。

就是这样的一条街，在中国数以万计的街道中，它却占据着不同凡响的位置。不仅是一条融合了宗教、建筑、商业与爱情的神奇之路，更是一条世人心中通往天堂的圣路。

八廓街短短一千多米的环道，海纳百川，用宽广的胸怀调和着这里悠久的历史和独特的风情。古老的传统与现代的时尚，像磁石一样吸引着全世界的信徒来此用身体丈量这片神奇的土地，用心灵聆听佛祖的声音，也吸引着世界各地的游人来此游历、思忖和探寻。

在藏族百姓口中，八廓街是正确的读音。外地人往往把这条街叫八角街。据说是由于当年在拉萨的四川人特别多，而在四川话中，“廓”与“角”的发音相近，所以，时间久了，也就把八廓街误读成了“八角街”。

作为藏传佛教信徒最主要的转经线路,八廓街每天都集聚着大批前来磕长头的信徒。转经老人手持转经筒,默念六字真言,他们到大昭寺前朝拜佛祖,在亮光可鉴的石板路上投下了一道道长长短短的影子。熙熙攘攘的人潮,人挨人人挤人排着长队绕着大昭寺顺时针转着,手上的转经筒也在顺时针转着,如同无数星星围绕着太阳旋转。

在这条信仰之洪流中,各色人等、各种神态,有的步履从容,有的行色匆匆,但不管怎样,他们都沉醉在宗教的虔诚祈祷中,不停地行走着。他们周而复始地用脚步、身体及虔诚丈量着朝圣之路,一步一步或一步一个长头向心中的神默默祈愿。一天、一月、一年、一世,许多人一生就在这转经的日子中度过。

摇晃的经筒,飘升的白烟,八廓街像一个周而复始的圆,没有起点,也没有终点,转经人可以随意从任意一个点上切入,也可以随便在任意一个点上离去,一切都顺其自然。

信徒们日复一日年复一年的行走,不仅流淌出了圣城不灭的岁月,也流淌出拉萨一道亮丽的风景。

人有宿命。八廓街也有它的前世今生。

早在7世纪中期,公元634年,年轻的松赞干布统一青藏高原、建立吐蕃奴隶制政权以后,当时位于吐蕃南部的泥婆罗(今尼泊尔),为了免遭灭顶之灾,将公主尺尊嫁给松赞干布,以加强与吐蕃的友好关系。

尺尊公主入蕃时带来一些工匠,以及一尊释迦牟尼八岁的等身像。为了安放这尊佛像,松赞干布下令修建大昭寺。但建寺的过程却并不容易。屡建,屡塌。甚至白天建,晚上塌,不然就是水患。直到数年之后,一位大唐公主的出现……

一千二百年前的大唐,时值盛年,犹如一位体格矫健的男子,思维敏捷,游刃群艺,以己为主,兼收并蓄。诗歌、书法、音乐大放异彩,犹如一颗颗璀璨夺目的明珠点缀在大唐这尊无上之冠冕上。

庄严、华美、富裕、强盛、文明。人民皆丰衣足食、躬耕陇亩、种竹栽花、谈经论道、骑马舞剑、操琴而吟、命笔成品,整个社会氛围和人的生命状态结合得完美和谐。高旷宁静的天空,富裕文明的民众,宽阔豁达的胸襟,使那些偏居荒蛮寒冷地带操异语着异服的少数民族若涓涓细流归于滔滔大海,回纥、突厥、高句丽、契丹、室韦、靺鞨、吐藩、白蛮、乌蛮、羌等纷纷与大唐修好。

年轻的松赞干布也不例外。

公元634年,他派遣使者前往大唐求婚。但这次求婚的结果并不如意。唐太宗李世民直接回绝了他。

求婚的使者碰了一鼻子灰回到吐蕃。嫁祸邻国的吐谷浑:“我们刚到的时候,唐朝君臣对我们还挺好的。也答应把公主嫁给我们。后来吐谷浑也来求亲,可能说了我们很多坏话,唐朝接待我们的礼仪规格就下来了,还拒绝了我们的求婚。”

松赞干布闻言大怒。637年,率军攻打吐谷浑,一举将吐谷浑赶到了青海以北。之后又一鼓作气攻下党项、白兰羌,直逼唐朝的松州,今四川省松潘县,扬言大唐若不许配公主,就要大举入侵唐朝,抢也要抢一个公主回去。

公元638年八月二十七日,唐太宗派吏部尚书侯君集为行军大总管出兵迎敌。这场战役,唐军只是出动了一万人,竟然敢对二十余万敌人主动攻击,并且取得了歼敌千余人的可观战果,贞观年间唐军的战斗力之强可见一斑。

西藏各部联军围攻松州城十余日不能下,又被唐军夜袭所败,兵锋已钝,士气已泄。随着粮草不继人心浮动,松赞干布终于先熬不住了,率兵撤出大唐境内,并派宰相禄东赞前往大唐谢罪。同时带了五千两黄金和大量珍宝正式向大唐下聘礼,希望以诚心感动唐太宗,迎娶大唐公主为妻。

为了避免无休无止的战事,唐太宗息事宁人,答应考虑吐蕃的请求。

当时到长安求婚的并不止吐蕃一个,另外还有其他五个国家的使臣,也都带着贵重的礼物,想要迎娶唐朝的公主。

于是唐太宗决定再来一个补救措施,出几道难题,考一考这些使臣,哪家在比赛中胜出,哪家就可以迎娶公主。

第一试:将一根柔软的绫缎穿过明珠的九曲孔眼。聪明的禄东赞先找来一根丝线,一头系在蚂蚁身上,另一头系着绫缎,又在九曲孔眼的端头抹上蜂蜜。蚂蚁循着蜂蜜的香味,就带着丝线顺着弯弯曲曲的小孔,穿过九曲明珠,这样,绫缎自然就顺利地穿过了。

第二试:辨认一百匹母马和一百匹小马驹的母子关系。比赛开始,各国使臣一筹莫展。只见禄东赞不慌不忙,先将母马和马驹分别关起来,然后吩咐一天之内不得给小马驹喂食喂水。一天后,当饥渴难耐的小马驹回到母马群里时,很快就找到了自己的妈妈。

第三试:怎样在夜晚出入皇宫不迷路。晚上,宫中突然擂响战鼓,皇帝传召各路使者进宫。禄东赞想到初来乍到长安,路途不熟,为了不迷路,便在关键路段涂上颜色标记。到了皇宫后,唐高宗叫他们立即返回,看谁能不走错路回到自己的住处。结果,禄东赞凭着事先做好的标记,顺利返回。

第四试:辨认公主。这天李世民亲自在殿前主持考试。300名衣着华丽,相貌相仿的宫女,分左右两队依次排列,宛如仙女,令人眼花缭乱。各国使臣瞪大眼睛,怎么看也认不出哪位是公主。只有禄东赞因为事先找到了公主身边的宫女,通过宫女把花露水洒在公主的衣袖上，第二天考试时，禄东赞打开一个小小的盒子，几只小蜜蜂顺着花香，直接落到了公主的衣裙上，禄东赞就这样顺利地找到了公主。

四项比试，禄东赞全都取得了胜利。唐太宗非常高兴，心想：松赞干布的臣子这样聪明、机智，松赞干布自己更不用说了。于是在第一次求婚失败之后的公元640年，唐朝终于许嫁公主。

一位十六岁大唐公主的漫漫和亲路自此开启。

"吾家嫁我兮天一方"，远赴雪域边陲，华盖之下，众人簇拥中，一个云鬓高挽、宽袍长袖的少女，踏上她一生的爱恨、悲欢与离合。

公元641年正月十五，文成公主浩浩荡荡千余人的和亲队伍从长安出发，沿着"唐蕃古道"前往她此行的目的地——拉萨。

和亲之路漫漫其远，这一次注定而又偶然的婚姻，诗和远方，让她身兼新娘、大唐使者、文化传播者等数职，对婚姻的憧憬间杂在和亲这一历史大事件中，让唐蕃古道有了新的传奇与定义。文成公主进藏途中不仅播撒下了汉藏友好的种子，也留下了众多的胜迹与美好传说。文成公主远嫁吐蕃，揭开了唐蕃古道历史上非常重要而又影响深远的第一页，当然作为唐朝与吐蕃之间的重大事件而载入史册。

文成公主进藏时，正值大昭寺修建屡屡失败，进展不畅的时候。

这时候，她想起自己进藏途中遭遇的一件事。这一天，当来到拉萨河谷灌木丛的一处沙滩草地时，载着释迦牟尼佛十二岁等身像的车辇突然陷入了水如泉涌的泥淖之中，大力神喜，借天神之力未能抬起；大力龙乐，借众人之力也未能推动……公主百思不得其解，于是打开随身携带的"堪舆五经"卷起卦占卜，发现吐蕃雪域之地原来是罗刹女仰面而卧。

这个魔女呈人形，头朝东、腿朝西仰卧。大昭寺要想修建成功，必须重新选址，只有建在罗刹女的心脏位置，方能镇住她不再作祟。另外还需在魔女的四肢和关节部位再修建十二个小寺院，镇住其手脚。

按照文成公主所选的位置，罗刹女的心脏位置恰好是一片湖泊。建寺首先要填湖。当时主要的运输工具是依靠山羊背着装着沙土的袋子，就这样把这个湖泊给填平了，给大昭寺奠定了基础。

大昭寺建成后，引来了众多朝圣者朝拜，天长日久，逐渐踏出环绕大昭寺的一条小径，这就是最初的八廓街。

行走在八廓街，两旁林林总总的藏式建筑令人目不暇接。代表着蓝天、白云、火焰、绿水和黄土的五色经幡在蓝天白云下迎风飞舞，红白两色的墙体在阳光下散发着夺目的光芒。

这其中，有一栋小黄楼格外引人瞩目。它就是著名的“玛吉阿米”。

在藏族文化中，黄色极为尊贵。只有寺庙、活佛的居住地、高僧的寓所才有资格涂上这个颜色。而这栋小楼之所以可以使用黄色，则相传因为这里就是六世达赖喇嘛、浪漫主义诗人仓央嘉措和他的情人秘密相会的地方。

见证那段凄美爱情的藏式酒楼，今天已变成玛吉阿米餐吧。无数来八廓街的人，总会选择去这座黄房子这里坐坐：去遥想那三百年前在年轻的活佛面前掀帘而望、皎若明月的姑娘；去遥想那情深意重、热情浪漫，却身被枷锁、痛苦至终的仓央嘉措；去遥想那惊世骇俗、至真至纯、至死方休的爱情……

飞逝的时光中，当年才华横溢的诗人和纯洁美丽的少女都已化作了美丽的传说。而坐在“玛吉阿米”内喝酒聊天的人们，只有过客。餐吧墙壁四周贴满了绘画、摄影、手工艺品，书架上有卡夫卡、艾略特的原版图书,茶几上有很多留言本,写满世界各地旅游者的感受,有些游客甚至在留言薄用完后,将向情人的告白写在餐巾纸上夹于其中,餐厅还曾将留言结集出版。留言簿可在楼下的商店购买。

如今的玛吉阿米餐吧已成为拉萨一个鼎鼎大名的一个网红店,终日人满,进门排长队。其实,在这样的餐吧,东西好不好吃,价格高低,也都不重要了。重要的是它成为一种符号,一种象征,对于相爱的人来说有着非同一般的承载和意义。这里流传着美丽的爱情故事,对于情侣来说,在这里吃一顿饭,也成为了见证爱情的一个重要的仪式。

二

一条古街,铭刻着不同时代的印痕,它是有关整座城的记忆。

一条古街,就像一面镜子,反射拉萨这片土地的神秘、兴衰和时代变迁。

八廓街发展到一千三百年后的今天,早已是日新月异,今非昔比。如今的八廓街拥有两千多家住户,有居民六千多人。在一万多平方米、长约一公里左右的八廓街上,拥有一千五百家店铺。其中保存下来的二十九处重点文物单位和五十六个古建筑大院,是西藏社会发展的缩影。

八廓街是一个时尚现代的街市,同时,八廓街又是一个世俗的世界。街道两旁充斥着叫卖手工艺品的小商贩,这些藏民用流利的英语向金发碧眼的"老外"兜售商品,或用熟练的普通话与来自内地的游客讨价还价。八廓街就是这样一个融合了宗教和世俗两种截然不同风格的场所。朝圣者、游客、不同教派的僧侣、苦行者、乞丐……,各种不同身份的人因为各自不同的目的汇聚在这条老街上,上演着一幕幕或宗教或世俗的人间活剧。

一千个人心里有一千个八廓街。外地游客眼里的八廓街是一个传统与时尚并存的繁华之都，有人说风情万种，有人说靓丽多韵。但匆匆而过的我们看到的往往是浮光掠影悬于表象的结果，而过程，只留存在懂得的人心里。只有八廓街上长久居住的常驻民，才更能知晓八廓街这一路走来的不易，说得清八廓街背后的故事。

“拉萨的灵魂是八廓街。对我来说八廓街里的人与神是一个完美世界的范本。在拉萨，准确地说是在八廓街生活了整整二十年，这条街的前生后世，我想没有人比我知道得更清楚了。近些年的变化真的是太大了。”

18岁就进藏，跟随父母一起来到拉萨，在八廓街上经营着一家老唐卡店的画家罗金先生回忆起九十年代，刚刚来到八廓街时的情景，“那时候的八廓街跟现在完全不一样：狭窄的路面上泥泞不堪，各种小摊小贩让本就不宽敞的路面显得更加拥挤……没有路灯，凹凸不平的街道总是让人深一脚浅一脚的，回家的路上有时还免不了踩进水坑和泥潭里。没有电和自来水，每天都要到旁边的井里去打水。”

“以前这边的市场不规范，不仅影响市容，我们的生意也不太好做。为了改善这里的环境，政府花了很多的时间和精力，投入大量资金，将路面平整，对街道两侧进行绿化，并增设了公厕、指示牌等基础设施，既方便了社区居民出行，也为游客提供了便利。这几年，来八廓街的游客越来越多，我们的生意也越来越好。”

拉萨市老城区以八廓街历史街区为核心，总面积约1.33平方公里，常住人口达8万人。长期以来，这里一直是西藏的宗教和商贸中心区。近几年每年进藏旅游人口上千万，每位游客进藏都少不了到大昭寺参观一下，旁边的冲赛康商贸市场和数不胜数的旅游用品店，更是游客和群众少不了的去处。一年365天，八廓街里朝圣的、旅游的、购物的人熙熙攘攘。年代久远的老城区狭窄的街巷显得愈加拥挤。白天人来人往走不动道，晚上黑灯瞎火不敢出门。再加上给排水设施不完善，群众用水困难，排水不畅。这给生活在这里的居民带来了诸多不便。

2012年，拉萨市正式启动老城区保护工程，投资约15亿元人民币对地下综合管线、给排水、供暖等进行全面改造。经过半年多的施工，工程2013年7月竣工。

改造后的老城区，水管、电线、街道、垃圾桶都变了样。

老城区改造中，电力公司还把电线进行了更换升级，政府免费为每家每户发放了一台电暖气。"家里现在用上了电暖气，以后天再怎么冷，也不用再烧牛粪、柴火取暖了。"

"八廓街这些年变美了，那些走起来磕磕绊绊、下雨积水的老石板路变平坦了，老城区的'蜘蛛网'入地了，平整的水泥路面、敞亮的路灯、干净的自来水，更重要的是，这些环境的改善，让越来越多的游客都爱上了这里。"

改造后的老城区，信教民众和游客行走在宽阔的转经道上，即使是年迈的老人也不再担心被拥挤的人流挤倒。青石板路尽可能降低了太阳光的反射，让出行民众不再被明晃晃的反光刺得睁不开眼。临街建筑的藏式花架上摆放着五颜六色的鲜花，旁边是重新粉刷的白色墙面和充满特色风情的藏式木窗棂格，在蓝天白云的映衬下，花儿显得格外美丽。安装在大昭寺广场和八廓街上的景观灯，民族气息浓郁，运用藏式吉祥八宝图为底座点缀，灯柱上印有藏语"扎西德勒"，顶部造型借鉴了藏式拱形结构特点，不但构成了一道亮丽的风景线，还在晚上为转经民众和游客送去光明。

"10多年前，在这附近隐蔽的角落满眼都是便溺，几乎无处落脚，10米之外都臭气熏天。外地人常常戏称，拉萨拉萨，就是随便拉，随地撒。”一直陪着我们行走拉萨的导游兼司机曲布想起八廓街以前的样子，自嘲地笑了。他说：“要我说，我觉得八廓街最大最好的改变要数厕所的改造。这个改变对八廓街甚至拉萨的对外形象都功不可没。以前八廓街这一带没几座公厕，厕所大都在居民大院里。现在新建了很多水冲厕所，干净又卫生。”

2004年，拉萨市政府对八廓街历史文化街区的保护与整治行动中就包括公厕改建。到2012年，整个八廓街上的旱厕全部改为水冲厕所，并设专人管理。现在老城区1.33平方公里共有52座公厕，全是水冲式且24小时免费开放。

2016年年底，西藏开始在全区交通沿线主干道、旅游景区及县区、乡镇、村居、加油站、商业网点规划新建、改建厕所将近两千座，计划投资约二十亿元，争取形成覆盖城乡、布点科学、功能完备、生态环保、特色鲜明的公厕布局。

2018年，又新建公共厕所40座，其中含移动公共厕所15座，改扩建公共厕所60座。

公厕内部环境干净整洁了，外观形象也更加富有民族特色和艺术水准。

北京东路赛康大酒店斜对面，就有一座外观精美的藏式公厕，外墙是白色的，采用了具有西藏民族特色的手抹沙工艺，还有棕红色的房檐，与老城的建筑风格一脉相承，公厕也成为了城市的一道靓丽风景线。除了外观，这座公厕内的整体状况也很好，在洗手台旁工作人员精心安装了衣冠镜，旁边还放置了洗手液，不时弥散出淡淡的藏香味。

环境变美了，热爱八廓街的人也越来越珍视这来之不易的一切。他们自觉加入到八廓街的监护人行列。

商铺的经营者，八廓街的常驻民，他们自发组织，利用闲暇时间走上街头，捡拾垃圾，宣讲垃圾分类，参加禁白、低碳等环保行动，以现身说法，教育感染身边人，从自身做起，爱护环境，争做文明拉萨市民。

更多的外地人也加入到环保志愿者的行列。三十四岁的胡伟，是一位来自陕西的志愿者。

“为了这次环保志愿者之行，我已经准备了好长时间。网上报名，资格审查，考官面试，健康体检，一项一项地过。当我最初说出我的计划的时候，有朋友瞪大眼睛说，去拉萨？想捡垃圾就在西安捡好了，跑到那么高海拔的高原去捡什么垃圾？”

“我告诉他们，从文成公主开始，西安和拉萨这两个城市就注定了有密不可分千丝万缕的关系。拉萨，是我的少年时代就开始神往的一个圣地，那里，离天空最近，离太阳最近，也离生命的起点最近，应该是一切的源头。有生之年，我必须实现自己生命中一次圣洁的洗礼。”

“这样决定了，就付诸了行动。走之前，朋友也给了很多忠告，说高原反应多么多么洪水猛兽。没想到来拉萨以后，身体还算给力，基本上没有啥太厉害的反应。吸吸氧，吃吃药，很快就恢复正常了。这次和我一样从全国各地来的人我们这一拨总共有十八位，有来自山东、湖南、湖北、北京的。年龄结构也是从六零后、七零后，到八零后、九零后各个代际都有。他们本来都过着优裕自在的生活，却偏偏要到这里来吃苦。”

“到拉萨以后，我们活动地点以八廓街、拉萨河为主，分组行动。在八廓街上，主要负责宣传、接待、维护、收集垃圾、分类打包。劝导游客不随地吐痰，随手扔垃圾。为配合禁白，禁用塑料袋，我们还出资购买定制了一批棉布手提袋分发给八廓街上购物的游客。在拉萨河边的一组，主要沿河边捡拾垃圾，向过往市民宣传环保理念，同时对随意丢弃垃圾的不文明行为进行劝导，宣传保护母亲河、保护家园的环保理念。影响带动更多的人关注环保公益事业,保护拉萨的碧水蓝天。我们从来也不以为我们在拉萨做一个月的志愿者,就会给中国的环保事业带来多大的促进。但是,我们做了,我们用我们的良知,去呼吁去传播,总是会有一些回应的。如果,更多的人都去做,回音会越来越响。这一个月的环保志愿活动,于我们自身也是一次自我教育。未来,我会尽力改变自己的生活方式。把对生活的无限增长的索取变为自我控制,只取所需,不取所欲。放弃一些便利与自由,比如以步当车,多用环保购物袋,少开空调,少用'一次性'物品,绝食野生动物等等。王小波说:我对自己的要求很低:我活在世上,无非想要明白些道理,遇见些有趣的事。倘能如我愿,我的一生就算成功。是的。也许我们离成功还很远。但是不着急,慢慢来。聚做一团火,散作满天星,我们将来回到各自的家乡,各自的城市,还会继续去践行自己的这份环保情。"

三

1984年,一位叫马原的作家,凭借一篇中篇小说《拉萨河女神》轰动了80年代的中国文坛。

小说写的是一群文艺工作者在盛夏时分前往拉萨河郊游。大家各尽所能,在拉萨河边扎营、一起对付臭气熏天的动物浮尸、准备食物野餐、游泳洗衣、讲有关毛人的故事,讲与藏民们愉快的互动。讲快乐的嬉戏中,伙伴们用沙塑起一尊写意派女性塑像,并将之命名为"拉萨河女神"。

《拉萨河女神》开启了中国当代文坛"以形式为内容"的先河。也因此奠定了马原作为中国当代文坛"叙事圈套缔造者"的地位。甚至曾一度,马原被称为中国当代文坛的"西毒",与"东邪"余华、"南帝"苏童、"北丐"洪峰、"中神通"格非并称文坛射雕五虎将。

也许《拉萨河女神》，用马原的话说，只是他一个很普通的作品，“但没想到这部作品一下子让我红了。”也正是从这部让他红了的作品里，我第一次知道了拉萨河，并对这样一条遥远的河流产生莫大的兴趣和神往。

三十多年后的今天，先锋文学的辉煌时代在人们的记忆中渐渐落幕，西藏已经不再是那个遥远而难以抵达的神秘世界，而我，也终于飞越了地域和心理的双重阻拦，真真实实地行走在拉萨的天空下，站立在了烟波浩渺的拉萨河岸边。

拉萨河水在夕阳的余晖下泛出点点金光，烟波蓝雾中，时光像河水一样翻卷着，返回到一千三百年前的那些光阴，依稀看见文成公主于红山脚下、拉萨河边，面向长安的眼泪和惆怅。看见三百多年前，仓央嘉措带着他的恋人在河岸边的约会，他的甜蜜和忧伤。

似又看见那滴在唐古拉山融化的雪水，犹如一滴蓝色的眼泪，从高处落下，汇入溪流，开始它的远行。而这一切，都似乎是对当年马原那篇小说中的叙事迷宫在新的时代语境下一种新的解读。也许这就是冥冥中的一种追寻、探访，和隔空的致敬。

在拉萨河岸边漫无目的行走，一块石头、一棵树、一阵风、一朵云都可以令我停下。

这是一条距离天空最近的河流，河滩上拥有大片的鹅卵石，被岁月和流水冲刷得圆润如玉，每一颗都带着冷静的哲思，每一颗，也许都历经过唐古拉山雪水的洗礼，每一颗也许都曾是掠过布达拉宫上空的流星，来自天国的神秘也许就隐藏在这些小小的石头里，带着最圣洁的光芒。小小顽石，不知曾在谁的匍匐跪拜下滑脱，重返大地，又在谁的掌中将神的力量传递，每一块石头也许都是一颗虔诚的心千回百转的坚守，以岸的姿势将拉萨河守卫，与雪山、佛坛、神灵携手并立。

随手捡起一个，竟隐约可见一副田园牧歌，一个小小的孩童站立在一蓬灌木丛前，极目远眺，憨态可掬，背面，还有隐隐约约的格桑花，若隐若现的青草地，风中转动的经轮，阳光下弥散的香气。一颗小小的石头，仿佛是一张遗落的布面画，记录着拉萨往事，布满或深或浅的纹路，充满紫外线的伤痛，一道执念一道沧桑。

河流的声响像颂经中的箴言，拉萨河的石头静若处子，安然若素，这似乎是它们轮回前有过的修行。蓝色的河水倒映着岸边金黄的公主柳，当年文成公主从长安万里迢迢带去的那棵种植在大昭寺的庭院前的柳树，如今已成为一截朽木，她的魂魄却散作了遍地的新芽，在拉萨的土地上成长。来自长安，却比在长安时更肩负了一身的坚韧和勇敢。在内地，到了秋天，稍见风寒，还未完全枯黄的柳叶总会早早地凋零，在拉萨，她们直到浑身黄透，黄到发亮，还依然紧紧地抱住枝条，一树树璀璨的金黄，装点着拉萨不同凡响的秋天。

河滩上有一些野草，已经枯黄。还有不知谁堆的玛尼堆，静静地陪伴在湖边。河边灌木上面飘荡着一些五色的经幡，像是日夜不歇的祈福。

几只鸟远远地从头顶飞过。藏族作家罗布说，幸运的话，也许我们还会遇见拉萨河上的爱情鸟。他们名叫“索吉毕吉”。相依相伴，要飞一起飞，要落一起落。它们的叫声是那样的哀婉，好像在倾诉内心的痛苦。这三只鸟儿，传说一只是铁匠明珠托央的化身，一只是朗若本小姐的化身，还有一只，是他们俩的孩子的化身。

这里面有一个凄美的传说。相传很久以前，拉萨东郊的郎若地方，出了一个名叫郎若本钦的土官，膝下只有一个女儿，名叫郎若色姆，容貌美丽，心地善良，求婚的男子踏破了门槛，她却一个也没有看上。

郎若本钦的差民当中，有个年轻的铁匠，为人刚正，打铁技艺高超，大家都叫他“嘎拉·明珠托央”，意思是“有着魔术师本领的小铁匠”。

春天，拉萨河谷的柳树绿了，春耕大忙的季节到了。铁匠明珠托央按照历年的惯例，来到土官府交差，修补旧农具，打制新农具。为了提防铁匠偷铁和偷懒，土官专门派自己的女儿前来监视。郎若色姆本来就很喜欢小铁匠，父亲派她监视他，正求之不得，就每天往铁匠棚跑，日子长了，两个人好上了，十月怀胎，一朝分娩，竟然产下了一个小男婴。

这可把郎若本钦老爷气坏了。于是，他把女儿监禁起来。倔强的姑娘在一个月夜，背上儿子，带上全部的珠宝首饰，悄悄逃到铁匠家里，准备远走高飞。不曾想，途中就被老爷派来的打手抓住了。他们把铁匠明珠托央打得半死，扔进了蓝色的拉萨河，等到郎若色姆赶来，尸体已经沉下了河底。小姐站在河边，放声哭喊：“铁匠啊，铁匠！你为什么走得这么急？这么忙？你等等我呀！等等我和孩子呀！”说完，抱起幼小的儿子，纵身跳进了冰冷的拉萨河。就在她跃入河水的那一瞬，奇迹发生了。河上响起了乐曲，水面射出了金光，三只羽毛美丽的鸟儿，从金光里飞了出来，在拉萨河上空盘旋、歌唱。河边的人都说，明珠托央和郎若色姆小姐变成了神，变成了河上的“索吉毕吉”爱情鸟。

有人说，爱情鸟飞过的地方，必将带来快乐和吉祥。

拉萨河便是这样一条被称为“吉曲”的“快乐的河流”。从藏地神山——念青唐古拉山脚下发源，一路奔腾千余里，在林周县的旁多峡谷与桑丹岗桑雪山上流下来的热振河汇合；在墨竹工卡县的宗雪城堡前面，与拉里神山上流下来的雪绒河汇合；在墨竹工卡县的嘎则古庙前面，与工布巴拉雪山上流下的墨竹河汇合。洋洋洒洒，浩浩荡荡，直泻奔流两百公里，最后在曲水县朗钦日苏象鼻湾注入雄伟壮观的雅鲁藏布江。

从源头到入江口，拉萨河仅干流全长就达551公里，堪称“千里长河”。这条千里长河在藏地之所以闻名遐迩，乃因她是西藏文明的“摇篮”。从上游到下游，那一处处如点点繁星、散发着古老气息的文明遗址和景观，让拉萨河变成了一条长长的、串起藏地历史与文化的蓝色哈达。

拉萨河不仅仅是一条默默流淌的河流，它见证了拉萨人民的悲欢离合。拉萨河不只有快乐，也有忧伤。从松赞干布迁都拉萨，到辉煌两百余年后吐蕃王朝的解体，拉萨河见证了多少战火离乱。拉萨河承载得太多，以至于她的每一滴水珠，每一个险滩，每一片滩涂都被附加了很多的象征意义。有人从拉萨河看到了文化。有人从拉萨河看到了人生。有人从拉萨河看到了它岸边新时器时代的曲贡文化。有人从拉萨河看到了水电开发前景。有人从拉萨河看到的是一个诗人对另一个诗人的追寻和对话。有人从拉萨河看到的是悠远漫长的拉萨的发展史。

公元6世纪末，吐蕃开始致力于经营拉萨河流域。到了松赞干布时期，人们向拉萨河下游继续寻找，终于发现一片原名“吉雪卧塘”的地带——这里地势宽坦，平如掌心，中间还有左右分离的小山，即今布达拉宫所在的红山和对面的药王山，适合于修建王都。

松赞干布修建宫殿、寺庙、民房、道路等，这一切都是在改造拉萨河的基础上完成的。下游河谷尽管平坦宽阔，却是河水经常肆虐的地方。至今，生活于拉萨城的人们都知道，平日拉萨河宛如慈母般温顺、祥和，用乳汁滋润着山林和田野，孕育出西藏经济最为发达、人口最为密集的核心地区。但由于流域内许多地方是高寒地区，那里山体裸露、植被稀疏，雨季常常有洪水袭击。

历史记载，拉萨河流域曾发生过无数次大洪水。只在最近500年中，大水就曾4次淹没拉萨城区，甚至只有乘牛皮船才能进入大昭寺附近的八廓街。一直到西藏民主改革时期，由大昭寺通往布达拉宫的路上，还时常会变成一片沼泽地带。

松赞干布时期，藏族先辈对水害的治理已经有了比较丰富的经验。他们通过“高地蓄水为池，低地引水入河，旱灌涝排”措施，改善了辫状水系所造成的湖沼遍地局面。填平卧塘湖建大昭寺时，他们首先“改吉曲河，流向卜瓦洞”，使湖水逐渐干涸然后用白山羊驮土，将这个大湖完全填平。在利用拉萨河、防止水患等方面，松赞干布时代是一个很好的开端。因此，他不但启动了拉萨城的建设，也彻底改变了拉萨河的面貌。

江河湖泊是地球的血脉、生命的源泉、文明的摇篮，也是经济社会发展的基础支撑。河流众多、水系发达的拉萨河辖区内共有245条河流。这些河流，孕育了拉萨的灿烂文明，哺育了拉萨的各族人民，造就了拉萨的繁荣昌盛。但是，随着拉萨社会经济的迅速发展，这些河的“烦恼”也随之而来。

治水，从来都是民生所需。一千多年来，拉萨人对拉萨河的热爱和愿景从未更改，维护治理拉萨河的脚步也从未停息。

“一到枯水期，水位走低，河床裸露，垃圾成堆，扬尘漫天。”提起曾经的拉萨河，拉萨市民至今还在皱眉头。

为改变这一境况，优化人居环境，拉萨市委、市政府在“十二五”期间将“拉萨河城区段综合整治工程”提上日程。

2013年3月底，总投资35.32亿元的拉萨河城区段综合整治工程开工建设，工程在20公里范围内建设6座拦河闸坝，闸址均选择在河道较为顺直、泄流条件相对理想的河段，工程的实施，在为拉萨防洪筑起坚固屏障的同时，还将抬高河道水位，形成宽阔的湖面,以治理河道、美化环境、营造景观。

2014年10月,3号拦河闸坝成功蓄水,首次采用了拦河闸与治导工程结合、拦河闸与桥梁结合的形式,同时满足河道整治、景观蓄水和河道两岸交通连接等综合要求,现在河道中心线回水长度为2380米,平均水深2.5米,形成水域面积1395亩。3号闸蓄水后,在枯水期或平水期,拉萨河段会形成较大的水面,不仅有利于完善城市防洪体系、改善城市环境条件、提升城市品位、大量补充拉萨地下水,而且具有巨大的生态效益和社会效益。"河变湖"工程极大改善了拉萨水生态环境,增加城市含氧量和湿度。

为保持这一成效,2016年5月,拉萨市又率先推行河长制。将拉萨河、雅鲁藏布江拉萨段等3条河流纳入区级河长制管理;澎波河、墨竹玛曲等4条河流列入拉萨市市级河长制管理。按照属地化管理原则,构建起市、县、乡、村四级河长体系,全市共设立16名市级河长、143名县级河长、179名乡镇级河长、256名村级河长。制订拉萨河和纳木错"一河一策、一湖一策"综合保护治理工作方案,设立操作信息平台,提升实时监控能力。涉及河湖243条,包括7个湖泊、22座水库和214条河流。

市级河长由15位副市长担任,县区级河长由各县区长担任,乡镇级河长由各乡镇的乡镇长担任,在此基础上主城区段河长设置延伸至村居一级,由村居第一书记担任河长;警长为县区公安局相关负责人即为辖区河段公安总负责人;公众河长则由一线的党员、人大代表、政协委员等担任,形成了一条河配备1名警长和公众河长以及部门间的联合执法。

公众河长其实就是来自一线的党员、人大代表、政协委员和人民群众,他们身处基层,最清楚河流情况,一旦有生活垃圾、建筑垃圾等排放污染了河道,他们便及时通知到上级部门。同时,拉萨市列入市级'河长制'管理的4条河流分别都设立了河长公示牌,公示牌上明确了河长职责、河流概况等内容。

清水永续,河湖长治。随着一项项战略部署落地,一项项顶层设计日臻完善,一项项措施深入实施,“河长制”正在拉萨河畔生根发芽,为拉萨的生态环境保驾护航。

四

林周县,甘区镇江角村。

这里位于拉萨河上游六十余公里处,藏语中被称为“浑然天成之地”。

桑布是江角村一名河道管护员。每天天刚亮,桑布就要起床洗漱,开始他一天的巡河工作。桑布巡视的这条河叫澎波河,是拉萨河一条主要支流。

35岁的桑布是土生土长的江角村人。2019年,桑布作为扶贫对象经村镇两级遴选审定,成为一名河道管护员,负责澎波河江角村到江角村吾金组段总长3公里河道的日常巡护工作。

一趟巡河走下来要花近两个小时,每天三趟风雨无阻。河面有没有“污渍”,岸边有没有垃圾,河道管护区内有没有采砂、取土等违规行为……这些都在桑布的管护之列。

拍照,履职,汇报新情况,新问题,一柄长镰刀、一根3米长带网兜的竹竿、一捆粗麻绳,这是桑布日常巡河时的随身物品。夏季持续高温,但每天清晨、上午和晚饭前,澎波河江角村段的岸边,总能见到桑布瘦弱的身影。

像桑布一样的河道巡护员,在林周县,目前有218名。

林周县水系发达,全县境内河道总长423.53公里,主河道长182.5公里。2018年,林周县开始着手全面推行河长制,陆续在岸边竖起了河长制管理公示牌,明确了河长,公布了举报电话,同时,河流乡镇分界处,也安装了分界碑,明确了各乡镇河长的工作管理范围。并成立“河长制”工作专项领导小组，召集全县各乡镇负责人分段对河道存在的垃圾进行清理。同时，成立联合执法小组严厉打击涉河道违法行业，清理整治非法取水、采砂、采矿、侵占水域岸线等活动。

为确保“河长制”各项工作落到实处，按照属地管理原则，还将拉萨河林周段、澎波河及各支流河长设置为县、乡、村三级，把责任落实到人。县级河长对相应河道管理保护工作负总责，履行指导、协调和监督职能，定期组织召开工作会议，研究部署相关工作，协调研究解决全面推行“河长制”工作的重大事项重大问题。乡镇河长按照县政府的统一安排和部署，负责牵头组织开展所负责河道水环境现状调查，制定实施方案，负责各自辖区内水资源保护改善、河道卫生、堤防安全、河道管理、涉水纠纷调处、岸线绿化美化等工作。村级河长负责辖内河道管理工作，组织开展辖内河流巡查保洁工作设立河道管理员定期开展巡查保洁工作。配合县、乡执法部门打击涉河违法行为。

林周县水利局也积极联合县直各单位采取多形式、多途径的方法，广泛开展关于河道保护管理法律法规宣传，并以节能、节水、节材和健康文明为重点，通过举办图片展、设立宣传咨询点、散发各类宣传资料等方式，开展形式多样的宣传活动。

河道内陈旧垃圾清了，流域内的入河排污口截住了，岸边养起了花、种起了草，美丽清河初见成效。

为了让水常清、岸常绿，河面与岸边的生活垃圾更要堵住。

桑布说，刚开始巡河，河边的生活垃圾挺多，还有村民向河道内倾倒垃圾。但最近几次巡河发现，垃圾慢慢少了。“有时候一趟下来，半袋都装不满”。

这种改变，与桑布平时的劝导分不开。碰上有人向河道内倾倒垃圾，桑布总是要一遍遍劝说。“以前大家意识不够，就多说几遍。都是同村人,大家都熟,看你‘唠叨’辛苦,他们也就不好意思再扔了。”

巡河的工作虽然累,但心里挺美。桑布说,如今,曾经的“臭水沟”成了村民散步、游玩的美丽清河,这是巡河时“看得见摸得着”的改变。

岸边绿地上,格桑花灿烂绽放;澎波河边,几只水鸟嬉戏追逐。看见家门前河边的美景,桑布说:“就是想通过自己的努力,让一条河变得越来越干净,村子越来越漂亮,日子也过得越来越好”。

让生活更美好,让村庄变更漂亮。

这不止是桑布一个人的希望,也是更多人的希望。拉萨河下游曲水县南木乡江村驻村第一书记巴桑次仁就有着同样一个愿景:在干净清澈的拉萨河边,为村民们建一座二十几层宏伟的高楼,在这里,可以俯瞰静静流淌的拉萨河,可以俯瞰整个南木乡整个江村的新风貌,新气象。

曲水县南木乡江村,伫立在拉萨河下游,318国道旁。

这是一个小而迷人的村庄。走进村子,两旁的柳荫成行,田舍相间,一派祥和静谧的自然风光,小街小巷,整洁有序。

毕业于林芝农牧学院的巴桑次仁,生于七十年代末,身形高挑颀长,一副近视眼镜为他平添了几分儒雅的书卷气。但一开口,就会打破你这种印象,话不多,但有条不紊,干净利落,尤其是汉语流畅。

“过去,这里跟所有藏区农村一样,卫生条件差,给人印象最深刻的莫过于禽畜粪便多、苍蝇多、垃圾多。如今,在全市深化文明村镇创建行动过程中,我们村以‘党建+美丽乡村创建’为主题,把‘推动移风易俗,树立文明乡风’融入到建设中,紧紧围绕基础建设、环境整治、公共服务、乡风文明、产业发展等重点工作,大力开展宣传教育，树立新风正气，破除陈规陋习，培养群众积极健康、文明向上的生活情趣。”巴桑次仁领着我们在村子里一边参观一边说，如今村民的环保意识逐渐增强，村风民风淳朴，村容村貌喜焕新颜。

走在村子里，不断有村民过来跟他打招呼。

提起巴桑，村民们都赞不绝口：“巴桑在村里担任第一书记六年多的时间里，真的为我们办了许多大事、好事，现在，村里的几家合作社生意越来越好，我们的日子越来越有盼头了。”

2013年，巴桑次仁到江村担任第一书记。这已经是巴桑下村的第十三个年头，从大学毕业，分到曲水县农牧局工作过短暂的几年，其余时间基本在基层，和村民们打交道。上任前，巴桑次仁就暗下决心，一定要踏踏实实在村里扎下根，和村干部们一起，带领村民尽早脱贫致富。其间，他开展了驻村帮扶工作，积极为村民谋产业，要项目，跑资金，解决各种实际困难，在他的带领下，村民们都收获到了看得见、摸得着的幸福。

2016年，巴桑次仁大胆尝试和带领村“两委”班子，流转耕地329亩，种植“青饲玉米”、“荞麦”等作物，作为“精准扶贫”工作的一个增收渠道和一个创新工作来抓，同样也作为一个大胆尝试产业结构调整工作来抓，克服管理、技术等方面存在的短板，年底实现纯收益52.64万，为每户建档立卡户增收3000元，为壮大村集体经济奠定了良好基础。

2017年，巴桑次仁总结和分析了前一年的工作，将集体新开发的1038亩耕地作为饲草产业发展、发展农业产业、扩大集体经济和精准扶贫增收致富的重要基地、重要载体来抓，带领班子成员、建档立卡户在1038亩耕地上种植青饲玉米、苜蓿草、箭舌豌豆，解决建档立卡户劳力54人，户均实现增收2800元，为集体累积盈利40万元。

书声琅琅的乡村小学、炊烟袅袅的农家小院、热火朝天的工作现场……在江村的这片土地上，到处都留下了他熟悉的身影。村民们对这位务实的第一书记取得的成绩也是有目共睹。

曲水县作为全国农村改革试验区，而江村是曲水县农村改革先行者，先后承担了农村集体林权制度、农村宅基地确权登记颁证、宅基地抵押贷款等改革试点任务。特别是在农村集体产权制度改革中，巴桑次仁以推进改革促发展的形式大力实施乡村振兴战略，探索和实践了一条江村特有的现代农业发展路子。成立了江村股份合作社和曲水县骐灵农业综合开发农牧民专业合作社，并从2018年开始，每年为符合集体经济身份的群众分红100元/人，每年按50%的速度递增，仅2018年，合作社就盈利70余万元，村集体资产增长到400余万元，兑现分红资金14.2万元……

“让乡亲们生活得越来越好。日子越来越有盼头，村子越来越美，就是我最大的愿望。”巴桑次仁常用这句话来激励自己。

从毕业就下村，十几年来，几乎没怎么在城市生活过。作为一个也曾对人生、对生活有过诸多畅想的城市青年，也曾犹豫过。白天工作忙，不会想太多。夜里睡不着，就看看电影，看的多了，就在思索，生活到底是什么，心里特别不是滋味。常年驻村，一家三口，分居三地，自己在曲水，妻子在拉萨，儿子在林芝姥姥家，现在已经上四年级了，本来想按照自己的方式教育他，但是条件不允许。从来没参加过一次孩子的家长会，这一点，任何时间想起来巴桑都觉得无比内疚。

在孩子的教育上，自己以前总是以一个严父的形象。对孩子严厉，见面总是问成绩，批评多，最近几次回家发现孩子越来越胆小，怕自己。而且特别乖，乖到让人心疼。孩子跟自己也越来越生分，时间长了，就不由得在心里思忖，应该调整一下相处方式。上次回去，特意带孩子去电影院看了一场电影《血战钢锯岭》。故事改编自二战上等兵军医戴斯蒙德·道斯的真实经历，他因为在冲绳岛战役中勇救75位士兵的生命而被授予美国国会荣誉勋章，同时也是首位获此荣誉的在战场上拒绝杀戮的医疗兵。儿子看得挺高兴，回来的路上，跟爸爸说：等我将来长大了也想当一个和道斯一样能救死扶伤的医生。

这是儿子第一次跟自己谈他未来的理想。巴桑觉得这也是父子间关系扭转的一个良好的开端。

想想家里的现状，2015年，巴桑终于被说动了，去县里找书记，把自己的实际情况谈了，跟书记说了自己想调回县城的想法。从县城回到村里的路上，一开始，还是无比轻松，可是当巴桑一走进村里，村干部见面就跟自己热火朝天谈江村的项目，说江村未来的发展，路上遇见的村民们，看自己的眼神也是那样的亲近和热切。刚刚鼓起来一点逃离的勇气又在顷刻之间坍塌了。好几年的和谐相处，早已形成村干部和村民们对自己从犹疑到信任，到依赖的格局。在村干部和村民的眼里，江村的未来和他们的第一书记巴桑早已是一个缺一不可的整体，江村的未来里，一定，也必须有他们的第一书记桑布，换句话说，也就是必须是跟着他们的第一书记桑布，江村的未来才真的那么可期。这一晚，巴桑陷入了深深的犹豫。自己回城以后又到底想干什么，到底能干些什么呢，自己人生的价值难道就一定要回城才能实现么……第二天一大早，巴桑早早起来，开车回县城，又一次找到书记办公室，红着脸说："书记，对不起，我昨天有点冒失，还没想好就来找您，回去仔细想了一夜，我觉得我还是愿意留在村里。"书记笑了。巴桑逃也似的回到了村里。这一次找书记要求调动的事情，巴桑谁也没告诉，这将是除了书记和他自己再无第二个人知晓的秘密。

决定留下来的巴桑更加坚定了自己的信念和决心。这之后的几年时间，巴桑次仁以时不我待、只争朝夕的奋进精神，带领江村干部与群众一起在走向幸福未来的路上飞奔，不仅工作实践大有成效，理论水平也突飞猛进。先后完成了《江村土地流转调研报告》《江村农村集体经济改革调研报告》《合作社运行调研报告》等10余篇调研报告的撰写，江村的荣誉接踵而至。先后荣获"全国文明村镇""自治区双联户先进集体""自治区小康示范村"等称号，巴桑次仁个人还荣获了"自治区优秀第一书记""拉萨市优秀第一书记"的殊荣。

走在村里干净整洁的水泥路上，随处可见社会主义核心价值观等文化墙，巴桑次仁自豪感爆棚。"你看我们村现在多干净，村民们自发打扫的，一点不用督促。""这些树长得好吧，都是村里老百姓一起种植的。"

拉萨河畔有了树，风沙不再有；水土流失也没以前严重了；村里的气候变得湿润了。拉萨河沿岸植树造林既保护了生态环境，又改善了人居小气候。"这几年，植树造林已成为村民们的自觉行动，在江村，形成了人人参与造林的良好氛围。"桑布感慨。

新疆杨、公主柳、榆树、沙棘、细叶红柳……漫步在江村境内的拉萨河畔，没有城市的喧哗，没有都市的凌乱，没有匆忙的脚步，有种"人在画中游"的感觉。

青山不改颜，绿水长流清。一条河的生态治理关系着周边一片区域的环境改善，这种"一河带两岸"、以点带面的作用需要每个人参与、行动起来，共同治理河湖污染，共建生态屏障。切实改善水生态环境，让拉萨河岸水更清岸更绿景更美。

随便走进路边一户村民的家，干净整洁的屋子内摆着的盆景绿意盎然，阳台上的格桑花开得正艳，年过五旬的主人巴珠正悠闲地在家里打理花草，见到我们来访，他一边热情地打着招呼，一边拉起了家常。

“在农村,邻里之间茶余饭后都喜欢串门,如果自己家里和门前不收拾干净,邻居来时看到家里到处脏兮兮的,自己都会不好意思,何况现在大家都在争当文明户。”巴珠说出了村民的心声,现在江村有农牧民专业合作社带领大家一起增收致富,邻里关系和谐,村民环保意识显著很高,大家自觉地维护着乡村的美丽。

“乡村文化振兴,不仅扮靓了村容村貌,更厚植了道德文化、培育了文明乡风。”巴桑次仁说。下一步,他们还要突出传承发展推动乡村文化振兴,坚持立破并举培育良好乡风民风,注重特色产业发展带领村民增收致富,让村里的民风更好,村民的腰包更鼓,致富的路子更宽。

谈到近期的愿望。巴桑说,想把孩子接到江村来上学。现在江村的学校环境好,教学质量也不比城里差,孩子带在身边,父子相处时间可以多一些,男孩子在有父爱的环境下成长将来会更利于他成为一个真正的男子汉。这样一来,自己工作上也就没有了后顾之忧。

我们在拉萨河畔一处平缓的岸边停下来,巴桑次仁遥指远方的山水相会处,说“你们看,那儿就是拉萨河、雅鲁藏布江与这山谷之水‘三水汇合’的地方。这里,我们现在站的位置,就是我跟我的村民们吹牛,将来一定要在拉萨河畔为他们建一栋最漂亮的高楼的地方。”

顺着巴桑手指的方向放眼望去,河流奔腾,竟一时看不出拉萨河的尽头哪里是江河分界。而近旁,我们站立的地方正是拉萨河畔一片最为平坦的开阔地,透过桑布爽朗的笑脸,透过摇曳的公主柳,明媚斑驳的阳光,目光所及处,我们仿佛看到一座伟岸漂亮的高楼正拔地而起。一个崭新的江村也正在拉萨河的云蒸霞蔚中腾飞。

缓缓流淌的拉萨河,在曲水拐了一个弯,奔涌而下,直入雅鲁藏布江。拉萨河的终点就在曲水，终于结束了，再也不用一路追赶。

一条河终于在拉萨境内完成她漂亮、壮丽、干净的流淌，完成了她对拉萨青山绿水、蓝天白云的深情守望，也完成了她对两岸树木、土地，及一切生灵的恩泽和滋养。

五

告别拉萨河，走进拉鲁湿地。

“南有湖水，北有湿地，拉萨人民生活在幸福的摇篮里。”有人以拉萨之魂比喻八廓街，有人以拉萨之精神叙述拉萨河，有人就用拉萨之肺来形容拉鲁湿地，这被藏语称为“当惹钦波”的大片芦苇荡。

这是世界上海拔最高、面积最大的城市天然湿地，是拉萨市氧气的主要补给源。它就好比是一个巨大的空气净化器和污水过滤器，每年可吸附拉萨市区空气中五千四百多吨尘埃，处理一千万吨以上城市污水。

进入十月底，西藏拉萨的秋意已达最盛。位于拉萨市城区西北部，呈东西带状分布的“拉鲁湿地”迎来了它一年中最迷人最美丽的景象。好似画家挥毫泼墨，打翻了颜料桶，树木、芦苇的叶子不再像春夏时的碧绿葱茏，但却平添了更为丰富的画家也调不出的朱红、水红、釉绿、宝蓝、三青、深黄和浅黄……湖光山色，天地相连，浑然一体，渐变的天光异彩纷呈。

湿地南部，两三米高的芦苇、黑三棱等野生植物在湿润的沼泽地里自在生长，密密麻麻的，一眼望不到尽头，不时有鸟儿从草丛中飞起，传来悦耳的叫声。湿地内随意显现出的一块块“湖泊”，倒映着蓝天白云和这个季节特有的金黄和幽绿。

在拉鲁湿地国家级自然保护区管理局副局长尼玛多吉的带

领下,我们沿着环湿地周边的巡护步道,漫步在日光城拉萨独有的天然氧吧里,耳畔传来的清脆鸟声和眼前如诗如画的景色,如同置身仙境。放眼远眺,犹如一片田野,当中密布着大大小小的水塘,水鸟成群,还有大片半人高的芦苇和一些不知名的水草在随风摇曳。

多吉局长介绍:"自2005年,拉鲁湿地被批准为国家级湿地自然保护区,10多年来,国家已经投入2.7亿元,建设核心区围栏和透视围栏,以及补给水源北干渠、中干渠和南干渠,建设湿地内沉沙地等,实施流沙河治理,减少泥沙对湿地的威胁,使湿地功能迅速恢复,植被占核心区的50%以上。近年,又下大力气搬迁核心区住户。"

"住在这么美的一块风水宝地,市民们的搬迁工作想必很不容易。"

同行的拉萨市城关区常委副区长沈朗回答了我们的疑虑:"确实不容易。前期我们也是做了大量的工作,因为老百姓祖祖辈辈都住在这里,舍不得。区政府为此专门成立了领导小组,多方调研、协商,出台补偿措施。兼顾考虑了以房屋收益为家庭主要收入来源的住户、低保户、牲畜养殖户等的特殊情况,制定相应的补偿政策及就业政策。"

沈朗是一位来自陕西安康的年轻的八零后进藏干部。2016年经中组部选调来到拉萨。说起拉鲁湿地,他如数家珍:"城关区自1999年5月正式批准建立拉萨市拉鲁湿地自治区级自然保护区,成立湿地管理站。到2008年5月,拉鲁湿地国家级自然保护区管理站经自治区、拉萨市两级政府批准,升格为拉鲁湿地国家自然保护区管理局。2015年城关区政府出资1.3亿元,对拉鲁湿地6.6平方公里的核心区内古玛当热村29户进行搬迁安置。2014年以来,不断加大对保护区内违法垂钓、非法捕鱼、盗挖草皮、经营旅游项目、侵占湿地、破坏生态、随意放牧等行为进行严肃查处，并通过增加水域面积、植被移栽等方式进行生态恢复，拉鲁湿地总体面积不断增加。湿地面积扩大了0.44平方千米。

“拉鲁湿地先后投入了两期工程项目。一期工程从2001年开始，重点集中建设围栏、补给水源和沉沙池，修建了拉鲁湿地核心区透视围栏16000米、简易围栏2200米，建设了有色热沉沙池、湿地内沉沙池、娘热沟沉沙池，这些都有效缓解了泥沙对拉鲁湿地的威胁。二期工程于2008年7月启动，在一期工程项目的基础上，二期工程继续加大保护力度，修建了湿地观景台、值班室等，湿地的周边还建立了标志牌，风能路灯，还在湿地的东边建立了挡水坝。

“为保障拉鲁湿地周边水草生长，严格控制放牧对保护区植被的影响，2015年城关区政府拿出了切实可行的办法。即拉萨市国土局收购外来户的牦牛，城关区各居委会收购本辖区的牦牛。此举，让拉鲁湿地周边居民群众放牧数量大大减少，有效保障了湿地内的生态平衡。现在，由拉萨河引进的水源经流沙河、北干渠、中干渠和南干渠构成的‘三渠一河’流入拉鲁湿地，经过湿地的天然净化，再变成一汪清水流回拉萨河，从而形成一个完整的水流循环系统。通过‘三渠一河’综合整治工程的实施，湿地水域面积比往年增加了三分之一，由343.82公顷扩大到457.3公顷；湿地平均水位上升3厘米，由30厘米上升到33厘米。现在我们看的湿地高天白云，小桥流水，湖光山色，鸟翔鱼游，景色宜人，空气也非常好，俨然一派江南景象，有时候站在这里，我都有一种梦幻般的感觉，就像回到了家乡，回到陕西南部，汉水之滨，那个山青水秀的鱼米之乡，站在清澈静流的汉江边……”

梦里不知身是客，直把他乡作故乡。

把他乡当故乡，把他乡人当自家人，年轻的进藏干部沈朗在拉萨的三年多,他大约真的是已经把自己当成了一名拉萨人,把拉萨当成了自己的家。

赫尔曼黑塞曾说:世间有一种让我们一再惊奇而又感到幸福的可能性,那就是在最遥远最陌生的地方发现一个故乡,并对那些似乎极隐秘和最难接近的东西产生热爱。

有多少和沈朗一样热爱着拉萨,爱着这里一草一木、一江一河,爱着这里的蓝天白云、大地天空,翻越千山万水来到拉萨的外乡人,正是那种"把他乡当故乡"的主人翁意识,鼓励着他们把他乡当做自己的家乡一样去全心全意付出和建设。

也有多少像多吉局长一样从未离开拉萨的原乡人,他们一直驻守在自己深爱的故乡,在这片深爱的土地坚守着自己最本分的职责和理想。

秋日的拉鲁湿地,淡泊、宁静、悠远,置身其间,疲惫和烦躁荡然无存,只留下轻松和欢愉。一面是行人如织,一面安宁静谧,拉鲁湿地与喧闹的城区车水马龙仅一水之隔,一片水域、一湾湖泊隔出的是两个截然不同的世界。

"这里是不是很干净? 因为容易产生卫生死角,我们需要不定期组织人进行清理,"尼玛多吉介绍,"因为拉萨三渠一河的水最终都会汇聚到拉鲁湿地里来,日前,我们从源头保护污水流入拉鲁湿地,在三渠一河区域排查乱排乱放的情况,并增加了巡逻人员,及时清理渠道内垃圾。保护区管理局每天派出六个巡护小组,分别围绕拉鲁湿地及城关区'三渠一河',开展巡护工作。捡垃圾、保持水体洁净,帮助环卫工人清理拦污栅,提醒渠道周围的商户或居民不要将垃圾倒入渠道……"

"有了干净整洁的环境,候鸟们才会安心在此越冬。"

拉鲁湿地远处的湖面,波光潋滟。一群群水鸟或安然浮于水面,或在芦苇丛间嬉戏低飞,偶有几只调皮的灰嘴鸭往那激流处,,

几只红嘴鸥嘶鸣着悬于半空……

这是拉鲁湿地的深秋，属于候鸟们的季节。正在清理拦污闸的拉鲁湿地巡护员强巴告诉我们："从十月下旬开始，候鸟就越来越多了!每天都能看到各式各样的候鸟，干活也不觉得累了!"

强巴是拉鲁湿地一名普通的巡护员，给候鸟喂食是他除了分内工作之外的"工作"。"在进入湿地巡护时，我们口袋里总会装一把大米或是青稞，看到有觅食能力差的候鸟时，就会主动给它们喂食。"强巴说，拉鲁湿地每天会保证给候鸟投喂3公斤大米、青稞。

拉鲁湿地工作人员需要考虑的事情很多。拉鲁湿地除了设有一个专门的喂鸟点外，基本以随机投喂为主，候鸟在哪处分布较多，那里的投喂量自然相对较多。"我们每天保证向湿地内投喂3公斤大米、青稞，设置3公斤这个门槛，我们也有科学的考虑。"多吉局长说，投喂主要是为了吸引更多候鸟迁徙至拉鲁湿地，但是也要考虑让候鸟们能保持其在野外觅食的能力。毕竟，拉鲁湿地是一个自然形成的城市湿地，并非人为制造。

"随着湿地水质越来越好，冬天来这里过冬的候鸟也越来越多，据不完全统计，湿地目前栖息的候鸟达上万只，约有62个珍稀品种。目前来的主要有灰鹤、赤麻鸭、斑头雁、黄鸭、红嘴鸥、灰燕、白鹭。"多吉局长看着远处的湖面，笑着说。"黑颈鹤今年也比较早，已经来了三只，大批的黑颈鹤可能还需要再过十天，现在他们还在来的路上。"

是啊，黑颈鹤还在路上。我们也还在路上。

"在那云兴霞蔚的瑶池胜境，一只白羽仙鹤飞临蟠桃园，不禁徘徊难去，偷尝一颗，西王母发现后，雷霆大怒，将其贬落到凡间的雪域高原。在凡间，为果腹充饥，仙鹤以藏民青稞为食，不料却致藏民缺粮，善良的藏民不愿赶跑仙鹤，只得请求它们不要再吃青稞，仙鹤为藏民心意所动，便不再以青稞为食，藏民感恩，以自己的头发织成围脖相赠，仙鹤从此便有了一条黑颈，并留恋人间，不再返回瑶池……”这便是黑颈鹤的故事。

在雪域高原，“低头乍恐丹砂落，晒翅常疑白雪消”的黑颈鹤，藏语称“冲冲”，被视为吉祥的神鸟，也是全球15种鹤类涉禽中唯一生活在高原的种类。

有文献显示，中国的黑颈鹤大致有三大地理种群，每年秋去春来，它们都会沿着相对固定的三条线路分别徙往云贵交界的草海、大山包一带，滇西北的横断山区一带，以及西藏的“一江两河”，即雅鲁藏布江、拉萨河、年楚河一带越冬栖息。

来到拉萨越冬的黑颈鹤是西线种群，也是迁徙之路最为凶险的一类种群。

它们生活的地方海拔最高，条件最恶劣，每年都要从新疆东南部、青海南部和藏北的羌塘草原飞越异常危险的唐古拉山、念青唐古拉山，才能到达越冬地。一路上雪岭逶迤、罡风凛冽，动辄就可能让这一羽族精灵损兵折将。每一只到达拉萨的黑颈鹤都是值得人们钦佩的勇士。

跟拍黑颈鹤多年的摄影家张宁告诉我们，黑颈鹤对生存，尤其是水质等生态环境要求特别高。近些年，因为拉萨的自然保护措施落到实处，生态环境得到了很好的保护，植被和野生动物数量逐年增加，并且将这里当作了自己的家园。十分挑剔的黑颈鹤也来到高原繁衍生息，而且数量逐年增加。

黑颈鹤是一种气宇轩昂，异常神勇俊美的鸟，自己自从十年前第一眼看见，就再也无法忘怀。也正是因为黑颈鹤的原因，他才走上摄影这条路，平时工作忙，之前的拍摄是断断续续，到后来，越是有了深入了解，就越是难以离开。近四年来，感觉自己越拍越上瘾，现在几乎每个周末，定时定点，都要在凌晨四点醒来，五点准时出发，带上器材，去拉鲁湿地，去林周，去一切黑颈鹤出现的地方寻找他们的身影。

拍摄黑颈鹤的日子,用张宁的话来说,就是痛并快乐着。

黑颈鹤一般是在每年的十月底十一月初,从遥远的高原、沼泽、湖泊一带,飞往拉萨的拉鲁湿地、林周县一带过冬。冬季的林周,海拔4200米,即使早晨太阳挂在天上,温度仍旧很低。穿的再厚,也难免常常有手指被冻得不听使唤的感觉。拍出来的片子不是模糊就是发虚,总是无法准确捕捉到神鸟最精彩的神韵,达不到自己想要的效果。

"如果你拍得不够好,那是因为你靠得不够近。"这是战地记者罗伯特卡帕说过的一句著名的话。很多记者摄影师都是离得远远的拍摄士兵在前线作战,因为靠近就有生命危险,但是罗伯特.卡帕不一样。他每次都是冲到最近的地方近距离拍摄,甚至连人物脸上的表情都完全记录下来,这样拍出来的照片才更清晰,更令人震撼。张宁牢记着这句话。作为一名摄影师,你只有靠近你的目标你才能把他更清晰地展现出来

可怎样才能离得最近。黑颈鹤是一种警惕性非常高的鸟。有时候,你明明看到他们在湖面上翩翩起舞,可只要稍稍一靠近,它们立即一惊而散。为此,张宁也做过无数种尝试,起先,他发现它们和牦牛能够友好相处,牦牛在它们中间走来走去,它们丝毫不为所动,有时候,甚至还悠悠荡荡地在牛群中嬉闹穿行。于是张宁又突发奇想,买来一张牦牛皮披在身上把自己装扮成牦牛,矮下身子,甚至"四脚"着地,悄没声息地匍匐前进,把自己装扮得像一只真牦牛似的,黑颈鹤还是火眼金睛,一眼就识破了他的诡计。后来,也挖过掩体躲藏其中,并在周围撒了很多的青稞和玉米,企图吸引黑颈鹤前来觅食,还是无功而返。后来张宁发现,黑颈鹤与当地老百姓相处非常融洽,陌生人无法靠近,但是当地牧民却可以在离它很近的地方活动,"这份人与自然的和谐相处,相

互的信任让我动容，后来我就穿着当地藏民的衣服，平时也会像当地老百姓一样给它们投食，亲近它们，衣服上有时候粘上鸟粪啥的也不去特意清洗，慢慢地，鸟儿看见我不再躲了，终于可以较近距离地开始跟拍记录它们一天的生活起居、饮食习性和情感世界了。”

慢慢地，张宁发现，黑颈鹤生活极其规律，天刚放亮，便开始起舞鸣唱，然后一群一群组织有序地飞去刚刚收完庄稼的田野里觅食，“黑颈鹤们的嬉戏很有意思，主动挑事的鹤会紧跑几步去啄另一只鹤的羽毛，若另一只鹤没思想准备，则会赶快飞开，若有准备则有好戏，互啄几下后，游戏升级，弹跳飞至半空用脚踢，若在水里则更精彩，往往搞得风生水起，鹤的四周水珠四溅，鹤的打闹很文明，即便是打闹也不会长久，往往瞬间开始瞬间结束，不会无休止地争斗。”

中午的十一点左右，正是黑颈鹤一天中最活跃、最愉快的时候，各种意想不到的姿态动作都有可能出现，也是拍鹤耗时最长、最紧张、最兴奋的时候。有时候怕在拍摄中因为上厕所而错过精彩画面，都不愿喝水，直到傍晚，倦鸟归时人亦归。“每次都裹着晨曦，迎着朝阳出发，披着落日、星星归来，用镜头记录黑颈鹤的美，记录拉萨的美，也成为我生活中不可或缺的一部分。”

黑颈鹤特别爱干净，在地里寻得的块茎类食物，必用喙啄入，飞回到水边清洗，方能慢慢享用，哪怕是从水里捞上的鱼，只要沾上泥土，都又要刁到水中洗净后再吃。在外飞行劳顿，回到水面后，也一定会“临水照花，沐浴更衣”。

黑颈鹤是鸟中绅士，气质高贵。黑颈鹤的“婚配”也是极为有趣的。它们也和人类一样举行“婚礼”仪式。先是雄鹤在雌鹤的身边跳舞，雌鹤在一旁窥视。舞蹈停止后，雄鹤又引吭高歌。这时，如果雌鹤愿意“成婚”，便应声伴唱，接着，雌雄双双翩翩起舞、高声歌唱,这就算“婚礼”结束,双双返回芦苇丛中共建新房。

它们对待爱情也非常专一。严格固守着一夫一妻制,雌雄二鸟朝夕相伴,终身厮守。

被人们称为“观鸟喇嘛”的藏学博士扎西桑俄就曾写过这么一个故事:中部路线上迁徙的黑颈鹤,每年夏季会成群结队飞回高原孕育宝宝,每年每对黑颈鹤夫妇一般能产两个蛋,但往往只有一只小鹤能活下来。到了冬天,黑颈鹤又会成群结队飞往南方过冬。如果遇到他们恰好生了小宝宝,而在冬天来临之时,小宝宝羽翼尚未丰满不能飞翔时,黑颈鹤爸爸妈妈就会把它藏在大堆的草垛子下面,防止被冻死。附近的牧民还会帮他们压上大石头,以防大风把稻草刮跑。

这一年,黑颈鹤即将迁徙之时,一只黑颈鹤妈妈被牧民的狗咬伤了,没办法飞翔,鹤群在盘旋了很久之后,终于不得已起飞,鹤爸爸和孩子陪伴了很久,最终也离开。大雪来临,鹤妈妈被附近的牧民收养,然而,不习惯的生活让它掉进了牛奶锅里被烫伤,虽然在医生的医治下逐渐伤愈,可是羽毛还被沾上了油,再也无法飞翔了,牧民给它做了一件衣服将它的身体包裹起来,还用绳子拴住了它的脚,其实也是为了保护它的安全。就这样,度过了漫长的冬季。

有一天,许久未曾鸣叫的鹤妈妈突然对着天空鸣叫起来,人们猜测,可能是黑颈鹤爸爸要回来了。果然,不久就看到了天空中飞来的一群黑颈鹤,其中一只黑颈鹤猛地俯冲下来,像一颗子弹一样落到了鹤妈妈的面前,两只鹤脖子纠缠在一起,哀鸣,厮摩。雄鹤示意雌鹤跟它走。雌鹤扑腾了一下翅膀,跟在了雄鹤的后面,可是走了几步,就停了下来,沉重的翅膀再也无法腾空了。两只鹤只能把它们长长的脖子再次紧紧地纠缠在一起,紧紧地,紧紧地,就这样偎依着,拥抱着,直到生命的最后一刻。

鹤群在天空盘旋着,哀鸣着,唱着最后的挽歌。

村民们把两只鹤合葬在了湖水边,以后的每一年,这里都要长出一蓬新的薇草来,迎风摇曳,春去秋来,寒来暑往,似在迎接等待着什么,又似在记录、讲述着什么。

微风轻动,薇草摇曳。

它们记录讲述的,或许都是发生在拉萨这片神奇土地上的故事和传说。

也许是文成公主的《倒淌河》:世上千条河流,千条东去,只有公主一人出嫁西往。河水啊,如果你愿做我的伴娘,求你倒流,请你倒淌,伴我过门,为我歌唱,陪着远嫁的人儿走到地久天长……

也许是仓央嘉措的《那一世》:那一刻,我升起风马,不为乞福,只为守候你的到来;那一天,闭目在经殿香雾中,蓦然听见,你颂经中的真言;那一月,我摇动所有的经桶,不为超度,只为触摸你的指尖;那一年,磕长头匍匐在山路,不为觐见,只为贴着你的温暖;那一世,转山转水转佛塔啊,不为修来生,只为途中与你相见。

也许是一些普通人。我们熟悉的或刚刚熟悉的生活在拉萨的朋友。

是军旅作家党益民的《拉萨河》:看似欢快地流淌,却难掩心中的悲伤,忍不住回头张望,北方的念青羌塘,雪山,毡房,满坡的牛羊,日光城炙热的阳光,晒不干泪湿的衣裳,留恋八廓街的桑烟,布达拉的红墙,可命中注定,不能久留徜徉,必将汇入雅鲁藏布江,奔向遥远遥远的远方。就像,就像,文成公主来时那样……

是诗人陈人杰的《西藏书》:痛苦仍是最大的宗教。爱仍是最深的佛法……

是书法家王剑萧的经心书院:窗外的雪山,书桌上的茶。

是摄影家张宁的《四月》:新旧交替的四月,总是令人悲喜交加。黑颈鹤说，我还会回到我高原上的家，回到拉萨。去年的模样旧了，翅膀旧了，鸣叫也旧了，在高原，我将扑面而来的风收下，我将迎风飞舞的花留下，一切都是新的，枝头的叶，草尖上的芽……

是亲历青藏铁路建设的建设者杨建的“察尔汗湖设宴饯行，三江源活水喜歌声声挂彩披红，唐古拉群峰点头频频列队迎送，拉萨河举杯接风！我是一名普通的建设者，我为天路，踏平千里雪，融化万年冰……”

是沈朗，马原，胡伟……是多吉，桑布，巴桑，罗布……是这样的一群人，以及他们身后的更多人。

行走在拉萨的天空下。十五天时间，说短不短，说长也不长。也许刚刚好。再长的日月，也都源于初见时的喜欢，行走中的热爱。再短的瞬间，也能成就岁月的芳华。只有真正游历过这片土地的人，才会发现，拉萨的神秘，拉萨的纯净，拉萨的圣洁，拉萨的大美，其实也并不具体在某一座山、一片湖、一条河、一朵云、一群人，而在于所有这一切的总和，在于“拉萨”这两个字与字之间，以及这两个字背后所涵盖、拥有的一切。爱它，就深情守望。爱它，就默默守护。守护好它的一草一木、一山一水，一城一池、一砖一瓦。

还未离，就已怀念。也许拉萨，就是一座这样的城。

后 记

——藏地胜境

“山陵既固，中夏小康。”

小康美好，实现很难。要实现小康，必须消除贫困。

西藏，地球海拔最高的地方，离天最近的地方。这片云上的世界，挺立着世界第一高峰，怀抱着全球最大的高原湖群。西藏，有无比洁净的天空，有离人最近的白云，有直射心灵的阳光，有梵音缭绕的文化。

这片独一无二的土地，却布满了寒难。千百年来，勤劳勇敢的西藏人民被贫困所伤害的血与泪，如雅鲁藏布滔滔江水般流淌。贫穷，也令这片清寒高拔的土地，堆积了藏族同胞喊天不应如珠穆朗玛峰般高的创伤。

要改写这片土地的面貌，要彻底消除西藏的贫困，可想而知有多难。

西藏的贫困特点归纳起来，可用“广”“大”“高”“深”四个字概括。即贫困人群所居地域广阔、贫困人口基数大、贫困人群所处环境海拔高、整体处于深度贫困状态。

这片神奇而又圣洁的土地，怎能被小康抛弃?

自脱贫攻坚战打响以来，西藏自治区先后有17万人次的扶贫干部深入一线驻村，他们的身影贴近百姓的心灵，风刀霜剑无情割裂粗糙的容貌里，是高寒缺氧摧毁不垮的铮铮铁骨。他们与百姓同吃同住同生产，同思同想同悲喜，然后扶贫扶心扶志更扶智。

但“尧舜犹病”的愿望,却真切地发生了。

为了真实地记录西藏自治区的扶贫成果,自治区脱贫攻坚指挥部、自治区文联、作协组织了国内作家前来西藏深入采访,继而一个个鲜活的人物、事件被记录了下来。

1989年出生的周伟是四川泸州人。2007年冬,从小便有军人梦、18岁的他报名参军,来到西藏自治区,成了驻防拉萨市某部的一名军人。退伍以后,他通过考试成为了拉萨市达孜区民政局的一名职工。当脱贫攻坚战打响以后,2016年3月,他与章多乡拉木村一户户主身有残疾、名叫朗嘎的藏族贫困家庭结对子。

朗嘎家是当时达孜最困难的贫困户之一:石头码砌的房子四面墙中有两面墙出现了局部垮塌;房前院坝里到处都是牛粪,踩烂了或者没有踩烂的,新鲜的或者不新鲜的,不堪入目;两亩多土地要养活大人小孩共5口人……

朗嘎及其老公洛松益西穿着破旧污浊看不出颜色的藏袍,头发油腻打结,没洗的脸貌如戈壁,他们的大多数光阴都是眯缝着眼睛,仰躺在椅子上晒太阳,就像两尊倒下的雕塑。

虽然自己也是从农村出来的,但是朗嘎家的贫困情况还是深深地触动了周伟的心。结对子之后,他每月都要从自己微薄的工资中拿出一部分,买上粮油、水果给朗嘎送去,除了这些,还给他们现金。

授人鱼,不如授人渔。用自己工资扶贫,不是好办法,因为自己有一家人,更不会是政府希望的。要令帮扶对象脱贫,最好的办法是让其自身具有造血功能。

那么,如何让朗嘎家实现自身“造血”呢?

首先要解决朗嘎与洛松益西的“等靠要”思想,树立自力更生的思想,这是提升“造血”能力,是否实现最终脱贫的关键。因而他每次去看望他们,都给他们做思想工作,引导他们用勤劳的双手摘掉贫困的帽子,创造幸福的生活。

所幸,周伟一腔真情的努力,渐渐起了作用,洛松益西开始主动与他交流思想和看法,探讨脱贫致富的方法,并希望周伟帮他找个工作。

于是,周伟在城里为洛松益西谋到了一个当保安的工作。当朗嘎跟着丈夫进城后,他又通过艰苦努力,为朗嘎争取到一个免租金的门面,帮其开了一家茶馆;继而,又帮助朗嘎的家庭成员、从卫校毕业的洛桑找了一份收入不错的工作……就这样,朗嘎一家每个月收入近万元,摆脱了贫困面貌。

朗嘎家脱贫了,周伟欣然。然而为了这份扶贫事业,他却因总是从工资中拿出钱来扶贫,而导致自己家庭破裂了……

1985年出生的白伟伟是从山西吕梁到西藏当兵后通过考试留在西藏的,他是西藏自治区山南市乃东区财政局的职工,2015年11月,他成为乃东结巴乡格桑村驻村第一书记。为了乡亲们的脱贫致富事业,他顾不上相亲,顾不上结婚,生病了也顾不上及时医治。2017年底,原计划将2000亩戈壁改造成良田的任务完成后再相亲,然后却由于有病拖着,终因高原肺水肿而牺牲,牺牲时才32岁。

为了纪念他,2018年的春节、藏历新年,格桑村没有一家人开展任何庆祝活动。不仅如此,许多村民还在家里为他点燃酥油灯,祈福念经。

长明的酥油灯,摇曳着发出柔和的光,在藏族同胞的信仰里连接今生来世,为心中的亲人照亮往生天堂的路。

周伟、白伟伟只是西藏自治区广大扶贫干部中的两个缩影。

海拔高,扶贫的干部群众精神斗志更高。

氧气少,脱贫攻坚的办法和经验却不少。

自然条件差,脱贫攻坚的成绩一点不差。

广大扶贫干部共同创造了美丽的藏地胜景,齐心演绎着和美的华章。西藏自治区的扶贫成果,得到了国务院扶贫办的充分肯定,连续四年在省级党委政府扶贫开发成效考核中,被中央确定为"综合评价好"的省市之一。最令人欣慰的是,2019年12月23日,西藏已基本消除绝对贫困,全域实现整体脱贫。

据作家陈新说,在西藏采访脱贫攻坚故事的过程,以及回到成都整理书写脱贫攻坚故事的过程,泪水与振奋总是交替左右着他的情感,在进行文稿修改之时,他情感起伏的过程,依然如斯。所以,与其说这是一本书写西藏广大扶贫干部创造奇迹功绩卓然事迹动容的图书,不若说这是一部情感饱满风光独特令人震撼实现千年夙愿的纪录大片。

同样,作为此书的编者,阅读书稿的过程,内心也是感动盈盈的:为书中人物感动的同时,也被参与此书内容采写的各位作家所感动,他们为了真实地记录西藏自治区的脱贫攻坚成就,克服严重的高原反应和水土不服的折磨,先后奔波数千公里,穿行于云雾山峰草地戈壁之中,深入山南、林芝、达孜、巴宜、琼结、米林等地区的一个个村寨藏民家中,挖掘到这些感人的故事与细节。

值得一提的是,本书中的人物故事,都是随机寻找而得,而非指定采访。原因是西藏的贫困状态比较严重,而取得的扶贫成就又最为显著,非典型性的采访,才能保证书写内容的真实、客观,及普遍性。

此书能成功出版,也感谢中宣部和国务院有关领导对西藏自治区脱贫攻坚工作及脱贫攻坚宣传工作的高度重视;感谢广大扶贫干部为西藏自治区脱贫攻坚所作的贡献,感谢《人民日报》对西藏自治区扶贫事业的热情关注和大力支持,使本书作者所采写的部分内容得已在该报大地副刊头题发表;感谢本书中的主人公周伟、彭蕾、次仁曲珍、索朗多布杰、德吉旺姆、支张央宗等无私奉献者和福泽受享者,掏心掏肺地讲述脱贫攻坚战役前后巨大反差的生活故事……

西藏自治区广大扶贫干部艰苦卓绝的奋斗,令神奇的云上土地焕发出绚烂的光芒。千年不变的贫困阴霾,也自此被光辉及福泽驱散。

西藏,祥云缭绕的山水,今天已然一片卓尔绚丽的胜景。

相信历史,一定会记住这前无古人彪炳史册的国家壮举!

时间,也必将会传诵这震惊世界荡气回肠的人间温暖!